W0360058

rororo

ro
ro
ro

Joner Storesang, Jahrgang 1969, studierte Germanistik und Anglistik und arbeitet seit 1999 als Drehbuchautor. Inspiriert von seiner Tätigkeit als Schöffe, entwickelte er den Text, mit dem er die Rowohlt Krimischule gewonnen hat. Zuvor war er mit seiner ersten Kurzgeschichte «Bis es einen auffrisst» für den Deutschen Kurzkrimi-Preis nominiert. «Seelenschwarz» ist sein Debütroman.

Joner Storesang

seelenschwarz

Kriminalroman

Rowohlt Taschenbuch Verlag

Originalausgabe
Veröffentlicht im Rowohlt Taschenbuch Verlag, Reinbek
bei Hamburg, Januar 2016
Copyright © 2016 by Rowohlt Verlag GmbH,
Reinbek bei Hamburg
Umschlaggestaltung Hafen Werbeagentur, Hamburg
Umschlagabbildungen Millennium/plainpicture;
reach-art/iStockphoto.com
Satz aus der Utopia PostScript bei
Pinkuin Satz und Datentechnik, Berlin
Druck und Bindung CPI books GmbH, Leck, Germany
ISBN 978 3 499 27147 2

Die meisten Menschen würden erschrecken, wenn unmittelbar hinter ihnen eine Sprengladung hochginge. Sie dagegen würde tun, wozu sie bestimmt war.

Sie würde sich von der Druckwelle aus der ihr zugewiesenen Position tragen lassen, durch den Schacht vor ihr gleiten, dann auf etwas Hartes treffen.

Es würde nachgeben.

Es würde sie ein wenig aus der Form bringen.

Es würde sie nicht kümmern.

Für sie gab es nur den Weg nach vorn. Durch ein ganzes Universum, das in zwei Hände passt. Bis sie auf etwas stieß, das sie aufhielt. Das sie in einem kopflosen Tanz zu Boden schicken würde.

Sie war das Werkzeug der Bestie. Für diese war sie das Mittel zur Gerechtigkeit. Und ihretwegen war sie hier.

Sie kümmerte dies alles nicht. Was auch immer wer sagte, glitt an ihrem seelenlosen Körper ab. Sie war frei von Moral. Idealen. Frei von Gefühlen.

Sie war nur sie selbst.

Sie war nur die Kugel. Ein Projektil in einer Waffe, die an einem Hinterkopf platziert worden war.

Saarbrücken

montag, 13. januar, 00:09 uhr

Thomas Bulpanek lächelte. Er spazierte die verwaiste Bahnhofstraße entlang, und es kitzelte, wenn er die Nasenflügel nach dem Einatmen weitete und die feinen Eiskristalle auf den Schleimhäuten knisterten. Ein Spiel aus Kindertagen, das er so lange wiederholte, bis er niesen musste. Das Geräusch wurde so laut von den Fassaden der Geschäfte zurückgeworfen, dass er sich umsah, ob jemand hinter ihm war.

Er war allein.

Die allgegenwärtigen Leuchtreklamen in der Saarbrücker Fußgängerzone waren längst verstummt. Orangene Straßenlaternen fluteten den Boden mit dem Braungelb einer Sepiafotografie. An Ort und Stelle gehalten von den mit grauweißem Marmorimitat verkleideten Betonsäulen der Kolonaden.

Den Januar hatte er immer schon als die trostloseste Zeit empfunden. Nach dem Weihnachtsmarkt im Dezember ergriff Leere die Stadt. Ein letztes Zucken zum Jahreswechsel, dann wurde es endgültig still. Ganz besonders, wenn abends die Geschäfte geschlossen hatten. Und je weiter man sich vom barocken Herzen der Stadt entfernte, dem St. Johanner Markt, desto trister wurde es.

Blaulicht zuckte nervös durch die Einkaufsschlucht. Direkt vor ihm, wo die nächste Querstraße die Fußgängerzone kreuzte.

Der Streifenwagen bog ab und verschwand Richtung Bahnhof. Auch dort war Thomas bei seiner Ankunft bereits die hohe Präsenz an Ordnungskräften aufgefallen. Auf dem Markt waren ihm dann zwei Fußstreifen begegnet. Einen Beamten glaubte er wiedererkannt zu haben. Einen Mittfünfziger. Thomas hatte ihm im Vorbeigehen zugenickt, dafür aber nur einen Blick geerntet, in dem bereits die Worte «Allgemeine Personenkontrolle» enthalten waren. In den Streifenwagen, die in den anderen Querstraßen an ihm vorbeirauschten, hatte er erst gar nicht mehr versucht, jemanden zu erkennen.

Er war ein Unbekannter geworden.

Irgendetwas ging vor in der Stadt. In den Straßen hing eine Nervosität, als erwartete man Staatsbesuch. Und sie hatte sich auf ihn übertragen. Vielleicht hatte Thomas es auch deswegen keine zehn Minuten im Hotelzimmer ausgehalten. Er hatte Koffer und Aktentasche abgestellt, Gesicht und Hände mit kaltem Wasser gewaschen und war wieder gegangen. Er fühlte sich in Hotelzimmern generell unwohl. Es gab sicher Menschen, die froh waren, wenn sie endlich im Hotel angekommen waren. Sich aufs Bett fallen lassen und entspannt die Arme ausbreiten konnten. Ihn aber machte es unruhig. Ganz egal, wie luxuriös sein Zimmer war oder wie freundlich der Empfang des Portiers. Sobald er die Schlüsselkarte erhalten hatte – oder wie in diesem Fall einen altmodischen Schlüssel mit einem klobigen Anhänger dran, den man unmöglich in der Tasche mit sich herumtragen konnte, ohne dass er einem die Hose bis in die Knie zog –, wurde ihm schmerzhaft bewusst, dass er die Nacht nicht in seinem kleinen Haus auf dem

Stuttgarter Killesberg verbringen würde. Welches seine Frau Andrea und seine Tochter Linnea so herrlich mit Leben füllten. Auch die Tatsache, dass beide gerade in den USA weilten, hatte es ihm nicht leichter gemacht, Stuttgart zu verlassen.

Im Gegenteil, mit jeder Geschäftsreise war es schlimmer geworden, seit Linnea im letzten Sommer ihr Highschool-Jahr in Chicago angetreten hatte und Andrea an der dortigen Universität amerikanischen Studenten Deutsch beibrachte. Jedes Mal, wenn er die Haustür bei seiner Abreise abschloss, fühlte es sich an wie ein heimlicher Verrat. Wie die Aufgabe einer Festung, die zu einem Außenposten geworden war, den niemand mehr aufsuchen würde. Dabei würde er nach wenigen Tagen zurückkehren. Und in einem halben Jahr, spätestens wenn das neue Schuljahr begann, wäre die Familie wieder vereint und alles beim Alten.

Nur noch sechs Monate, dachte er und fand, dass es sich weniger lang anhörte.

In jedem davon eine Reise wie diese. Die allesamt, das spürte er bereits jetzt, keine annähernd so große Herausforderung für ihn werden würden wie die bevorstehenden fünf Tage hier.

Er war wieder in Saarbrücken.

Er hätte nicht gedacht, dass es ihn noch einmal herführen würde, als er vor sechs Jahren weggezogen war und damit begonnen hatte, Kurse in Selbstverteidigung abzuhalten. In einem Zimmer im Stuttgarter VHS-Gebäude, das gerade mal fünfzehn Quadratmeter maß und mit ihm und den fünf Studentinnen für diesen Zweck bereits überfüllt war. Also hatte er mit jeder einzeln verschiedene Haltegriffe und Abwehrreaktionen eingeübt, während die anderen zusehen mussten.

«Alles super, aber jetzt mal ehrlich …» Vesnas Worte hatten sich in sein Gedächtnis gebrannt. Sie war die Skeptikerin der Truppe und hatte sich über den Grund für ihre Teilnahme ausgeschwiegen. «Es ist ja nicht so, dass man schon auf einen Kilometer Entfernung sieht, was so ein Penner will. Aber genau das will ich! Und nicht total paranoid durch die Gegend rennen, weil mir jeder an die Wäsche wollen könnte.»

Also hatten sie begonnen, über Körperhaltung zu sprechen. Über Veränderungen in der Mimik. Die kurzen, für Ungeschulte kaum wahrnehmbaren Signale, die Täter aussandten, unmittelbar bevor sie zuschlugen. Und sie hatten über die eigenen unbewussten Signale gesprochen, in ihren Gesichtern, in ihren Bewegungen, mit denen sie die Situation beeinflussten. In die eine oder andere Richtung.

Mit wenigen Ausnahmen hatte Thomas Gewalt immer als dynamische Entwicklung verstanden. Völlig ausschließen konnte man sie nie. Aber in ungleich mehr Fällen bereits verhindern, bevor der andere zum unbeherrschbaren Spielball seiner Emotionen wurde. Sicher hatte vieles von dem, was er gesagt hatte, überspitzt idealistisch geklungen. Doch wenn Gewalt Gegengewalt erzeugte, dann musste irgendjemand damit anfangen, diesen Kreislauf zu durchbrechen. Und dieser Jemand musste die Kontrolle an sich reißen. Über sich, die Situation und letztlich auch den Angreifer.

Vesna hatte sich als Tochter des baden-württembergischen Kultusministers entpuppt, und im darauffolgenden Kurs hatte sie ihre Mutter mitgebracht. Von da an war plötzlich alles sehr schnell gegangen. Die Teilnehmerzahlen wuchsen, die Städte wechselten, Personalverantwortliche engagierten ihn, um die Atmosphäre im Betrieb aufzupolieren, und nannten ihn dazu «Coach» oder «Trainer», und der bisherige Höhepunkt war ein Auftritt vor einem Trupp Soldaten, die kurz vor ihrer Auslandsmission standen.

Sein Lieblingsprojekt aber war es geworden, den Kids in Brennpunktschulen Auswege aus Mobbing und Gewalt aufzuzeigen. Sie waren am schwersten zu knacken. Aber das befriedigende Gefühl, seinen Teil im Kampf gegen all das Böse und Grausame in der Welt beizutragen, entschädigte Thomas dafür mehr als genug.

Dass es funktionierte, musste auch der Kultusminister wahrgenommen haben. Um das von ihm initiierte Projekt zu begutachten – in Wahrheit war der Anstoß wohl eher von seiner Frau oder Vesna ausgegangen –, hatte er vor zwei Jahren an einer Veranstaltung in der Carl-Benz-Schule teilgenommen und Thomas' Engagement in den höchsten Tönen gelobt. Nur in die Augen hatte er ihm dabei nicht sehen können. Thomas nahm aber den Verband um die zwei Finger seiner rechten Hand als Erklärung dafür an. Vielleicht täuschte er sich in diesem speziellen Fall, aber es war typisch für Opfer von Abwehrreaktionen …

Er hatte nicht zu hoffen gewagt, dass sich alles noch einmal so gut entwickeln könnte. Und dass man hier davon Notiz nehmen würde, hätte er noch weniger erwartet. Als Johannes Wolfarth, Fraktionsführer der Sozialdemokraten im Stadtrat und ein alter Bekannter, ihm vorgeschlagen hatte, sein Schulprojekt auch in Saarbrücken zu starten, hatte er vor Verblüffung kein Wort am Telefon herausgebracht.

Auf der anderen Seite der Kolonnaden kam ihm ein junges Pärchen entgegen. Sie hatte sich bei ihm untergehakt und lehnte sich schwer gegen ihn. Er warf Thomas einen überforderten und genervten Blick zu, den er zum Himmel abgleiten ließ, während sie unablässig mit einem Taschentuch ihre Wangen abwischte.

Thomas atmete tief ein, als er auf die Promenade über der Faktoreistraße einbog. Eigentlich nur ein Fußweg, von dem aus er freien Blick auf den schwarzen Spiegel der Saar unter ihm hatte. Erneut überzog eine dünne Eisschicht seine Schleimhäute. Doch diesmal nahm er das Kitzeln in der Nase nicht wahr. Seine Aufmerksamkeit galt allein dem konzertierten Blaulicht im nahegelegenen Bürgerpark.

Thomas ging über die gelb-schwarze Markierung der obersten Stufe der Freitreppe hinter der Kongresshalle. Die folgenden Stufen waren so ausladend und flach, dass er immer wieder Zwischenschritte machen musste, bis er endlich den Park erreichte.

Der Bürgerpark war eine Gegend, die man nach Einbruch der Dunkelheit mied und volltrunkenen Halbstarken überließ, die sich auf der Skater-Anlage tummelten. Von der Westspangenbrücke, die sich als Demarkationslinie zwischen dem heruntergekommenen Westen und dem Rest der Stadt wie eine steife Oberlippe vierspurig über Saar und Park spannte, starrte ein gutes Dutzend Gaffer auf den Zahn hinunter, der aus dem Bürgerpark ragte: Das Wassertor, ein halbrundes Denkmal in Form einer zweistöckigen Backsteinfassade im Gründerzeitstil, das von einem ganzen Aufgebot an Polizisten unter Halogen-OP-Licht seziert wurde. Thomas zählte fünf Streifenwagen, zwei Zivilfahrzeuge und den weißen VW-Transporter der Tatortermittler. Ein auch nach Jahren immer noch vertrauter Anblick.

Lautstarkes Würgen stoppte ihn auf halbem Weg durch den

Heckengang. Durch eine Lücke sah er eine Gestalt sich an einen Baum klammern und unter gequältem Husten ihren Mageninhalt wieder nach draußen befördern. Thomas ging weiter. Er spürte ein Ziehen in seinen Rippenbögen. Sein Atem wurde flacher. Er erwog ernsthaft, umzudrehen und ins Hotel zurückzukehren. Tatorte waren ihm noch nie bekommen.

«Junger Mann! Zurückbleiben!»

Thomas hielt an. Die Gestalt drückte sich durch die Hecke und wischte ihre Mundwinkel mit einem Taschentuch ab. Thomas erkannte Stefan Lang am kastenförmigen Körperbau wieder. Wie früher verbarg Lang seine Halbglatze unter einer Schiebermütze, die seine Hakennase nur noch mehr betonte. Genauso wie die schrägstehenden Augen.

Lang hielt sein Funkgerät ans Ohr.

«Kümmert sich hier auch irgendein Vollidiot um die Absperrung?» Es knackte und rauschte nur aus dem Mikrophon, als Lang kurz die Sprechtaste losließ. «Hier steht noch 'n Gaffer. Ich dachte, ich hätte mich klar und deutlich ausgedrückt, was den Park angeht. Den ganzen Park, verflucht noch mal! – Und Sie da», Lang zeigte mit der Antenne auf Thomas, «Sie machen, dass Sie nach da hinten kommen!»

Anschließend wedelte er in die Richtung, aus der Thomas gekommen war, ohne sich für ein genaues Ziel entscheiden zu können.

«Guten Abend, Kriminalkommissar Lang. Oder inzwischen schon Kriminaloberkommissar?» Die Muskeln, die für das Lächeln zuständig waren, stemmten sich gegen die Kälte. Thomas' Wangen fühlten sich beinahe taub an.

Lang kam näher, und in seinem Gesicht gingen drei Ausdrücke nahtlos ineinander über: Forschen – Ungläubigkeit – Freude.

«Bulpanek?»

«Immer noch Probleme mit dem Magen?», hielt Thomas ihm die Hand hin.

«Muss mir irgendwas eingefangen haben», benutzte Lang seine Standardausrede und spuckte noch einmal aus. In seinen Augen glänzte Stolz, und Thomas erinnerte sich, dass Lang leichte Gebrechen seit jeher als die Auszeichnungen eines hart arbeitenden Mannes verstand.

«Herrje, das ist ja ewig her!» Lang stopfte das Taschentuch beinahe in die Hosentasche, besann sich dann aber offenbar und warf es unter die Hecke. «Was … Wieso … Irgendjemand meinte, du wärst nach Stuttgart abgehauen. Was machst du hier?»

«Job», beließ Thomas es bei der Kurzversion und hob die Nase Richtung Wassertor. «Und sonst: Hab Licht gesehen und dachte, es ist vielleicht noch jemand auf.»

Einer ihrer Begrüßungsstandards. Er kam automatisch, und Thomas wunderte sich, wie leichtfüßig er es aus den Tiefen seines Gedächtnisses geschafft hatte.

Langs Mundwinkel zuckten kurz. Die Andeutung eines Grinsens verlor sich sofort wieder.

«Ist es das, was ich denke?», fragte Thomas.

«Wenn sich's dabei um eine tote Frau dreht, dann ja.» Er holte für den nächsten Satz Luft und deutete auf sein rechtes Auge, atmete aber nur wieder aus. Er musste deutlich schlucken, zog ein Medikamentenheftchen aus der Tasche, drückte eine Tablette heraus und steckte sie in den Mund.

«Grauenhaft!», brachte er schließlich hervor und warf den

Kopf hin und her, als könnte er die Tablette so leichter seinen dicken Hals hinabschütteln. Dann packte er Thomas am Oberarm und zog ihn mit sich zum Wassertor. «Job also. Na dann …»

Thomas versuchte Langs Finger zu lösen. «Nicht mehr die Art Job.»

«Gar nicht mehr?» Lang ließ ihn dennoch nicht los.

Martens hatte sie von der Absperrung aus mit unbewegter Miene beobachtet. Je älter er wurde, fand Thomas, desto ähnlicher sah er Curd Jürgens. Dem späten Jürgens, als er der Bond-Bösewicht gewesen war. Stahlblauer, verschmitzter Blick. Auf der Stirn, wie beim Original, drei tiefe Falten über der rechten Augenbraue, zwei über der linken. Das weiße Haar zurückgelegt, aber nicht an den Kopf geklebt. Selbst das weltmännisch herausfordernde Lächeln, mit dem Martens Thomas empfing, war Jürgens wie aus dem Gesicht geschnitten. Auch wenn es einen gequälten Unterton hatte.

«Schön, Sie zu sehen», reichte Martens Thomas die Hand, während er mit der anderen seine Zigarette zu Boden warf und sie austrat. «Wie geht es Ihnen? Ich habe gehört, Sie schlagen sich recht gut mit Ihren Kursen. Und dieser Schülersache.»

«Sie wissen davon?» Thomas bemerkte, dass Martens' Haupthaar deutlich an Fülle verloren hatte.

Martens lachte sein weltmännisches Lachen. Diesmal gelang es ihm. «Internet. Ich bleibe gern auf dem Laufenden, was aus meinen Jungs wird.»

Mit seinen Jungs meinte Martens die Beamten, die er noch als Polizeipräsident vereidigt hatte. Jedem einzelnen hatte er eingetrichtert, dass sie damit Teil einer großen Familie geworden waren, deren Oberhaupt er war. Sein Führungsstil war entsprechend patriarchalisch gewesen.

«Es ist eine wunderbare Sache. Vor allem mit den jungen Leuten.» Thomas fand, er klang, als wollte er sich das selbst einreden. Dabei stimmte es doch. Warum also hatte er gerade das Gefühl, sich rechtfertigen zu müssen?

«Befriedigender als die Jagd nach Verbrechern?»

Thomas zögerte. Diese Frage hatte er sich so nie gestellt. Die Toten waren immer das Problem gewesen.

«Es tut gut zu wissen, dass man auch noch zu etwas anderem taugt», versuchte er sich diplomatisch.

Martens lächelte andeutungsweise und strich sein weißes Haar zurück. Er wirkte nicht eitel. Nur wie jemand, der sein Leben lang auf sein Äußeres bedacht war. Bis zu den Schuhen, die perfekt poliert auf dem schmutzigen Schotter glänzten.

«Dann sind Sie also wiederhergestellt. So rundum.» Anstatt ihn anzusehen, hatte Martens etwas am Boden fixiert, das Thomas nicht entdecken konnte. «Womöglich haben Sie mit Ihrer Kündigung die richtige Entscheidung getroffen. Sie sehen ja, dass andere den Absprung niemals schaffen. Nicht mal nach ihrer Pensionierung.»

«Präsident Martens berät uns im Auftrag des Innenministeriums bei den Ermittlungen.» Lang benutzte noch immer die gewohnte Anrede.

«Beraten ist ein wenig hoch gegriffen. Ich beobachte nur und halte den Informationsfluss aufrecht», korrigierte Martens.

Thomas sah, wie ein Tatortermittler Lang Handzeichen

gab. Er tippte ungeduldig auf die Stelle, an der seine Uhr unter dem Schutzanzug sein musste, und reckte anschließend beide Hände in die Höhe.

«Bin gleich wieder da», verabschiedete sich Lang.

Der zweite Tatortermittler gesellte sich dazu. Die Gesten, mit denen sie Lang empfingen, waren, freundlich gesagt, unfreundlich.

«Hat sich einiges verändert, seit ich weg bin», kommentierte Thomas und hoffte, dass Martens die unterschwellige Frage wahrnahm.

«Anweisung des neuen Kriminalpolizeidirektors. Er hat sich persönlich in die Ermittlungen eingeschaltet. Nichts darf verändert werden, bis er den Tatort selbst in Augenschein genommen hat. Und da es ihn privat ins Grüne verschlagen hat, heißt das bei dem Wetter eben warten. – Der Toten macht es ja zum Glück nichts mehr aus.»

Martens schlug seinen Mantelkragen hoch, fuhr sich anschließend mit der Hand über den Mund und knetete sein Kinn zwischen Daumen und Zeigefinger. Eine Geste, die er früher schon immer benutzt hatte, um seine Verärgerung zu verbergen, die sich sonst im Zittern der Kinnspitze verriet.

«Erstaunlich viel Aufwand», konstatierte Thomas. «Kriminalpolizeidirektor. Innenministerium. Wer ist die Frau?»

Martens zog eine Lippe nach der anderen in den Mund und ließ sie feucht über die falschen braungelben Zähne gleiten. Er hob das rot-weiße Absperrband an. «Kommen Sie. Ich möchte, dass Sie sich das ansehen.»

Thomas hob abwehrend die Hände.

«Es ist in Ordnung. Ich will Ihre Meinung hören.»

«Ich allerdings auch», meldete sich Lang zurück.

«Das ist alles sehr lange her», sagte Thomas. «Ich glaube nicht, dass ich sonderlich hilfreich sein kann.»

Das Stahlblau aus Martens' Augen durchdrang Thomas bis auf den Grund. Die Muskulatur um seine Wirbelsäule spannte sich an. Ein Reflex. Thomas drängte ihn zurück in die Ecke, aus der er gekommen war. Die Zeiten, in denen er seinem Ziehvater etwas zu beweisen hatte, waren lang vorbei.

«Sagten Sie nicht, Sie wären wieder auf dem Damm?»

Thomas nickte nur ob der Trockenheit in seinem Mund. Was war nur los mit ihm?

Milde zeichnete die Falten in Martens' Gesicht. Er schloss bedächtig die Augen, als wäre es eine unausgesprochene Anerkennung. «Dann kommen Sie. Ich bin sicher, es ist noch was von damals übrig.»

«Es handelt sich lediglich um den Fundort», setzte Lang zu einer Erklärung an, während sie zum Wassertor gingen, stoppte aber auf Martens' Handzeichen gleich wieder.

«Wir sollten nicht vorgreifen. Herr Bulpanek wird sich selbst ein Bild machen.»

Lang nickte, als hätte Martens ihm etwas ins Gedächtnis gerufen. Trotzdem mahnte er: «Ich nehme nur an, dass Bayard nicht mehr lange brauchen wird, bis er hier ist.»

Martens winkte ab.

«Bayard?», hakte Thomas nach.

«Der gnädige Herr, auf den wir warten», antwortete Martens.

Thomas blieb abrupt stehen. «Warum haben Sie das nicht gleich gesagt?»

«Er kann Ihnen keine Schwierigkeiten machen», wollte Martens gleich beschwichtigen.

«Mir sicher nicht.» Thomas sah zu Lang.

Der machte eine wegwerfende Handbewegung, die aber wenig überzeugend wirkte.

«Kommissar Langs Einspruch, Sie einzubeziehen, habe ich längst vermerkt. Er war schließlich nicht zu überhören.» Bei seinen letzten Worten wandte Martens sich einem uniformierten Beamten in ihrer Nähe zu, der seine rotgeränderten Augen kurz schloss und wieder öffnete.

«Aber auf mich hört ja keiner», legte Lang nach und ging weiter.

«Wollen wir?» Martens deutete zum Wassertor.

Ohne die Richtung benennen zu können, aus der er kam, spürte Thomas einen Sog. Wie den Windstoß in einem Tunnel, der einem mitteilte, dass man den richtigen Abzweig just zu verpassen drohte. Dennoch gingen sie kurz darauf nacheinander durch den großen Rundbogen auf einen Steg, der weit unter die Westspangenbrücke führte, mitten zwischen zugefrorenen Teichbecken hindurch. Lang deutete zum Torfundament, an dem sich das Eis aus dem Tümpel hochgeschoben hatte.

«Sie hat keine Papiere bei sich. Wir haben auch keine Vermisstenmeldung, die auf sie passen würde. Der Arzt schätzt, dass sie seit rund zwölf Stunden tot ist. Kann sich aber auch irren bei der Kälte. Und vielleicht war es da, wo sie getötet wurde, auch wärmer. Also eine Menge Variablen.»

Thomas atmete durch, bevor er das Opfer ansah. Eine Frau um die vierzig, in Jeans und dickem Rollkragenpullover aus Wolle. Sie lag bäuchlings auf dem Eis, die Arme von sich gestreckt, der Mauervorsprung drückte ihr den Kopf in den Nacken. Thomas ging in die Hocke, um ihr Gesicht besser sehen zu können. Das rechte Auge war nur noch ein ausgefranstes Loch. Trotzdem starrte es ihn an. Er musste sich am Geländer festhalten, um nicht nach hinten umzukippen.

«Am Hinterkopf aufgesetzter Schuss. Die Austrittswunde», erklärte Lang.

«Merkwürdiger Schusskanal», murmelte Thomas. Er hatte das Gefühl eines Déjà-vus. Aber bevor er es festhalten konnte, tauchte es wieder ab, als ein Hund in seiner Nähe kläffte. Thomas sah über die Schulter und entdeckte einen Beamten mit einem Schäferhund, der die Gegend absuchte.

«Hinweise, wie sie hergekommen ist?»

Lang zeigte zum Leinpfad neben der Saar. «Wir haben da drüben frische Reifenspuren. Weiter unten gibt es eine Zufahrt, die nicht versperrt ist. Die einzige. Der Täter muss von da gekommen sein. Wir haben auch passende Schuhabdrücke.»

«Also kennt er sich hier aus», erhob Thomas sich wieder und ging voraus zum Leinpfad. Er musste weg von dem starrenden Loch. «Wer hat euch benachrichtigt?»

«Ein junges Pärchen. Kam aus der Spätvorstellung.» Lang nickte zum Kino hinterm Parkhaus, während er und Martens aufschlossen.

Thomas ließ sich vom rotäugigen Beamten eine Stablampe geben und dachte an das Pärchen, das ihm in der Bahnhofstraße begegnet war. Sie war aufgelöst gewesen, und er hatte die Augen genervt verdreht. Thomas entschied sich nachträglich, ihn nicht leiden zu können.

Die Reifenspur endete nicht unter der Brücke, wie Thomas es erwartet hatte, sondern auf der Höhe des Wassertors. Zu den mutmaßlichen Fußspuren des Täters, die sich vom weißen Raureif abhoben und mit den gelben Schildchen der Tatortermittler gekennzeichnet waren, hatten sich noch unzählige andere gesellt. Vermutlich die der Beamten. Dennoch verrieten die Abdrücke, dass der Täter ausgestiegen, ans Heck seines Wagens und von dort aus zum Wassertor gegangen war. Genauer gesagt, war er geschlurft, ohne die Füße anzuheben, sodass keine vollständigen Abdrücke seines Schuhprofils zurückgeblieben waren. Es war ihm wahrscheinlich nicht leichtgefallen, die Tote zu tragen.

Aber warum hier?

Thomas deutete einige Meter flussabwärts unter die Brücke. «Da wäre sein Wagen nach oben hin abgeschirmt gewesen. Und zum Parkhaus hin hätte ihn der Brückenpfeiler verdeckt. Niemand hätte ihn gesehen. Hier war er für alle gut sichtbar. Ein ziemliches Risiko.»

«Hat er vielleicht nicht bedacht», sagte Lang.

«Oder es schert ihn einfach nicht», fügte Thomas hinzu.

«Was halten Sie für wahrscheinlicher?», fragte Martens. Es lag etwas in seiner Stimme, das Thomas nicht recht deuten konnte.

Thomas ließ seinen Blick wandern. Seine Halsschlagader drückte rhythmisch gegen Haut und Kehlkopf. Früher ein untrügliches Zeichen, dass sein Hirn nach mehr Blut verlangte. Ein Neurologe hatte ihm erklärt, dass die Adrenalinproduktion im Gehirn begann, dort bestimmte Areale aktivierte, die dann die Nebennieren stimulierten. Er hatte es noch nie gut vertragen, wenn man ihm Informationen vorenthielt und gleichzeitig erwartete, dass er eine fundierte Meinung preisgab. Auf dem Flussspiegel glitzerten die unruhigen Lichter der Autobahn auf der anderen Uferseite, nur unterbrochen von einzelnen kleinen Eisschollen. Er versuchte sich vorzustellen, wie sie durch seine Adern trieben und das aufkommende Fieber runterkühlten.

Manchmal konnte man Informationen nur rauskitzeln, indem man einen Schuss ins Blaue abgab.

«Die Tote ist also eine Unbekannte.»

«Vorläufig gilt sie als solche, ja», antwortete Lang.

«Dann kommt Bayard nicht ihretwegen.» Thomas leuchtete Martens auf die Brust. «Und Sie ebenso wenig. Was ist hier wirklich los?»

Lang stopfte die Hände in die Manteltaschen und sah wieder nur Martens an. Von der Brücke herab blitzte es wiederholt. Jemand machte Fotos.

Martens schickte mit einer Handbewegung einen Uniformierten auf die Brücke. «Wir haben bislang versucht, die Sache weitestgehend aus den Medien zu halten. Wenigstens die Details. In den vergangenen zwei Nächten gab es bereits jeweils ein Opfer. Mit den gleichen Verletzungen.»

«Kein Zweifel?»

Lang schüttelte den Kopf. «Die anderen beiden waren im gleichen Alter. Bayard denkt, dass es sich um einen Verrückten handelt, der es auf einsame Frauen vierzig plus abgesehen hat. Irgendein Perverser, der sich darauf einen runter...» Lang brach mitten im Satz ab, sah kurz zu Martens und dann wieder zu Thomas. «Was auch immer er dann macht.»

«Aber Sie glauben nicht daran», wandte Thomas sich an Martens.

«Ein Verrückter? Ich könnte es nachvollziehen, wenn die Frauen sich wenigstens äußerlich ähnelten. Haarfarbe, Größe, Statur, Physiognomie. Die gängigen Merkmale eben. Aber der Täter scheint dahingehend keine Vorlieben zu haben. Daher halte ich einen anderen Zusammenhang für wahrscheinlicher.»

«Drei Opfer, drei Mal die gleiche Tötungsart. Ist so was nicht auch kennzeichnend?» Lang wischte sich mit der Hand über die Stirn.

«Die Frauen sind etwa im Abstand von 24 Stunden aufgetaucht. Und auch in diesem Abstand getötet worden. Für mich sieht das weniger nach Perversion aus, als danach, dass da jemand eine Liste abarbeitet.» Martens machte einen Schritt auf Thomas zu. «Sie wären sicher meiner Meinung, wenn Sie die Akten durchsähen.»

Thomas ließ seine letzte Bemerkung unkommentiert.

«Wie ist die Einschätzung der Fallanalytiker?»

«Die Personaldecke ist recht dünn geworden. Wir haben gesundheitliche Ausfälle und einen Grünschnabel», antwortete Martens, hob die Schultern und ließ sie wieder fallen.

«Holen Sie jemand von woanders.»

«Bislang ist es ein lokales Problem», sagte Martens. «Es gibt Bestrebungen, es dabei zu belassen.»

«Wie bitte?!»

«Mir gefällt das alles auch nicht. Aber mir sind die Hände gebunden. Wie gesagt, die Personaldecke ist dünn. Eigentlich längst zu dünn. So etwas hier überschreitet die Ressourcen bei weitem. Und niemand will öffentlich das Eingeständnis abgeben müssen, dass politische Entscheidungen über Budgetkürzungen dazu geführt haben. Nicht in einem Wahljahr.»

«Sagen Sie mir, dass man sich nicht nur eine Peinlichkeit ersparen will!»

«Natürlich stelle ich das etwas vereinfacht dar.» Martens atmete durch. Seine Augenlider schlossen und öffneten sich müde. «Die Politik wollte Reformen, und der Kriminalpolizeidirektor hat sich da mit entsprechenden Vorschlägen in den Vordergrund gedrängt.»

«Also trägt Bayard die Verantwortung dafür. Dann sind Sie nicht nur wegen des Falles hier.» Es war nur eine Mutmaßung. Aber Thomas war überzeugt, ins Schwarze getroffen zu haben. Martens kaute einen Moment lang Luft.

«Ich will einfach nur alles tun, was dazu beiträgt, den Täter zu überführen.»

«Dann setzen Sie sich für Verstärkung ein. Sie haben es mit einem Serientäter zu tun.»

Thomas konnte später nicht sagen, woher er die Sicherheit nahm, dass das, was er sagte, zutraf. Er verstand noch nicht mal, wie sich die Informationen zu einem Bild zusammengefügt hatten. Wahrscheinlich war es unbewusst geschehen. Alte, eingeübte Prozesse, die sofort angesprungen waren. Informationen, die das Gehirn nach dem Abgleich mit bestehendem Wissen zu einem logischen Ganzen modellierte. So, wie man eine Platte auf vier Beinen immer als Tisch erkannte. Jedenfalls sprach er es aus, bevor er ahnte, was er sagen würde, und konnte sich selbst nur zuhören.

«Der Ort ist nicht zufällig gewählt. Dafür ist der Aufwand für den Transport zu hoch. Außerdem kann man die Leiche hier nicht verschwinden lassen. Eine Inszenierung liegt also nahe. Auch wenn sie daliegt, als hätte der Täter sie weggeworfen. War das bei den anderen ähnlich?»

Lang schüttelte den Kopf. «Nicht mal annähernd. Sie sahen richtig, ja, friedlich aus.»

«Waren sie ebenfalls vollständig bekleidet? Oder gab es freiliegende Körperteile?»

«Nur die Hände und der Kopf. Wie bei ihr», nickte Lang zum Wassertor.

«Sie sieht aber nicht friedlich aus! Nicht mit dem abgeknickten Kopf. Wenn der Täter es friedlich gewollt hätte, hätte er sie mit dem Rücken gegen die Wand gelehnt und die Hände gefaltet. Oder irgendwas Ähnliches. Es muss also einen Grund geben, warum er sie so abgelegt hat.»

«Vielleicht wurde der Täter gestört, bevor er seine Inszenierung beenden konnte», wandte Martens ein.

«Er parkt so, dass er riskieren muss, dass man ihn sieht. Und flüchtet, als es tatsächlich jemand tut?» Thomas ersparte sich den Rest. «Wahrscheinlicher ist, dass sie genau so daliegt, wie der Täter will, dass man sie findet.»

«Wie einen Müllsack an der Autobahnraststätte», knurrte Lang, schob seine Finger unter den Mützenrand über dem Ohr und kratzte sich.

«Es hat tatsächlich etwas Entwertendes, das ist richtig. Aber ich bezweifle, dass er sie als Abfall betrachtet hat. Er ist nicht so weit gegangen, sie zum Beispiel nackt zu präsentieren. Was seine emotionale Bindung an das Opfer deutlicher in den Mittelpunkt rücken würde. Sein Maß an Entwürdigung kennt Grenzen.»

«Was bedeutet?» Martens legte die Hände hinterm Rücken aufeinander. Er atmete schwer durch. Es klang beinahe wie ein Seufzer.

«Vielleicht ist die Tat nicht so sehr an die Person gebunden, als vielmehr an die Funktion, die sie erfüllt.»

«Erfüllt hat», wollte Lang korrigieren.

«Beides», stellte Thomas klar. «Das da ist wohl eine Botschaft. Sonst hätte er zumindest versucht, sie verschwinden zu lassen. Er will aber offensichtlich, dass man sieht, was er getan hat.»

«Also doch ein Geisteskranker. Anders kann ich mir das nicht erklären», merkte Lang an.

«Das hängt von der Definition ab», sagte Thomas. «Die meisten würden wohl zustimmen, dass mehrere Menschen umzubringen nicht mit geistiger Gesundheit zusammengeht. Aber: Auch wenn der Täter sich innerhalb seiner eigenen moralischen Parameter bewegt, ist sein Handeln immer noch zielgerichtet und überlegt.»

Lang sah ihn aus zugekniffenen Augen an.

«Er zieht nicht wirr umher und schlachtet irgendwelche Leute ab. Er folgt einem Plan», nahm Martens Thomas die Erläuterung ab.

«Scheiße!», fluchte Lang und kickte in einen mit Raureif gepuderten Haufen schwarzen Rollsplits.

«Denken Sie, er wird weitermachen?», fragte Martens.

«Schwer zu sagen. Ihr Täter hat einen – wie soll ich das sagen – gewissen Hang zur Theatralik. Der Schuss durchs Auge, die Ablagesituation. Es ist voller Bedeutung. Für ihn zumindest. Er wird womöglich erst aufhören, wenn er am Ende seiner Aufführung angelangt ist.»

«Vielleicht ist das da das Ende», warf Lang ein. «Und sie liegt deswegen anders da als die anderen.»

Über Langs Schulter hinweg sah Thomas ein Massiv auf sie zukommen, das ein Lodenmantel umwehte. 1,80 Meter groß, überbreite Schultern, ausgestellter Bauch. Das Doppelkinn und die Kopfhaut leuchteten wutrot. Thomas befiel eine bleischwere Müdigkeit.

«Der Vorteil mit 75 ist, dass das Ministerium mir die Kosten für einen Mitarbeiter zugesteht», sagte Martens. «Auf einen Laufburschen habe ich bislang verzichtet. Bei Ihnen dagegen …»

Doch Thomas kam nicht mehr zu einer Antwort. Bayard baute sich zwischen Lang und Martens auf, stützte die Hände in die Hüften und hob sein Kinn gegen Thomas:

«Es stimmt also: Verrückte ziehen Verrückte magisch an.»

montag, 13. januar, 02:05 uhr

Das Pochen hinter den Schläfen hatte eingesetzt, als Thomas die schmale Treppe zu seiner Hoteldachkammer hinaufgestiegen war. Die billigen Pressspanmöbel, an denen das weiße Furnier bereits abblätterte, vibrierten unter Thomas' Schritten. Das Holz unter dem Linoleumboden war vermutlich seit dem Wiederaufbau des Barockhauses am St. Johanner Markt nach dem Krieg nicht erneuert worden. Thomas ließ sich in voller Montur in die steife Bettwäsche fallen. Sie roch nach Industriewaschmittel, und das Kopfkissen sank in sich zusammen, wie ein Wasserball, dem die Luft ausgeht. Thomas faltete die Hände und legte sie in den Nacken.

Er hatte sich fest vorgenommen, keinen weiteren Gedanken mehr an Bayard zu verschwenden, aber gleich gewusst, dass es ihm nicht gelingen würde. Das stakkatoartige Bellen, mit dem Bayard den Fundort übernommen hatte, hatte sich in seinen Gehörgängen festgesetzt. Bayard hatte ihm erst gar keine Gelegenheit gegeben, etwas auf seine dumme Bemerkung zu erwidern, sondern gleich zwei Beamte herbeigerufen, die Thomas wegbringen sollten, und Martens' Protest dagegen umgehend verworfen. Soweit er sich erinnern könne, leite er noch immer selbst die Ermittlungen. Dass er

Martens so viel Spielraum ließ, dass der sich ungehindert bewegen und alle Akten einsehen konnte, wäre gutmütiges Entgegenkommen. Martens solle nicht dem Irrglauben verfallen, es könne sich um irgendetwas anderes handeln. Dass er sich zum Beispiel davon einschüchtern lassen würde, dass Martens das Innenministerium im Rücken hatte. In dem Fall könne seine Kooperationsbereitschaft durchaus ein ganz schnelles Ende finden. Den Rest der Diskussion hatte Thomas nicht mehr mitbekommen, sondern sich von den Beamten hinter die Absperrung bringen lassen und auf den Rückweg gemacht.

Sein Handy klingelte in der Dunkelheit. Lauter noch als das Klingen war das dröhnende Vibrieren. Es war eigentlich noch zu früh für Andrea, dachte Thomas und griff in seine Manteltasche. Um der sieben Stunden Zeitverschiebung zwischen ihnen Herr zu werden, hatten sie vereinbart, dass sie miteinander telefonierten, wenn sie vor dem Zubettgehen war und er gerade aufstand. Trotzdem ging er ran, ohne aufs Display zu schauen.

«Hey», wisperte Thomas mit geschlossenen Augen.

«Thomas Bulpanek?»

Thomas öffnete die Augen und versuchte, die Stimme zuzuordnen. Das Hintergrundrauschen hatte sie verzerrt. Es klang, als befände sich der Anrufer in einem fahrenden Wagen.

«Am Apparat», bestätigte er.

«Josef Martens. Ich hoffe, ich habe Sie nicht geweckt.»

«Nein.» Thomas setzte sich auf.

«Ich möchte mich bei Ihnen für Bayards Auftreten entschuldigen. Es war … unangemessen.»

Thomas stutzte. Deswegen rief Martens ihn mitten in der Nacht an? «Ich weiß ja, was er von mir hält. Mir ist nicht unbedingt die Luft weggeblieben.»

«Dennoch. Ich hätte Sie nicht dazu überreden dürfen, sich dem auszusetzen. Auch dafür muss ich Sie um Entschuldigung bitten.»

«Kein Grund», antwortete Thomas.

«Freut mich, dass Sie das so gelassen hinnehmen. Ich hatte schon befürchtet, dass es – wie soll ich sagen? – alte Wunden wieder aufreißt?»

Es kam zu schnell, um rundherum ehrlich zu sein. Entweder hatte Martens mit seiner Antwort gerechnet, oder aber es war bis hierhin nur eine Art Vorspiel.

«Es besteht zwar absolut kein Anlass, aber danke, dass Sie sich Gedanken gemacht haben», hoffte Thomas es abzukürzen. Worauf wollte Martens nur hinaus?

«Es tut gut, zu wissen, dass ich mich nicht in Ihnen getäuscht habe. Sie haben einen widerstandsfähigen Charakter.»

«Mhm …», machte Thomas nur.

«Sie haben mir übrigens noch nicht geantwortet.»

«Worauf?»

«Ihr Einverständnis vorausgesetzt, schicke ich im Laufe des Tages jemanden mit den Akten zu Ihnen.»

«Ich empfand Bayard recht unmissverständlich, was Einmischungen angeht.»

Das Rauschen im Hintergrund hatte aufgehört. Martens musste angehalten haben.

«Seine übliche Art, sich aufzuspielen», wiegelte Martens ab. «Dass ich durch ihn und seine Mitarbeiter über alles informiert werde, ist einem einfacheren Procedere geschuldet.

Tatsächlich würde ich auch alles über das Ministerium bekommen.»

«Trotzdem lassen Sie sich vor versammelter Mannschaft abkanzeln?»

«Das ist nicht der Moment für Eitelkeiten. Oder sehen Sie das anders, Thomas?»

Martens nannte ihn beim Vornamen. Thomas fühlte sich umgehend um Jahre zurückversetzt. Allein Martens' Hilfe hatte er es zu verdanken gehabt, dass er trotz seiner gerade mal fünf Dienstjahre nach Abschluss der Fachhochschule aufgrund besonderer Eignung als der jüngste Kriminalbeamte 1999 in den ersten Jahrgang der BKA-eigenen Ausbildung zum Fallanalytiker aufgenommen worden war. Thomas gegenüber hatte Martens seine Einflussnahme «berechtigten Vertrauensvorschuss» genannt, ihm dafür aber abverlangt, ihn am jeweils letzten Freitagabend im Monat in seinem Büro über seine Fortschritte auf dem Laufenden zu halten. Oft hatten sie dann bis in die frühen Morgenstunden zusammengesessen, und Thomas hatte ausführlich berichtet.

Martens war damals mehr als nur sein Freund und Förderer. Thomas erinnerte sich noch gut daran, wie Martens ihm mit aufgestützten Ellenbogen und gefalteten Händen in seinem ledernen Chefsessel zugehört hatte, während er selbst auf dem Besucherstuhl vor dem Schreibtisch referiert hatte und sich in den ersten Monaten vorkam wie der Enkel, der seinem spendablen, gönnerhaften Großvater berichtete, wie dessen Investition ins Studium sich bezahlt machte. Damals benutzte Martens ebenfalls das Hamburger Sie. Thomas hatte umgekehrt die Erlaubnis, den «Polizeipräsidenten» wegzulassen und ihn schlicht «Herr Martens» zu nennen.

Thomas spürte, dass sich ein Schmunzeln in seine Mundwinkel geschlichen hatte. «Ich denke, ich sehe das ähnlich, Herr Martens. Persönliches hat in einer Mordermittlung wenig Platz.»

«Heißt das, ich kann mit Ihnen rechnen?»

Thomas atmete durch. Freitagabendserinnerungen zerrten an seiner spontanen Verneinung.

«Sie wissen, wie lange ich das schon alles hinter mir gelassen habe. Ich bezweifle ehrlich, dass ich Ihnen eine große Hilfe sein kann.»

«Da hatte ich vorhin aber einen ganz anderen Eindruck.»

«Das war auch keine große Herausforderung. Selbst wenn man Ewigkeiten kein Auto gefahren ist, weiß man immer noch, wo das Gaspedal ist.»

«Ganz meine Meinung.»

«Das Problem ist nicht das Fahren an sich. Sondern das Wissen darum oder von mir aus auch die Übung oder was weiß ich, was passiert, wenn man in den Grenzbereich kommt. Da hat der kleinste Fehler verheerende Folgen.»

«Tödliche», untermauerte Martens.

«Sie sagen es.»

«Und was, glauben Sie, passiert, wenn ein führerloses Fahrzeug auf eine Menschenmenge trifft?»

«Die Ermittlungen sind aber nicht führerlos.»

«Dann setzen Sie eben ein Kleinkind hinters Steuer. Das Ergebnis bleibt das gleiche.»

«Ich wäre vermutlich auch nicht mehr als dieses Kind.»

Thomas konnte Martens' gedehnten Atem hören.

«Die ganze Sache damals hat offensichtlich doch mehr Eindruck auf Sie hinterlassen, als ich dachte.»

«Das ist es nicht.»

«Es ist beschämend», fuhr Martens fort, als hätte er Thomas nicht gehört. «Ich habe große Stücke auf Sie gehalten. Mehr als auf jeden anderen.»

Martens' Atem rauschte in der Leitung. Thomas hatte es zuletzt nicht mehr bemerkt, dafür kehrte das Pochen hinter seinen Schläfen jetzt noch heftiger zurück. Er massierte sie mit der freien Hand.

«Denken Sie, ich habe Sie damals im Stich gelassen?», fragte Martens unvermittelt.

«Ich verstehe nicht.»

«Die ganzen schrecklichen Geschichten, die Bayard über Sie ausgeschüttet hat. Die Disziplinarverfahren. Ich hätte mich schützend vor Sie stellen müssen.»

«Sie waren längst pensioniert.»

«Sie sehen doch, dass ich noch einen gewissen Einfluss habe.»

Thomas' Lippen öffneten sich zwar, aber sie formulierten keine Antwort. Vielleicht hatte er so etwas tatsächlich einmal gedacht, aber es kam ihm nicht mehr in den Sinn.

«Ich habe mir das lange vorgeworfen», murmelte Martens fast. «Als ich Sie dann mit Lang durch die Hecken kommen sah, hatte ich kurz den absurden Gedanken, das hier könnte so eine Art Wiedergutmachung werden. Können Sie das verstehen?»

Martens Gefühligkeit traf Thomas unvorbereitet. War das überhaupt Martens? Er konnte sich nicht erinnern, ihn jemals derart weich oder persönlich erlebt zu haben. Thomas musste schlucken und merkte, dass sein Mund völlig trocken war.

«Ich denke, ja.»

«Gut!»

Thomas schnaubte unversehens aus. Er spürte die Widerstände brechen. Und dahinter, auch wenn er nicht sagen konnte, warum, fühlte es sich richtig an, Martens die Adresse seines Hotels zu geben, wo er die Akten in Empfang nehmen würde.

Kaum hatte Thomas aufgelegt, hörte das Pochen hinter seinen Schläfen auf. Stattdessen bohrte sich der Schmerz wie ein daumendicker Dorn über dem linken Auge durch den Schädelknochen bis tief in sein Hirn. Das Handy fiel zu Boden und vollführte einige undefinierbare Turnübungen auf seinen Ecken, bevor es unterm Bett verschwand. Thomas stemmte die Handballen gegen die Schläfen, als könnte er den Dorn ausdrücken wie einen reifen Pickel. Und tatsächlich gab er nach, und der Schmerz ließ noch einmal von ihm ab. Aber es konnte nur ein erster Vorbote sein, also stand Thomas auf und durchwühlte das Außenfach seines Koffers nach dem Medikamentenmäppchen.

Diese Art Kopfschmerz hatte ihn zum ersten Mal an dem Abend ereilt, als er seine Kündigung abgegeben hatte, und war seitdem in unregelmäßigen Abständen wiedergekommen. In keinem CT konnten die Ärzte die Ursache dafür ausmachen. Also blieb ihnen nichts anderes übrig, als ihm ein Schmerzmittel zu verschreiben.

Das Außenfach des Koffers war leer. Thomas öffnete den Reißverschluss des Hauptfachs und tastete sich durch die Wäsche.

Nichts.

Er stockte und sah auf die Tasche mit den Seminarunterlagen. Hatte er das Mäppchen dort hineingepackt? Nervös ertasteten seine Finger einige dünne Sammelordner, einen Block und ein hartes Mäppchen, das aber für seine Stifte war. Im hinteren Fach stieß er unter seinem Laptop auf das Netzteil und anderen Kleinkram.

Sein Herz schlug schneller. Die Haut auf seinem Rücken bereitete sich auf einen Schweißausbruch vor.

Also noch einmal der Koffer. Thomas klappte den Deckel zurück, drückte mit gespreizten Fingern auf die Kleidung darin. In einer Ecke stieß er auf etwas Weiches, Längliches. Seine Hand tauchte zwischen die weißen Hemden und zog es hervor … Socken.

Er gab auf und setzte sich aufs Bett. Er musste das Mäppchen zu Hause liegen gelassen haben. Im Bad. Oder im Schlafzimmer, wo er alles für die Reise Notwendige zusammengetragen hatte.

Auf dem Küchentisch, fiel es ihm wieder ein. Dort hatte er es abgelegt, als das Telefon geklingelt hatte.

Er zog sein Portemonnaie aus der Gesäßtasche und öffnete das Kleingeldfach. Für den Notfall hatte er immer noch eine einzelne Tablette dabei. Aber die hatte er offenbar auch schon irgendwann anders verbraucht.

Genauso wie die Notration des anderen Medikaments. Das wichtigere von beiden. Das mehr als wichtige, das er drei Mal täglich schlucken musste.

Wie lang hielt deren Wirkung eigentlich vor? Die letzte Tablette hatte er nach dem Mittagessen eingenommen, das nun circa vierzehn Stunden zurücklag.

Er brauchte einen Arzt, der ihm ein Rezept ausstellte.

Nicht irgendeinen. Aber er könnte morgen früh Dr. Meisel aufsuchen, der ihm diese Dinger erstmals verordnet hatte. Er würde sich sicher an Thomas erinnern. Meisel musste ja noch die Akte haben.

Wenigstens eine Art Lösung, dachte Thomas und rechnete aus, dass er die nächste Tablette rund zwanzig Stunden zu spät nehmen würde. Er hatte keine Erfahrung damit, ob sich das irgendwie auswirken würde.

Eine halbe Stunde später stellte Thomas sich vor, wie eine Glocke, die er mit Zeigefinger und Daumen umschließen konnte, durch ein schmales, blaues Vorstadtholzhaus mit einem verschneiten Vorgarten in Chicago, Illinois, schrillte. Die Glocke befand sich in einem Telefon, das aus den Anfängen der Fernsprechzeit stammen konnte, aber ein Nachbau war. Im Gegensatz zu dem viktorianischen Tischchen im dunkelrot gestrichenen Treppenhaus mit weißem Geländer, auf dem es stand.

Thomas hatte die Freisprechtaste gedrückt und das Handy einen Arm weit neben sich gelegt, damit das Freizeichen ihm nicht die letzten Fasern seiner Hirnrinde zerriss. Er wusste, dass er noch immer vor der verabredeten Zeit war. Aber die Kopfschmerzen verweigerten ihm einzuschlummern. Und er hoffte auf den Klang von Andreas Stimme, der sich honigweich um seine Sinne legen würde.

Nach dem achten Klingeln klickte es in der Leitung: «Hi! This is Andrea Bulpanek-Rose. I'm sorry, but …»

Thomas rollte auf die Seite und unterbrach die Verbindung. Er drückte die Wahlwiederholung. Wieder achtmaliges Klingeln. Wieder sprang der Anrufbeantworter an.

«Hi! This is Andrea Bulpanek-Rose. I'm sorry, but you only caught the answering machine.»

Wieder drückte er auf das rote Hörersymbol. Er hatte eine lange Nacht vor sich.

Frankreich, Puttelange-aux-Lacs

montag, 13. januar, 04:13 uhr

Die Matratze war zu kurz. Ihm war kalt, und es stank fürchterlich nach Moder und Verrottung.

Auch damals hatte es fürchterlich gestunken, und ihm war schrecklich kalt gewesen. Nur war die Matratze da noch zu groß gewesen.

Viel zu groß.

Njémez war versucht, die Erinnerungen aus seinem Gesicht zu wischen. Aber er musste sie aushalten. Er musste sie kommen lassen. Eine nach der anderen.

Er drehte die Lautstärke an seinem MP3-Player hoch. Die Frau klagte dasselbe Lied sicher schon zum fünfzehnten Mal. Zwanzigsten Mal. Er hatte nicht mitgezählt. Er war nur immer wieder an zwei Wörtern hängen geblieben: Hotblooded Woman – Heißblütige Frau.

Njémez verstand nur brockenweise Englisch. Bis ihn jemand aufgeklärt hatte, hatte er sich Hardblooded Woman zusammengereimt. Hartblütige Frau. Es war falsch, aber es gefiel ihm besser. Passte besser zu seinen Bildern im Kopf.

Ein Grund für seine Rückkehr. Zwischen die feuchten Wände, an denen schwarzer Schimmel hinabfloss. Ohne Fenster, nur mit einer Luftschutztür versehen.

Lediglich die Ratten fehlten. Damals seine unterarmgroßen Genossen. Die sich durch die Füllung der Matratze gefressen hatten, weil sie nach Blut und anderen Körperflüssigkeiten schmeckte. Anfangs konnte er wegen ihnen nicht schlafen. Weil er befürchtet hatte, er würde nicht bemerken, wenn sie an ihm nagten. Dort, wo das Blut austrat und verkrustete. Manchmal aber hatte er sich heimlich gewünscht, sie würden es doch tun. Und dass sie schnell machten. Das, was man selbst nicht tun kann. Weil man es sich nicht vorstellen kann. Weil man noch nicht weiß, dass man sich selbst töten kann.

Er spürte den Hass auflodern und konzentrierte sich ganz auf die kaltherzig klagende Stimme. Sie wusste, sie hatte etwas Schlimmes getan. Er glaubte, dass sie wusste, dass es Unrecht und Recht zugleich war. Aber er verstand, sie würde es bis zum Ende durchstehen.

Hartblütig.

Wie er sein musste.

Weil er einen Plan hatte.

Er schloss die Augen. Die Klagende würde ihn führen. Also ließ er die Bilder kommen.

Saarbrücken

montag, 13. januar, 08:34 uhr

Seine Oberschenkel wurden mit jeder Stufe auf der Treppe vor dem Rathaus weicher. Ein Tribut an die Nacht, in der er natürlich kein Auge zugemacht hatte. Immer wieder hatte er sich im Bett von einer Seite auf die andere gewälzt, damit die Kopfschmerzen wenigstens für einen Moment nachließen. Doch sie waren zuverlässig immer wieder zurückgekehrt, kurz bevor er endgültig eingenickt war, und hatten ihn schlussendlich hellwach gehämmert wie Handwerker, die die Nachbarwohnung entkernten. Gegen sechs Uhr hatte er aufgegeben und sich auf einen weiteren langen Spaziergang gemacht. Vielleicht war es die frische Luft. Die Kälte. Die Bewegung. Was auch immer es war, es hatte dafür gesorgt, dass die Kopfschmerzen zumindest erträglich geworden waren. Sodass er den Besuch bei Dr. Meisel auf später verschob. Natürlich auch im Hinblick darauf, dass er als unangemeldeter Patient im Wartezimmer geschmort hätte, während sein Termin mit Wolfarth auf dem Rathaus unaufhaltsam näher gerückt wäre. Und womöglich auch verstrichen.

Vielleicht nicht die klügste Entscheidung.

Der rechte Eingangsflügel der eisenbeschlagenen Holztür

fiel krachend hinter ihm zu. Der Nachhall in seinem Ohr trieb die Kopfschmerzen schlagartig eine Spirale rauf.

In der Eingangshalle roch es nach muffigen Broschüren und Faltblättern. Der scharfe Geruch von Putzmitteln legte sich darüber, als er die Steintreppe erklomm.

Am Treppenabsatz zum dritten Stock erwartete Johannes Wolfarth ihn bereits. Ein massiger Körper, der ansatzlos ins bärtige Gesicht überging.

«Na so was», strahlte Wolfarth. «Welch hoher Besuch.»

«Ich dachte, ich bekomme hier großen Bahnhof. Mit Spalierstehen und Tralala.» So wirklich lustig fand Thomas seine Bemerkung selbst nicht. Trotzdem lachte Wolfarth. Wenn man sich lange genug nicht gesehen hatte, war es vermutlich egal, was man zur Begrüßung sagte.

«Schön, dass du dich so kurzfristig für uns freimachen konntest!» Wolfarth hob die Hand, um gleich darauf kräftig in Thomas' einzuschlagen. «Dass wir uns noch mal wiedersehen!»

«Du bist oft genug in Stuttgart. Komm einfach vorbei», entgegnete Thomas.

Wolfarth führte ihn den langen Flur hinab. «Zähe Parteiseminare. Bin froh, wenn ich abends im Hotel bin. – Wie geht's Andrea? Und deiner süßen Kleinen?»

«Die Kleine ist 1,70 groß. Und seit dem Sommer in den Staaten. Highschool-Jahr.»

«Sind schnell erwachsen heute. Schneller als wir früher.»

«Darf sich trotzdem noch Zeit lassen. Sie ist schließlich erst vierzehn.»

«Und Andrea?»

«Wir wollten Linnea nicht ganz allein gehen lassen. Andrea hat glücklicherweise einen Job an der Uni dort gefunden.

Wohnt aber ein paar Blocks entfernt.» Thomas bemerkte, dass Wolfarth ihn von der Seite angrinste.

«Du meinst, du wolltest nicht, dass sie allein geht.»

«Wie geht's Fabienne?», versuchte Thomas, schnell das Thema zu wechseln.

Wolfarths Grinsen war plötzlich nur noch einseitig. Er ächzte anstelle einer Antwort. Und als sein Handy klingelte, wirkte er froh, nicht über seine Frau sprechen zu müssen. Er zog das Telefon aus der Hosentasche und schaute aufs Display, drückte den Anrufer aber umgehend weg.

«Presse!», knurrte er genervt.

«Du musst auf mich keine Rücksicht nehmen.»

«Ich weiß sowieso nicht, was ich denen sagen soll.»

«Gibt es Probleme?»

«Du hast noch keine Nachrichten gehört? Die Frau im Park.» Wolfarths Miene verdüsterte sich, und er vergrub die Hände in den Hosentaschen. Die Schlüssel darin klimperten, als er daran rumfingerte. «Wir haben vor zwei Monaten die Beleuchtung in der Stadt nachts runtergefahren, wegen der Kosten. Hauptsächlich Nebenstraßen. Und jetzt rate, was die für eine Geschichte daraus machen.»

«Klingt, als bräuchte da jemand eine Schlagzeile.»

«Man mag uns nicht mehr so sehr, seit wir auch im Land mit in der Regierung sitzen. Es ist schwierig zu vermitteln, dass man eine Ministerpräsidentin zuerst verteufelt und dann ihren Steigbügelhalter spielt.»

«Ich dachte, ihr seid fein raus mit dem *Wählerwillen.*» Thomas zog das Wort in die Länge.

Wolfarth lachte verhalten. «Jedenfalls haben wir als erste Amtshandlung den Stellenstreichungen bei der Polizei zugestimmt und hatten prompt eine Diskussion um die öffentliche Sicherheit. Und so nimmt jetzt alles seinen Lauf. Demnächst sind wir es noch persönlich, die durch die Stadt geistern und wer weiß was anrichten.»

«Ich hab zufällig einen ehemaligen Kollegen getroffen. Er sagt, der Direktor der Kriminalpolizei kümmert sich persönlich um die Sache. Das sollte euch doch Hoffnung machen, dass es bald vorbei ist.»

Wolfarth nickte nur beklommen. «Dann hoffen wir mal …»

Sie erreichten Wolfarths lederbeschlagene Bürotür. Doch statt hineinzugehen, legte Wolfarth die Hand auf die Klinke und zögerte.

«Habe ich das richtig verstanden? Du bleibst die ganze Woche hier?»

Thomas nickte. «Ich dachte, es ist eine gute Gelegenheit, sich noch mal ein bisschen in der Stadt umzuschauen. Was sich so verändert hat.»

«Gut. Dann hab ich einen Anschlag auf dich vor», sagte Wolfarth und sah an Thomas vorbei.

Thomas schwieg und wartete ab.

«Es ist mir etwas unangenehm, dich damit zu überfallen.» Wolfarth sah zu ihm auf. Er ließ die Hand von der Klinke gleiten und nahm Thomas ein Stück auf die Seite: «Meiner Sekretärin wurde vor ein paar Tagen das Smartphone geklaut. Was hier alle in ziemliche Aufregung versetzt hat.»

«Hm?» Thomas verschränkte die Arme vor der Brust.

«Die Dinger sind inzwischen mobile Büros. Und Mirjam hat natürlich Zugang zu einer Menge sensibler Daten. Inklusive einiger Posteingänge von Fraktionsmitgliedern.»

«Verstehe.»

«Das ist noch nicht alles. Ich werde bald nach Berlin gehen und das Wahlkreisbüro unserer Abgeordneten übernehmen», fügte Wolfarth als Erklärung an.

«Glückwunsch!»

«Danke.» Wolfarth lächelte, als wäre es im Grunde keine große Sache. «Ich habe Mirjam als meine Nachfolgerin hier vorgesehen. Was noch ein Grund ist, warum man der Sache so viel Aufmerksamkeit schenkt. Ich glaube aber, dass das mit etwas ganz anderem zu tun hat: Mirjam wird von einem Irren gestalkt. Das weiß in der Fraktion natürlich niemand. Aber …» Wolfarth presste die Lippen aufeinander. Der Strich, der sein Mund war, schlug in verschiedene Richtungen aus, wobei er hörbar ausatmete.

«Ihr habt niemanden, den ihr mit der Sache betrauen könnt», stellte Thomas fest und bemerkte ein leichtes Unbehagen. Er war erst seit ein paar Stunden in Saarbrücken, und ihm schwante, dass er schon das zweite Mal in seine Rolle als Polizist zurückgedrängt werden sollte.

Wolfarths Miene hellte sich auf. Er legte Thomas eine Pranke auf die Schulter und öffnete mit der anderen die Tür zu seinem Büro.

«Hab ich schon erwähnt, wie sehr ich mich freue, dass wir uns wiedersehen?», sagte er und ging voraus. «Mirjam? Das ist Thomas Bulpanek.»

«Entschuldigung, sofort», antwortete sie, ohne aufzusehen, und klickte auf ihrem Notebook herum.

Mit dem Computer auf den Knien wirkte die junge Frau mit dem schwarzen Pferdeschwanz zerbrechlich klein vor dem schwarzbraunen Schreibtisch im Kolonialstil. Thomas schätzte sie auf nicht mehr als eins sechzig und circa dreißig

Jahre. Die schwarze Kleidung, Hose, Hemdbluse, Jeansjacke, bildete nur einen schwachen Kontrast zu den dunkelbraunen Holzkassetten an den Wänden. Sie fügte sich bereits sehr gut ins Zimmer.

«Lassen Sie sich Zeit», sagte Thomas. In der Besucherecke rechts von ihm bemerkte er zwei große Koffer und einige Aktenkartons.

«Die werden bald abgeholt», erklärte Wolfarth und führte Thomas zum Schreibtisch. «Die nächsten Wochen geht's ständig nach Berlin und zurück. Da will ich nicht jedes Mal was packen und mich damit abschleppen.»

Thomas stellte sich hinter den für ihn reservierten Freischwinger und wartete, bis Mirjam das Notebook zuklappte und auf den Schreibtisch stellte.

«So. Noch mal Entschuldigung! Mirjam Reichert», hielt sie ihm die Hand hin. «Ich könnte den ganzen Tag damit verbringen, E-Mails und so weiter zu beantworten. Und natürlich ist eine wichtiger und dringender als die andere.»

«Ich kenne das Problem», lächelte Thomas und drückte kurz ihre erstaunlich kräftige Hand. Er selbst hatte sein Postfach für die Tage in Saarbrücken in Urlaub geschickt.

«Geht wohl jedem so. Hier im Haus zumindest weiß ich das sicher», stöhnte sie leicht.

Wolfarth ließ sich in seinen dunkelroten Designer-Chefsessel fallen. «Mirjam hat die Vorbereitungen mit der Schule getroffen. Wenn du Fragen hast, kannst du dich in den nächsten Tagen an sie wenden.»

Thomas nickte und setzte sich gleichzeitig mit Mirjam.

Wolfarth stützte seine Ellenbogen auf der Schreibtischkante ab und sah Mirjam an. Die professionelle Wärme in seinem Gesicht wich einer ehrlichen, fast schon herzlichen Anteilnahme. «Ich habe Thomas gebeten, sich mal deine Geschichte anzuhören.»

Mirjam war die Überraschung ins Gesicht geschrieben. Sie sah von Wolfarth zu Thomas und wieder zurück. Ihre Augenbrauen zuckten fragend.

«Ich sagte dir doch, ich fände es gut, wenn du mal mit einem Spezialisten darüber sprichst.»

Mirjams Nackenmuskeln traten deutlich hervor. Sie war nicht nur einfach schlank. Wahrscheinlich war sie eher sehr gut trainiert. «Mit einem Anti-Gewalt-Trainer?! Bitte verstehen Sie mich nicht falsch, Herr Bulpanek. Ich glaube nur, dass das nicht in Ihr Ressort fällt.»

«Er ist Polizist», schob Wolfarth dazwischen.

«War», korrigierte Thomas ihn umgehend.

«Hört man irgendwann damit auf?», lachte Wolfarth.

«Bin immer noch bester Hoffnung», antwortete Thomas und wandte sich Mirjam zu. «Ich weiß von dem Diebstahl und dem Stalker. Wenn Sie mich mit den Fakten vertraut machen wollen …»

«Nein!», platzte es aus Mirjam hervor.

«Ich möchte aber gern seine Einschätzung hören!» Wolfarths Ton duldete keinen Widerspruch. Er deutete zusätzlich auf den Parteiwipfel, der zwischen ihnen beiden auf dem Schreibtisch stand.

Mirjam fühlte sich völlig überfahren. Und war absolut nicht willens, sich vor einem Wildfremden derart zu entblößen. Expolizist oder nicht. Schon allein, wie er sie aus diesen graubraunen Augen ansah!

Eine dunkelbraune Strähne fiel ihm in die Stirn. Dichtes, fingerlanges Haar. Frisch geschnitten. Angedeuteter Seitenscheitel. Ansonsten ein Allerweltsgesicht.

Hatte sich sein Blick verändert? Oder hatte sie das Durchleuchtende bislang nur nicht wahrgenommen? Jedenfalls provozierte er damit nur noch mehr Widerstände in ihr. Wolfarth von dem Diebstahl zu erzählen hatte sich nicht umgehen lassen. Ging es doch schließlich um ihr Diensthandy. Doch vom Stalker, da war sie inzwischen sicher, hätte sie lieber gar nicht erst angefangen. Sie hätte ahnen müssen, dass Wolfarth darauf reagieren würde.

Dabei hatte sie ihn sogar gebeten, es für sich zu behalten. Weil einem so etwas ewig nachhing. Irgendjemand fand immer einen Grund, warum man selbst schuld an so was war. Und wenn erst einmal ein Satz wie «Nur Verrückte ziehen Verrückte an!» gefallen war oder «So ganz unschuldig wird sie daran nicht sein!», folgten bald auch die wildesten Spekulationen darüber, wie man sich die Zeit jenseits des Büros vertrieb. Von da an schaute einem jeder auf die Finger.

Andererseits konnte sie im Augenblick nicht riskieren, Wolfarths Wohlwollen aufs Spiel zu setzen. Er konnte sehr ungehalten werden, wenn man nicht tat, was er für das Richtige hielt. Und sie durfte ihn nicht verlieren, wenn sie wirklich in seinen Ledersessel rutschen wollte.

Mirjam rückte an die Stuhlkante vor und straffte ihren Rücken.

«Wo soll ich anfangen?», fragte sie Bulpanek schließlich doch.

«Erzählen Sie einfach. Was immer Ihnen wichtig erscheint», sagte er und rückte ebenfalls an die Stuhlkante vor. Spiegeltechnik nannte man so etwas wohl. Sie glaubte, darüber in einem Frauen-Psycho-Blödheits-Magazin gelesen zu haben.

«Na ja, also gemerkt, dass ich beklaut wurde, hab ich erst, als ich wieder zu Hause war. Kurz nach Mitternacht. Ich wollte das Handy ausmachen, damit ich nachts nicht geweckt werde.»

«Dann werden Sie öfter so spät noch angerufen?»

«Wir haben bald Kommunalwahlen. Die Vorbereitungen für den Wahlkampf laufen bereits, und die meiste Arbeit machen Ehrenamtliche. Einige davon sitzen bis spätnachts an Flyern und solchem Kram. Und wenn die Fragen haben, kennen die keine Uhrzeit.»

Bulpanek nickte, als hätte sie ihm etwas Neues erzählt.

«Jedenfalls hab ich die ganze Tasche ausgeleert, aber es war weg», fuhr Mirjam fort und deutete auf die große, schwarze Segeltuchtasche neben ihrem Stuhl. «Also hab ich überlegt, ob ich es im Büro vergessen hatte. Aber dann fiel mir ein, dass mich jemand angerufen hat, als ich unten aus dem Personaleingang gekommen bin. Das war so gegen halb elf.»

Um Viertel vor elf hatte sie bereits im McDonald's am St. Johanner Markt gesessen. Sie mochte den Laden nicht, aber er war der einzige in der Nähe, in dem sie auf die Schnelle und noch dazu im Warmen etwas essen konnte. Und ihr Magen knurrte schrecklich, da sie seit dem Mittag nichts mehr gegessen hatte.

Mit einem großen Menü und einer Apfeltasche suchte sie sich einen Platz im Durchgang, an dem sie möglichst allein und abseits der grölenden Jugendlichen saß, hängte ihre Tasche über die Stuhllehne und begann zu essen.

Es sich selbst einzugestehen war natürlich schwer, aber

bereits der erste Biss in die Hamburgerpampe löste eine exorbitante, eine wunderbare, eine himmelschreiende Fresslust aus. Kein Wunder also, dass sie dem südländischen Typ Anfang zwanzig mit mittellangem Haar und schwarzer, hüftlanger Lederjacke zuerst kaum Aufmerksamkeit geschenkt hatte. Sie sah erst richtig zu ihm auf, als er mühsam und polternd versuchte, mit einer Krücke einen Stuhl vom Tisch wegzurücken. Die Fresslust rang zwar deutlich mit ihrem Anstand, aber letztlich obsiegte ihre gute Erziehung, und sie stand auf, um ihm zu helfen. Doch kaum hatte sie sich erhoben und die Finger an der Serviette abgewischt, nahm der Typ beide Krücken in eine Hand, grinste breit und lief aus dem Laden. Sprachlos war sie zurückgeblieben und brauchte einen Moment, bis sie kapierte, dass er ihr etwas vorgespielt hatte. Auch wenn sie keinen blassen Schimmer hatte, weswegen eigentlich.

«Ich hab den Diebstahl erst bemerkt, als ich in meiner Küche saß», schloss sie ihre Schilderung ab.

«Ein altbekannter Bauerntrick. Einer lenkt ab, der andere greift zu», sagte Bulpanek. «Waren Sie bei der Polizei?»

«Pfff …», machte Mirjam nur verächtlich. «Die meinten, der Typ könne ja nicht der Täter sein, weil er nicht in meine Tasche gegriffen hat. Selbst wenn er vielleicht was damit zu tun hat.»

«Was streng genommen ja auch stimmt», bekräftigte Bulpanek. «Den anderen haben Sie nicht gesehen?»

«Nicht mal bemerkt!»

Bulpanek nickte. «Wurde Ihr Telefon nach dem Diebstahl benutzt?»

«Das ist es ja, was uns Gedanken macht», meldete Wolfarth

sich dazwischen. «Auf der Rechnung tauchen keine Gespräche auf.»

Bulpanek ließ es unkommentiert und wandte sich gleich wieder an Mirjam: «Johannes denkt, Ihr Stalker könnte dahinterstecken.»

«Klingt für mich logisch», sagte Wolfarth.

«Es könnte vielleicht auch jemand anders sein.»

Mirjam fuhr unbewusst mit den Händen über ihre Oberschenkel bis zu den Knien. Erst als sie spürte, wie Daumen und Finger sich in die Muskeln darüber gruben, platzierte sie ihre Hände auf den Stuhllehnen.

«Glaub ich nicht», gab sie ehrlich zu.

Bulpanek nickte wiederum nur und ließ sich sehr viel Zeit mit seiner nächsten Frage: «Kennen Sie den Stalker?»

«Was?!» Es sollte ebenfalls eine Frage werden. Stattdessen klang es nach purer Entrüstung.

«Vielleicht ein Exfreund?»

«Nein.»

«Jemand, der sich früher mal über Sie beschwert hat. Der sich von Ihnen ungerecht behandelt gefühlt hat. Etwas in der Richtung.»

Ein «Nein!» kam über ihre Lippen. Sie glaubte, pampiger zu klingen, als sie es beabsichtigt hatte. Es schien Bulpanek nichts auszumachen. Er blieb vollkommen ruhig.

«In der Regel gibt es eine persönliche Beziehung zwischen Stalkern und ihren Opfern. Auch wenn sie meist unterschiedlich intensiv erfahren wird.»

Mirjam sah ihn fragend an, obwohl sie durchaus wusste, was er damit sagen wollte: *So ganz unschuldig wird sie daran nicht sein!*

«Womit ich Ihnen aber nichts unterstellen will. Wie ist Ihr Stalker bislang in Erscheinung getreten?»

«Gar nicht.» Er tanzte schließlich nicht vor den Fenstern ihrer Wohnung rum!

«Woher wissen Sie dann, dass Sie gestalkt werden?»

Sie begriff langsam, worauf er hinauswollte. «Zuerst war es nur so ein Gefühl. Wie wenn man merkt, dass man beobachtet wird.»

«Verstehe», sagte Bulpanek mit einem Lächeln.

Sie konnte nur schwer einschätzen, ob es freundlich war oder ob er sie gerade gedanklich als Verrückte abstempelte.

«Dann hab ich irgendwann festgestellt, dass jemand Post aus meinem Briefkasten klaut. Rechnungen und solchen Kram. Und am Ende ging es dann los mit anonymen Anrufen.»

«Was hat er zu Ihnen gesagt?»

«Gar nichts. Hat jedes Mal aufgelegt, wenn ich ranging. Aber das hat aufgehört, als wir die Handynummer gewechselt haben.»

«Wir?»

«Der Vertrag läuft über die Fraktion», schob Wolfarth dazwischen.

Bulpanek stützte einen Ellenbogen auf die Armlehne und rollte seine Unterlippe zwischen Daumen und Zeigefinger.

«Er hat außer den Anrufen und der Sache mit der Post niemals Kontakt mit Ihnen aufgenommen? Keine Nachrichten oder Briefe? Jemand, der Sie auf der Straße anspricht und wirkt, als würde er Sie schon ewig kennen?»

Mirjam überlegte angestrengt. Aber ihr blieb nur, den Kopf zu schütteln.

«Einen Haken hat die Sache für mich», fuhr Bulpanek fort.

Ganz unschuldig werde ich nicht daran sein?!

«Ihr Stalker legt offensichtlich sehr viel Wert darauf, unsichtbar zu sein. Er will anonym bleiben. Ein Bewunderer aus der Ferne. So was eben. In der Regel bleiben solche Menschen mit ihrer Obsession allein. Dennoch soll er zwei Kleinganoven engagiert haben, um Ihr Handy zu stehlen. Und sich dadurch Mitwisser ins Boot geholt haben. Das erscheint mir recht untypisch.»

Bulpanek sah sie mit leicht geneigtem Kopf an.

«Ich glaube nicht, dass Ihr Stalker etwas damit zu tun hat. Es war wahrscheinlich nur ein ganz simpler Taschendiebstahl. Vielleicht nicht ganz zufällig. Solche Täter sondieren ihre Opfer vorher und schlagen zu, wenn sie glauben, dass da etwas zu holen ist. Aber mehr Hintergrund hat das vermutlich nicht.»

Mirjam rang sich ein Lächeln ab. Es sollte beruhigt wirken. Aber sie spürte, dass es ihr entglitt.

Nachdem Mirjam gegangen war, hatte Wolfarth das Fenster geöffnet und den Hauptstraßenlärm ins Zimmer gelassen. Schreiende und lachende Schüler, wummernde PKWs, ein Bus dröhnte bei seiner Abfahrt wie ein Panzer in schwerem Gelände. Wolfarth atmete noch einmal tief durch und schloss das Fenster wieder.

«Du bist dir vollkommen sicher?», kam er zurück zu seinem Platz.

«Die Einzigen, die es wissen können, sind die Diebe.» Thomas schob ein selbstverständliches Lachen hinterher.

«Spekulationen helfen mir aber nicht weiter.»

«Dann bleibt dir nichts anderes übrig, als sie ausfindig zu machen.»

Wolfarth nickte bestätigend und starrte ihn erneut an.

«Ich?», begriff Thomas, worauf Wolfarth hinauswollte. «Nein!»

«Ich muss jemanden darauf ansetzen. Und es sollte jemand sein, der nicht an der falschen Stelle den Mund aufmacht.»

«Danke für dein Vertrauen, aber …»

«Du verstehst nicht! Ich *muss* jemanden darauf ansetzen!», wiederholte Wolfarth mit solchem Nachdruck, dass auch jedem, der ihn nicht kannte, sofort klar gewesen wäre, dass es nur zum Teil seine Entscheidung war. Trotzdem deutete er zusätzlich auf seine Berlin-Kisten in der anderen Ecke des Zimmers. «Während wir hier reden, krempelt jemand mein gesamtes Leben um. Der Preis, wenn man für seine Bundestagsabgeordnete arbeiten will. Und ich will vermeiden, dass da noch was dazwischenkommt.»

«Was sollte denn deiner Meinung nach noch hinter der Geschichte stecken?», fragte Thomas ungläubig.

Wolfarth legte die Finger an die Tischkante, schob die Unterlippe vor und zuckte abschließend mit den Schultern.

Thomas deutete auf die Nebentür, durch die Mirjam verschwunden war: «Traust du ihr nicht?»

«Es gibt niemanden, dem ich mehr vertrauen würde.»

«Was ist es dann?»

Wolfarth schloss kurz die Augen, sah zum Fenster und wieder zurück zu ihm. Er atmete tief durch.

«Läuft da was zwischen dir und deiner Sekretärin?»

Wolfarth ächzte nur und lächelte schief. «Nicht, was du denkst.» Er faltete die Hände auf der Tischplatte. «Ist eher so eine Vater-Tochter-Geschichte.»

Thomas spürte, dass seine Augenbrauen aufeinander zu

strebten. Wolfarth hatte früher trotz seiner massigen Erscheinung durchaus den Ruf eines Frauenschwarms genossen. Kein Ladykiller, eher der Typ Großer-Bär-zum-Anlehnen in Verbindung mit Lokalheld. Er gab nie damit an, dennoch wusste jeder, dass er nur selten von einer Veranstaltung allein heimging. Jedenfalls bis zu seiner Heirat.

«Sie genießt bei mir einfach so was wie Welpenschutz. Vielleicht hab ich es ihr hier und da ein wenig leichtgemacht. Und ich will nicht, dass sie deswegen ins Kreuzfeuer gerät.»

«Könnte sie?»

«Sie ist meine erste Sekretärin, die nicht ihre Privatpost in die Auszeichnungsmaschine schmuggelt.»

«Also über jeden Vorwurf erhaben.»

Wolfarth nickte. Langsam, fast wie in Zeitlupe, aber nachdrücklich. «Es brechen andere Zeiten an. Alles ist ganz hysterisch hinter einer weißen Weste her. Jemand wie Mirjam kann es da weit bringen. Das Einzige, was ihr fehlt, ist Durchtriebenheit. Kommt aber noch, wenn sie erst einmal lang genug auf diesem Stuhl sitzt.»

Thomas glaubte, einen ironischen Unterton herauszuhören.

«Aber da ist noch etwas, das mir Sorgen bereitet.» Wolfarth musste Dreck unter seinem Daumennagel entdeckt haben, den er mit dem Mittelfinger hervorpulen wollte. Es knipste jedes Mal, wenn die Nägel voneinander abglitten. «Ich weiß nur nicht recht, wie ich es ansprechen soll.»

«Johannes Wolfarth ist um Worte verlegen. Allein dafür hat sich mein Kommen schon gelohnt.»

«Du erinnerst dich vermutlich noch an …» Wolfarth unterbrach sich. Er legte die rechte Hand um seine linke Faust und rieb über die Knöchel. «Sagt dir … Katharina Wissmann. Du weißt noch, wer das war?»

Wie hätte Thomas das vergessen sollen?! Die Journalistin, mit deren Ermordung sein Absturz angefangen hatte. Wie lange war das jetzt her? Neun Jahre? Zehn? Thomas war nicht in die Ermittlungen eingebunden gewesen. Vielmehr hatte er sich den unaufgeklärten Mord zwei Jahre später noch einmal vorgenommen, nachdem ein Computerfreak bei der Systemumstellung in der Redaktion der Saarbrücker Zeitung einige versteckte Dateien auf Katharinas Ex-Rechner gefunden hatte, die ihm seltsam vorgekommen waren. Thomas konnte sich damals nicht vorstellen, dass die ermittelnden Beamten derart geschlampt haben sollten, dass sie diese übersehen hatten. Und so war es auch eher, um sie von jedwedem Verdacht freizusprechen, dass er die Akten Seite für Seite auf der Suche nach einem Beleg durchstöberte, dass die Dateien Teil der Ermittlungen gewesen waren. Doch sie wurden mit keinem Wort erwähnt. Ebenso wenig wie eine Story, von der sie in ihren Aufzeichnungen immer wieder gesprochen hatte, die «unglaublich» und «unfassbar» war und die «von unvorstellbarer Schlamperei bei der Polizei» zeugen sollte, welche obendrein auch noch «mutwillig und vorsätzlich» gewesen sein sollte. Einer weiteren Notiz hatte er entnommen, dass es dabei um die Entführungsserie mehrerer sechs- bis neunjähriger Jungen gegangen war. Thomas war ihrem Verdacht gefolgt. Und tatsächlich hatte auch er Merkwürdigkeiten festgestellt. Kurz danach war sein Verhältnis zu Bayard in offene Feindschaft eskaliert, die mit seiner Kündigung und einer langen Reihe von Rezepten für Psychopharmaka geendet hatte.

Er durfte nicht vergessen, im Anschluss an die Unterredung

mit Wolfarth umgehend Dr. Meisel aufzusuchen, dachte er, als ihm plötzlich bewusst wurde, was das Déjà-vu am Wassertor ausgelöst hatte: Auch Katharina Wissmann war erschossen worden. Und wie bei der Leiche im Bürgerpark war dabei das Auge zerstört worden.

Thomas spürte seine Fingerspitzen unterhalb seines rechten Augenlids. Er zog seine Hand zurück.

«Dumm von mir, zu glauben, du könntest sie vergessen haben», kommentierte Wolfarth Thomas' Schweigen und musterte seine eigenen Fingerspitzen.

«Ich verstehe den Zusammenhang nicht.» Thomas war davon ausgegangen, dass Wolfarth nicht wusste, wie die drei Frauen der letzten Nächte getötet worden waren. Laut Martens unterlagen alle Details der Taten strikter Geheimhaltung.

«Mirjams Schwester war diejenige, die sie gefunden hat. Sie waren Cousinen.»

«Die Frau, die sie gefunden hat, hieß nicht Reichert», stellte Thomas fest.

«Mirjam hat den ganzen Rummel damals miterlebt. Und anschließend den Mädchennamen ihrer Mutter angenommen.»

«Der Presse wegen.»

«Eigentlich eher unseretwegen. Wissmann ist hier kein häufiger Name. Und die Sache steckte noch lange in den Köpfen.»

«Verstehe. Und ihre Schwester?»

Wolfarth hob die Schultern und zog die Mundwinkel herunter. «Ihre Beziehung hat sehr unter der Geschichte gelitten. Vanda ist weggezogen. Und soweit ich weiß, haben die beiden keinen Kontakt mehr.»

«Ich glaube, ich kapiere langsam, warum du willst, dass Licht in die Stalkersache kommt.»

«Ich finde, sie hat genug durchgemacht», sagte Wolfarth und sah mit zusammengepressten Lippen zu ihm auf. Im nächsten Moment verscheuchte er routiniert alle Düsternis aus seinem Gesicht, hob die Hände in die Luft und ließ sie wieder auf den Schreibtisch fallen. «Also? Was sagst du?»

Thomas war beileibe kein Privatdetektiv. Und er war auch nicht nach Saarbrücken gekommen, um sich als solcher zu verdingen. Seine Vergangenheit hatte ihn sowieso schon schneller eingeholt, als er sich das hätte träumen lassen.

«Wo bist du untergekommen?», fragte Wolfarth, zog eine Schublade auf und kramte darin.

«Am Markt. Das kleine Hotel.»

«Die Absteige? Du hättest uns früher informieren sollen. Dann hätten wir dich am Triller untergebracht. Aber ich hab trotzdem noch was Schönes für dich. Das soll jetzt keine Bestechung sein. Aber wenn es deine Entscheidung beeinflusst, hätte ich auch nichts dagegen.»

Er holte einen Schlüsselbund hervor und legte ihn zusammen mit einer Kreditkarte vor Thomas hin. «Falls du Auslagen hast. Und die Schlüssel gehören zu einer Wohnung gleich um die Ecke von deinem Hotel. Ich hab sie noch nicht gesehen. Soll aber schön sein.»

«Ich habe noch nicht ja gesagt.» Doch Thomas spürte bereits den Widerstand in sich schwinden.

«Du sagst aber auch nicht mehr nein», grinste Wolfarth.

«Ich hab noch das eine oder andere für das Seminar vorzubereiten», schob Thomas vor.

«Aber nicht die ganzen nächsten vier Tage. Dafür kenne ich dich zu gut.»

«Ich will mir die Schule ansehen. Das Umfeld. Die Ecken,

aus denen die Schüler kommen. Noch ein bisschen *Feldrecherche* eben.»

«Polizisten», lachte Wolfarth. Irgendwo zwischen amüsiert und ironisch. «Du musst nicht so tun, als wärst du schon seit Jahrzehnten weg. Wir haben eine neue Uferpromenade an der Saar gebaut und die Löcher im Straßenasphalt geflickt. Ansonsten hat sich nichts verändert.»

Um genau das herauszufinden, war Thomas aber einige Tage früher angereist. Das – und vor allem auch, um seine Saarbrücker Zeit nachträglich abzurunden. Zum Abschluss zu bringen. Denn als er fortgegangen war, war er innerlich noch wie betäubt gewesen. Hatte ihn nichts mehr bewegt. Und der eigentlich nicht genommene Abschied hatte eine Lücke hinterlassen.

«Ich sehe zu, dass ich dir die Adressen der Kinder besorge. Also eine grobe Orientierung. Du weißt schon, Datenschutz. Die Stadtviertel sind immer noch dieselben wie früher. Und die kennst du.»

Thomas wollte sein Kinn auf der Hand abstützen. Er konnte sich nur nicht recht entscheiden, ob auf der rechten oder der linken.

«Tu's für einen alten Freund», bat Wolfarth.

Thomas beugte sich letztendlich vor und nahm Schlüssel und Kreditkarte an sich.

«Unter Freunden. Aber nur weil du's bist. Und erwarte nicht zu viel.»

Mirjam hockte an die Wand gelehnt in ihrem zwölf Quadratmeter großen Büro, das sekündlich kleiner zu werden schien. Die Wände drohten, sie zu zerquetschen. Sie nahm den weißen Luxusschreibtisch nicht mehr wahr. Auch nicht die aufwendigen Regale, für deren Einbau man extra einen Schreiner bestellt hatte. Alles war begraben unter Schutzwällen aus Papier- und Aktenstapeln, Werbematerial und diversen elektronischen Geräten. Wie noch nie zuvor hatte Mirjam das Gefühl, alles könnte einfach umstürzen und sie unter sich begraben.

Ihr Mund war ausgedörrt. Sie schob sich an der Wand hoch, stieß sich ab, holte eine Halbliterflasche Wasser aus dem Kühlschrank neben dem Waschbecken und leerte sie gierig. Es folgte eine zweite. Sie prustete und rang nach Luft, als sie sie absetzte. Dann lehnte sie sich wieder an die Wand und glitt daran hinab.

Alles fing an, sich aufzulösen. Als zöge jemand am Fadenende eines Strickpullis. Und bescheuerterweise war sie selbst diejenige, die es angestoßen hatte. Obwohl sie sich fest vorgenommen hatte, den dunklen Teil ihres Lebens niemals hier eindringen zu lassen. Das hier war ein anderes Leben. Sie war jemand anders. Hier. Im Rathaus. In der Fraktion. Bei Wolfarth.

Noch hielt sie das Gleichgewicht der Kräfte für absolut intakt. Stalkie, so nannte sie den Stalker schlicht, war mit dem Handydiebstahl zwar kurzzeitig in ihre kleine Parallelwelt vorgedrungen. Aber er hatte nichts von den Daten darauf benutzt, um an sie heranzukommen. War das nicht das Zeichen, dass Stalkie sich wieder hinter die Grenze zurückzog? Wie sonst sollte sie das verstehen?

Sie hatte Anzeige erstattet, wofür sie sich noch heute ohrfeigen konnte. Aber glücklicherweise hatte sie auch gleich begriffen, dass sie im Sande verlaufen würde. Dank der Personalreduzierung bei der Polizei würde sich niemand auf die

Suche nach ein paar schäbigen Handydieben machen. Was gleichbedeutend damit war, dass die Anzeige nie geschehen war. Und Stalkie würde niemals davon erfahren.

Entsprechend glaubte sie, dass der unverhandelte Deal noch immer bestand: Mirjam überließ Stalkie die Welt zwischen Dienstschluss und Dienstbeginn. Akzeptierte, dass er Teil ihres Privatlebens war. Akzeptierte, dass Stalkie sie beobachtete, auch wenn sie es nie mit Sicherheit sagen konnte und es oft nur auf einem unbehaglichen Gefühl beruhte. Im Gegenzug blieb sie auf dem Rathaus und bei Veranstaltungen unbehelligt.

Man muss etwas geben, wenn man etwas nehmen will. War es nicht das, was man sie von klein auf gelehrt hatte? Ihr Privatleben war nun wirklich kein hoher Preis. Es bestand doch sowieso nur aus Schlafen, Sport, Lernen für das Fernstudium und dem wöchentlichen Besuch bei ihrer Schwester Vanda. Sie hatte nie verstanden, was Stalkie so spannend an ihr fand. Er war im Grunde sogar bemitleidenswert. Denn wenn man mal davon absah, wie krank und abartig es war, blieb dann nicht nur fehlgeleitete Einsamkeit übrig? Zumindest hatte sie es sich so erklärt. Was es erträglich machte. Zu wissen, da draußen war jemand, für dessen Einsamkeit sie die Erlösung war. Manchmal schmeichelte ihr der Gedanke sogar.

Natürlich wusste sie, wie dumm das war. Die anonymen Anrufe hatten ihr panische Angst eingejagt, und in ihrer Not hatte sie sich unter dem Siegel der Verschwiegenheit an eine Rechtsanwältin gewandt, die sie auf einer Veranstaltung zur Gleichberechtigung von Frauen kennengelernt hatte. Die ihr umgehend einen Aktionsplan vorgelegt hatte. Eigentlich einen Schlachtplan, mit Privatdetektiven, gerichtlicher Verfügung und psychologischer Begleitung, bei dem Mirjam zusammengezuckt war. Was die Westentaschenpsychologin zu sagen veranlasste: «Es gibt immer wieder Frauen, die nichts dagegen tun, weil sie ja auch was davon haben. Das ist wie bei einer Krankheit: Es geht einem dreckig, aber man profitiert auch von der Aufmerksamkeit.»

Genau diese Bemerkung war es, die sie wochenlang bewegt hatte und deretwegen sie am Ende beschlossen hatte, nichts zu unternehmen. Auch bei ihr gab es das eine oder andere, wovon niemand wissen musste. Also schloss sie stattdessen einen Handel: Solange das Rathaus und ihr Job unberührt blieben und Stalkie keine Anstalten machte, ihr zu nahe zu kommen, sollte er doch da draußen sein.

Mirjam fuhr sich mit beiden Händen durchs Gesicht. Ihre Gedanken befanden sich mal wieder auf einem Querfeldeinmarsch, und die letzte Abbiegung wollte sie definitiv nicht nehmen. Es gab Wichtigeres als das. Zum Beispiel die Frage, wie sie verhindern konnte, dass Bulpanek das sensible Gleichgewicht ihres Lebens zum Kippen brachte.

Wolfarth hatte viel für sie übrig. Doch diese Art väterlicher Gefühle bereitete ihr jetzt Kopfschmerzen. Mirjam konnte sich denken, dass sie Bulpanek die ganze Geschichte nicht nur erzählen sollte, damit er seinen Senf dazugibt. Wolfarth würde ihn garantiert bitten, Nachforschungen anzustellen. Bulpanek war aus seiner Sicht wahrscheinlich perfekt für diese Aufgabe. Ein Expolizist. Ein alter Bekannter. Jemand, der keinerlei politischen Vorteil aus dem ziehen konnte, was er in Erfahrung brachte.

Die Sache hatte nur einen Haken: Wenn er Stalkie reizte, konnte er ihr ganzes Leben zum Einsturz bringen.

Mirjam griff um die Kante des Kühlschranks, zog sich daran hoch und schlüpfte mit wackeligen Knien hinter ihren Schreibtisch. Ihr musste etwas einfallen, wie sie das verhindern konnte.

montag, 13. januar, 10:31 uhr

Mit schneeschwangeren Wolkentürmen schien sich die Dämmerung bereits am Mittag ankündigen zu wollen, als Thomas aus der Kaltenbachstraße kam. In den Cafés auf dem Markt herrschte kein buntes Treiben. Stattdessen zitterten nur kleine Trauben von Rauchern neben den Eingängen der weißen Barockfassaden. Hier und da war eine vermummte Gestalt bemüht, eilig voranzukommen. Thomas nahm es teilnahmslos wahr.

Vielleicht lag es an der Müdigkeit. Schlaflose Menschen neigten zu verzögerten emotionalen Reaktionen. Wenn das Bewusstsein nicht auf Autopilot schaltete, war es vollkommen damit beschäftigt, das Hier und Jetzt zu bewältigen. Und genau so war es Thomas in Wolfarths Büro ergangen. Unter anderen, wacheren Umständen hätten seine Erinnerungen die Fakten um Katharina Wissmann sicher nicht nur gestreift. Sondern eine Kette an Ereignissen wachgerufen, die zu ertragen er jahrelang nur mit Hilfe der Tabletten imstande war.

Die letzte Pille lag nun fast einen vollen Tag zurück. Thomas konnte trotzdem nicht behaupten, dass es ihm richtig schlechtging. Selbst das flaue Gefühl vom Morgen war inzwischen verschwunden. Machte es womöglich keinen Unterschied mehr, ob er sie nahm oder nicht? Lag es vielleicht gar nicht mal an der Müdigkeit, dass ihn die Erinnerungen nicht umgehend überrollt hatten, kaum dass Wolfarth ihren Namen genannt hatte? Hinter dem Bewusstsein, in diesem unendlichen, geheimnisvollen Raum, den man Unterbewusstsein nannte, herrschten eigene, undurchsichtige Regeln. So viel wusste er. Und vielleicht hatte sein Unterbewusstsein besser mit der Vergangenheit aufgeräumt, als er es gehofft hatte. Immerhin hatte sein Leben wieder die Wendung zum Positiven genommen, was Thomas als Indiz für seine schnell aufgestellte Theorie annahm.

Er sollte dennoch kein Risiko eingehen und Dr. Meisel aufsuchen, ermahnte er sich neuerlich.

Er bog in Richtung Dudweilerstraße ab, eine der Hauptverkehrsadern Saarbrückens. Rechts und links waren die typischen Orte, die sich zum Ausspähen von potenziellen Diebstahls-Opfern eigneten: ein exklusiver Schuhladen, eine Parfümerie und schließlich besagter McDonald's, in dem Mirjam beklaut worden war. Sollten ihre Taschendiebe nicht inzwischen die Stadt gewechselt haben, würde er sie ziemlich sicher früher oder später in einem dieser Läden entdecken.

«Haben Sie ein bisschen Kleingeld für eine warme Mahlzeit?», sprach ihn jemand von rechts an.

Thomas hatte die junge Frau vollkommen übersehen, die ihm ihre blaugefrorene Bettelhand entgegenstreckte. Ihr rundes Gesicht war blass, bis auf die rote Nasenspitze. Unter der karminroten Wollmütze drängten sich einzelne rote Locken hervor. Ihre hellblauen Augen strahlten. Er knöpfte den Mantel auf, um an die Geldbörse in seiner Innentasche zu kommen.

«Vielen Dank, der Herr! Vielen, vielen Dank! Sie sind ein guter Mensch!» Sie lächelte, ohne dass das Flehen aus ihrem Gesicht wich.

Talentiert, dachte Thomas, auch wenn ihre Wortwahl eindeutig zu altbacken klang.

«Wo gibt's denn hier was Gutes zu essen?», fragte Thomas, während er abfällig zur Hamburgerbraterei sah.

«Was denn, da?!», deutete sie mit dem Daumen über ihre Schulter in die gleiche Richtung. «Nee! Da vorn um die Ecke und dann die Straße hoch», zeigte sie in Richtung Bahnhofstraße und dann nach rechts in die Dudweilerstraße. «Da ist ein kleiner Laden, die machen klasse Suppen. Da bin ich nachher.»

«Was kostet da ein Essen?»

Sie zögerte, hielt kurz die Luft an – und log vermutlich: «Fünf Euro.»

Thomas lächelte nur skeptisch.

Ihr Blick flackerte auf und ab. Schließlich senkte sie den Kopf und sah zu beiden Seiten, als wollte sie sichergehen, dass sie nicht belauscht worden war.

Thomas zog einen Fünfer heraus: «Wie heißen Sie?»

Sie konnte ihn offenbar immer noch nicht direkt ansehen. «Sassa.»

«Vor- oder Nachname?»

«Einfach nur Sassa.»

Vermutlich eine Art Spitzname.

«Wie alt sind Sie, Sassa?», fragte Thomas.

«Ist das ein Verhör? Holen Sie gleich Ihre Polizeimarke aus der Tasche?» Langsam regte sich Trotz in ihrer Stimme.

«Nein», lächelte Thomas. Das würde er ganz bestimmt

nicht tun. «Ich frage, weil ich glaube, Sie sind noch ein bisschen zu jung für das hier. Und sollten eigentlich zu Hause bei Ihren Eltern sein.»

«Die leben nicht mehr», antwortete sie und schob einen traurigen Augenaufschlag nach. Der Blick kam so unmittelbar und ohne Zögern, dass es nur gelogen sein konnte.

«Das glaube ich nicht», sagte Thomas. «Aber ich habe natürlich kein Recht, Sie auszufragen.»

«Sorry! Ehrlich», sagte sie und sah ihn ausweichend an. Plötzlich machte sie eine Kehrtwende zu ihrem Rucksack und hievte ihn auf ihre Schultern. «Dann einen schönen Tag noch!»

«Ich behaupte einfach mal, dass Sie noch nicht volljährig sind. Wahrscheinlich hat man Sie bereits als Ausreißerin gemeldet, wenn nicht sogar Schlimmeres, und sucht nach Ihnen.»

Sie hielt inne. Thomas schätzte, dass ihr klar war, dass sie mit ihrem Gepäck nicht weit kommen würde, wenn er sie aufhalten wollte. Also ließ sie den Rucksack wieder sinken und sah ihn abwartend und genervt an.

«Ich habe also recht», stellte Thomas fest.

«Nach mir sucht niemand», entgegnete Sassa, und die Umgebungstemperatur sank noch einmal deutlich. «Sonst hätte ich das hier wohl kaum nötig.» Ihr Blick ging ins Leere. Als sie wieder zu ihm aufsah, atmete sie durch den Mund ein und die Nase wieder aus. Es handelte sich wohl um die Wahrheit.

Daher nickte Thomas verstehend. «Tut mir leid! – Darf ich *du* sagen?»

Sassa hob gleichzeitig Schultern und Augenbrauen.

«Ich heiße übrigens Thomas. – Wie lang stehst du hier schon, Sassa?» Thomas hielt ihr den Fünfer wieder hin.

«Zehn Tage», sagte sie, ohne den Schein auch nur eines Blickes zu würdigen.

Ihre Habseligkeiten beschränkten sich auf den Inhalt des Rucksacks und den einer kleinen Reisetasche. Die Tasche war aufgebläht, wahrscheinlich vom Schlafsack.

«Hast du eine Unterkunft zum Schlafen?»

Sie schwieg.

Thomas zog Notizbuch und Stift aus seiner Sakkotasche und schrieb Wolfarths Namen und Zimmernummer im Rathaus darauf. Mit einem netten Gruß von ihm. «Du holst dir jetzt was zu essen und gehst dann zu dem Mann hier. Er wird dir weiterhelfen.» Thomas riss die Seite heraus und hielt sie Sassa hin.

«Was soll das?»

«Er arbeitet für die Stadt und kann dich für die Nacht unterbringen.»

«Muss nicht sein», erwiderte sie kühl.

«Sag ihm deutlich, dass ich dich schicke. Dann stellt er keine weiteren Fragen.»

Sassa zögerte dennoch.

«Nur wegen der Kälte», sagte Thomas und nickte aufrichtig hinterher, nachdem er die fünf Euro auf den Zettel gepackt hatte.

Sassa nahm beides, warf einen kurzen Blick auf den Zettel und steckte ihn in die Tasche.

«Danke», sagte sie knapp. «Und das alles nur so?»

Thomas verbarg sein Lächeln, indem er sich mit der Hand über den Mund fuhr. «Du könntest mir im Gegenzug eine

Frage beantworten: Sind dir mal ein paar Jungs aufgefallen? Um die zwanzig, Südländer. Einer von ihnen hat Krücken dabei, benutzt sie aber nicht.»

Sassa musterte ihn einen Moment lang. «Warum wollen Sie das wissen?»

«Ich suche sie einfach nur.»

«Leute einfach nur suchen, tun nur Bullen.»

«Ich bin kein *Bulle.* Das dürfte dir doch inzwischen klar sein. Ich muss nur was von ihnen wissen. Reine Privatsache.»

«Keine Ahnung», schüttelte sie den Kopf.

Etwas zu nachdrücklich, fand Thomas. Dennoch verabschiedete er sich: «Pass auf dich auf!»

Er setzte sich wieder in Bewegung und lächelte noch einmal freundlich über die Schulter zurück.

«Was ist, wenn ich sie sehe?», rief sie ihm nach und faltete dabei auffällig den Fünfer.

Thomas hielt noch einmal inne. «Dann solltest du ihnen aus dem Weg gehen. Abgesehen davon, dass sie mitgehen lassen, was sie können, bedeuten sie garantiert nur Ärger.»

«Wieso?»

«Trickdiebe sind oft nicht nur in eigener Sache unterwegs, sondern gut organisiert. Sie haben ein Territorium und eine bevorzugte Klientel. Menschen wie du dagegen verscheuchen gute Kundschaft.»

Sassa hob einmal kurz den Kopf zum Zeichen, dass sie verstanden hatte: «Sie reden wie ein Bulle.»

«Wenn ich die Typen dingfest machen wollte, würde ich mich nicht so auffällig verhalten.»

«Also wollen Sie wirklich nur mit ihnen reden?»

Thomas nickte. Zu gern hätte er gewusst, ob sie diesen Eiertanz aus einer missverstandenen Loyalität zur Straße heraus vollführte oder einfach nur in nichts reingezogen werden wollte.

Sie kniff die Augen zusammen und musterte ihn. «Vielleicht ist mir einer mit Krücken aufgefallen. Drei oder vier Mal.»

«Und weißt du auch noch, um welche Uhrzeit das jeweils war?»

Sie sah die Straße runter, dann über den Marktplatz und schließlich zum Himmel. «Auf jeden Fall war es schon eine Weile dunkel.»

Also waren sie nur abends auf Beutezug. Thomas bedankte sich und ging weiter Richtung Dudweilerstraße.

Drei oder vier Mal in zehn Tagen war eine gute Nachricht. Thomas hatte also eine realistische Chance, dass sie ihm während der kommenden Woche über den Weg liefen.

Der beißende Geruch von Chemikalien empfing ihn bereits, als er um die Ecke bog. Schläuche kamen aus der Tür zum Ärztehaus, der Boden davor war nass und zog an. Im Treppenhaus erwarteten ihn dunkle Rußschwaden an den Wänden. Irgendwo oben arbeitete jemand mit Kompressor und Dampfstrahler.

«Hallo?!», rief Thomas hoch ins Treppenhaus.

Die Maschine verstummte.

«Ja?», schallte die Stimme eines jungen Mannes zurück.

Thomas spähte zwischen dem Geländer nach oben und bekam das schmutzige Gesicht dazu zu sehen. «Ich will zu Doktor Meisel. Arbeiten Sie da?»

«Ist hier drüber», sagte der Arbeiter und wies nach oben. «Ist zu! Abgebrannt.»

«Und hängt da vielleicht ein Zettel, wer Vertretung hat?»

«Der wär doch mit verbrannt.»

Thomas stutzte. Er brauchte etwas, bis er die Logik verstand.

«Sonst noch was?»

«Nee», lachte Thomas knapp. «Ist schon gut. Viel Spaß noch da oben.»

«Ich komm gleich mal runter, Meister!», folgte die Drohung.

«Nicht nötig», rief Thomas hoch und orientierte sich zum Ausgang, während der Dampfstrahler wieder anging. Zurück auf der Straße betrachtete er das Praxisschild. Abgerissene Papierecken deuteten darauf hin, dass dort ein Vertretungshinweis gehangen hatte. Da er nicht an Zufälle glaubte, wertete Thomas es als Zeichen. Körperlich ging es ihm gut. Die Kopfschmerzen der vergangenen Nacht waren verschwunden. Und das Stück vom Rathaus hierher hatte ihm so gutgetan, dass auch die Kraft wieder in seine Beine zurückgekehrt war. Nicht mal einen Stimmungsabfall konnte er bemerken. Vielleicht ging es ihm insgesamt eben doch schon wieder sehr viel besser, als er selbst glaubte.

Thomas schlug den Mantelkragen hoch, stopfte die Hände in die Taschen und ging bis an den Straßenrand. Wie früher wälzte sich eine Kolonne an Fahrzeugen die Straße hinab auf eine rote Ampel zu. Dahinter liefen zwei Wellen aus Fußgängern aufeinander zu, rollten in der Mitte der Straße ineinander und ebbten zu beiden Seiten wieder ab. Das waren die Dinge, die sich wohl nie ändern würden. Thomas sah kurz über die Schulter. Das Café, in dem er früher gern zu Mittag gegessen hatte, war inzwischen einem Sushi-Restaurant gewichen. Auch daneben hatte der Ladenbetreiber gewechselt, selbst wenn Thomas sich beim besten Willen nicht daran erinnern konnte, wer davor da drin gewesen war. Das Reisebüro am Ende der Kolonnaden dagegen war noch da.

Seltsame, milde Wärme durchströmte ihn vom Bauch in Beine und Brust und schließlich bis in die Fingerspitzen. Thomas sog durch die Nase tief Luft ein. Es war nicht das Gefühl von Heimkommen. Aber an einen Ort zurückzukehren, der einem sehr vertraut war. Die achte oder neunte Woge Fußgänger überquerte inzwischen die Straße. Es ging ihm gut. Und in einem fast schon euphorischen Anflug beschloss er, dass es Zeit war, die Medikamente endgültig abzusetzen.

montag, 13. januar, 11:51 uhr

Sassa stellte ihre Reisetasche auf den Boden der Toilettenkabine im Rathaus. Dann packte sie ihren Rucksack obendrauf und suchte in den Seitentaschen nach einem Vierkantschlüssel. Eines der wenigen wirklich praktischen Dinge, die sie ihr Eigen nennen konnte.

Selbst für jemanden, der auf der Straße lebte, besaß sie erbärmlich wenig, stellte sie zum wohl tausendsten Mal fest. Vor allem ihr Rüstzeug gegen die kalten Nächte hatte sich in der letzten Zeit drastisch um einen weiteren Schlafsack und drei Isomatten reduziert. Und eine rote Wolldecke. Deren Verlust sie besonders schmerzte, da sie alles war, was sie noch an ihre Großmutter erinnert hatte. Ein Geschenk zu ihrem siebten Geburtstag, das sie unendlich geliebt und sich beharrlich geweigert hatte, es aus Altersgründen doch endlich aufzugeben. Weil sie zu groß dafür war. Weil sie jetzt schon erwachsen war und erwachsene Mädchen nicht mehr an einer Schmusedecke hängen. Allein der Gedanke an Mutters ewig gleiche Kommentare entzündete ein leise flackerndes Brennen in Höhe ihres Magens.

Nun hatte sie die Decke mehr oder weniger freiwillig aufgegeben und im Zeltlager unter der Autobahnbrücke neben der Saar zurückgelassen. Bei Hannes, der sie ihr im Schlaf irgendwie aus den Armen gezogen haben musste. Wahrscheinlich aus Rache dafür, dass sie seine Zudringlichkeiten zuvor zurückgewiesen hatte. Seine Versuche, sie zu «ein bisschen Ficki-ficki» zu überreden, womit sie sich dankbar zeigen sollte, dass er sie in seinem Zelt schlafen ließ. Genauso wenig wollte sie ihm dafür «den Rost von der Latte nuckeln». Oder «das Monster handzahm machen». Es hatte in einer handfesten Schlägerei geendet, von der ihr blaue Flecken an den Armen und am Oberkörper geblieben waren. Nur ihr Gesicht hatte er glücklicherweise verfehlt.

Wer wusste, was er noch alles mit ihrer Decke gemacht hatte, bevor er grunzend darüber eingenickt war. Sie hatte das entweihte Stück nicht mal mehr anfassen können.

Endlich fand sie den Vierkantschlüssel und probierte, ob er von außen ins Schloss der Kabinentür passte. Er war eine Spur zu groß, aber wenn sie ihn verkantete, konnte sie ihn drehen. Sie knotete das zweite Paar Schuhe vom Rucksack ab, platzierte sie vor der Toilettenschüssel, verließ die Kabine und schloss die Tür ab. Zum Glück war der Spalt darunter so schmal, dass man sich beinahe auf den Boden legen musste, um sehen zu können, dass oberhalb der Schuhe nichts folgte. Die Sachen waren also vorerst sicher.

Dem Wegweiser nach musste sie in den dritten Stock. Unsicher, was oder wer sie erwarten würde, erklomm sie Stufe um Stufe und ging dabei durch, welche Unterbringungen sie sofort ablehnen würde. Pennerheim, nein. Frauenhaus, auch nein. Was Kirchliches, auch nein. Und vor allem würde sie auf keinen Fall nach Hause gehen. Was die Frage aufwarf, was der Stadtheini ihr sonst wohl noch würde anbieten können.

Trotzdem nahm sie weiter Stufe um Stufe. Die Ereignisse der letzten Nacht waren noch zu präsent. Dabei hatte sie gedacht, sie hätte nach ihrer Flucht aus dem Zelt einen den Umständen entsprechend guten Schlafplatz ergattert. Eine Raucherhütte, die das Café auf der Rückseite der Kongresshalle aufgestellt hatte. Sie war zwar eigentlich nur ein zu allen Seiten hin offener Pavillon, und auch ihre Hoffnung, die Heizstrahler darin einschalten zu können, hatte sich zerschlagen. Dafür aber hatte sie nicht auf kaltem Stein schlafen müssen. Ihr fehlendes Wärmepaket hatte sie durch allerhand Kleidung ersetzt. Dennoch hatte sie schrecklich gefroren und war nur vor lauter Erschöpfung in eine Art Halbschlaf gefallen.

Aus dem sie das Türenschlagen eines Autos ganz in ihrer Nähe gerissen hatte. Die Hütte stand am Rand des Bürgerparks. Sie war so lautlos wie möglich von der Bank geglitten und hatte sich daruntergeschoben. Eine Weile lang hatte sie nur ihren eigenen Atem gehört. Dann aber waren Schritte näher gekommen, und sie hatte sich an die eiskalte Rückwand geschoben.

Der Lichtkegel einer Taschenlampe flackerte durch die Hütte. Ihr Herz schlug bis zum Hals, und sie fürchtete schon, entdeckt worden zu sein. Dass im nächsten Moment zwei grobschlächtige Bullen die Hütte stürmen, sie unter der Bank hervorzerren, sie auf den Boden drücken, ihr die Arme auf den Rücken drehen und sie danach in Handschellen vor sich hertreiben würden. Doch nichts war geschehen. Die Schritte hatten sich wieder entfernt, und Sassa hatte vorsichtig den Kopf gehoben, um nachzusehen, ob derjenige, zu dem die Schritte gehörten, auch tatsächlich wieder ging. Ein Mann. Ein Riese. Mindestens zwei Köpfe größer als sie.

Sie war heilfroh gewesen, dass er sie nicht entdeckt hatte. Sie musste allen Konfrontationen ausweichen. Wenigstens bis sie achtzehn war. Was schwierig genug werden würde.

Sie war erneut eingeschlummert. Bis Husten und Würgen ganz in ihrer Nähe sie wieder hatten hochschrecken lassen. Das blaue Flackern jenseits der Balustraden der Hütte konnte nur ihr gegolten haben. Wahrscheinlich hatte der Riese sie doch entdeckt und war nur abgerückt, um Verstärkung zu holen. Feiges Bullenschwein!

Eilig hatte sie ihre Sachen zusammengerafft und den Rucksack fest umklammert gehalten, bis ihr klargeworden war, dass die Bullen nicht ihretwegen da waren. Sie hatten sich in rund hundert Metern Entfernung um das Wassertor versammelt.

Erleichtert hatte sie durchgeatmet, und ihre Finger hatten sich aus dem Rucksack gelöst. Trotzdem hatte sie sich sicherheitshalber wieder unter die Bank verkrochen, als sie Schritte auf der Treppe der Kongresshalle gehört hatte.

Sie hatte noch gewartet, bis die beiden Männer sich begrüßt hatten und weitergegangen waren. Erst dann war sie wieder hervorgekrochen und hatte verschwinden wollen. Allerdings war ihre Neugier einfach zu groß gewesen, und so war sie den beiden zu diesem komischen halbrunden Gemäuer gefolgt.

Sie musste nicht lang rätseln, was passiert war. Die Flutlichter und die Polizeiwagen sprachen für sich. Ebenso die Gesichter der Polizisten.

Sassa blieb unvermittelt auf der Rathaustreppe stehen. Dass ihr das nicht gleich aufgefallen war! Die beiden Polizisten. Der eine war doch der, der sie hierhergeschickt hatte.

Oder nicht?

Angestrengt versuchte sie, sich an die Gesprächsfetzen zu erinnern, die sie in der Hütte aufgeschnappt hatte. Bruchstückhaft war einiges bis zu ihr durchgedrungen. Hang, nein, Lang. Lang hatte der eine geheißen. Und der andere? Irgendein komischer Nachname, den sie nicht mehr zusammenbrachte. Sassa kramte den Zettel aus der Jackentasche und las den netten Gruß ganz unten, der mit einem Namen endete: Thomas Bulpanek.

Bulpanek.

Das war's! Also doch Polizist, dachte sie, und die Flammen über ihrem Magen leckten an ihr Herz. Sie wusste bereits, was passieren würde, bevor sie es völlig verzehrt hatten.

Von Meisels Praxis war Thomas ohne Umwege zurück ins Hotel gegangen, hatte seine Sachen gepackt und Martens seine neue Adresse auf die Mailbox gesprochen. Er hatte bemerkt, wie sich noch immer etwas in ihm dagegen sträubte, wieder den Mordermittler zu spielen. Aber diese Stimme war leise und schnell übertönt, als er Martens darum gebeten hatte, auch noch Berichte und Unterlagen von Diebstählen beizufügen, die Mirjams ähnelten. Er hatte einfach vorausgesetzt, dass Martens' Einfluss noch immer groß genug war, dass er auch dazu Zugang erhalten würde.

Auf dem Weg in die neue Wohnung dachte Thomas bereits daran, wie er ein Bewegungsmuster erstellen würde, das ihm helfen würde, die Diebe aufzuspüren.

Zum Glück war die Wohnung nur wenige Schritte von der Gasse entfernt, in der sein Hotel lag. Thomas öffnete die Eingangstür und stieg das enge Treppenhaus in den ersten Stock hinauf.

Hinter der Wohnungstür empfing ihn ein hochaufragendes Dachgeschoss, eingerichtet im Altweiß und Blau eines IKEA-Prospekts. Die kleinen Dacherker ließen kaum Licht herein. Thomas betätigte den Lichtschalter, aber nichts tat sich. Er suchte den Sicherungskasten und fand ihn unter der Wendeltreppe links vom Eingang, die zur Galerie im Dachfirst über ihm führte. Alle Sicherungen waren ordentlich durchnummeriert und in einem Register aufgeführt. Er schaltete das Licht an und eine über die Decke verteilte Batterie aus Halogenstrahlern erleuchtete alles sommertaghell.

«Kaffeemaschine», las er laut.

Eine eigene Sicherung?

Seine Vermutung, dass es sich dabei nicht um ein billiges Plastikgerät handelte, bestätigte sich in der Küche. Neben dem Fenster zum Hinterhof glänzte ihn der Edelstahl eines Jura-Kaffeevollautomaten einladend an. Wenn er noch einigermaßen auf dem Laufenden war, war das knapp einen Meter breite und ebenso hohe Monstrum der Mercedes unter den Kaffeemaschinen. Ach was, er durfte sogar noch höher greifen: ein Bentley, wenn nicht gar ein Rolls-Royce. Also verschob er die Wohnungsbesichtigung vorerst und widmete seine ganze Aufmerksamkeit dem Koloss, der nach dem Einschalten und dem Einfüllen der Kaffeebohnen kaum merklich vor sich hin brummte, bis er ihm schlussendlich gnädigst einige Fingerhut Kaffee ausspuckte. Die, das beschloss Thomas kurzerhand, zum Besten gehören würden, was er jemals getrunken hatte.

In die Erker zur Marktseite im Wohnzimmer waren Sitzbänke eingelassen. Der Ausblick war unübertrefflich. Selbst bei geschlossenem Fenster konnte er den Markt in alle Richtungen überblicken. Was für seine kleine Nebenbeschäftigung schlicht perfekt war. Er würde also nicht in Cafés rumlungern müssen, bis jemand draußen vorbeiging, der seine unnötigen Krücken wie Gardestäbe vor sich her schwang.

Der Kaffee schmeckte tatsächlich so ausgezeichnet, wie er erwartet hatte. Stark, kräftig und mit ein wenig Säure entfaltete er seine Wärme, als er die Speiseröhre hinabwanderte.

Thomas atmete kleine Wölkchen in der völlig ausgekühlten Wohnung. Neben der Eingangstür leuchtete das kleine rote Lämpchen des Raumthermostats. Die Heizung war vermutlich mit angesprungen, als er die Sicherung für das Licht umgelegt hatte. Thomas fragte sich, wie lange es bei der Deckenhöhe von bestimmt fünfeinhalb Metern dauern würde, bis es endlich warm war, und zog den Mantelkragen enger an. Ein kurzes Schütteln durchfuhr ihn. Trotzdem beschlich ihn wieder die Müdigkeit. Warme, gemütliche Schläfrigkeit kroch zwischen seinen Schulterblättern den Nacken empor. Seine Lider wurden schwer, und er spielte mit dem Gedanken, das Schlafzimmer aufzusuchen. Vermutlich versteckte es sich hinter der offenen Galerie über ihm. Er sah auf die Armbanduhr und überlegte, wie viel Zeit er wohl haben würde, bis Martens' Bote eintraf.

Eine Türklingel ging. So viel nahm Thomas ganz entfernt wahr. Und er realisierte auch, dass es nicht die in seinem Stuttgarter Haus war. Es war kein dunkler Gong. Die hier klang wie ein Summer. Vielleicht die eines Nachbarn. Irgendwo musste ein Fenster offen stehen.

Er versuchte, es zu ignorieren, und wollte sich auf die Seite drehen. Als seine Hand dabei ins Leere griff, riss er die Augen auf und schreckte hoch. Er wäre beinahe von einer Couch gefallen.

Und er war nicht in seinem Haus!

Über ihm war eine Balustrade. Darüber ein hoher Giebel. Erkerfenster. Nach und nach begriff er, dass er sich in der Wohnung am St. Johanner Markt befand. Er rollte eher von der Couch, als dass er aufstand, und streckte sich, bevor er zur Tür ging. Er musste eingeschlafen sein. Obwohl er das Bett gemieden hatte, damit genau das nicht passierte. Er hatte nur dösen wollen. Es war wohl irgendetwas mittendrin geworden.

«Überrascht, mich zu sehen?, fragte Lang, als Thomas die Tür öffnete, und hielt ihm zwei USB-Sticks hin.

«Ich weiß, ich sollte es nicht sein», antwortete Thomas, nahm sie ihm ab und ging damit zum Wohnzimmertisch. «Bist du Martens' offizieller Kontakt?»

Lang räusperte sich und kratzte sich mit dem Zeigefinger im Nacken, während er seinen Mantel über die Sessellehne warf.

«Also jein.» Thomas schaltete seinen Laptop ein und hielt seine Tasse hoch. «Auch einen?»

Lang schüttelte den Kopf. «Nicht nach dem Nachtdienst!»

Thomas nickte und ging in die Küche voraus.

Lang folgte ihm. «Auf dem blauen Stick sind unsere Ermittlungen. Auf dem roten, was du über die Diebstähle haben wolltest. – Mirjam Reichert. Das ist doch die Kleine im Stadtrat?»

Thomas lächelte flüchtig und wechselte umgehend das Thema. «Etwas Neues über die Tote von letzter Nacht?»

Lang kniff die Augen zusammen und sah ihn von der Seite an. Wahrscheinlich beschloss er nicht weiter nachzuhaken, als er seine Lippen schürzte. «Wir konnten ihre Identität immer noch nicht feststellen.»

«Und Fremdspuren? Habt ihr noch was gefunden?» Thomas stellte seine Tasse unter den Auslasshahn der Kaffeemaschine, die sich wieder mit einem leisen Brummen in Gang setzte.

«Die Analyse der Kleidung läuft noch. Aber an der Leiche konnten wir nichts, aber auch rein gar nichts finden.»

«Der Täter unterzieht sie womöglich einer Reinigung. Hinweise auf spezielle Mittel?»

«Nein. Der Körper wurde aber bearbeitet. Wahrscheinlich mit einer Bürste oder Ähnlichem.» Lang zog einen Block aus der Sakkotasche und überflog die erste Seite. «An manchen Stellen wurde die Haut bis auf die Keimschicht abgetragen.»

«Wo genau?», fragte Thomas und sah zu, wie der Kaffee dampfend in die Tasse gluckerte.

«An den empfindlichen Stellen eben. Vor allem an den Innenseiten der Arme und Oberschenkel.»

Thomas sah fragend auf.

«Keine Anzeichen einer Vergewaltigung», ergänzte Lang.

Ihre Verständigung funktionierte noch genauso wie früher.

«Was aber nicht heißen muss, dass es sich nicht um ein Sexualdelikt handelt. Man hat ihr vor dem Tod ziemlich übel mitgespielt. Es gibt Fesselspuren an Händen und Füßen sowie Einblutungen im Bereich der Hüfte, der Schulterblätter und der Eintrittswunde, die wahrscheinlich nicht von der Waffe oder dem Schuss stammen.»

«Misshandlungen», fasste Thomas zusammen.

Lang nickte und presste die Lippen zusammen.

«Noch was?», fragte Thomas so rücksichtsvoll und gleichzeitig neutral wie möglich.

«Er hat sich Zeit gelassen. Die Verletzungen sind ihr vermutlich über einen Zeitraum von mehreren Stunden zugefügt worden.» Lang schluckte mehrmals. Sein Kehlkopf hüpfte deutlich auf und ab. «In den Achseln sind Verbrennungen, die nach Strom aussehen. Er steigert sich.»

«Diese Verletzungen tauchen also zum ersten Mal auf. Willst du das damit sagen?»

Lang nickte wieder nur.

Sie hatten ein festes Bild von ihrem Täter, genauso wie Lang es bereits am Wassertor angedeutet hatte. Thomas verstand, warum Bayard glaubte, es mit einem Perversen zu tun zu haben, der Vergnügen daraus zog, Frauen zu quälen. Dann wäre sie umzubringen die einfachste Möglichkeit gewesen, sie davon abzuhalten, ihn anzuzeigen oder zu identifizieren.

«Der Täter wird mutiger», sagte Lang. «Er braucht einen stärkeren Reiz.»

«Ganz wie im Lehrbuch, richtig?»

Lang blickte nicht auf. Der Glaube der letzten Nacht, dass Bayard falschliegen könnte, war offenbar Unsicherheit gewichen.

Ein Hund bellte. Hoch und hohl. Thomas sah in den Hinterhof, während er seinen Kaffee von der Maschine nahm. Die Quelle des Lärms war ein altersschwacher Dackel, der sich in eine aussichtslose Auseinandersetzung mit einem eisernen Werkstatttor begeben hatte. Er verstummte, als es einen Spalt geöffnet wurde, und setzte sich behäbig in Bewegung.

«Zeig mir, was du über die anderen Opfer hast.» Thomas ging an Lang vorbei zurück ins Wohnzimmer.

Der Außenspiegel verhöhnte Sassa und rotierte an seinem Kabel an der Tür eines Luxus-Audis. Aus der Wut, mit der sie auf ihn eintrat, war längst besinnungslose Verbissenheit geworden. Doch der Spiegel schleuderte nur weiter im Kreis und wollte sich einfach nicht von seinem Herrchen trennen.

Ihre Beherrschung hatte gerade noch ausgereicht, ihre Sachen aus der Toilettenkabine zu holen, durch den Nebeneingang des Rathauses zu flüchten und sich im Parkhaus auf der anderen Straßenseite aus dem Verkehr zu ziehen, bevor ihre Wut übermächtig wurde. Glücklicherweise war ihr niemand begegnet. Denn sie hätte denjenigen vermutlich völlig unbegründet zusammengestaucht. Glück für sie, denn das konnte man sich als Schnorrer definitiv nicht erlauben.

Endlich! Der Spiegel schaffte noch eine halbe Umdrehung, dann machte er sich im Parabelflug auf und davon, beehrte einen alten Ford mit einem sanften Stüber auf die Spitze der Motorhaube und verdrückte sich schließlich unter einen kleinen silbernen Hyundai. Sassa lehnte sich erschöpft gegen die Fahrertür des Audis, stemmte die Hände in die Hüften und atmete mehrmals tief durch. Ein letzter heftiger Hieb mit dem Ellenbogen gegen die Seitenscheibe folgte, bereitete ihr aber mehr Schmerzen, als dass er Spuren am Wagen hinterließ.

Sie hasste es, belogen zu werden. Und noch mehr hasste sie sich, weil sie immer wieder auf Lügen hereinfiel. Weil sie jedes Mal treuherzig alles glaubte, was man ihr auftischte, und sich damit in immer neue Schwierigkeiten bugsierte. Sie wagte gar nicht daran zu denken, was passiert wäre, wenn sie es wirklich bis zu diesem Arsch von der Stadt geschafft hätte. Wahrscheinlich genau das, was dieser Bullenpenner von Anfang an vorhatte: sie von den Kollegen einfangen und nach Hause bringen lassen.

Sassa starrte auf die Stelle, an der sich der Spiegel versteckt hielt. Er glitzerte unter dem Kleinwagen hervor wie ein geprügelter Hund, und beinahe tat er ihr ein wenig leid. Sie wusste nur zu gut, wie es sich anfühlte, herumgeschubst zu werden, und ermahnte sich im gleichen Atemzug, die Erinnerungen, die zu diesem Wissen gehörten, nicht hochkommen zu lassen. Sie zog die Ärmel ein wenig hoch und legte ihre Pulsadern an das kalte Metall in ihrem Rücken. Das hier, das war die Realität. Es war Winter, es war saukalt, und sie hatte dringliche Probleme, die es zu lösen galt. Denn bislang hatte sie sich noch immer nicht nach einem neuen Schlafplatz umgesehen.

Sie griff in die Innentasche ihrer Jacke. Geld unauffällig durch Tasten zu erkennen, war eines der ersten Dinge, die sie auf der Straße gelernt hatte. Kaum welches davon zu haben schützte nicht davor, beklaut zu werden. Nicht einmal acht Euro hatte sie zusammengeschnorrt. Und den größten Teil davon hatte sie dem Bullenschwein zu verdanken.

Das sie garantiert nicht zufällig angesprochen hatte. Frauen waren in der Regel viel spendabler. Besonders die mit einem leicht alternativen Look. Sodass sie sich die gezielt raussuchte, anstatt ihre Energie damit zu vergeuden, jeden anzuquatschen, der ihren Weg kreuzte. Vermutlich war ihre Entscheidung, das Bullenschwein anzusprechen, gefallen, eben weil sie ihn schon einmal gesehen hatte. Sie war also mal wieder selbst schuld an ihrer Lage.

Sassa stieß sich vom Wagen ab und hob ihren Rucksack auf die Motorhaube, um ihn leichter aufsetzen zu können. Sie musste zuerst in den Suppenladen. Wenn sie endlich etwas Warmes im Bauch hätte, würde es ihr sicher leichter fallen, zu überlegen, wie es weiterging. Vor einigen Tagen hatte sie von einem gehört, der es geschafft hatte, in einem Güterwaggon zu schlafen. Sie wusste nicht, ob es stimmte. Ihre Erfahrung war eher, dass die Wagen kontrolliert wurden, bevor man sie verschloss. Aber genau so etwas musste ihr einfallen. Denn sonst würde sie wahrscheinlich nicht einmal merken, wenn sie im Schlaf erfror, dachte sie und spürte, wie die Wut sie endgültig verließ und eine leise Furcht an ihre Stelle trat.

Das erste Opfer war laut Bericht, den Thomas vorerst nur überflogen hatte, auf der Folsterhöhe abgelegt worden, einer Hochhaussiedlung für sozial Schwache vor den Toren der Stadt auf halber Strecke nach Frankreich. Die Tote auf dem Foto lag im Modul einer Kanalröhre, wie man sie seit Jahrzehnten gern in Spielplätze integrierte.

Thomas saß auf der Couch und hatte den Laptop auf dem Schoß. Er betrachtete das Foto, welches das Opfer zeigte, wie der Täter vermutlich wollte, dass man es zunächst sah: Es war vom Eingang der Röhre aufgenommen und im Gegenlicht zeichnete sich die Silhouette der Frau ab. Ihr Rücken passte sich perfekt in die Rundung. Die Beine waren aufrecht angewinkelt mit einem Seil fixiert und die Arme über dem Bauch abgelegt. Ein gelungener Amateurschuss, wie man ihn auf vielen Fotoseiten im Netz hätte finden können, wäre da nicht der grausame Hintergrund gewesen.

«Katja Liebenfels», referierte Lang vom Sessel aus, nachdem sie Thomas' Laptop und seinen Tablet-PC miteinander abgeglichen hatten. «Einundvierzig, wohnhaft hier in Saarbrücken. Hat einen kleinen Schmuckladen in der Altstadt betrieben, mit eigener Werkstatt. Keine Angestellten. Mit Ausnahme der Verbrennungen von Opfer Nummer drei trägt sie identische Verletzungen.»

Thomas klickte sich durch die Bildergalerie des Gerichtsmediziners. Etwas wollte seinen Hals zuschnüren. «Gibt es einen Hinweis, warum sie auf der Folsterhöhe abgelegt wurde?»

«Bislang nicht. Da oben scheint sie keiner gekannt zu haben.»

«Wer hat euch informiert?»

«Wir gehen davon aus, dass es der Täter selbst war. Ein anonymer Anrufer mit Sprachverzerrer.»

Thomas nickte und wechselte den Ordner. Er fand drei Audioaufnahmen, beschloss aber, sie erst später anzuhören. «Was ist mit ihrer Familie?»

«Sackgasse. Es besteht seit Jahren keinerlei Kontakt mehr. Wir konnten nicht mal Freunde ausfindig machen.»

Thomas schaute auf.

«Wir haben versucht, ihren Tagesablauf zu rekonstruieren. Sie hatte eine kleine Einzimmerwohnung gleich über ihrem Laden mit direkter Verbindung. Offenbar hat sie das Haus so gut wie nie verlassen. Einkäufe hat sie online gemacht. Die Nachbarn sagen, dass sie auch nie Besuch empfangen hat.»

«Aufmerksame Nachbarn. Darüber freut man sich doch», kommentierte Thomas.

Lang sah ihn kurz mit zwei tiefen Falten über der Nasenwurzel an, fuhr dann aber einfach fort: «Ein Rentnerehepaar. Sie haben sie geschätzt, weil sie so still war. Haben sogar versucht, sie mit ihrem frisch geschiedenen Sohn zu verkuppeln.»

«Mhm», machte Thomas in Erwartung unwichtigen Klatschs.

«Am Anfang soll sie freundlich abgelehnt haben. Aber jetzt kommt's: Die Nachbarin ist wohl eher ein bisschen von der Sorte, die nicht so leicht aufgibt, und ist mit einem Kuchen aufgetaucht. Die Liebenfels soll richtig hysterisch geworden sein und hat ihr die Tür vor der Nase zugeworfen. Später hat sie sich dann entschuldigt.»

«Hysterisch?», hakte Thomas nach.

«Na ja, ausgerastet eben», wischte Lang mehrmals über den Tablet-PC und zeigte anschließend mit dem Finger auf. «Was sie sich denn einbildet ... Wer sie dazu angestiftet hätte ... Wer sie auf sie angesetzt hat.»

«Auf sie angesetzt? War das der Wortlaut?»

«Die Geschichte lag wohl schon etwas zurück, als das Protokoll aufgenommen wurde.»

Womit die Zuverlässigkeit der Zeugenaussage sank. Mit der Zeit verschwamm das Gesagte, und Zeugen gaben nicht selten wieder, wie sie etwas verstanden hatten.

«Gab es in Liebenfels' persönlichen Sachen einen Hinweis darauf, dass sie jemand verfolgt?»

«Ihre persönlichen Sachen? – Kleidung und ein paar Bücher. Mehr Persönliches haben wir bei ihr nicht gefunden. Die Wohnung war praktisch leer. Ein Bett, ein Tisch, ein Stuhl und so eine Art Kleiderschrank. Ein Plastikding mit Reißverschluss. Ach ja, und die Werkbank eben. Ansonsten keine Fotos, keine Dokumente, nichts.»

«Hatte sie noch eine andere Wohnung?»

«Nein.» Lang schüttelte den Kopf. «Jedenfalls keine, von der wir wüssten. Das zweite Opfer dagegen war immerhin vollständig eingerichtet. Sybille Wagner, ebenfalls einundvierzig, Leiterin einer PR-Agentur. Womit die beiden wesentlichen Unterschiede zwischen ihnen schon aufgezählt wären.»

Thomas öffnete die Fotos vom zweiten Fundort. «Ansonsten der gleiche Hintergrund?»

«Keine Freunde, keine Familie, von daheim ins Geschäft und zurück», nickte Lang.

Sybille Wagner war am Rand einer Kleingartenanlage im Almet gefunden worden, einem Naherholungsgebiet im Südosten der Stadt. Wie bei den anderen auch war ihr Körper auffällig drapiert worden. Sie lag rücklings auf einer Bank, die Beine angewinkelt, als ruhte sie sich aus und hätte zum Schutz gegen die Sonne einen Unterarm über die Augen gelegt.

«Überhaupt kein enges soziales Umfeld?», fragte Thomas ungläubig.

«Deswegen glaubt Bayard ja auch, es handelt sich um einen Täter, der gezielt nach einsamen Herzen sucht.»

«Wofür ihr auch Hinweise habt.»

«Bislang nicht. Wir haben in den üblichen Kontaktbörsen nachgeforscht. Um ehrlich zu sein, haben wir *alle* abgeklappert, Print wie online. Aber nichts.»

«Hätte mich auch gewundert.»

«Warum? Jemand neben sich haben zu wollen, ist doch das Normalste von der Welt», wandte Lang ein.

«Wenn man das will, ja. Diese zwei wollten es offenbar nicht. Und was Katja Liebenfels angeht: Menschen knüpfen nicht nur zu anderen Menschen Bindungen. Sondern auch zu Dingen. Seltsam, dass da so gar nichts sein soll. – Aber ich vermute mal, dass ihr etwas Ähnliches auch bei der Frau von letzter Nacht feststellen werdet.»

«Ja, aber dann wäre es doch fast schon wieder schlüssig, dass der Mörder einsame Herzen aussucht. Ein Psychoperverser. Deutlicher geht's nicht!»

Thomas legte die Aufnahmen des Gerichtsmediziners vom Rücken aller drei Opfer nebeneinander auf den Bildschirm. Die Hämatome an den Hüften und zwischen den Schulterblättern waren beinahe auf den Punkt identisch. Es gab andere Stellen, an denen es viel leichter war, Schmerzen zuzufügen. Jemand wie der, den Lang einen Psychoperversen nannte, hatte in der Regel auch einen Bezug zu den Körperstellen, die er misshandelte. Gerade deshalb konzentrierten sie sich häufig auf Gesicht sowie Geschlechtsmerkmale und deren Umgebung. Das hier war anders. Thomas hatte nicht den Eindruck, dass der Täter daraus Befriedigung erfuhr.

«Der Täter setzt seine Gewalt zielgerichtet ein. Wie bei Folter», dachte Thomas laut.

«Womit wir schon wieder beim Perversen wären.»

Thomas schüttelte den Kopf. «Das Ziel von Folter ist nicht der Schmerz des anderen. Sondern dass er etwas preisgibt. Etwas gesteht. Von etwas Abkehr nimmt. Oder etwas annimmt. Manche Menschen foltern sich selbst, als eine Art Reinigung.»

«Du meinst mit diesen Peitschen.»

«Zum Beispiel.»

«Wenn das durchsickert, heißt er morgen in den Zeitungen der Inquisitor», bemerkte Lang kritisch.

Thomas ging nicht darauf ein. «Ich glaube, dass ihr die Verletzungen nicht als einheitliche Tat verstehen dürft. Die Schläge oder Tritte oder wie immer er hingelangt hat, sind eine Sache. Ich denke, sie gehören zur Kommunikation zwischen ihm und den Opfern. Die Schussverletzungen dagegen sind in ihrer Erscheinung ungleich brutaler, dürften den Opfern aber wenig bis gar keine Schmerzen bereitet haben. Die Tatsache, dass sie bei allen drei identisch sind, legt nahe, dass sie Symbolkraft haben. Zumindest für den Täter. Gleichzeitig inszeniert er die Opfer und informiert euch, wo ihr sie finden könnt. Er sucht also die Kommunikation mit euch. Ich vermute, dass die Schusswunde ein Teil davon ist. Er will euch etwas damit sagen. Entweder über sich selbst oder über das Opfer.»

Lang hatte den Mund zur Seite gezogen und kaute auf der Innenseite seiner Wange.

«Habt ihr die Möglichkeit untersucht, dass er schon vorher in Erscheinung getreten sein könnte?», fragte Thomas.

«Wie meinst du das?» Lang schob den Kopf zurück und riss die Augen auf.

«Komm schon. Ich weiß, dass ihr inzwischen alles im Computer habt. Es kostet euch einen Tastendruck, Parallelen zu anderen Fällen zu finden.»

Lang zog die Mundwinkel herab und schüttelte den Kopf. «Also gesucht, ja. Gefunden, nein. Das macht eine von unseren Stubentigern. Ich nehme an, dass die ordentlich gearbeitet hat. Worauf willst du hinaus?»

«Katharina Wissmann», sagte Thomas lediglich.

Lang räusperte sich und strich sich anschließend mit der Hand über die Stirn. «Ach, das …»

«Ja, das», sagte Thomas ohne jede Regung im Gesicht.

Lang sah aus, als pulte er mit der Zunge etwas zwischen den Backenzähnen hervor. «Ich dachte, damit hättest du abgeschlossen.»

«Ich frage nur, weil ein Schuss durchs Auge nicht unbedingt alltäglich ist.»

«Bei der Wissmann war es die Eintrittswunde. Jetzt haben wir es drei Mal als Austrittswunde.»

«Also hast du es überprüft.»

Lang nickte. «Ich hab es bewusst nicht erwähnt. Ich wollte keine alten Geschichten aufwärmen. Und so, wie es aussieht, hat das eine nichts mit dem anderen zu tun.»

«Sicher?»

Lang fuhr sich erneut über die Stirn. «Natürlich habe ich daran gedacht. Immerhin hab ich die Wissmann damals in der Wanne liegen sehen. So was vergisst man niemals. Aber bis auf die Verletzung des Auges gibt es absolut keine Gemeinsamkeiten.»

«Okay.» Es stellte Thomas nicht wirklich zufrieden. Aber vermutlich verband sein Gehirn wieder einmal nur, was es bereits kannte. Die Platte auf vier Beinen.

«Können wir dann wieder zu unserem Fall zurückkehren?», fragte Lang.

Thomas nickte knapp und rief auf dem Laptop die erste der drei Audiodateien auf. Er stellte das Gerät auf dem Wohnzimmertisch ab.

«Folsterhöhe. Spielplatz. Eine Tote. Nummer eins!» Die verzerrte, mechanische, monotone Stimme nahm den ganzen Raum ein. Die mittelmäßigen Lautsprecher schepperten und schnarrten im Gehäuse. Trotzdem war deutlich zu vernehmen, dass der Anrufer einen Stimmwandler eingesetzt hatte. Es hätte auch eine computergenerierte Stimme sein können.

«Habt ihr die Anrufe analysieren lassen?», fragte Thomas.

«Es könnte ein Mann sein. Oder eine Frau. Er oder sie könnte jung sein. Oder alt. Oder mittelalt.»

Thomas spielte auch die beiden anderen Tonaufnahmen

ab: «Almet. Parkplatz. Eine Tote. Nummer zwei!» «Bürgerpark. Wassertor. Eine Tote. Nummer drei!»

«Ich sagte ja schon, das bringt uns nicht weiter», schloss Lang sich unmittelbar an das Klicken an, das die letzte Aufnahme beendet hatte. «Keine Hintergrundgeräusche. Nichts.»

«Er entstellt seine Stimme bis zur Unkenntlichkeit und liefert euch gerade so viele Informationen, dass er davon ausgehen kann, dass ihr diese Angaben überprüft. Und gleichzeitig so wenig Sprachmaterial, dass ihr nichts damit anfangen könnt. Kein Akzent. Kein Dialekt. Kein Soziolekt.»

«Kein was?», unterbrach ihn Lang.

«Manchmal kann man über Wortwahl und Sprachgebrauch die Zugehörigkeit zu einer bestimmten sozialen Gruppe bestimmen», erläuterte Thomas und fügte ob Langs irritiertem Gesichtsausdruck an: «*Die etwas reifere Dame dort.* Oder: *Die Omma da.* – Jetzt klar?»

«Ja. Mir war nur das Wort nicht geläufig», antwortete Lang und hielt seinen Blick dabei stur auf sein Tablet gerichtet.

«Habt ihr bereits eine Idee, warum er die Ablageorte ausgewählt hat?»

Lang zuckte nur mit den Schultern.

Sie hatten wirklich nicht viel, dafür, dass der ganze Polizeiapparat mit dem Fall beschäftigt war.

«Interessant ist die Verwendung des Wortes Almet. Ich glaube nicht, dass das für jemanden ein Begriff ist, der sich hier nicht auskennt», fuhr Thomas fort.

«Das sagtest du schon, als es um den Zugang zum Bürgerpark ging. Es ist also jemand aus Saarbrücken?»

«Ich sage nur, dass er ortskundig ist. Und er weiß, wie ihr mit Sprachaufnahmen umgeht. Entweder aus persönlicher

Erfahrung, oder er hat sehr gründlich recherchiert. Es würde mich aber, ehrlich gesagt, nicht wundern, wenn er bereits aktenkundig wäre.»

Lang nickte. Eigentlich wippte sein Kopf auf und ab. «Irgendeine Idee, die uns helfen könnte, da auszusortieren?»

«Er weiß sehr genau, was er tut. Er plant weit voraus. Und er ist durch und durch organisiert.»

«Alter?»

«Ich glaube nicht, dass eine Eingrenzung sinnvoll ist. Außer dass er kein Kind ist. Er hat zumindest die dritte Leiche im Auto transportiert. Und dass er nicht gebrechlich sein kann, sonst hätte er die Frauen nicht tragen können.»

«Sie sind alle Anfang vierzig. Könnte er auch in diese Ecke gehören?»

«Ich kann nichts entdecken, was diese Annahme rechtfertigen würde. Ebenso wenig etwas, das es ausschließt.» Thomas zuckte mit den Schultern. Natürlich wusste er, wie gern Lang einen diesbezüglichen Anhaltspunkt gehabt hätte. In der Zeit, in der das Profiling wie eine Modewelle aus den USA herübergeschwappt war, war auch eine altersmäßige Zuordnung der Täter up to date gewesen. Folgte man den Regeln des FBI, ließen sich Täter darüber hinaus auch ethnisch oder sozial zuordnen. Was aber eben nur für die USA galt, ein Land mit grundsätzlich anderen sozialen Verhältnissen und Bindungen. Auch wenn die Bedingungen in Deutschland und Europa oberflächlich betrachtet ähnlich erschienen, hätte man genauso gut versuchen können, die Vorgänge an einem deutschen Stammtisch mit chinesischer Philosophie zu erklären.

«Eins vielleicht noch.» Thomas wusste, dass er Lang etwas

mitgeben musste, und öffnete noch einmal die Fotoserie vom Wassertor. «Bei den beiden ersten Opfern hat sich der Täter sehr viel Mühe gegeben, sie – wie sagtest du? – *friedlich* erscheinen zu lassen. Bleibt die Frage, womit sie sich das verdient haben. Oder das dritte Opfer es nicht verdient hat.»

Langs Gesicht hellte sich auf. Er nahm eindeutig Witterung auf.

«Verglichen mit den anderen hat sie deutlich mehr Gewalt erdulden müssen, bevor er sie getötet hat. Dazu die Ablagesituation. Etwas an ihr war anders, als bei den anderen», sagte Thomas.

«Vielleicht doch was Persönliches?» Langs Stimme hatte sich um einen vollen Ton angehoben.

«Gut möglich», nickte Thomas.

Bulpanek kam gerade aus dem Haus, als Mirjam aus der Kappenstraße um die Ecke auf den Markt bog. Sie atmete noch einmal kräftig aus und wollte entschlossen auf ihn zumarschieren. Stoppte aber unvermittelt und wandte sich dem Schaufenster des Schuhladens zu, ohne so recht zu wissen, warum. Schließlich war sie gekommen, um Bulpanek davon abzubringen, nach Stalkie zu suchen. Und da stand er, keine zwanzig Meter entfernt, mit einem Notebook unter dem Arm, blickte in den Hauseingang zurück, sah anschließend über den Markt hinweg, fast so, als warte er auf etwas.

Das war es, was sie innehalten ließ. Das Gefühl, dass er nicht allein war. Und sie hatte nicht vor, ihre Geschichte gleich mit noch jemandem zu teilen.

Dann sah sie ihn endlich. Sie erkannte den Mann sofort wieder, der Bulpanek aus dem Hauseingang folgte. Er war einer der Polizisten, mit denen sie letztes Jahr zu tun gehabt hatte, als es in einer von vielen Beratungen darum gegangen war, wie man die Stellenstreichungen bei der Polizei verhindern konnte. Immer wieder hatten sich die Spitzen der Partei dagegen ausgesprochen und ihre Unterstützung zugesichert. Aber da waren sie im Land auch noch Opposition. Die Beratungen endeten abrupt, als sie in die Regierung wechselten. Ebenso die Unterstützung. Die Beschlüsse über Kürzungen von Mitteln und Personal wurden umgesetzt.

«Es tut mir leid, dass ich nicht mehr für euch tun kann», hörte sie Bulpanek sagen.

«Das hilft uns doch schon sehr. Martens wird es freuen. Ich muss nur sehen, wie ich das Bayard unterschiebe», antwortete der Polizist.

«Am besten, indem du mich nicht erwähnst.»

Der Polizist kratzte sich unterm Kinn. «Mal sehen.»

Mirjam wartete noch, bis Bulpanek und der Polizist sich voneinander verabschiedet hatten.

«Sie verschwenden wirklich keine Zeit», drehte sie sich schnell um, als Bulpanek hinter ihrem Rücken vorbeiging.

Seine Augen tasteten sie von oben bis unten ab. Sie waren feuerrot gerändert. Hatte sie das am Morgen übersehen?

«Frau Reichert!»

«Das war jemand von der Polizei. Soll er Ihnen helfen, die Diebe zu finden?» Sie vermied, es wie eine Mutmaßung klingen zu lassen.

«Sie haben mit Wolfarth gesprochen.»

Das wiederum reichte ihr als Bestätigung. «Nein. Aber es lag nahe, anzunehmen, dass er Sie bittet, sich darum zu kümmern.»

«Es stimmt. Sie sind klug.» Sein Kopf war merkwürdig schräg. Fast so, als ob er ihn auf die Seite legen wollte, weil er ihm zu schwer wurde.

«Ich möchte Sie bitten, das nicht zu tun», sagte sie geradeheraus.

Er stutzte. Seine Pupillen wanderten zwischen ihren Augen und ihrem Mund auf und ab. Wahrscheinlich prüfte er gerade, wie ernst es ihr war. «Ich dachte, es wäre auch in Ihrem Sinne …»

«Ist es nicht», unterbrach sie ihn und wunderte sich, woher die Ruhe in ihrer Stimme kam. Sie wollte ihn nicht unbedingt anschreien. Aber während sie in ihrem Büro überlegt hatte, wie sie es ihm beibringen sollte, hatte sie zumindest Anblaffen in Erwägung gezogen. Allein schon wegen der Tatsache, dass er sie zusammen mit Wolfarth hintergangen hatte.

«Darf ich Sie auf einen Kaffee einladen? Vielleicht erklären Sie mir dabei, warum Sie das nicht wollen.»

«Reicht es nicht, wenn ich sage, dass ich das alles nicht möchte?»

«Wenn ich Johannes richtig verstanden habe, glaubt er, dass es womöglich nicht nur Sie allein betrifft.»

«Aber genau das tut es. Es ist allein meine Sache. Ich lebe damit. Und es stört mich nicht.»

Er musterte sie. Wieder wanderten seine Augen über ihr Gesicht, und sie fragte sich unwillkürlich, was er zu entdecken hoffte.

«Haben Sie Angst?» Er stellte die Frage in einem tiefen, sanften Ton, der ohne Widerstand ihre Haut durchdrang. Bis er auf Knochen traf und sie in sanfte Schwingungen versetzte.

Mirjam ballte die Fäuste dagegen in ihren Jackentaschen.

«Ich möchte nur nicht, dass mein Leben in Unordnung gerät. Es ist gut so, wie es ist. Und ich glaube nicht, dass es durch Ihr Zutun besser wird.»

«Es ist okay, Angst zu haben», konstatierte er, und sie spürte, wie die Schwingungen über die Knochen chaotisch durch ihren ganzen Körper rannen.

«Ich vermute, es ist nicht das erste Mal, dass Sie Gewalt miterleben müssen.»

«Häh?!» War das wirklich alles, was sie hervorbrachte?

«Gewalt kann viele Formen annehmen. Meiner Meinung nach beginnt sie dort, wo man jemanden durch Zwang dazu bringt, etwas zu tun oder zu unterlassen.»

Vermutlich guckte sie gerade wie ein Auto. Keins von diesen schnittigen Coupés oder den souveränen Limousinen. Sondern wie eines in uralten Schwarz-Weiß-Filmen mit riesigen Scheinwerfern. Sie presste die Lippen aufeinander, nur um sicherzugehen, dass ihr Mund nicht offen stand.

«Das ist es, was Stalker tun. Sie zwingen uns dazu, vorsichtig zu sein. Nehmen Unbeschwertheit. Wir schauen uns mehrmals am Tag um, zucken zusammen, wenn das Telefon klingelt, haben ein ungutes Gefühl, wenn wir an den Briefkasten gehen. Sie erzeugen Angst. Es besteht also kein Unterschied zu Gewalttätern.»

«Ich weiß nicht, worauf Sie hinauswollen.»

«Warum sträuben Sie sich dagegen, diesen Ballast abzuwerfen?»

«Das tue ich doch gar nicht.»

«Sie wollen mich davon abbringen, ihn zu finden.»

«Glauben Sie, mir gefällt es, gestalkt zu werden?» Ein erster Anflug von Empörung mischte sich in ihre Worte.

«Sicher nicht. Sie haben Angst. So viel habe ich bereits verstanden. Und nun frage ich mich, wie er es schafft, Ihnen so große Angst einzujagen, dass Sie Hilfe ausschlagen. Im Normalfall würde ich annehmen, dass Sie die Konsequenzen seiner Entdeckung mehr fürchten als das, was er Ihnen antun könnte. Wenn es zum Beispiel jemand wäre, bei dem es Schwierigkeiten für Sie bedeuten könnte, wenn man Sie mit ihm in Verbindung brächte.»

Sie hatte das Gefühl, dass Bulpanek ihr nicht mehr in die Augen sah. Sein Blick blieb irgendwo dazwischen hängen. Sie schob die Brauen nach oben, bis sie gar nicht anders konnte, als die Augen aufzureißen. Woraufhin sie ein Lächeln zu erkennen glaubte. Warmherzig.

«Entschuldigen Sie, dass ich Ihnen zu nahe getreten bin.»

Mirjam musste trocken schlucken. Sie hörte ihren Kehlkopf klicken, während alles andere um sie herum ablief wie ein Stummfilm. Mit Ausnahme von Bulpaneks Stimme:

«Hören Sie, ich möchte Ihnen wirklich gern helfen. Doch dazu müssen Sie aus der Ecke herauskommen, in die Sie der Stalker gedrängt hat. Und ein Anfang wäre, dass Sie sich darüber klarwerden, dass er bereits vorhandene Ängste in Ihnen nutzt.»

Sie musste erneut schlucken. Es brannte in ihrem Hals.

«Ich weiß von Ihrer Schwester und Katharina Wissmann. Die meisten sprechen von Opfern und meinen damit nur die, an denen ein Verbrechen verübt wurde. Aber auch an nahestehenden Personen geht so etwas nicht spurlos vorüber. Wenn dann …»

«Ersparen Sie mir diesen Psychoscheiß!», unterbrach sie ihn und glaubte, ihn anzuschreien, obwohl ihr Hals das niemals hergeben konnte. Doch die irritierten Blicke einiger Passanten bestätigten ihre Befürchtung. Sie hätte ihm an dieser Stelle sagen können, dass sie in ihren Mittzwanzigern eine Phase durchlebt hatte, die man gemeinhin als *promiskuitiv* bezeichnen würde. Wenn man etwas Bildung besaß. Die meisten würden es anders nennen, wie sie sich aufgeführt hatte. Und genau mit diesen Bezeichnungen saß man nicht sonderlich bequem in Wolfarths Sessel. Weswegen sie diese Zeit gerne begrub. Also fasste sie sich auch jetzt kurz: «Und halten Sie sich aus meinem Leben raus!»

Kurze Zeit später, zurück in ihrem Büro, nachdem sie ohne ein weiteres Wort abgerauscht war, war sie unfähig, die Unterarme auf dem Schreibtisch liegen zu lassen, weil sie das Gefühl hatte, er zittere unablässig unter ihr. Ebenso wie der Stuhl, der Boden, die ganze Welt. Als kündigte sich ein Erdbeben an.

montag, 13. januar, 19:42 uhr

Es gab ein Wort für das, was er war: eine Pfeife!

Thomas saß im Café-Restaurant im Erdgeschoss unter seiner Gastwohnung und ließ den Zucker langsam aus dem Papiertütchen in den Kaffee rieseln. Einige Körner trafen den Rand der Tasse und trippelten leichtfüßig über Tisch und Laptop. Er sah kurz zur Bedienung auf, die aber in ein Gespräch mit einem Gast am Tresen vertieft war, leckte den Zeigefinger an und sammelte die durchsichtig-weißen Punkte auf.

Er hatte sich aufgeführt wie der berühmte Elefant im Porzellanladen. Er hatte Mirjam bedrängt. Wie ein Anfänger, der etwas zu beweisen hatte. Etwa wie toll er war? Was er alles zu wissen glaubte? Wie clever er war?

Thomas schob es auf das vorhergehende Gespräch mit Lang. Es tat ihm gut, zu erleben, wie gefragt seine Meinung noch immer war. Oder wieder. Gegen Ende seiner Dienstlaufbahn, als durchgesickert war, dass er sich in die Obhut eines Therapeuten begeben hatte, um mit Bayards permanenten Angriffen zurechtzukommen, hatte niemand mehr auch nur einen Pfifferling auf das gegeben, was er zu einem Fall beisteuerte.

Er beschloss, eine Entscheidung über Mirjams Bitte, sich

aus ihrem Leben rauszuhalten, zu vertagen, bis er sich mit seinem eigentlichen Auftraggeber Wolfarth besprochen hatte. Bis dahin konnte er sich unauffällig umschauen und Vorarbeiten leisten.

Er steckte den zweiten USB-Stick, den er von Lang erhalten hatte, in den Laptop, kopierte den Stadtplanausschnitt in ein Zeichenprogramm und markierte darin die Orte, an denen die Diebe zugeschlagen hatten. Bereits nach ein paar Minuten hatte er ein ansehnliches Muster über den Markt und die daran anschließende Bahnhofstraße gelegt. Er konnte die Bewegungsrichtung bestimmen, die sich genauso wiederholte wie auch die Zeit, in der die Diebe unterwegs waren: kurz vor Ladenschluss. Mit Ausnahme eines einzigen Mals, an dem Mirjam ihr Ziel gewesen war.

Es bestand gewiss die Möglichkeit, dass es sich dabei um einen Ausreißer handelte. Wäre da nur nicht seine jahrelange Erfahrung im Interpretieren solcher und ähnlicher Bewegungsprofile. Stunden um Stunden, die er in einem stickigen Büro verbracht hatte, das auf seinen Wunsch hin ohne Fenster gewesen war, einerseits damit ihn die Tag-Nacht-Wechsel nicht irritierten, andererseits damit er mehr Flächen hatte, an denen er Fotos, Straßenkarten, kurzum Unterlagen aller Art anbringen konnte.

Thomas sah auf die Uhr. Die meisten Geschäfte hatten bereits geschlossen. Er klappte den Laptop zu und löschte die Kerze auf seinem Tisch. Sein Spiegelbild im Fenster reduzierte sich auf seine Silhouette. Direkt vor seinem Fenster baute sich eine Reisegruppe im Halbkreis am Marktbrunnen auf. Er schätzte sie alle auf um die sechzig, womit sie genau die Zielgruppe der Diebe darstellten. Er ging nah ans Fenster, um einen besseren Blick über den Marktplatz zu haben. Es war weitestgehend ruhig. Hier und da jemand, der eilig durch die Kälte zum nächsten Restaurant marschierte, seine Arme fest um sich geschlungen. Niemand, der sich auffällig verhielt.

Dann plötzlich sah er sie, die Ausreißerin von heute früh. Entschlossen marschierte mit sie festem Schritt auf die Reisegruppe zu.

Es hatte lange nicht so gut geschmeckt, wie es das in Sassas Vorstellung getan hatte. Ein Schild im Fenster des Suppenladens hatte «Linseneintopf wie daheim» versprochen. Und hatte damit sofort Erinnerungen an friedliche Montagabende geweckt, an denen ihre Mutter nur für sie beide gekocht hatte. Dass die mehlige Pampe deren Lieblingsessen war, hatte Sassa dabei nie gestört. Schließlich war es der einzige Tag, den sie mit ihrer Mum allein hatte, und den hatte sie nicht durch Gemoser kaputt machen wollen.

Wenn ihr Vater mit Kollegen im Hinterzimmer des Lions Clubs tagte und erst weit nach Mitternacht heimkam. Wenn sie und ihre Mum längst schliefen. Natürlich hatte Sassa die versprochenen und von ihr so heiß geliebten Spaghetti mit Vierkäsesoße nie bekommen. Aber es war ein kleiner Preis angesichts der Tatsache, dass es an diesen Abenden dafür auch keinen Streit, kein Geschrei und was sonst noch immer gab. Vor allem kein «was sonst noch immer»!

Linseneintopf mit Kartoffelwürfeln, ausgekochten Speckschwarten und Mettwürstchen hatte Sassa auch in dem Suppenladen erwartet. Die Würstchen fehlten, aber auf die konnte sie gut verzichten. Dass Speckwürfel die Schwarten ersetzten, war auch noch zu verkraften. Was aber gar nicht ging, dachte sie, als sie sich mit der großen Terrine auf einen Hocker am Fenstertresen geschoben hatte, war Liebstöckel! Ebenso wenig wie die ganzen anderen Kräuter und Gewürze. Was um alles in der Welt sollte das bitte sein?!

Sassa spuckte gleich den ersten Löffel wieder in die Schüssel, krönte ihn mit allem Speichel, der in ihrem Mund war, und ging. Angewidert. Immer noch hungrig.

Der Geruch aus der Dönerbude zwei Eingänge weiter verschärfte den Hunger nur noch mehr, als sie Richtung Bahnhofstraße tappte. Aber sie konnte und wollte nicht noch mehr Geld ausgeben. Es würde noch schwer genug werden, so viel zusammenzuschnorren, dass sie am nächsten Tag aus Saarbrücken verschwinden konnte. Weg von Lügnern und Bullenschweinen gleich welcher Art, die sie nur in den nächsten Wutausbruch treiben würden. Ein Zugticket wog inzwischen mehr als eine warme Mahlzeit.

Ein geeigneter Schlafplatz war ihr auch noch immer nicht eingefallen. Sie hoffte händeringend auf eine Eingebung, da sie weder in die Zelte an der Saar zurückkonnte, noch in dieses Häuschen an der Kongresshalle wollte. Sie brauchte einen Ort, der sicher war und wo sie nicht Gefahr lief zu erfrieren.

Zumindest wusste sie vorerst, wohin sie musste, um ihre Finanzen aufzustocken. Am Markt waren um diese Zeit die Ersten unterwegs, die ausgingen. Und da die Kälte deutlich angezogen hatte, spekulierte Sassa nicht ohne Grund auf die Freigiebigkeit des einen oder anderen. Sie würde es aggressiver angehen lassen müssen. Mehr, als ihr lieb war. Denn sie ging davon aus, dass die meisten sie einfach vergaßen, wenn Sassa sie im Vorbeigehen ansprach. Dass sie dann nicht mehr war als Verkehrsrauschen, das man wahrnehmen oder ignorieren konnte. Auf Leute zuzugehen hingegen bedeutete, dass man den anderen kurzfristig aus dem Konzept brachte. Und damit die Wahrscheinlichkeit erhöhte, dass derjenige sich eben doch an einen erinnerte. Aber für ihre Zwecke, reichte es jetzt nicht, sich nur hinzustellen und Passanten zurückhaltend zu fragen, ob sie etwas Kleingeld für sie übrig hatten. Sie musste improvisieren. Sie musste aktiv werden.

Die Reisegruppe, die sich gerade am Marktbrunnen aufbaute, stach ihr sofort ins Auge. Sie schätzte die Teilnehmer auf um die sechzig. Im gelblichen Schein der Laternen konnte sie diverse Markenembleme auf den Jacken erkennen, nicht zu teuer, aber auch nicht gerade billig. Die meisten waren Männer, was im Allgemeinen nie eine gute Ausgangslage war. Geld gaben sie nur, wenn sie eine Frau damit beeindrucken konnten. Aber das Glück war auf ihrer Seite: Links außen stand ein Dreiergrüppchen Frauen, die sich gegenseitig untergehakt hatten, und daneben gleich vier Männer, die sich etwas zu typisch in die Brust legten. Eigentlich fand sie das Gehabe in diesem Alter abstoßend. Aber jetzt kam es ihr sehr gelegen. Entschlossen marschierte sie auf die Gruppe zu, setzte ihren verzweifeltsten Blick auf und versuchte, sich noch schnell eine Verbindung zwischen «Schlafplatz» und dem Inhalt der Geldbeutel einfallen zu lassen.

«Haben Sie von dem Verbrechen heute Nacht gehört?!», hörte sie sich sagen, bevor sie zu Ende gedacht hatte. Und erntete dafür äußerst befremdliche Blicke.

Fehler! Totaler Fehler, schoss es ihr sofort durch den Kopf.

«Das habe ich», rüttelte sie allerdings sofort eine Stimme von links wach.

Sassa blieb unvollendeter Dinge stehen und sah sich um.

Der Lügner war ihr gnadenlos in die Parade gefahren. Bulpanek. Der Name hatte sich ihr unangenehm schnell eingeprägt.

«Was machst du hier?», fragte er sie. Er klang freundlich, obwohl er erstaunt ihr Gepäck beäugte. «Ich hatte dir doch eine Adresse gegeben.»

«Ja …», antwortete Sassa überfordert, während sie bemerkte, dass sie die Aufmerksamkeit der Reisegruppe schon wieder verloren hatte. Und man bekam nur eine einzige Chance. Sie spürte, wie ihr Brustkorb zusammensackte. Dieser Typ war nun wirklich das Letzte, was sie gebrauchen konnte.

«Wieso hat das nicht geklappt?»

«Ich kann mich schon ganz gut um mich selbst kümmern!», sagte sie dennoch nicht so abweisend, wie sie das gern getan hätte.

Er stellte sich drei Armlängen vor ihr hin und schwieg.

Am liebsten hätte sie ihn einfach stehengelassen. Sie war ihm schließlich keine Erklärung schuldig.

«Es kann dich natürlich niemand zwingen. Aber ich ging davon aus, du würdest die Nacht gerne im Warmen verbringen.»

Warum schaffte sie es eigentlich nicht, ihn einfach zu ignorieren? Den Lügner.

«Ich kann mir nicht vorstellen, dass mein Bekannter dich weggeschickt hat. Nicht unter diesen Umständen.» Er blies Wölkchen in die Luft. «Ich vermute, du bist erst gar nicht hin, richtig?»

Sassa brachte kein Wort raus und nickte nur.

«Okay.» Er setzte ein Lächeln auf, das irgendwie nach *Ich hab's nur gut gemeint* aussah. «Ich mach dir einen Vorschlag: Wir vergessen das einfach. Ich gehe jetzt zurück ins Restaurant.» Er drehte kurz den Kopf und blickte hinter sich. «Na ja, oder von mir aus auch ins Café. Wenn du willst, kommst du mit oder du kommst nach. Und kannst dich wenigstens ein bisschen aufwärmen und was Heißes trinken.» Er verabschiedete sich mit einem freundlichen Nicken, drehte sich um und ging.

Sassa blieb wie angewurzelt stehen und sah ihm nach. Was sollte das? Dieser Bulle hatte sie verarscht. Er hatte einen miesen kleinen Trick mit ihr versucht.

Oder etwa nicht?!

Was, wenn nicht? Wenn sie auf dem Rathaus alles falsch gedeutet hatte? Wenn einfach nur mal wieder die Wut mit ihr durchgegangen war? Es wäre schließlich nicht das erste Mal.

Sie sah durch die Fenster des Cafés. Kerzen flackerten auf den Tischen. Auf einer Bank konnte sie zwei Frauen erkennen, die lachten und Händchen hielten und sich küssten. Bis eine von ihnen sich zurücklehnte und ihren Rollkragenpullover auszog.

Sassa zitterte plötzlich so heftig vor Kälte, dass ihre Zähne laut aufeinanderschlugen.

Dunkelheit. Die angenehmsten Stunden des Tages. Allein der früh einsetzenden Nacht wegen zog Mirjam den Winter allen anderen Jahreszeiten vor. Nur ihre Neigung, leicht zu frieren, verhinderte, dass er perfekt war.

Sie hatte weder das Licht eingeschaltet noch ihre Jacke ausgezogen. Sie hatte sich nach dem Heimkommen an den Küchentisch gesetzt und fortan nicht mehr bewegt. Der überdimensionierte Kühlschrank klickte, zischte, und schließlich sprang er zum x-ten Mal an. Nach ein paar Minuten schaltete er sich mit einem leisen Klicken wieder ab, und es wurde still. Manchmal ließ sie ihn offen stehen, nur damit er weiterlief. Sie runterkühlte. Machte, dass ihre Gedanken nicht mehr in tausend Richtungen gleichzeitig auseinanderstoben. Manchmal machte er sogar, dass gar nichts mehr in ihrem Kopf geschah.

Aber die Gnade der Stille wollte sich heute nicht einstellen. Bulpanek hatte sie mehr als nervös gemacht. Ihre Online-Suche hatte ihn stets als Anti-Gewalt-Coach ausgewiesen. Über seine Vergangenheit bei der Polizei war nichts aufgetaucht. Aber als sie später mit Wolfarth die Aufgabenliste für den nächsten Tag durchgegangen war, hatte er ihn als eine Art Superbullen hingestellt. «Wenn einer Licht in das alles bringen kann, dann er!», hatte er gesagt und sie zu beruhigen versucht. Wollte denn wirklich niemand ihren Wunsch respektieren, dass sie eben kein Licht in der Sache wollte?! Sie liebte die Dunkelheit. Aus vielerlei Gründen.

Bulpanek war die Störung. Und damit vielleicht gefährlicher als alles andere da draußen.

Mirjam fröstelte. Ein Zittern wollte raus, blieb aber zwischen ihren Schulterblättern stecken. Sie reichte an die Heizung hinter ihr. Kalt. Hatte sie sie überhaupt angestellt? Mirjam verdrehte ihren Oberkörper, um an den Regler zu kommen. Er war voll aufgedreht.

Mit geschlossenen Augen durchquerte sie die Küche. Ging durch den Türrahmen ins Schlafzimmer. Ihr rechtes Knie streifte den überstehenden Zipfel der Bettdecke. Vier Schritte weiter machte sie einen Ausfallschritt nach links, um den Sessel zu umgehen. Die Bodendiele knarzte erwartungsgemäß. Drei weitere Schritte, und sie musste vor den hohen Doppelfenstern zur Straße angekommen sein. Nur wer blind durchs Leben gehen konnte, und sei es nur ein winziges Stück, war sicher.

Sie öffnete die Augen. Es fehlte noch ein halber Meter. Ihre Orientierung stimmte. Aber ihr Gefühl für die Entfernung war gestört.

Kein gutes Zeichen.

Mirjam kontrollierte auch dort die Heizung. Sie war ebenfalls kalt. Das Haus war von 1898. Die Zentralheizung war erst im Sommer eingebaut worden und machte schon den ganzen Winter Probleme. Sie versuchte, dem keine Bedeutung beizumessen. Sicher spann die Anlage im Keller mal wieder.

Ihr war, als könnte sie den fahlen Mondschein auf ihrem Gesicht spüren. Schnell machte sie einen Schritt zur Seite hinter den Fensterrahmen und spähte die Straße hinab. Vor den kleinen zwei- und dreigeschossigen Arbeiterhäusern parkten auf beiden Straßenseiten Autos. Sie hatte sich alle gemerkt und konnte sie inzwischen sogar den Besitzern zuordnen. Wäre tatsächlich einmal ein fremdes darunter, würde es ihr sofort auffallen. Der Minivan der kleinen Familie von gegenüber war wie immer zu weit auf dem Gehsteig geparkt. Zwei Häuser weiter teilten sich vier Saisonarbeiter aus Polen eine Zweizimmerwohnung. Sie verließen das Haus meist schon gegen vier Uhr morgens. Die Scheiben ihres Wagens waren rundherum gegen Frost abgedeckt. Der mit zig Spiegeln und Leuchten aufgemotzte Motorroller stand wie immer an der Kreuzung, den Lenker nach links eingeschlagen. Aus einigen Fenstern drang das bläulich kalte Licht von Fernsehern. Es wirkte alles wie immer.

Doch genau das hatte sie auch gedacht, bevor ihr Smartphone gestohlen worden war. Es war also gerechtfertigt, ihrem Gefühl nur bedingt zu vertrauen.

Kalt schmeckte der Kaffee wahrlich ekelerregend. Thomas winkte der Bedienung, ihm einen neuen zu bringen, nahm die Kekswaffel von der Untertasse und verscheuchte damit die Bitterkeit aus seinem Mund.

Eine seltsame Taubheit hatte von ihm Besitz ergriffen, nachdem er Sassa hatte stehenlassen. Er versuchte angestrengt, einen klaren Gedanken zu fassen. Aber sein Kopf war leer. Stattdessen starrte er abwesend vor sich auf den Tisch und kaute auf der Waffel herum.

«Bitte nicht! Nicht heute, okay?!», drang eine weibliche Stimme von fern her.

«Ich will doch gar nichts. Ich muss nur mit dem Mann da reden», sagte eine andere, die ihm bekannt vorkam.

«Ich sagte doch nein! Warum versuchst du's nicht am Bahnhof? Da ist ein Aufenthaltsraum», insistierte die erste.

«Hallo?!», rief die zweite. «Finger weg!»

Thomas sah zum Eingang auf. Die Bedienung versuchte, Sassa wieder durch die Tür nach draußen zu schieben. Sassa hielt dagegen und wehrte ihre Hände ab.

«Moment!», rief Thomas dazwischen. Er wusste nicht, was er sonst noch sagen sollte, hielt stattdessen die Hand hoch, bis die Bedienung zu ihm sah, und winkte Sassa an den Tisch. Die Bedienung verdrehte alles andere als begeistert die Augen, ließ Sassa aber schließlich gewähren.

Entschlossen kam Sassa näher und baute sich vor ihm auf. Anstatt aber ihre Tasche abzustellen und sich zu setzen, blieb sie wortlos vor ihm stehen. Ihre Augen wanderten unruhig zwischen ihm und dem Stuhl gegenüber hin und her.

«Bitte! Setz dich doch», war leider auch alles, was ihm einfiel. Thomas erhob sich, griff über den Tisch und schob ihr den Stuhl zurecht. Er deutete an, ihr den Rucksack von den Schultern nehmen zu wollen. Aber Sassa wich zurück, und Thomas nahm wieder Platz.

Ihre Kiefermuskulatur spielte nervös unter den Wangen, als sie sich schließlich doch setzte. Sie stellte die Reisetasche neben sich, zog sie fest an den Stuhl und hielt die Henkel umklammert. Anschließend starrte sie ihn schweigend an.

Thomas dagegen legte beide Hände auf den Tisch und deutete ein mildes Lächeln an. Tatsächlich freute es ihn, dass sie seine Einladung angenommen hatte. Aber das auch zu sagen, hätte sie vermutlich überfordert. Sie war aufgebracht. Also sah er davon ab. Er hatte seinen Fauxpas mit Mirjam noch nicht gänzlich verdaut und war willens, es diesmal besser zu machen.

Im Augenwinkel sah Thomas, wie die Bedienung mit seinem neuen Kaffee hinterm Tresen hervorkam. Erneut winkte er ihr, diesmal damit sie vom Tisch fernblieb. Sie nickte, wenn auch wenig verständnisvoll, und stellte den Kaffee für ihn abholbereit auf den Tresen.

Sassas Schweigen dauerte beinahe zehn Minuten, in denen sie sich kaum bewegte, ihn nur anstarrte. Auch dann noch, als Thomas zu erkennen glaubte, dass ihre Schultern sich langsam entspannten. Immerhin wich das Rot in ihrem Gesicht bis auf die Wangen zurück.

«Möchtest du mir nicht sagen, warum du gekommen bist?», sprach Thomas schließlich in die Stille zwischen ihnen hinein.

Sassa ließ genug Zeit verstreichen, damit es wirkte, als wäre es allein ihre Entscheidung, mit dem Reden zu beginnen: «Dieser Typ von der Stadt. Sie haben mich doch nicht nur einfach so hingeschickt.»

«Nein, er sollte dir einen Schlafplatz für die Nacht besorgen.»

Sassa rollte mit den Augen und schürzte die Lippen.

«Was dachtest du denn, warum ich dich dorthin schicke?»

Sassa sah ihn streng an. Zwischen ihren Augenbrauen deuteten sich zwei senkrechte Fältchen an. Die Haut dazwischen erschien die gerade Fortsetzung ihres Nasenrückens. Über die gesamte Stirn liefen feine, kaum sichtbare Linien auf ihre Nasenwurzel zu. Die äußeren kräuselten sich in den schmalen, aber dichten Brauen. Viel zu früh für ein so junges Mädchen, dachte Thomas und fragte sich unwillkürlich, wie lange sie bereits ein solch strenges Gesicht aufsetzte. Und vor allem, warum.

«Vielleicht damit mich Ihre Kollegen dort einkassieren können», sagte sie herausfordernd.

«Welche Kollegen?»

«Die von letzter Nacht?», antwortete sie mit einer Gegenfrage. «In dem komischen Park. An der Mauer, die da völlig schwachsinnig in der Gegend steht.»

«Du meinst das Wassertor?», fragte Thomas und merkte gleichzeitig, dass es wie eine Feststellung klang.

Du warst dort? Wo genau? Wie lange schon? – Und was hast du in der Zeit beobachtet?

Die Fragen kamen in bester Polizistenmanier. Aber Thomas schluckte sie vorerst runter. Bei all dem Misstrauen, das ihm gerade entgegenschlug, wäre sie vermutlich wieder verschwunden gewesen, kaum dass er sie ausgesprochen hatte. Und während er seine eigenen Erinnerungen durchforstete, ob er Sassa irgendwo vielleicht zufällig wahrgenommen hatte, wurde ihm klar, dass er eine andere Strategie anwenden musste.

«Mir egal, wie dieses Ding heißt», sagte Sassa trotzig.

«Das sind nicht meine Kollegen», entgegnete Thomas.

«Das klang aber gestern vollkommen anders. Bulpanek und Lang. Wären Sie Freunde, würden Sie sich nicht beim Nachnamen nennen.»

Sie war also nah genug gewesen, um Lang und ihn miteinander reden hören zu können. Somit war ausgeschlossen, dass sie zu den Gaffern auf der Westspangenbrücke gehört hatte.

Thomas dachte an seine Begrüßung mit Lang und versuchte angestrengt, sich zu erinnern, wo sie beide sich beim Namen genannt hatten. Der Heckengang kam zurück. Der Moment, in dem Lang sich übergeben hatte. Ein Handschlag etwa auf halbem Weg zwischen der Freitreppe hinter der Kongresshalle und der Absperrung rund um den Fundort der Leiche.

Was nicht in seiner Erinnerung auftauchte, war ein junges, rothaariges Mädchen mit Rucksack und Reisetasche.

«Dann eben nicht!» Sein Schweigen war zu lang geraten, und Sassa stand genervt auf.

«Warte!» Thomas erhob sich ebenfalls und streckte eine Hand nach ihr aus, um sie am Gehen zu hindern. Das Funkeln um ihre Augen ließ seine Finger fast verdorren. «Ich habe mal dazugehört, das ist wahr. Aber das ist schon einige Jahre her.» Thomas kramte eine Visitenkarte aus der Manteltasche und hielt sie ihr hin. «Das ist zwar ein magerer Beweis, aber ich wüsste keinen anderen.»

Er könnte einfach Lang anrufen und Sassa als mögliche Zeugin im Mordfall melden. Aber er konnte sich vorstellen, wie sie verstockt, stur und stumm in einem Verhörzimmer saß und den Beamten Löcher in die Brust starrte. Also verwarf er es.

Sassa ließ die Karte vollkommen unbeachtet.

Thomas legte sie auf den Tisch. «Warum ist das so wichtig für dich, ob ich Polizist bin oder nicht?»

Sassa reagierte nicht.

«Ich bemühe mich ehrlich, freundlich zu dir zu sein.»

«*Ehrlich* ist wohl das Problem.»

Noch jemand, der Lügen hasst, dachte Thomas, und ihm kam seine Tochter Linnea in den Sinn, die jede noch so kleine Lüge mit tagelangem Schweigen bestrafte.

Womöglich ging es ja so …

«Vielleicht sollten wir noch einmal von vorn anfangen: Thomas Bulpanek. Expolizist, heute Anti-Gewalt-Coach. Es tut mir leid, wenn es zu Missverständnissen gekommen ist. Aber wenn du erlaubst, würde ich es gern aufklären. Vielleicht bei einer Tasse Tee.»

Ihre Augen wurden zu schmalen Schlitzen.

«Oder was anderes», schob Thomas schnell nach.

Ihr linkes Unterlid zuckte kaum merklich, und ihre Schultern senkten sich leicht. Er hatte es beinahe geschafft.

«Und dann wäre da ja auch noch dein Tipp, was die Jungs mit den Krücken angeht. Der mir sehr geholfen hat», deutete Thomas auf sein Notebook auf dem Tisch. «Ich finde, dafür schulde ich dir was.»

«Haben Sie sie schon gefunden?»

«Ich warte immer noch», wies er mit einem Kopfnicken aus dem Fenster. «Aber ich hab so eine Idee.»

Sie holte tief Luft, als wollte sie etwas sagen, atmete aber nur wieder aus.

«Unwichtig», schloss Thomas das Thema Taschendiebe und eilte zum Tresen. «Bin sofort wieder da.»

Im Spiegel im Glasregal beobachtete er, wie Sassa ihre Reisetasche halb unterm Tisch parkte und sich wieder setzte, während er für sich zum dritten Mal Kaffee und für Sassa einen Kakao bestellte – Linnea liebte Kakao an kalten Tagen. Er betonte, dass die Milch dafür nicht nur aufgeschäumt werden sollte, sondern aufgekocht. Zusätzlich orderte er noch zwei Hühnersuppen. Da Sassa aber auch Vegetarierin sein konnte, änderte er eine Bestellung in eine über der Bar angepriesene Minestrone ab.

Als er wieder am Tisch war, nahm Sassa seine Visitenkarte auf, schaute sie an und legte sie wieder weg. Dann löste sie die Rucksackträger und knöpfte ihre Jacke ein Stück weit auf. Schlussendlich griff sie an ihre karminrote Mütze, zögerte, nahm sie dann aber doch ab. Ihr kaum helleres rotes Haar löste sich und fiel in einem Schwung über ihre Schultern. Es war fettig. Sie zog eine Strähne unter ihre Nase, roch daran und begutachtete sie. Schnell zauberte sie unter ihrem Ärmel ein Haargummi hervor und band ihr Haar zu einem Dutt, den sie im Spiegelbild des Fensters zufrieden betrachtete.

Sie schwieg die ganze Zeit über, sodass Thomas froh war, als die Kellnerin endlich die Getränke brachte.

«Du magst doch Kakao?»

«Dachte, es gibt Tee», sagte sie, nahm aber den Becher sofort in Beschlag und löffelte gierig die Sahne herunter – wie Linnea.

«Was zu essen kommt auch noch», kündigte Thomas an.

«Nicht nötig.»

«Vielleicht doch. Als Friedensangebot.» Er hob die Mundwinkel zu einem Lächeln und sah sie abwartend an. Insgeheim hatte er das Gefühl, ziemlich dämlich dreinzublicken.

Mirjam rannte, als ginge es um ihr Leben. Die doppelten Jogginghosen, die Daunenjacke und der Schal um Mund und Nase sollten sie gegen die frostigen Temperaturen schützen. Das doppelte Paar Socken in den engen Laufschuhen machte den Gehsteig allerdings zu einer wackligen Angelegenheit. Sie konnte jederzeit umknicken, sich die Bänder verletzen oder die Knöchel.

Aber sie rannte.

Ihr Atem rauschte so laut in den Ohren, dass alle anderen Geräusche sich dahinter verloren.

Aber sie rannte.

Sie kämpfte gegen den Widerstand, der flehte: auslaufen lassen. Nicht weiter. Vorbei am alten Friedhof in ihrer Straße, bei dem sie intuitiv die Seite wechselte. Weiter durch schmale und enge Nebenstraßen, über Streusplit, der nicht genug Zeit hatte, unter ihren Schuhen zu knistern.

Auf einem Schneerest, der vor Wochen schon festgetreten worden war, kam sie gefährlich ins Rutschen, fing sich gerade noch an einer Laterne ab, und ihr Schwung beförderte sie geradewegs auf die Straße. Etwas blitzte in ihren Augenwinkeln. Sie schaffte es, den Kopf zu wenden, während sie auf den Bürgersteig gegenüber zustolperte. Ein Auto kam auf sie zu, nickte mehrmals nachdrücklich, schlitterte, stellte sich schräg.

Mirjam machte einen Satz über den Schneehaufen am Straßenrand auf den Gehsteig und blieb stehen. Hob die Hand, um sich zu entschuldigen, und wartete darauf, dass er neben ihr anhielt. Sie legte sich die passenden Worte zurecht: Sorry! Tut mir leid, bin ausgerutscht und hab Sie nicht gehört. Bei Ihnen alles in Ordnung?

Aber er hielt nicht neben ihr. Sondern drei Wagenlängen davor.

Wozu dann die Aufregung? Hat doch ewig gereicht, dachte sie. Sie konnte den Fahrer nicht richtig erkennen. Obwohl das Auto riesig war, wirkte er, als müsste er sich reinquetschen. Und wenn sie es richtig sah, hatte er eine Kapuze übergezogen.

Mirjam setzte das süße Lächeln auf, das sie sich für ganz besondere Situationen aufhob. Zu denen sie solche eigentlich nicht zählte. Schaden konnte es aber auch nicht.

Die Reifen sirrten.

Sie merkte, dass ihr Lächeln sich verflüchtigte.

Das Profil der Reifen raspelte sich unvermittelt in den Teer der Straße, und der Wagen machte einen Satz nach hinten. Nur um ein kurzes Stück weiter wieder zu halten.

Aus irgendeinem ihr unbekannten Grund entschuldigte sie sich erneut, indem sie diesmal beide Hände hob.

Wieder das Sirren.

Mirjam wich zurück. Instinktiv prägte sie sich das Kennzeichen unter dem zerbrochenen Kühlergrill ein. Der Wagen röchelte noch einmal auf, hustete, brummte ihr entgegen.

Ungleichmäßig. Bedrohlich. Sie kannte den Wagentyp nicht. Irgendein SUV eben. Ein Franzose. Japaner? Koreaner? Warum zum Teufel hatte sie sich eigentlich nie für Autos interessiert? Die Frage ging nur leise durch ihren Kopf. War nur Hintergrundmusik für ein anderes Wort, das langsam anschwoll und die Oberhand gewann: LAUF!

Den Rest übernahm ihr Körper. Kehrtwende, beschleunigen, atmen, nicht fallen, schneller. Sie berührte kaum noch den Boden. Ihr Jugendtrainer hatte ihr den Trick einmal verraten: Sie solle sich vorstellen, sie gleite an einer hüfthohen Schiene über den Boden und ihre Beine seien nur dazu da, sich abzustoßen. Es hatte nie funktioniert. Doch wenn er sie jetzt sehen könnte, er wäre stolz auf sie.

Sie glaubte, erneut das Sirren hinter sich zu hören, und ihre Beine schlugen einen ungeahnt hohen Takt an. Plötzlich ging alles von allein. Sie musste gar nichts tun. Musste nichts wollen. Es war beinahe, als hätte sie sich irgendwo auf eine Bank setzen können und sich selbst beim Laufen zusehen. Die nächste Kreuzung tauchte vor ihr auf und bevor sie sich entscheiden konnte, war sie auch schon nach links abgebogen. Fand eine Hausdurchfahrt, die mit einem mittigen Pfosten versperrt war, und floh hinein, ohne sich noch einmal umzudrehen.

Erst auf der Rückseite des großen Schulkomplexes in der Rheinstraße hielt sie völlig außer Atem an, tippelte im Schatten einer kaputten Laterne auf der Stelle weiter und vergewisserte sich, dass der Wagen auch wirklich nicht hinter ihr war. Sie versuchte, durch das pochende Blut in ihren Ohren zu horchen.

Wahrscheinlich alles still.

Die Scheiben der geparkten Autos waren zugefroren, die meisten Fenster in den Häusern dunkel. Lediglich das blaue Flackern der Fernsehgeräte hier und da störte das friedliche Bild. Ein letzter Blick die Straße rauf, dann verkroch sie sich in der Hecke hinter ihr. Und ersann einen sicheren Rückweg.

Sassa machte sich im Akkord über die Hühnersuppe her. Wobei sie aller Eile zum Trotz dennoch genug Zeit fand, die Tropfen der Löffelunterseite am Terrinenrand abzutupfen, bevor sie ihn zum Mund führte.

«Essentielle Fettsäuren. Brauch ich», war die Begründung für ihre Auswahl. «Kann's mir nicht erlauben, so zu tun, als wäre ich eine, die Fleisch aus moralischen Gründen ablehnen muss.»

Thomas mühte sich ein Lächeln ab, während er die Minestrone selbst auslöffeln durfte.

«Wieso haben Sie bei den Bullen aufgehört und machen jetzt das?», fragte sie zwischen zwei Löffeln. «So was macht doch keiner einfach so.»

«Auf Dauer finde ich es befriedigender, Gewalt zu verhindern, anstatt sie im Nachhinein aufzuklären.» Es entsprach nicht ganz der Wahrheit, war aber auch nicht gelogen.

Sassa musterte ihn eine Weile lang. «Und der wahre Grund? Ich mein, das ist Ihnen doch bestimmt nicht plötzlich so eingefallen.»

«Anhaltende Unstimmigkeiten mit Vorgesetzten», ergänzte Thomas.

Sassa grinste in die Terrine hinein. «Ja, klar …»

«Was ist daran so komisch?»

«Sind Sie so jemand, der aufgibt, wenn er aneckt?»

«Wer weiß. Womöglich.» Von der Warte hatte Thomas es noch gar nicht betrachtet.

«Aber Sie lassen nicht locker, wenn es um jemanden wie mich geht.» Sassa machte eine kurze Pause. Wohl um dem Folgenden die nötige Bedeutung zu geben. «Das passt doch nicht! Also waren Sie entweder korrupt, was aber alle Bullen sind. Dann haben Sie sich erwischen lassen. Oder Sie haben von Anfang an nicht dazugehört.»

Thomas massierte seinen Nacken mit den Fingerspitzen der linken Hand. Als er es bemerkte, zog er die Hand zurück, legte sie auf dem Tisch ab und dann in den Schoß, um zu verbergen, dass er nicht wusste, wo er mit ihr hinsollte. Irgendwie hatte sie es geschafft, seiner Souveränität das Podest zu entziehen.

«Verraten Sie mir jetzt, warum Sie bei denen aufgehört haben? Und lassen Sie die Floskeln ruhig weg. Ich wüsste nämlich immer noch gern, ob ich Ihnen trauen kann.»

Thomas holte tief Luft. Langsam, wie wenn man den Hauch eines Dufts wahrzunehmen versucht, der allzu flüchtig ist.

«Ich denke, dass ich diesen Beruf aus den falschen Gründen gewählt habe.»

Endlich sah sie zu ihm auf. Ein Lächeln spielte in ihren Augenwinkeln. Thomas verstand nicht, ob es dankbar war oder ermunternd sein sollte. Aber er begriff, dass er gerade dabei war, sich vor ihr zu entblößen. Und dass es sich seltsamerweise nicht einmal komisch anfühlte.

«Als ich noch klein war», sagte er, «und es war jemand gestorben, dann hieß es immer, er sei jetzt heimgegangen. Ich konnte mir nie richtig etwas darunter vorstellen, wie das aussehen sollte. Jemand geht heim. Zum Vater. In den Himmel.»

«Sind Sie getauft?»

«Ja.»

«Katholisch?»

«Ja.»

«Gläubig?» Ihre Fragen kamen stakkatoartig.

«Ich dachte, es ging darum, warum ich Polizist geworden bin», verweigerte Thomas lächelnd die Antwort.

«Eigentlich, warum Sie es nicht mehr sind. Aber wenn das dazugehört …», hielt sie die Hände in die Luft. Ein Suppentropfen rann vom Löffel in ihre Handfläche, und sie leckte sie ab.

Thomas besah seine rechte Hand. Sein linker Zeigefinger fuhr die Linien in der Handfläche ab. «Wie auch immer. Es hatte etwas Tröstliches. Etwas Warmes. Als wäre am Ende alles genau so, wie es sein sollte.» Dann aber, Thomas war gerade neun Jahre alt geworden, passierte der schreckliche Unfall. In einer verregneten Samstagnacht im Juni. Vier Wochen zuvor hatte Matthes, sein absoluter Lieblingscousin, der ihm in mühevoller Kleinarbeit auf dem Bolzplatz den passgenauen Hackentrick mit einem echten Lederfußball beigebracht hatte, mit dem Thomas fortan auf dem Schulhof glänzte, sein Matthes hatte endlich den Mofa-Führerschein geschafft. Und in der Garage, festgebunden an der Rückwand, wartete bereits das Mofa auf ihn, an dem er fast zwei Winter lang geschraubt hatte, um es wieder zum Laufen zu bringen. Matthes war gar nicht mehr vom Sattel runterzubringen, und alles scherzte bereits, dass er früher oder später noch daran festwachsen würde. Aber das hatte Matthes nicht im Geringsten gestört. Täglich präsentierte er seinen ganzen Stolz, neu in Blaumetallic lackiert, mit erhöhtem Lenker, wie bei einem Chopper.

Dann kam diese Nacht im Juni, als der Regen in riesigen

steinschweren Tropfen gegen die Scheiben in Thomas' Kinderzimmer schlug. Wütend dagegenhämmerte, immer wenn er gerade einschlafen wollte. Bis Thomas die Angst beschlich, dass er ihn nur davon abhalten wollte, weil sonst wirklich etwas Schreckliches passieren würde. Auch wenn er keine Ahnung hatte, was das sein sollte.

Also hatte sich Thomas bis fünf Uhr durch die Nacht gekämpft. Im Bett hin und her gewälzt. War aufgestanden, wenn er beinahe einnickte, im Zimmer umhergegangen, obwohl ihn seine Beine kaum noch tragen wollten. Letztlich war er doch um fünf Uhr zwölf eingeschlafen. Just zu dem Zeitpunkt, als ein orangener VW-Campingbus, Modell T2, mit dem Ersatzrad vorn montiert, mit beinahe hundert Sachen auf die Kreuzung außerhalb des Orts zuraste. Im Dunkeln. Im strömenden und wütenden Regen. Über eine Kuppe hinweg, ohne die der Fahrer vielleicht noch rechtzeitig den dünnen Lichtschein gesehen hätte, der seinen Weg kreuzte.

Niemand hatte davon gesprochen, dass Matthes heimgegangen war. Er war dem Leben entrissen worden. So sagten sie. Die Großen. Der Pfarrer. Alle. Und die Vorstellung, dass Matthes, anstatt heimzugehen, irgendwo anders war, vielleicht noch da draußen, hatte Thomas keine Ruhe gelassen. Er musste etwas tun. Er war es Matthes schuldig, schließlich war er eingeschlafen.

Von einem Polizisten, einem Bekannten seiner Eltern, hatte Thomas erfahren, dass es einen Zeugen gegeben hatte, der den VW-Bus hatte davonrasen sehen.

«Und hat man ihn gefunden?» Sassas Frage war so leise, dass Thomas sie kaum hörte. Ihre Augen waren beinahe kreisrund. Ihre Zähne kauten auf der Unterlippe.

«Die Polizei hat die Campingplätze in der weiteren Umgebung abgeklappert – nichts. Sie gingen daher davon aus, dass der Camper nur auf der Durchreise war und von wer weiß woher gekommen und wer weiß wohin unterwegs gewesen war. Daher haben sie die Suche eingestellt. Also hab ich mich auf meinem Polo-Rad durch die Dörfer gefragt. Ich fand damals eine Moped-Gang, die ihren Treffpunkt auf einem abgelegenen Waldparkplatz hatte. Die konnten sich an einen orangenen VW-Bus erinnern, den sie von dort vertrieben hatten. Wie sich herausstellte, gehörte er einem Paar aus Hannover. Urlauber. Und soweit ich weiß, haben sie sofort gestanden, als die Polizei bei ihnen klingelte.»

Insbesondere nach seiner Kündigung, in der Zwischenphase bevor er sich entschieden hatte, Anti-Gewalt-Coach zu werden, hatte er häufig darüber nachgedacht, wieso er Polizist geworden war. Und nachdem er all die Argumente, die er vor ewiger Zeit im Vorstellungsgespräch genannt hatte, als nicht ausreichend empfunden hatte, war er bei dieser längst vergessen geglaubten Geschichte angekommen. Damals war es für ihn sonnenklar gewesen, dass er Polizist werden würde. Und zwar ein besserer als die, die keine Spur zum VW-Bus gefunden hatten.

«Okay», sagte Sassa und tupfte sich die Mundwinkel mit der Papierserviette ab. «Sie wollten also schon als Kind Bulle werden. Den Teil hab ich dann jetzt verstanden. Aber, sorry, das ist keine Antwort.»

«Ich sagte, ich wäre aus den falschen Gründen Polizist geworden.»

«Sie dachten, es geht um Gerechtigkeit.»

Thomas schüttelte den Kopf. Gerechtigkeit war ihm bis

heute ein zu abstrakter Begriff geblieben, dessen Bedeutung zudem zu sehr variierte, je nachdem, in welchem Land oder welcher Gesellschaft man sich befand. «Ich bin so erzogen worden, dass man für das geradesteht, was man tut. Nicht wegen der Strafe. Sondern der Wiedergutmachung.»

«Einen Menschen totfahren kann man nicht wiedergutmachen.»

«Nein. Aber den Täter zu ermitteln, ihn zu stellen und die Wahrheit zu erfahren ist wichtig für die Hinterbliebenen, um vielleicht mit der Sache fertig zu werden. Ich glaube, für viele ist das wie der Abschied, den sie nie hatten. Sie müssen sich keine Fragen mehr stellen.»

Sassa musterte ihn eine Weile lang. Und ob es ihr auffiel oder nicht: Sie war im Begriff, die Serviette in feine Streifen zu reißen.

«Heimbringen. Verstehe», sagte sie schließlich.

Thomas lächelte. Er wusste Sassas Alter noch immer nicht recht einzuschätzen. Sechzehn. Vielleicht siebzehn. Aber er fand sie ungewöhnlich klug. «Dummerweise gehört zum Polizist sein noch ein bisschen mehr. Der Frust über die ungelösten Fälle. Neidische Kollegen, weil man vielleicht schneller aufsteigt als sie. Besonders, wenn es Vorgesetzte sind.» Thomas vermied es, die Auseinandersetzungen mit Bayard zu erwähnen. «Dazu Überstunden, Nachtdienste. Man sieht seine Familie immer seltener. Manche kommen damit besser zurecht als andere.»

«Und Sie waren so ein anderer.»

«Sagen wir, etwas mehr Pragmatismus hätte mir und allen Beteiligten gutgetan.»

«Wenn man's weiß, kann man's ändern.»

«Aber nicht jeder kann aus seiner Haut. Daher dachte ich, es ist besser, wenn ich einen neuen Ansatz verfolge. Und Gewalt verhindere, bevor sie entsteht. Ich gehe davon aus, dass ich da bei Menschen, die noch leben, einen größeren Erfolg erzielen kann.»

Sassas Stirn legte sich in Falten. Ihre Augen wurden wieder zu schmalen Schlitzen. Sie atmete ein, öffnete den Mund, um etwas zu sagen. Atmete stattdessen aber nur aus.

Ihr Widerstand brach offensichtlich.

Die Bedienung kam, räumte die leeren Suppenterrinen ab und erkundigte sich pflichtgemäß nach der Zufriedenheit ihrer Gäste. Thomas bedankte sich auch in Sassas Namen und sah ihr nach, bis sie wieder außer Hörweite war.

«Und was denkst du? Kann man mir einigermaßen vertrauen?»

Ein Lächeln huschte über ihr Gesicht, aber Sassa drückte es umgehend wieder weg.

«Ich denk drüber nach», sagte sie, zog den Rucksack unterm Tisch hervor und sortierte die Träger. «Ich muss mich mal langsam wieder auf den Weg machen.»

«Weißt du inzwischen, wo du», setzte Thomas an, wurde aber sofort von ihr unterbrochen.

«Ich weiß immer, wo ich unterkomme, danke!» Sie ging wieder in Abwehrhaltung. «Falls es Ihnen nicht aufgefallen ist, es ist schon seit Wochen scheißkalt draußen, und ich bin noch nicht erfroren. Was sagt Ihnen das?»

«Dass du dir zu helfen weißt.»

Sie fischte lächelnd seine Visitenkarte vom Tisch und steckte sie in die Jackentasche. Anschließend stand sie auf, hob die Jacke von der Lehne und zog sie an.

Wieder erinnerte Sassa ihn an seine Tochter. Auch sie hatte die Eigenschaft, etwas, das sie für einen Fauxpas ihrerseits hielt, einfach zu überspielen. Und am liebsten auf eine Art, dass man selbst das Gefühl hatte, diesen begangen zu haben. Thomas konnte nicht anders, als ihr zuzusehen und zu lächeln.

«Also dann», wuchtete Sassa den Rucksack auf die Schultern und ließ anschließend den Zeigefinger überm Tisch kreisen, «vielen Dank für das hier.»

Thomas nickte nur und sah ihr kurz darauf nach, wie sie das Café verließ. Er lächelte noch immer, als ihm wieder einfiel, warum er überhaupt versucht hatte, ihr Vertrauen zu gewinnen.

Hastig zog er einen Fünfziger aus dem Portemonnaie, klemmte ihn unter den Kerzenständer, schnappte seinen Mantel und das Notebook und eilte Sassa hinterher.

Er holte sie fast an der gleichen Stelle ein, an der er ihr am Morgen zum ersten Mal begegnet war. «Warte noch einen Moment!»

Sassa blieb stehen und drehte sich zu ihm um. Ihre Hand formte einen Schild über den Augen gegen den einsetzenden Schnee. «Was wird das?!»

«Ich hab noch eine Frage», antwortete Thomas, «dann lass ich dich in Ruhe.»

Sie kniff die Augen zu. Thomas konnte nicht sagen, ob es wegen des Schnees war oder ob ihm gerade Skepsis entgegenschlug.

«Du sagtest, du warst letzte Nacht am Wassertor. Da hättest du meinen Namen gehört und den meines – ehemaligen! – Kollegen. Aber der Bereich unter der Brücke war weiträumig abgeriegelt. Jetzt frag ich mich natürlich, wie das sein konnte.»

«Warum?»

«Bitte. Ich glaube, so viel Vertrauen habe ich mir verdient.» Thomas deutete mit dem Daumen über die Schulter.

«Ich war nicht da, wo es abgesperrt war. Sondern in der Hütte. Etwa da, wo sich Ihr Kollege ausgekotzt hat. Von mir aus auch Exkollege.»

Thomas hob die Augenbrauen.

«Die Halle. Das Restaurant unten. Die haben so eine Hütte davorstehen für Raucher. Ich dachte, darin könnte ich schlafen.»

Thomas konnte nicht anders, als sie anzustarren. «Du warst in der Hütte?»

«Ja!», antwortete sie und schob ein Schulterzucken hinterher.

«Wie lange schon?»

«Weiß nicht. Ich hab keine Uhr.»

Der Wind drehte und trieb Thomas den Schnee ins Gesicht. Er machte zwei Schritte zur Seite und zog den Mantel am Kragen hoch, bis er sein Gesicht abschirmte.

«Wie lange?», wiederholte er. «War die Polizei schon da, als du in die Hütte bist?»

«Mach ich den Eindruck, als wär ich bescheuert?»

«Nein, natürlich nicht. Aber ich …» Thomas unterbrach sich kurz. Am liebsten hätte er sie gefragt, ob ihr jemand aufgefallen war, der sich eigenartig verhalten hatte. Der mit dem Auto gekommen war und etwas durch die Gegend getragen hatte, das ein Mensch hätte sein können. Aber er wusste, wie leicht beeinflussbar die Erinnerung von Zeugen war. Er musste vage bleiben. «Du warst also vor der Polizei da?»

Sassa nickte.

«Und außer dir?»

«Niemand. Das sag ich doch.»

«Versuch, dich zu erinnern. So genau es geht. Bitte!»

«Sie haben echt keinen Plan, wie das ist, oder?» Ihre Nasenflügel weiteten sich, und ihre Lippen wurden schmale Striche. «Bei dieser Scheißkälte schläft man nie so richtig. Und bei jedem kleinen Geräusch wacht man auf. Aber das heißt nicht, dass man sich daran erinnern kann. Am Anfang vielleicht noch. Aber nach ein paar Wochen ist das vorbei. Da ist die Rübe nur noch Matsch.»

«Verstehe.»

«Nein, tun Sie nicht! Sie verstehen gar nichts!» Ihre letzten Worte kamen erneut stakkatoartig.

Thomas biss sich auf die Unterlippe.

«Ich bin irgendwann wach geworden, weil Ihr Kollege um die Hütte gestreift ist.»

«Du meinst Lang.»

«Nein. Da waren ja schon die ganzen Polizeiwagen da. Das war vorher. Er hat alles mit einer Taschenlampe abgesucht.»

«Bist du sicher, dass es ein Polizist war?»

«Wer latscht denn sonst mitten in der Nacht mit einer Taschenlampe durch den Park? Ich dachte, mich hat irgendjemand gesehen und die Bullen gerufen.»

«Trug er eine Uniform?»

«Weiß ich nicht mehr. Ich hab ihn nur von hinten gesehen. Außerdem war es dunkel.»

«Ist dir etwas Außergewöhnliches an ihm aufgefallen?»

Sassa hob die Schultern und zog die Mundwinkel nach unten.

«An seiner Statur. Lief er gerade oder gebückt? Wirkte er angestrengt? Seine Bewegungen. Hat er vielleicht die Füße weit nach außen gestellt? Oder nach innen? X-Beine, O-Beine?»

«Ich glaube, er hat leicht gehinkt. Und er war mindestens einen Kopf größer als ich.»

Eins neunzig. Vielleicht eins fünfundneunzig?

«Und ... ich glaub auch ... ja, er war breiter als Sie.» Sassa deutete mit der freien Hand eine breite Schulter an. «Ein ziemliches Tier.»

Es konnte natürlich Zufall sein. Die Größe war zunächst unerheblich. Aber ein kräftiger Mann passte durchaus auf das Profil desjenigen, der die Leiche am Wassertor deponiert hatte.

Thomas wusste, dass er es nicht tun sollte. Aber bereits als er Sassa am Brunnen gesehen hatte, wie sie versucht hatte, einigen Touristen etwas Geld abzuluchsen, hatte er sich ein wenig verantwortlich für das junge Mädchen gefühlt. Und das Gefühl hatte sich im Café nur noch intensiviert. Mit jedem Mal, das sie ihn an seine Tochter erinnert hatte.

Womöglich präzisierte sich ihre Erinnerung noch. Tauchten noch mehr Details auf. Wenn sie etwas Ruhe fand. An einem geschützten Ort.

«Ich möchte dir einen Vorschlag machen», sagte Thomas. Er musste sichergehen, dass sie nicht wieder verschwand, bevor klar war, ob sich noch mehr Bilder in ihrem Gedächtnis verbargen. Er kramte sein Handy und die Wohnungsschlüssel aus der Tasche und reichte sie ihr. «Nimm das.»

«Was soll ich damit?», fragte sie, hielt aber dennoch die Hand auf.

«In meiner Gastwohnung steht eine Couch, die kann ich dir für die Nacht anbieten. Du behältst natürlich die Schlüssel.

Und mit dem Handy kannst du jemanden anrufen und ihm sagen, wo du bist. Zu deiner eigenen Sicherheit.»

Sassa sah ihn sichtlich überfordert an und streckte die Hand wieder aus.

«Der Mann, den du gesehen hast, war womöglich kein Polizist. Sondern der Mann, der gerade gesucht wird.»

Trotz ihrer geschlossenen Lippen konnte Thomas sehen, wie Sassa der Unterkiefer nach unten klappte.

«Du bist gerade zu einer wichtigen Zeugin geworden», nickte Thomas nachdrücklich und schloss ihre Finger um Handy und Schlüssel.

Zurück in der Dunkelheit. Nachdem Mirjam sicher eine halbe Stunde in der Hecke gewartet und nicht gewagt hatte, sich zu rühren, streckte sie den Kopf zwischen den Zweigen hervor und suchte die Straße in beide Richtungen nach etwas Verdächtigem ab. Sie bezweifelte, dass sie etwas hören würde, so laut pochte ihr Herz in ihren Ohren. Ihre Hände zitterten, sodass sie die Zweige abbrachen, die sie eigentlich nur zur Seite schieben wollte.

Die Straße lag so ruhig vor ihr, dass sie, bevor sie es sich anders überlegen konnte, erneut losrannte. Am Rastpfuhl-Krankenhaus vorbei, durch diverse Hinterhöfe, geduckt hinter parkenden Autos entlang, bis sie endlich wieder zu Hause war und, ohne das Licht einzuschalten, unter die Dusche ging. Das heiße Wasser löste Verspannungen in Nacken und Schultern, die sie bis dahin gar nicht wahrgenommen hatte.

Mirjam verzichtete auf das Abtrocknen und baute sich nackt vor dem Fenster zum Hinterhof auf. Ihr Körper dampfte. Schleier stiegen von ihren Schenkeln auf, umspielten die

Hüften, die Taille, brachen sich an ihren Brüsten und flohen von den Schultern hinaus. Ihre Fußsohlen taten auf dem kalten Linoleumboden weh. Sie riskierte wahrscheinlich eine Lungenentzündung. Aber so hier zu stehen gab ihr ein Gefühl der Stärke zurück. Unantastbar zu sein. Egal, was da draußen vielleicht lauerte.

Natürlich wusste sie, dass es einzig die Vertrautheit ihrer Wohnung war, welche ihr Sicherheit verlieh. Und damit wieder einen einigermaßen klaren Kopf. Denn im Nachhinein musste sie sich eingestehen, dass ihre Reaktion auf den Riesen im SUV völlig übertrieben gewesen war. Hätte er es auf sie abgesehen gehabt, hätte er sie sicher nicht entkommen lassen.

Und sie war davongelaufen wie ein verschrecktes Reh!

Sie musste aufhören, in allem und jedem etwas Verdächtiges zu sehen. Es war vermutlich immer das gleiche Prinzip: Wenn man sich etwas wünschte, sah man es überall. Wenn man mit dem Gedanken spielte, sich einen roten Audi zu kaufen, sah man ihn plötzlich ständig auf der Straße, obwohl er einem vorher nie aufgefallen war. Nur war ihr roter Audi eben ein Stalker und der Rest aufblühende Paranoia. So einfach war das. Das war alles.

Die Kälte schüttelte Mirjam. Ihr Körper war beinahe trocken. Auf den Fußballen schwang sie vom Fenster zur Spüle, wo ihr Deo auf sie wartete. Anschließend füllte sie heißen Tee in ihren schwarzen Lieblingsbecher. Sie konnte sich ob der Dunkelheit nur vorstellen, wie er gerade die Farbe wechselte und ein Bildmotiv hervorbrachte.

Sie ging ins Schlafzimmer und verkroch sich unter die Bettdecke. Schob die vier Kissen in ihrem Rücken zusammen und richtete sich so weit auf, dass sie vom Becher nippen konnte, ohne etwas zu verschütten. Nach jedem Schluck fuhr sie mit der Zungenspitze den Becherrand ab, um möglichen Tropfen erst gar keine Chance zu geben, auf die weiße Bettwäsche zu fallen. Danach ertastete sie mit den Fingerspitzen das Bild auf der Tasse.

Ein Geschenk auf der Kirmes. Noch von ihrer Mutter. Diese hier war an sie gegangen, die gleiche an ihre Schwester Vanda, aber auch die war inzwischen in Mirjams Besitz.

Morgen war Besuchstag, rief sie sich ins Gedächtnis. Vanda würde den ganzen Tag auf sie warten. Vielleicht sollte sie die Tassen mitnehmen. Immerhin waren sie Erinnerungsstücke an eine schöne Zeit …

Mirjam hatte das Gefühl, in der Matratze zu versinken. Ihre Muskeln erschlafften und sandten kribbelnde Signale, dass sie bereit waren, ihr in den Schlaf zu folgen. Sie stellte den Becher auf den Boden, zog ein Kissen unter ihren Kopf, knautschte die Fäuste hinein und ließ sich überwältigen.

dienstag, 14. januar, 00:17 uhr

Wieder und wieder las Marie Granbassi den Artikel in der Zeitung. Eigentlich war es nicht mehr als eine Notiz, und die Überschrift «Tote im Bürgerpark» hatte den gesamten Inhalt bereits umfassend auf den Punkt gebracht. Mehr gab es nicht zu lesen, und auch zwischen den Zeilen war nur das blanke Papier. Aber es hatte gereicht, dass tiefe Beunruhigung sie ergreifen konnte und die längst vergessen geglaubte Unart, die Nägel abzuknibbeln, zurückkehrte.

Der Schmerz in ihrem Daumen war wie von einem tiefen Schnitt, und Blut trat aus dem Nagelbett. Marie stöhnte auf und schüttelte ihre Hand, als könnte sie den Schmerz fortschleudern. Anschließend steckte sie den Daumen in den Mund und biss den abstehenden Nagelrest vorsichtig ab. Beim Geschmack ihres eigenen Bluts wurde ihr übel.

Marie rückte an den Rand ihres Futons, der zum Mittelpunkt ihres Lebens geworden war. Sie stand auf und begann, ihre Runden auf dem grau gesprenkelten Linoleumboden zu drehen. Vorbei am fein säuberlich gefalteten Stapel frischer Wäsche, um den wahllosen Haufen gebrauchter Klamotten herum, am Kühlschrank mit der Kaffeemaschine darauf vorbei zurück zum Futon, nur um wieder von vorn anzufangen.

Und mit jedem Schritt wurde ihr klarer, dass sie den Rest der Nacht so verbringen würde.

Die Frau von letzter Nacht war das dritte Opfer. Sie wusste es. Es konnte gar nicht anders sein. Es gab überhaupt keine andere Möglichkeit. Und sie hatte es übersehen!

Ihre Kollegen waren bei Schichtbeginn zutiefst erschüttert gewesen. Mario, der 24-jährige italienische Star unter den Packern am Ende des Bratwurstfließbands, hatte eine perverse Freude daran gehabt, sein Zuspätkommen bildreich zu begründen. Ausführlich erzählte er von den Gaffern auf der Westspange, vom hell erleuchteten Bürgerpark und einem Bekannten, der als Streifenpolizist vor Ort eingesetzt war und ihm mit blassem Gesicht von der Frauenleiche berichtet hatte.

«Voll in die Fresse geschossen! Alles weggerissen!», hatte Mario gelacht und sich nicht weiter daran gestört, dass die anderen es geschmacklos fanden. Die Aufmerksamkeit gehörte ihm, und er wollte sie auch genießen.

«Soll ich dich nach Hause bringen?», hatte er Marie später gefragt, dabei seinen Ärmel hochgekrempelt und die Muskeln an seinem Unterarm spielen lassen. «Da draußen is' gefährlich. Bei Mario bist du gut aufgehoben!»

Doch Marie hatte abgelehnt. Noch zwei weitere Annäherungsversuche hatte sie abwehren müssen, einen am Personaleingang, einen in der Saarbahn, bevor er es endlich aufgab. Sein sowieso schon unerträgliches Angraben wurde mit jedem Tag plumper.

Draußen war es so düster gewesen, dass sie ihr Spiegelbild in der Scheibe angestarrt hatte, obwohl es erst früher Nachmittag gewesen war. Trotz der Verzerrung konnte sie die tiefdunklen Ränder unter den Augen sehen, die seit Jahren nicht weggehen wollten. Und sie hoffte, dass es nur an der Doppelverglasung lag, dass sie mindestens zehn Jahre älter aussah.

Haltestelle Johanneskirche, Stadtmitte. Sie versuchte, die Gespräche um sich herum auszublenden, die ausnahmslos um die Morde der letzten Tage kreisten. Summte eine unbekannte Melodie gegen die Stimmen in ihrem Ohr. Ignorierte die irritierten Blicke des schwarz gekleideten Mädchens neben sich und summte weiter, bis die tiefen Töne sie ganz erfüllten. Als sie Luft holen musste, geschah es dann. Zwei Vornamen drangen durch das Gewirr zu ihr durch. Katja und Sybille. Allerweltsnamen, die jemand aus der Zeitung zitierte. Aber die Kombination weckte etwas in ihr. Es konnte kein Zufall sein.

Mittlerweile drehte sie die x-te Runde in ihrer kleinen Souterrainwohnung. Vorbei an den Wäschestapeln, dem Kühlschrank, dem Futon und wieder von vorn. Weil es das Einzige war, das sie davon abhielt, völlig apathisch dazuliegen, bis die Angst sie vollkommen einnahm und an die Schwelle zur Panikattacke brachte.

Diese schreckliche, peinigende, lähmende Angst, die sie nicht mehr loslassen wollte seit damals. Seit dieser unheiligen Begegnung.

Nicht nur aus einer Laune heraus hatte sie ihn bei ihrer dritten Verabredung nach den Namen seiner früheren Freundinnen gefragt. Sie war mit 25 gerade dabei gewesen, als Jahrgangsbeste in Medizin zu promovieren. Eine Überfliegerin, wie sie im Buche stand, mit offenen Türen vom Lehrstuhl der Uni bis zur Charité. Dennoch hatte sie gespürt, dass es der Zeitpunkt war, zumindest schon einmal das Gleisbett für eine spätere Familie auf der riesigen Landkarte des Lebens anzulegen. Und im Gegensatz zu den Typen, die auf ihre Chiffreanzeige geantwortet hatten, machte er einen umwerfenden Eindruck. Selbst ohne die Empfehlung ihres Professors hätte sie das so behauptet. Fokussiert, bodenständig, gefühlvoll und ein bisschen verloren. Körperlich war er eher eine … Überraschung. Eigentlich zu groß und zu breit, was in ihren Augen irgendwie ungesund aussah. Aber sein Brief einige Tage zuvor hatte sie mitten ins Herz getroffen. Er klang wie ihr perfektes Gegenstück. Und beim romantischen Essen in einer Edelpizzeria dachte sie, der Zeitpunkt wäre gekommen, ein wenig nachzuhaken.

Sie hatte ihn sehr genau beobachtet. Seine stilsichere einhändige Wickeltechnik bei den Spaghetti war ihr besonders aufgefallen. Oder wie er mit der Serviette seine Lippen abtupfte, bevor er zum Weinglas griff.

«Du hattest also bisher drei Beziehungen», fasste sie zusammen.

«Drei richtige», korrigierte er sie.

«Und ihre Namen?», fragte sie trotz ihrer Anspannung möglichst neutral.

Er sah sie forschend an, ohne dass dabei seine perfekte Wickeltechnik auch nur ansatzweise stockte.

«Ich wüsste gern ihre Namen», lächelte sie.

«Wozu?», fragte er ehrlich überrascht, lächelte ebenfalls kurz und schob ohne weiteres Zögern nach: «Katja, Sybille und Kathrin.»

Sie konnte keine außergewöhnliche Regung erkennen. Kein Niederschlagen der Augen, kein verkniffenes Lächeln, kein Runzeln der Stirn. Alles wirkte, als wäre er tatsächlich mit seiner Vergangenheit im Reinen.

«Habt ihr noch Kontakt?»

«Die Stadt ist kleiner, als man denkt.» Ein untertöniges Lachen begleitete seine Worte. «Man läuft sich hier und da über den Weg.»

Marie nickte aufmerksam.

«Wenn das zählt, dann ja! Ansonsten …» Er schüttelte den Kopf und führte die Spaghetti zu seinem Mund. «Warum fragst du?»

Sie deutete ein Schulterzucken an. «Weiß nicht. Kam mir nur so in den Sinn», log sie.

«Und bei dir?»

«Wohnen nicht hier.»

«Also kein Kontakt?»

Sie schüttelte nachdrücklich den Kopf. Es hätte sie garantiert nicht attraktiver gemacht, wenn sie ihm gestanden hätte, die vergangenen fünf Jahre vor allem allein hinter ihrem Schreibtisch mit Stapeln von Büchern verbracht zu haben.

Heute wusste sie, dass sie besser die Wahrheit gesagt hätte. Nicht, dass es für ihn einen Unterschied gemacht hätte. Aber sie wäre die folgenden Wochen nicht befangen gewesen, aus Furcht, womöglich aufzufliegen. Sie hätte nicht aufpassen müssen, entlarvt zu werden, und hätte ihre ganze Aufmerksamkeit auf ihn richten können. Hätte vielleicht doch etwas Verräterisches an ihm bemerkt, womöglich doch seine zu perfekte Tarnung durchschaut.

Marie schlug ihre Handballen so heftig gegen die Schläfen, dass ihre Zähne aufeinanderschlugen. Ein Abend! Ein verfluchter Abend hatte ihr Leben zerstört. Eine falsche Entscheidung! Warum hatte sie sich an dem Abend nicht einfach von ihm verabschiedet und war heimgegangen? Warum war sie in seinen Wagen gestiegen? Warum hatte sie nicht protestiert, als er ihr noch sein kleines Seegrundstück mit der Hütte zeigen wollte? In Frankreich, gleich hinter der Grenze. Warum hatte sie ihrer Sehnsucht, geliebt zu werden, nachgegeben? Hatte sie wirklich die Hoffnung gehabt, eine gemeinsame Nacht könnte diesen Hunger in ihr stillen?

Wie unzählige Male zuvor verlor sie jeden Halt. Ließ sich auf die Knie fallen und stieß einen verzweifelten Schrei aus. Schnappte nach Luft, schrie weiter. Schnappte erneut nach Luft und schrie, bis sich endlich die Tränen ihren Weg bahnten, jeder Laut in den Speichelfäden brach und ihre Sinne so betäubte, dass sie das verräterische Klicken und Nesteln an ihrer Wohnungstür schlicht überhören musste.

Das Wasser brannte sich vom Hinterkopf durch Thomas' Wangen, über den Hals zur Brust. Vorsichtig atmete er den heißen Dampf der Dusche, als könne er von der Wärme nicht genug bekommen. In seiner Brust löste sich ein Krampf, den er bis dahin gar nicht wahrgenommen hatte. Seine Schultermuskeln lockerten sich. Zwischen seinen Lendenwirbeln kroch zaghaft Müdigkeit hervor und legte sich verführerisch um die Taille. Seine Lidränder brannten. Trotzdem war es definitiv noch nicht an der Zeit zu schlafen. Thomas drehte sich um, hielt sein Gesicht in den heißen Strahl und stellte auf kalt um.

Seine Erfahrung sagte ihm zwei Dinge über Erinnerungen: Manche von ihnen waren mehr oder weniger frei verfügbar, je nachdem, wie frisch sie noch waren. Man konnte sie jederzeit abrufen, weil es um Dinge ging, an die Aufmerksamkeit gebunden war. Die anderen, die beiläufigen, versteckten sich in der Regel dahinter, bis man zufällig am passenden Hinweisschild vorbeikam. Obwohl Thomas wusste, dass es noch immer keinen wissenschaftlichen Konsens darüber gab, wie das Gedächtnis funktionierte, hielt er das Gehirn für ein verhältnismäßig dummes Organ, das gar nicht anders konnte, als alles abzuspeichern, das ihm unterkam. Es folgte damit schlicht seiner Funktion, und es erschien Thomas nicht logisch, dass es das einzige Organ sein sollte, das ganz nach Belieben mal etwas wahrnahm und speichert und ein anderes Mal nicht. Seine Idee vom Gehirn war die einer unendlichen Bibliothek, in die ständig neue Bücher eingelagert wurden. Mit einigen Hauptwegen, auf denen man sich permanent bewegte, und einigen abgelegenen, auf deren Existenz nur noch eine Fußnote auf einer selten gelesenen Seite hinwies. Manchmal musste man systematisch den Buchbestand durchgehen, um diese Seite zu finden. Manchmal genügte es, den Bibliothekar mit allem zu füttern, was einem an Querverweisen zum gesuchten Buch einfiel, und ihn seine Arbeit tun zu lassen. In der Regel sortierte er alles so lange neu, bis er mit einer passenden Antwort kam. Was für gewöhnlich während seiner Pausen geschah, wenn er nicht mit dem Rollwagen durch die Gänge rauschte und den Präsenzbestand pflegte. Wahrscheinlich hatte Thomas deswegen auch seine besten Einfälle, kurz bevor er in den Schlaf hinüberglitt. Und so ähnlich erhoffte er es sich auch bei Sassa, die unten wartete.

Er hatte ihr das Versprechen geben müssen, dass sie nicht zur Zeugenvernehmung aufs Revier musste. Nur so hatte er sie überzeugen können, mit ihm zu kommen. In der Hoffnung, dass sie mehr aufgeschnappt hatte als nur einen großen Mann, der hinkte und den sie für einen Polizisten gehalten hatte. Ein besonderes Geräusch. Oder sogar sein Gesicht. Eine vage Hoffnung. Die zusätzliches Gewicht dadurch erhielt, dass Thomas Sassa zumindest für diese Nacht von der Straße wusste.

Thomas drehte das Wasser ab, wickelte sich ein Handtuch um die Hüften und stieg aus der Dusche. Seine Hand verursachte nur Schlieren auf dem Spiegel. Doch auch so konnte er erkennen, dass das Weiß in seinen Augen bis auf einen Rand um die Pupillen zusammengeschrumpft war, in den bereits der äußere Feuerkranz aus roten Äderchen züngelte. Die gut vierzig Stunden, die er auf den Beinen war, hinterließen ihre Spuren. Selbst Atmen strengte ihn mittlerweile an.

Er musste aufstoßen. Ein Mal. Noch ein Mal. Er schluckte mehrmals trocken, trotzdem wanderte etwas seine Speiseröhre hinab. Dann plötzlich löste sich sein Bauch auf. In wenigen Sekunden verwandelte er sich zuerst zu Brei, dann in gähnende Leere. Bevor Thomas begriff, was geschah, wurde ihm schwindelig, und das Bad begann, sich zu drehen. Er schwankte und schnappte nach dem Waschbecken und hielt sich daran fest.

Ein Klopfen an der Badezimmertür.

«Hallo», rief Sassa von der anderen Seite, «alles klar?!»

«Ja!», rief Thomas zurück, als hätte er einen Wattebausch im Mund. «Ich komme gleich!»

Sassa nickte, als könnte Bulpanek sie auf der anderen Seite der Tür sehen, und machte zwei Schritte zurück. Ohne wirklich zu wissen, wo sie hinsollte.

Er klang genervt. Insofern sie das überhaupt bestimmen konnte. So gut kannte sie ihn nun ja wirklich nicht. Trotzdem wünschte sich Sassa, sie hätte nicht geklopft. Wäre zur Toilette gegangen, bevor er das Bad für inzwischen mindestens eine halbe Stunde blockierte. Warum musste sie auch immer so scheiß höflich sein, dachte sie und wechselte dabei von einem Bein aufs andere.

Sie musste sich hinsetzen. Im Stehen würde es nur noch schlimmer werden, und am Ende würde sie sich in die Hose machen.

Sie betrat den finsteren Raum neben dem Badezimmer und tastete neben dem Türrahmen nach dem Lichtschalter.

War klar!, dachte sie, als die Halogenleisten unter der Decke angingen, und fragte sich, ob es eine tiefere Bedeutung hatte, dass sie ausgerechnet ins Schlafzimmer stolperte. Eigentlich war sie unfassbar leichtsinnig. Wer mit klarem Verstand folgte einem fremden Mann in seine Wohnung? Gleichgültig wie vertrauenerweckend er war, ob er nett oder einmal Bulle gewesen war. Sie sollte doch gut genug wissen, was sich hinter noch so sympathischen Fassaden verbergen konnte. Sie hatte es erlebt. Tag für Tag. Jahr für Jahr. Vermutlich wusste sie noch nicht einmal wie lange genau, denn ihre Erinnerungen reichten nur bis zu ihrem sechsten Lebensjahr zurück. Der Rest davor war wie gelöscht. Wenigstens empfand sie es so. Oder hoffte es. Oder hatte es sich eingeredet.

Es rauschte in der Wand, die ans Badezimmer grenzte. Wasserleitungen. Sie sollte die Zeit anders nutzen, als sich Vorwürfe zu machen, und stattdessen ein wenig nach Hinweisen stöbern, ob sie es mit einem Psycho zu tun hatte. Das Bett war benutzt und nicht gemacht. Bulpaneks Sachen, die er zuvor getragen hatte, lagen auf einem Stapel am Fußende. Die Socken davor auf dem Boden. Okay, er war also weder zu chaotisch noch zu ordentlich. Der Koffer lag auf dem Boden. Sassa klappte ihn auf. Hauptsächlich weiße Hemden. Wie ätzend. Zwei Hosen, ein Anzug, zwei aufgerollte Krawatten. Es wirkte alles wie schon einmal aus- und wieder eingepackt. Das Wasser lief noch immer. Sassa tastete sich in Windeseile durch die diversen Nebenfächer und kleinen Taschen. Sie vermutete nicht unbedingt ein Messer oder anderes «Spielzeug» darin, aber wenn sie auch nur ein Kondom fände, würde sie auf der Stelle verschwinden. Nichts. Sie wechselte zur Computertasche und wühlte sich auch durch deren Fächer. Erneut nichts. Suchte sie nun eigentlich nach einem Grund zu gehen oder nach etwas, das ihr sagte, dass ihre Entscheidung mitzukommen richtig gewesen war?

Es war sicher kaum Bulpaneks Absicht, aber er hatte ihr Angst eingejagt, dass der Mörder sie gesehen haben könnte und, gleichgültig ob sie etwas gesehen hatte oder nicht, sie womöglich aufspüren und ihr etwas antun könnte. Alles in allem war ihr die angebotene Couch mit einem Dach über dem Kopf, einer Heizung und einer Tür, die sie von der Außenwelt trennte, plötzlich ungeheuer verlockend erschienen.

Ganz zu schweigen natürlich von den Polizisten, die durch die Stadt patrouillierten. Mehrfach war sie am Abend Fußstreifen ausgewichen. Und egal, welche Straße sie überquert hatte, jedes Mal sah sie einen Streifenwagen. In der Wohnung war sie so was von sicher …

Sassa setzte sich auf die Bettkante und sah zum Nachttisch. Die Brieftasche und einiger Kleinkram lagen neben einem Foto in einem Holzrahmen. Eine glückliche Familie hangelte auf einem Wipfel-Pfad durch Baumkronen. Bulpanek, eine Frau und ein junges Mädchen. Sassa schätzte sie auf zwölf oder dreizehn, und ihre Gesichtszüge waren die perfekte Mischung aus denen der beiden anderen. Viel interessanter aber war Bulpaneks Strahlen.

Er war den ganzen Abend über freundlich gewesen. Selbst gelacht hatte er das eine oder andere Mal. Dennoch war etwas Seltsames in seinem Ausdruck geblieben. Etwas Unglückliches. Etwas, von dem der Mann auf dem Foto sicher noch nichts wusste. Und es fiel ihr nicht schwer, sich zusammenzureimen, was zwischen dem Ausflug auf dem Foto und heute geschehen sein musste.

Das Rauschen aus dem Bad stoppte. Eilig legte Sassa alles wieder so hin, wie sie es vorgefunden hatte, stand auf und verließ das Schlafzimmer.

Aufs Rasieren würde er verzichten. Thomas' Hände waren zu schwach, und sein Körper zitterte. Seine Kraft hatte gerade noch gereicht, sich auf den Toilettendeckel zu setzen und sich abzutrocknen. Es musste an der heißen Dusche gelegen haben, die zusammen mit der Müdigkeit dafür gesorgt hatte, dass er knapp an einem Kreislaufzusammenbruch vorbeigeschrammt war. Vielleicht sollte er alles andere auf den nächsten Tag verschieben und dem Verlangen nach Schlaf nachgeben.

«Gleich verkriechen wir uns unter die Decke», versicherte er seinem Spiegelbild, während er ein T-Shirt überstreifte. Als er sich bückte, um in die Unterhose zu steigen, wurde ihm erneut flau. Er richtete sich schnell wieder auf, und die nächste Übelkeitswelle zog an ihm vorbei, wenn auch nur haarscharf.

Dampfschwaden drückten sich an ihm vorbei, als er aus dem Bad trat. Er sah sich kurz nach Sassa um, aber das

Schlafzimmer war dunkel. Also ging er zum Schreibtisch, der am Geländer der Galerie stand, und sah nach unten in den Wohnbereich.

Sassa stand vornübergebeugt im BH mit dem Rücken zu ihm und war im Begriff, einige Sachen aus ihrem Rucksack zu kramen. Er wollte sich schon wieder zurückziehen und ihr vom Flur aus zurufen, dass sie ins Bad konnte, als ihm die Narben ins Auge stachen. Fingerdick, schlecht verheilt und jeweils gute zehn Zentimeter lang. Umgeben von tief in die Haut eingewirkten roten Tätowierungen, die sich bei genauerem Hinsehen ebenfalls als Narbenreste entpuppten.

Die Haare an seinen Armen stellten sich auf. Ein Schauer rannte seinen Rücken hinab und kroch über seinen Hüftkochen tiefer ins Fleisch. So leise wie möglich zog er sich zurück, bis sie ihn hinter der Brüstung nicht mehr entdecken konnte.

«Das Bad ist frei!»

Sehen konnte er es nicht. Aber er hörte, wie sie sich erschrocken umdrehte. Wahrscheinlich hielt sie sich irgendetwas vor den Leib. Thomas ging ins dunkle Schlafzimmer. Er setzte sich auf die Bettkante und wartete. Wenig später tapsten ihre nackten Füße die Stufen herauf. Er hörte, wie sie kurz am Treppenabsatz stehen blieb und schlussendlich im Bad verschwand. Der Türriegel klackte zwei Mal laut im Rahmen.

Seine Müdigkeit war verflogen. Sein Herz schlug so heftig, als hätte er gerade einen Hundertmeterlauf hinter sich gebracht. Er strich über seine Unterarme, aber die Haare wollten sich einfach nicht legen. Schließlich nahm er Kissen und Decke vom Bett, und auf dem Weg nach unten klopfte er kurz an die Badezimmertür.

«Ich bin dann unten. Du nimmst das Bett», sagte er in einem Ton, der keinen Widerspruch zuließ, und ging weiter.

Ein Stechen in ihrem Hinterkopf holte Marie zurück in die Gegenwart. Als wäre sie mit voller Wucht gegen die Wand geknallt. Dazu das Ziehen in der überstreckten Hälfte ihres Nackens. Der Schmerz im Muskel über ihrem Schultergelenk verriet ihr, dass sie auf der rechten Seite lag. Etwas schnitt in ihre Handgelenke im Rücken, als sie versuchte, sich umzudrehen. Sie war gefesselt!

«Oh Gott!», versuchte sie zu formulieren, aber ihren Mund verließ nur Silbenbrei. Sie zwang sich, die Augen zu öffnen, spähte in die Dunkelheit, in der sich ihr Futon abzeichnete. Sie lag also auf dem Boden. Und war noch immer zu Hause. Bilder tauchten aus der Erinnerung auf. Jemand steht in der Wohnungstür. Stürzt sich auf sie. Sie ist so überrascht, dass sie nicht die kleinste Chance hat, sich zu wehren.

«Hallo?» Diesmal schaffte sie es, sich deutlich zu artikulieren. Obwohl ihre Stimme ängstlich und gebrochen klang.

Die Antwort folgte prompt in Form eines Tritts gegen ihr Becken. Sie schrie laut auf.

Ein noch heftigerer Tritt.

Ein weiterer Schrei.

Ein weiterer Tritt.

Kein weiterer Schrei.

Etwas klickte in ihrem Rücken.

«Name!», tönte eine blecherne Stimme.

Marie verstand nicht.

Wieder ein Klicken, ein Band spulte zurück, ein weiteres Klicken: «Name!»

«Marie», antwortete sie endlich. «Marie Granbassi.»

«Was weißt du?» Die Stimme klang noch blecherner.

Marie konnte nicht sagen, ob sie zu einem Mann oder einer Frau gehörte. Doch bevor sie weiter darüber nachdenken konnte, erhielt sie noch einen Tritt. Gezielt in die Wirbelsäule zwischen die Schulterblätter. Ihr blieb die Luft weg. Ein Tränenfilm drang zwischen ihren Lidern hervor.

«Was weißt du?»

Marie wollte antworten. Aber es ging nicht. Die Luft steckte fest.

Klicken, Spulen: «Was weißt du?»

«Was denn?!», presste Marie schließlich hervor. Spucke lief aus ihrem Mundwinkel.

Mehrmaliges Klicken und Spulen hinter ihr. Dann endlich: «Du weißt alles!»

«Was?»

Klicken, Spulen: «Du weißt alles!»

«Nein.» Ihr Widerspruch war schwach, mehr ein Flehen.

Klicken, Spulen: «Du kennst ihn! Du weißt von allen! Du musst es wissen!»

Marie wollte protestieren, sich rausreden. Doch das hatten die anderen wahrscheinlich auch versucht. Sie brauchte eine andere Strategie. Eine klitzekleine Chance.

«Ja», presste sie hervor. «Ich weiß es! Und ich sage alles. Aber bitte, ich muss mich hinsetzen!»

Marie wartete auf eine Reaktion. Dass derjenige in ihrem Rücken sie aufsetzte und sie ihn ansehen konnte. Doch nichts geschah.

«Haben Sie gehört? Bitte!» Marie zwang sich, nicht verzweifelt zu klingen.

Die Antwort war ein weiterer Tritt gegen ihr Becken. Er traf genau den Knochen. Marie rollte sich vor Schmerz auf den Bauch. Der Gestank des Linoleumbodens war ihr noch nie so penetrant vorgekommen.

«Du bist schuldig!», tönte die Blechstimme.

«Was?», schrie sie auf. Um ihr Kinn bildete sich eine kleine Pfütze aus Speichel und Tränen.

Beim Tritt zwischen die Schulterblätter krachten ihre Kiefer derart heftig aufeinander, dass sie fürchtete, ihre Zähne würden herausbrechen. Sie wollte schreien. Aber er riss so brutal an den Haaren, dass sie keinen Ton herausbrachte. Kälte machte sich in ihr breit.

Ich stehe unter Schock, dachte sie mit erstaunlicher Klarheit.

Etwas noch Kälteres berührte ihr Ohr. Klickte. Presste die Stimme in ihren Kopf: «Du bist schuldig!»

«Ja!», schrillte ihre Stimme jenseits ihrer Kontrolle.

Er ließ ihre Haare so unvermittelt los, dass sie hart mit dem Kinn auf den Boden schlug. Ein Schneidezahn brach, und der Splitter sprang in ihren Rachen. Unwillkürlich versuchte sie zu schlucken, aber er verkantete sich vor ihrer Luftröhre. Marie hustete. Hustete sich zum Ersticken.

Plötzlich riss er sie hoch und stieß sie rücklings gegen die Wand. Der Splitter fand den richtigen Abzweig und schnitt sich langsam durch die Speiseröhre.

Er ging vor ihr in die Knie. Kein Mann. Ein Gebirge, dachte sie, und starrte in die Finsternis unter seiner Kapuze. Er hantierte mit einem Diktiergerät. Das Schwein sprach noch nicht einmal selbst mit ihr, flackerte Empörung durch die Angst. Bis sie begriff, dass sie tatsächlich eine Chance hatte. Es konnte nur einen Grund für das Gerät geben: Damit sie seine Stimme nicht wiedererkennen konnte, wenn sie überlebte!

«Ja, ich bin schuldig», brachte sie eilig hervor. «Ich gestehe! Ich sage Ihnen alles, was ich weiß! Bitte! Nur tun Sie mir nicht mehr weh.»

Er blieb regungslos vor ihr hocken. Sie konnte noch nicht einmal sagen, ob er sie unter der Kapuze ansah. Anstatt in sein Gesicht starrte Marie nur in einen dunklen Abgrund.

«Bitte», sagte sie, und ihr Bauch zuckte andeutungsweise. Noch ein paar Sekunden, und alles, was sie sagen sollte, würde in Schluchzen und Heulen untergehen.

Er griff in seinen Rücken, holte etwas silbrig Glänzendes hervor und legte es eine Handbreit neben das Diktiergerät auf dem Boden. Sie brauchte einen Moment, bis sie im schwachen Licht, das von der Straßenlaterne hereindrang, erkennen konnte, dass sie die Wahl zwischen dem Diktiergerät und einer Pistole hatte. Reden oder sterben.

Marie nickte. So heftig, dass ihre Zähne erneut aufeinanderschlugen.

Er griff zum Diktiergerät und drückte daran herum. Tasten rasteten schwer ein, und ein leises Brummen legte sich in den Raum. Das Band in dem Gerät schabte über die Tonköpfe.

Er beugte sich vor. Kam ganz nah an ihr Ohr. «Du weißt, was er mit ihnen gemacht hat. Du hast sie gesehen.»

Marie nickte und erhielt dafür einen Schlag gegen die Stirn, der ihren Kopf gegen die Wand schlagen ließ.

«Ja!», stieß sie hervor. «Ich habe sie gesehen.»

«Hast du ihnen geholfen?»

Marie stockte. Was sollte sie antworten?

«Ich habe ihre Wunden versorgt, ich …»

Ein weiterer Schlag gegen die Stirn. Ihr Kopf knallte wie eine Flipperkugel gegen die Wand.

«Nein», schob sie schnell benommen hinterher.

«Du hast sie behandelt, damit er weitermachen konnte», flüsterte er.

Mirjam nickte und flipperte erneut.

«Sag es!»

«Ich habe sie behandelt. Damit er weitermachen konnte», plapperte sie nach.

«Weiter», flüsterte er.

Marie wusste nicht, wie. Was wollte er hören? Sollte sie wirklich all die widerlichen Details preisgeben?

«Ich hatte doch keine Wahl», regte sich ein kleiner letzter Widerstand, der in einem weiteren Schlag gegen die Stirn erstarb.

Er packte ihr Gesicht. Seine Finger bohrten sich in ihre Wangen. Sein Atem drang tief bis in ihr Ohr, und es fühlte sich an wie eine Penetration, während die Kapuze ihr eine Liste an Verletzungen einflüsterte, Dinge wiederholte, die sie während der Behandlung gesagt hatte.

Damals.

Er ließ sie los. Als er seine Kapuze zurückschlug, wollte sie nur noch wegsehen. Aber sie konnte nicht. Ihre Augen waren wie festgenagelt. An einer Narbe auf der Stirn. Ein Hockeyschläger mit einem Puck an der Spitze.

Er hatte ihr sein Gesicht gezeigt. Und sie begriff, dass das Diktiergerät und die Pistole keine Wahl darstellten, sondern die Abfolge ihrer Zukunft.

dienstag, 14. januar, 03:18 uhr

Die Wolken mussten aufgerissen sein. Der Mond schien hell genug durchs Dachfenster, dass Sassa das Foto auf dem Nachttisch über den Rand ihres Kopfkissens hinweg erkennen konnte. Sie hatte es einfach aufstellen müssen, nachdem sie sicher war, dass sie im Schlafzimmer unbehelligt bleiben würde. Es war friedlich, strahlte so viel Ruhe und Glück aus und hatte erheblichen Anteil daran, dass Sassa sich in dem fremden Bett behaglich fühlte.

Sein Geruch hing noch im Zimmer. Besonders im Bettzeug, was sie zuerst irritiert hatte, aber inzwischen empfand sie es nicht mehr als unangenehm. Im Gegenteil, in ihrer Brust wartete ein Lachen darauf, endlich rauszudürfen. Eher ein Kichern. Aber sie weigerte sich, es loszulassen. Es gehörte ihr. Ihr ganz allein.

Die Schwere hatte bereits im Schaum seines Duschgels begonnen, sich aufzulösen. Sie hatte es aus Sparsamkeitsgründen ihrem vorgezogen. Oder war es schon früher gewesen? Die Unterhaltung im Restaurant? Das gemeinsame Essen? Vielleicht war es auch nur die Wohnung, weil sie sie dunkel daran erinnerte, dass es womöglich auch für sie einen Platz geben könnte, an den sie gehörte.

Einen Platz, an dem Platz für mich ist, dachte sie und begann doch zu kichern. Sie unterdrückte es sofort wieder. Aus einem Kichern konnte ein Lachen werden. Und wenn es erst einmal raus war, kehrte es womöglich nicht mehr zurück. Sie hatte nicht genug davon, um dieses Risiko einzugehen.

Erneut sah sie zum Foto auf dem Nachttisch und fragte sich, welche der beiden Frauen neben Bulpanek sie gerne wäre. Für die Antwort – nämlich die Tochter – brauchte sie für ihren Geschmack eindeutig zu lange. Doch bevor sie das in irgendeiner Weise werten konnte, hörte sie unten das Handy klingeln, das er ihr ursprünglich gegeben hatte, sie aber nicht hatte behalten wollen. Sie brauchte nicht lange, um sich zusammenzureimen, dass es wahrscheinlich seine Frau war. In Amerika war gerade früher Abend. Oder später Nachmittag. Genau wusste sie auch das nicht.

Sassa stand auf und schlich aus dem Schlafzimmer, bis sie seine Stimme hören konnte. Er sprach leise und klang anders als bisher. Eher ernst. Geschäftsmäßig. Sie stahl sich den kleinen Flur entlang bis zur Balustrade, von wo aus sie das Wohnzimmer überblicken konnte. Bulpanek saß im linken Fenstererker, den rechten Arm mit dem Ellenbogen auf dem Knie abgestützt und die Stirn in der Hand abgelegt. Mit der anderen hielt er das Handy ein wenig vom Ohr weg, als wollte er nicht, dass die Worte daraus zu tief in sein Gehör eindrangen.

«Derselbe Täter. Kein Zweifel?»

Doch nicht seine Frau.

«Weil sie in ihrer eigenen Wohnung liegt. Das entspricht nicht dem Muster.» Thomas hob den Kopf und rieb sich nachdenklich die Stirn.

Sassa zögerte, ob sie sich wieder leise verkriechen sollte oder zu ihm runtergehen. Das da ging sie ganz bestimmt nichts an. Auf jeden Fall aber wollte sie nicht, dass er den Eindruck bekam, sie belausche ihn. Doch als sie sich von der Balustrade löste, knackte das dumme Holzding laut, und Thomas sah zu ihr rauf. Sie hätte fluchen können, zuckte stattdessen aber nur verlegen mit den Schultern.

«Okay, ich bin schon unterwegs. Bekomm ich ein Taxi?»

Seine Frage wurde vom flackernden Schein des Blaulichts beantwortet, das durch die Fenster drang.

«Gut, bis gleich!» Er legte auf und steckte das Handy in die Hosentasche. «Meine Schuhe stehen neben dem Badezimmer. Wärst du so freundlich?», sah er fragend zu ihr auf.

Sassa nickte stumm, wandte sich eilig um und suchte nach ihnen im Halbdunkel. Sie griff nach der Silhouette von etwas, das Schuhe sein konnten, und hatte Glück.

«Hier», kündigte sie ihren Wurf mit einer Ausholbewegung an.

Thomas hatte sich inzwischen seinen Mantel übergeworfen und hielt seine Hände in die Luft. Sassa ließ die Schuhe fallen. Thomas schnappte sie und streifte sie ungebunden über.

«Ich weiß, ich sagte, du kannst den Schlüssel behalten. Aber ich hab nur den einen», sagte er, «und du brauchst eine ordentliche Portion Schlaf. Wenn's dir also nichts ausmacht, schließe ich dich ein, um dich später nicht wecken zu müssen.»

«Kein Problem», antwortete sie unbedacht. «Ist es schlimm?»

Thomas sah sie ausdruckslos an. Seine Augen waren seltsam stumpf.

«Geh ruhig schlafen», ging er zur Haustür.

«Soll ich vielleicht doch besser die Couch nehmen?»

«Ins Bett!», befahl Thomas, schob aber ein freundliches Lächeln hinterher, das sie beinahe von den Beinen holte. Dann war er aus der Tür verschwunden.

Sassa verspürte das plötzliche Bedürfnis, sich zu sortieren. Doch bevor sie überhaupt auch nur eine Idee hatte, was, wohin und wieso, klickte unten der Schlüssel im Schloss, wurde zwei Mal umgedreht, und sie begriff:

Sie war tatsächlich eingeschlossen!

Thomas war tief in seine Gedanken versunken, als der Streifenwagen von der Autobahn in den Saarbrücker Westen abfuhr. Er hatte versucht, Andrea zu erreichen, aber wieder ging nur der Anrufbeantworter ran. Er wusste nicht, ob er beunruhigt sein sollte. Wenigstens aber nahm es ihm die Erklärungsnot von den Schultern. Er hatte sich in eine Mordermittlung hineinziehen lassen, obwohl er ihr versprochen hatte, dass dies nicht mehr geschehen würde. Und er hatte eine sicher noch minderjährige Ausreißerin bei sich aufgenommen. Egal, von welcher Seite er es betrachtete, Andrea würde nichts davon für eine gute Nachricht halten. Ebenso wenig, dass er die Tabletten nicht mehr nahm. Auch wenn er sie nicht vermisste. Vielleicht waren die Ermittlungen und Sassa ja genau der richtige Ersatz dafür, lachte er verhalten.

«Was denn?!», hakte der Uniformierte neben ihm nach.

«Nichts», antwortete Thomas.

Der Uniformierte steuerte in eine Seitenstraße. Auf der linken Seite erhob sich ein riesiger Wohnblock, der sich wie eine massive Schallschutzmauer für die Einfamilienhäuser dahinter die Straße entlangzog. Zwei Seitenstraßen weiter konnte Thomas bereits das Blaulicht sehen. Eine Beamtin machte ihnen den Weg durch eine Schar Schaulustiger frei, aus der hier und da ein Blitzlicht aufflackerte. Ihr Wagen hielt unmittelbar vor einem fünfstöckigen Wohnkarton aus den Siebzigern.

Lang wartete auf dem Bürgersteig und schnäuzte in ein Taschentuch. Er riss die Beifahrertür auf, bevor der Wagen richtig zum Stehen kam.

«Wie viel Zeit haben wir diesmal?», fragte Thomas beim Aussteigen.

«So viel du brauchst! Bayard ist noch nicht informiert», antwortete Lang. «Ist noch nicht raus, dass das hier auch zur Serie gehört. Diesmal liegen die Dinge ein bisschen anders.»

«Das klang am Telefon aber noch …»

«Ich weiß, was ich gesagt habe!», fiel Lang ihm lautstark ins Wort und marschierte eilig voran, als achte er darauf, genug Abstand zwischen sie zu bringen.

Thomas sah die Fassade hinauf. In den meisten Fenstern war Licht. Von der Hälfte der Balkone blickten Leute in Morgenmänteln auf sie herab. Thomas ging an den heckengesäumten Müllcontainern vorbei, als er das Kellerfenster mit dem grellen Halogenlicht bemerkte. Wenigstens mussten sie nicht endlos Treppen steigen.

Auf dem Treppenabsatz wartete Lang auf ihn.

«Nicht da draußen», sagte er, als Thomas endlich aufgeschlossen hatte. «Natürlich ist es unser Täter. Aber irgendein Idiot hat schon die Presse informiert. Und für die lautet die Version: Wir wissen es noch nicht.»

Thomas erinnerte sich an das Blitzlicht nur wenige Minuten zuvor. «Und Bayard?»

«Wär's dir lieber, wenn ihr euch hier über den Weg lauft?»

«Er wird sowieso erfahren, dass ich hier war, wenn er deinen Bericht liest.»

«Aber bis dahin habe ich die Ermittlungen! Und kann tun und lassen, was ich will. Die Befragungen im Haus und in der Nachbarschaft laufen noch. Aber bislang will niemand was mitbekommen haben», sagte Lang.

«Wer hat euch dann gerufen?»

«Derselbe anonyme Hinweisgeber wie jedes Mal. Ist bereits zur Stimmanalyse. Aber auf die Bestätigung muss ich nicht warten.» Lang wischte sich mit der Hand durchs Gesicht. «Dieses Schwein verhöhnt uns nach Strich und Faden.»

Thomas überlegte, ob und wie er Lang beibringen sollte, dass er eine mögliche Zeugin aufgetan hatte, die den Täter womöglich gesehen hatte. Allerdings war er sicher, dass Lang sie würde sprechen wollen, was gegen ihre Abmachung war. In dem Moment kamen die Tatortermittler aus der Wohnung und schoben sich an ihnen vorbei die Treppe hoch.

«Elvis hat das Gebäude verlassen», sagte einer von ihnen im Vorbeigehen. «Viel Spaß im roten Salon.»

«Elvis?», fragte Thomas.

«Die Jungs waren im Sommer zusammen in Las Vegas.» Lang zeigte ihnen mit dem Daumen hinterher. «Einer hat im Karaoke gewonnen. – Bereit?»

Thomas nickte und sie betraten die Wohnung. Wenn man die umfunktionierten Kellerräume überhaupt so nennen konnte. Weiß gestrichene Betonwände mit grauem Linoleumfußboden, die einfachste Art, Wohnraum zu schaffen. Allerdings würde der Vermieter einiges an Renovierungsarbeiten vor sich haben. Blutspritzer und Gewebereste klebten an der Wand.

Die Tote lag auf dem Boden. Fötalstellung mit stark angezogenen Beinen und deutlich eingerolltem Oberkörper. Die Arme um die Brust geschlungen und von einem Seil in Position gehalten, das sich zwischen den Handgelenken über den Rücken spannte. Die Verbindung zu den anderen Opfern war nicht zu übersehen. Ein Schuss in den Hinterkopf, das rechte Auge zerfetzt.

«Schon eine Idee dazu?», fragte Lang.

Thomas schüttelte den Kopf.

«Von den Jungs vorhin meinte einer, wenn die Umstände anders wären, würde er ihr eine Decke holen.»

Sie wirkte tatsächlich wie jemand, der sich vor Kälte zusammenkauert. Thomas sah sich unwillkürlich im Zimmer um.

Um ihren Kopf hatte sich eine Blutlache in Form einer Landkarte gebildet.

«Habt ihr das auch bei den anderen Leichen gefunden?», deutete Thomas auf einen einzelnen Schuhabdruck in einem Fleck, der wie Nordamerika aussah.

Lang schüttelte den Kopf. «Vielleicht finde ich noch etwas in den Aufzeichnungen der Spurensicherung.»

«War das Blut schon getrocknet, als ihr eingetroffen seid?»

Lang verstand die Andeutung. «Das da ist mindestens Größe 47. So Riesenlatschen hat keiner von uns.»

«Und vor euch war niemand hier drin?»

«Niemand, von dem wir wissen. – Könnte dem Täter da ein Fehler unterlaufen sein?»

Thomas ging neben dem Abdruck in die Hocke. Das Profil der Sohle war klar definiert. Das Blut hatte keine Gelegenheit mehr, Brücken zwischen den Rillen zu bilden, nachdem der

Abdruck aufgetragen worden war. «Nein. Es sieht danach aus, dass er den Schuh in ihr Blut getunkt hat, als es schon angetrocknet war. Außerdem müssten die Ränder in Ballenhöhe und an der Spitze verwischt oder gedehnt sein, wenn er in der Bewegung entstanden wäre.»

«Also vorsätzlich.»

Thomas nickte und forderte von Lang einen Stift, mit dem er die Eintrittswunde am Kopf des Opfers freilegte. Ihr Haar war blutverkrustet und widersetzte sich störrisch. Einzelne Strähnen mogelten sich gleich wieder am Stift vorbei und klatschten auf die Wunde. Aber es genügte ihm, um zu erkennen, dass die Wundränder freigebrannt waren. «Ein aufgesetzter Schuss.»

«Wie bei den anderen», ergänzte Lang und unterdrückte ein Würgen. «Die Obduktionsberichte sind da eindeutig. Der Täter hat die Waffe an den Kopf gehalten und abgedrückt.»

«Was ist mit dem Projektil?», fragte Thomas und arrangierte die Haare wieder so, wie er sie vorgefunden hatte. Seine Art, so etwas wie letzten Respekt zu wahren.

Lang deutete auf einen kleinen Krater in der Wand inmitten der Blutspritzer. «Wurde aus der Wand gepult. Wahrscheinlich vom Täter. Das Schwein hat wirklich die Ruhe weg. Das hier ist ein Wohnhaus. Jemand muss den Knall gehört haben. Aber anstatt zu sehen, dass er so schnell wie möglich wegkommt, schabt er erst mal gemütlich die Splitter da raus.»

«Schon eine Ahnung, womit?»

«Wir haben nichts gefunden. Wahrscheinlich hat er sein eigenes Werkzeug mitgebracht.»

«Einbruchsspuren?»

«Vielleicht. Auf dem Schließzylinder waren ein paar feine Kratzspuren. Ist bereits auf dem Weg in die KTU.»

«Und wisst ihr, wer die Frau ist?» Thomas sah zu Lang auf.

«Marie Granbassi», sagte Lang, ohne sie anzusehen. Jeder hatte so seine Methode des Selbstschutzes entwickelt. Seine war es, nie den Namen des Opfers auszusprechen, wenn es nicht unbedingt nötig war. «Falls sie ihm selbst die Tür geöffnet hat, könnte das bedeuten, dass sie den Täter gekannt hat.»

«Vielleicht hatte er aber auch einen Zweitschlüssel. Von ihr zum Beispiel oder vom Hausmeister. Vielleicht war es der Hausmeister selbst. Oder ein Vormieter», sagte Thomas mit einem Anflug von Ironie. Er konnte sich seinen aufkommenden Missmut selbst nicht erklären.

«Habt ihr den Wundkanal mit dem Loch in der Wand abgeglichen?», schwenkte Thomas um.

«Die Kugel ist auf einem Meter zweiundsechzig in die Wand eingetreten. Vermutlich horizontal. Sie dürfte also gestanden haben.»

«Und sie ist wie groß?»

«Eins zweiundsiebzig. Laut Ausweis.»

Thomas hielt den Stift im Verlauf des Schusskanals über Maries Kopf.

«Ihr Auge war also etwa auf der gleichen Höhe wie der Einschlagskrater. Ihr Kopf war aufrecht», sagte er und erhob sich. Er erkannte plötzlich eine vage Chance, Sassa vorerst aus den Ermittlungen herauszuhalten.

«Und?», fragte Lang verständnislos.

«Um einen derart präzisen Schuss abzugeben, muss man die Waffe sehr stabil halten. Also in der Regel mit annähernd ausgestreckten Armen. Seine Schulter dürfte entsprechend auf einer Höhe mit ihrem Auge gewesen sein. Für Hals und Kopf rechne noch einmal dreißig bis vierzig Zentimeter drauf. Eins zweiundsechzig und dreißig macht?»

«Einen Meter zweiundneunzig.»

«Eventuell zwei Meter. Euer Täter ist unter Saarländern überdurchschnittlich groß. Und jetzt sieh dir noch einmal den Schuhabdruck an.»

Lang nickte zunächst nur. Dann weiteten sich seine Augen plötzlich. «Endlich mal ein Hinweis!»

Thomas lächelte verhalten. Er hatte Sassas Beobachtung teilweise untergebracht, ohne sie erwähnen zu müssen. Es war Zeit, wieder das Thema zu wechseln. «Wenn man jemandem eine Waffe an den Kopf hält, neigt sich der Kopf automatisch nach unten. Was zum einen aus dem Druck resultiert, den der Täter gegen den Kopf ausübt. Zum anderen aus dem Nachgeben durch das Opfer. Bei ihr war das offenbar anders.»

Lang übte sich in einer Mischung aus Nicken und Kopfschütteln wie ein Wackeldackel.

«Komm schon, du weißt, was das heißt.»

«Sie hat ihren Kopf gegen die Waffe gehalten.»

«Zumindest hat sie ihn sich nicht nach unten drücken lassen.»

«Vielleicht wollte sie ihm zeigen, dass sie keine Angst hat.»

«Soldaten in Schützengräben betteln um ihr Leben angesichts ihres bevorstehenden Todes. Rufen nach ihrer Mutter. Und die müssen jeden Tag damit rechnen, getötet zu werden.»

«Sie hat also nicht geglaubt, dass er abdrücken wird?»

Thomas erhob sich wieder und sah durch den kargen Raum. Zwei Stapel Wäsche, einer davon sichtlich gebraucht.

Ein Kühlschrank mit einer Kaffeemaschine, ein Futonbett und darüber ein Kruzifix an der Wand. «Es sieht nicht so aus, als hätte es etwas gegeben, worum es sich zu betteln gelohnt hätte.»

«Sie wollte also, dass er schießt?»

Thomas zuckte mit den Schultern: «Vielleicht hat sie es auch einfach nur akzeptiert.»

«Scheiße», murmelte Lang und schob noch etwas hinterher, das Thomas nicht verstand.

«Wie bitte?», fragte er daher.

Lang holte tief Luft. «Ich hab mich nur gefragt, ob das auch auf die anderen Opfer anzuwenden ist.»

Thomas betrachtete Marie Granbassis Leiche. Früher hätte solch ein Bild etwas in ihm ausgelöst. Ein Gefühl, eine Intuition. Doch nichts davon war spürbar. «Wie steht's mit Familie?»

«Wir haben was über die Eltern. Der Vater kam als italienischer Gastarbeiter. Mutter Deutsche. Sie selbst arbeitet am Band in der Wurstfabrik – mit Doktortitel in Medizin!»

«Mit was?!»

«Hat einen super Abschluss. Haben wir in einem Karton gefunden. Nur nichts darüber, dass sie jemals als Ärztin gearbeitet hat. Aber vielleicht finden wir da noch was.»

Thomas sah kurz zu Lang und dann wieder zu Marie. Er fragte sich, was sie dazu gebracht hatte, ihren vorgezeichneten Lebensweg zu verlassen.

Sassa hockte auf der Couch, die Arme um ihre angezogenen Beine geschlungen, und wiegte sich vor und zurück. Das Klicken des Schließzylinders hallte noch immer durch ihren

Kopf. Rattklick-rattklick. Wenigstens hatte sie Licht. Jede verfügbare Lampe hatte sie eingeschaltet.

Doch es machte die aufkeimende Panik nicht weg.

Ihr Herz hämmerte gegen das Brustbein und hinterließ nach jedem Schlag einen Hohlraum, der sich mit Angst füllte. Sie kannte dieses Gefühl, und sie wusste, was es mit ihr machte. Früher oder später würde sie ausrasten und von der Einrichtung nicht viel übrig lassen. Sie musste etwas tun!

Hilfesuchend sah sie sich um, bis ihr Blick an den Fenstern hängen blieb. Es gab einen Ausweg.

Wie verkrampft ihre Finger waren, merkte sie erst, als sie sie aus der Umklammerung löste. Sie streckte die Beine vorsichtig zum Boden aus, setzte ihre Füße auf und zwang sich aufzustehen. Ihre Beinmuskeln schmerzten an den Stellen, an denen sich ihre Finger hineingegraben hatten. Trotzdem schaffte sie es zum Erkerfenster. Ihre Hand zitterte, als sie es öffnete. Die Eisesluft drängte sich sofort durch die kleine Öffnung in die überhitzte Wohnung. Sassa zwängte ihren Oberkörper hindurch, bis der Fensterrahmen gegen ihren Hüftknochen drückte, und schnappte nach Luft. Ihr Herz verstand nach und nach, dass es den Alarmzustand verlassen durfte. Die Klammer um ihre Brust löste sich so weit, dass sie wieder ausreichend Luft bekam.

Vorsichtig zog sie sich wieder nach innen und setzte sich auf die Kante der Erkerbank. Angeblich war sie in der Wohnung in Sicherheit. Doch das galt nur für Dinge, die sich außerhalb befanden. Vor sich selbst konnten sie keine vier Wände beschützen. Sie musste versuchen, sich abzulenken, bis Bulpanek zurückkam. Ihre Hoffnung galt dabei weniger ihm, als vielmehr der dann nicht mehr verschlossenen Tür. Für die meisten Menschen bedeutete sie vermutlich die Möglichkeit, die Welt auszusperren, wann immer es ihnen gefiel. Für Sassa bedeutete sie nichts anderes, als eingesperrt zu sein. Weggesperrt und vergessen. Menschen starben hinter verschlossenen Türen. Wenn ihnen nicht noch viel Schlimmeres widerfuhr. In einer Welt voller Türen lauerte dahinter nichts anderes als das Grauen!

Sassa sprang auf, rannte durch die Wohnung und öffnete auch die restlichen Fenster. Sie durfte nicht darüber nachdenken, was geschehen konnte. Gedanken waren die Pflastersteine auf dem Weg in die Hölle.

Dann entdeckte sie Bulpaneks Notebook unterm Couchtisch. Genau das, was sie brauchte! Sie wühlte ihren MP3-Player aus dem Rucksack und steckte ihn in eine der USB-Buchsen. Die Anzeige leuchtete auf. Der Player bekam nach Wochen endlich wieder Saft.

Wenige Minuten später hatte sie sogar noch ein Audiokabel gefunden und alles mit der Stereoanlage verbunden. Sie wählte ihre Lieblingsmusik, drehte die Anlage auf und ließ sich von Bässen durchdringen. Sie wummerten in ihrem Bauch wie eine Massage. Sie legte sich auf den Boden und ließ dazu den Zug der Kaltluft über sich hinweggleiten.

Die laute Musik zu später Stunde würde Bulpanek vielleicht nicht gefallen. Aber sie würde bestimmt keine Schwierigkeiten haben, es ihm zu erklären. Sie war schließlich fünfzehn! Gut, Bulpanek schätzte sie vielleicht auf siebzehn. Aber auch Siebzehnjährige machten so etwas, oder nicht?! Wenigstens glaubte sie es. Im Zweifel würde sie einfach unschuldig dreinblicken und sagen, dass sie einfach nicht nachgedacht hatte. Das hatte schon immer funktioniert.

Nein, hat es nicht!

Die Stimme in ihrem Kopf war unmissverständlich. Und als hätte das nicht gereicht, brannten auch noch die Narbenränder auf ihrem Rücken zur Erinnerung, was geschah, wenn sie so unaufmerksam war.

Er ist nicht so!, dachte sie so laut, dass sie die andere Stimme übertönte, und wiederholte es immer und immer wieder, bis nichts anderes als dieser Satz übrig blieb und wie ein leuchtendes Spruchband durch ihr Gehirn flatterte.

Sassa rollte auf die Seite, klemmte einen Arm unter den Kopf und schloss die Augen. Zusätzlich schob sie die andere Hand dazwischen, und ihre Fingerknöchel drückten sich leicht in ihre Wange. Als sie nach einer Weile die Augen wieder öffnete, betrachtete sie das Notebook und überlegte, ob Bulpanek wohl etwas dagegen haben würde, wenn sie ein wenig im Internet surfte. Sicher nicht. Also setzte sie sich auf und parkte das Notebook auf ihren Oberschenkeln. Sie kontrollierte die Statusleiste nach einer Verbindung und entdeckte dabei einige minimierte Fenster.

Durfte sie so neugierig sein und nachsehen?

Ihr Finger verharrte über dem Touchpad. Sie zögerte. Dann aber zuckte sie mit der Schulter und klickte das erste Fenster an. Ein Foto ploppte auf und nahm den gesamten Bildschirm ein. Sassa stockte der Atem.

«Grauenhaft», murmelte Lang, als sie das Haus wieder verließen. Er winkte den Männern zu, die Marie Granbassi abtransportieren sollten, und schickte sie in die Kellerwohnung.

Thomas zwängte sich durch den schmalen Spalt zwischen Hecke und Müllcontainer und ging zu den Kellerfenstern von

Marie Granbassis Wohnung. Sie waren nur kniehoch, und vom letzten konnte man in ihr Bett sehen. Was Marie aber nicht gestört zu haben schien, da sie keinerlei Sichtschutz angebracht hatte.

«Perfekt, wenn man jemanden ausspionieren will, oder?!», sagte Lang und wollte ihm nachkommen.

«Bleib da!», rief Thomas und schickte ihn mit einer Handbewegung wieder zurück. Zwischen den Heckenzweigen hing etwas Weißes. Thomas ging zurück und zog es vorsichtig hervor.

«Sieht aus wie Watte», kommentierte Lang.

Thomas zog es vorsichtig auseinander. Die Fasern dehnten sich kaum, bevor sie rissen. «Oder wie das Zeug in Jacken.» Er suchte den Boden ab. Im Kiesbett an der Hauswand, gleich vor Maries Fenstern, sah er weitere weiße Flocken. «Wenn es vom Täter ist, könnte er sie zuerst von hier aus beobachtet haben. Vielleicht hat er sich an der Hecke die Jacke zerrissen.»

«Daunenjacke, hm?!»

«Winterjacke», korrigierte Thomas.

«Ich mein, wie sie aussieht. So ein gestepptes Ding.»

«Könnte sein.»

Lang wandte sich einem Tatortermittler zu, der am Straßenrand gerade sein Material im Wagen verstaute, und pfiff durch die Finger.

«Zugabe, Elvis! Schwing noch mal die Hüften!», rief er hinterher.

Der Tatortermittler sah sich zwar um, zeigte Lang aber umgehend einen Vogel, gefolgt vom erhobenen Mittelfinger.

«Diese Kasper», fluchte Lang und ging zu ihm.

Thomas sah die Straße in beide Richtungen hinab. Ein

ruhiges Wohngebiet. Auf der anderen Seite gingen die gleichen Siebziger-Jahre-Wohnblöcke quer zur Straße ab. An verschiedenen Balkonen waren zusammengerollte Markisen angebracht. Von den geparkten Autos waren nur wenige älter als fünf oder sechs Jahre, meist untere Mittelklasse. Nicht alles Premiummarken, dafür aber sehr ordentlich geparkt. Eher pedantisch. Sicher war es schwierig, hier unbemerkt zu bleiben. Es gab garantiert noch genug Nachbarn, die sehr genau wussten, was in den Häusern und zwischen seinen Bewohnern geschah. Laut Langs Aussage hatte der Täter die Opfer an einem unbekannten Ort festgehalten und auch dort getötet. Diesmal war er von seiner Vorgehensweise abgerückt. Nicht nur, dass er Marie Granbassi in ihrer eigenen Wohnung ermordet hatte. Er hatte auch auf den Schockeffekt der öffentlichen Zurschaustellung verzichtet.

Thomas betrachtete den Zweig in der Hecke, an dem er die weißen Fasern gefunden hatte. Es leuchtete ihm nicht ein. Bislang hatte der Täter nicht den kleinsten Fehler gemacht, der auf seine Spur geführt hätte. Er hätte es garantiert gemerkt, wenn er sich versehentlich die Jacke aufgerissen hätte. Und die Fasern ebenso garantiert entfernt.

Es sei denn, die Fasern stammten von einem Dritten. Vielleicht einem Gaffer. Einem Spanner.

Thomas ging wieder zum Kellerfenster zurück, anschließend in die Hocke und betrachtete die Faserflocken dort.

Eine einzelne in der Hecke.

Zwei vor dem Fenster. Zog man eine Linie zwischen beiden, war diese parallel zum Fenster ausgerichtet.

Jetzt, da er so nah davorhockte, sah Thomas, dass sie kaum sichtbar zitterten.

Er spürte einen leichten Zug in seinem Nacken. Die Kälte kroch unter seinen Mantel. Es schüttelte ihn.

Die Flocken zitterten noch immer. Aber der Wind trug sie nicht weg. Sie mussten fixiert worden sein. Es konnte keine andere Erklärung geben.

Thomas blickte in die Wohnung. Er sah die gestrichene Betonwand gegenüber und ein wenig vom Kühlschrank mit der Kaffeemaschine darauf. Marie Granbassi konnte er nicht entdecken.

Der Winkel!, dachte er und richtete sich langsam auf. Anschließend trat er so nah an die Wand, dass seine Schuhspitzen beinahe die Flocken berührten. Jetzt konnte er Marie Granbassi sehen. Wie am Ende eines Schachts.

Zuvor, noch in der Kellerwohnung, hatte er sich gewundert, dass ihr Anblick nichts in ihm auslöste. Nun verstand er, wieso dies so gewesen war. Das hier, dieser Anblick war das, was der Täter bezweckt hatte.

Die Männer, die Marie Granbassi abtransportieren sollten, erschienen. Thomas hämmerte gegen die Scheibe und gab ihnen Handzeichen, sich zurückzuziehen.

«Kannst du da rauskommen, Bulpanek? Die Kollegen wollen hier noch Spuren nehmen.»

Thomas drehte den Kopf. Lang war zurückgekommen und wies auf die nur kniehohe Hecke am Bürgersteig. Der Tatortermittler in seinem Schlepptau sah allerdings nicht so aus, als ob er wirklich Spuren nehmen *wollte*. Trotzdem deutete Lang auf die Hecke und das Fenster. «Elvis hat gerade den Vorgarten betreten. Dann rock mal los.»

«Machen Sie hiervon Fotos, bitte», winkte Thomas den Ermittler heran und positionierte seine Hände so in der Luft, als hielte er eine Kamera, die aufs Fenster gerichtet war. «Genau aus dieser Position. Und dann kümmern Sie sich um die Flocken.» Thomas war überzeugt, ihm nicht erklären zu müssen, wie er seinen Job zu machen hatte. Und als der Ermittler abgenickt hatte, folgte Thomas Langs Wegweiser.

«Noch was gefunden?», empfing der ihn.

«Das letzte Puzzle der Inszenierung.»

Langs Blick zuckte zum Fenster.

Thomas wies ihn mit ausgestreckter Hand an, zu bleiben, wo er war. «Später. Lass Elvis erst seinen Job machen.» Er stieg über die Hecke auf den Bürgersteig. «Von hier oben betrachtet, sieht sie aus wie ein einsames, kleines Mädchen in einem Verlies. Das sich vor Kälte zusammenkauert.»

«Was?!»

«Ist nur eine Interpretation. Vielleicht war die Intention eures Täters auch eine andere.»

Lang starrte Thomas einen Moment lang an. Schließlich atmete er tief ein und fuhr sich mit der Hand durchs Gesicht. «Was für eine perverse Scheiße.»

Es war nicht ganz das, was Thomas dachte.

«Warum hier?», fragte Lang. «Warum in ihrer eigenen Wohnung? Bisher hat er jedes Mal einen riesen Aufwand betrieben. Und jetzt auf einmal geht er hin, zieht die Knarre, macht bum – und fertig?»

«Ich glaube kaum, dass es für Marie einfach nur *bum und fertig* war.»

«Du weißt, was ich meine. Es ist einfach nicht dasselbe. Er weicht von seinem Muster ab.»

«Ja.»

«Aber warum?»

Thomas hob die Schultern und ließ sie wieder fallen. «Der Transport einer Leiche wird ihm vielleicht langsam zu gefährlich. Habt ihr schon was zu den anderen Fundorten?»

Lang schüttelte nur den Kopf.

«Vielleicht sind die Orte der Inszenierungen nicht ausschlaggebend. Womöglich sogar ein veränderbarer oder frei wählbarer Teil», sagte Thomas.

«Und die Entführung? Das Festhalten und Quälen?»

«Vielleicht hat Marie ihm auch so gegeben, was er wollte.» Thomas dachte an die Spuren von Folter, die die anderen Opfer getragen hatten.

«Sicher?»

«Nein. Aber die Wahrscheinlichkeit steigt, dass es dem Täter um etwas geht, was er aus den Frauen herausbekommen will. Angenommen, Marie Granbassi hat gleich kooperiert, dann war Folter schlicht nicht nötig.»

«Warum bringt er sie um, wenn sie kooperiert?»

«Warum akzeptiert sie, dass sie getötet wird?»

«Italienerin», räsonierte Lang. «Hinrichtung. Hat was Mafiöses.»

«Ich glaube, die Mafiosi, die heldenhaft ihrem Tod entgegenblicken, gehören in den Bereich Mythos.»

«Ich versuche doch nur …»

«Ich weiß, was du versuchst», vermittelte Thomas. «Aber diese Frau ist nicht gestorben, weil sie einer kriminellen Vereinigung angehört hat.»

Lang kniff ein Auge zusammen. «Die Wohnung sieht aus, als wollte sie sie jederzeit verlassen können. Mehr wie ein Unterschlupf. Und sie selbst, der Knick in der Vita, da war doch irgendwas.»

«Ich glaube», Thomas machte eine kurze Pause, «dass diese Frau ein ganzes Stück mehr Mitgefühl verdient hat, als wir uns das ausmalen können.»

Lang nickte, presste aber die Lippen aufeinander.

«Versucht es mal an der Uni. Sie muss damals dort Freunde gehabt haben. Und ihr solltet mit ihrem Doktorvater sprechen. Unter Umständen war er der Letzte, mit dem sie in dem Bereich in Berührung gekommen ist. Vielleicht hat er oder sie eine Ahnung, warum sie ihren Weg nicht fortgesetzt hat. Womöglich ergibt sich daraus eine Spur.»

Lang zog einen Block aus der Tasche und notierte eifrig.

«Das bringt sicher mehr, als ihre Kollegen in der Fabrik zu befragen.»

dienstag, 14. januar, 05:29 uhr

Das Wummern hörte Thomas bereits lange, bevor er auf den Marktplatz trat. Es war nicht schwer, die Bässe den offenen Dachfenstern seiner Übergangswohnung zuzuordnen. Zudem hätten der Streifenwagen und die Beamten vor dem Haus jedem Zweifel entgegengewirkt. Thomas legte einen Zahn zu, bevor Sassa ihr Klingeln womöglich doch noch erhörte. Ihm wäre kaum eine passende Erklärung eingefallen, warum er eine minderjährige Ausreißerin in einer fremden Wohnung eingeschlossen hatte.

«Ich regle das schon!», rief er den Beamten zu.

Das uniformierte Paar Mitte zwanzig musterte ihn zunächst nur. Sie schaute zumindest etwas freundlicher drein als ihr verärgerter Kollege. Und als sie an seinem Ärmelsaum zupfte und ihn dabei halb hinter sich zog, wusste Thomas, dass die beiden nicht nur beruflich Partner waren.

«Polizeiobermeister Hann, das ist meine Kollegin, Polizeimeisterin Sauter. Gehören Sie zu der Wohnung da oben?», rüttelte er seinen Arm los.

«Entschuldigung! Wie gesagt, ich regle das sofort», sagte Thomas und suchte in den Manteltaschen nach den Schlüsseln. «Versuchen Sie es schon länger?»

«Vielleicht schließen Sie erst mal auf, damit wir das abstellen können», erwiderte Hann.

«Kommen Sie, das ist doch keine große Sache. In einer Minute herrscht wieder Ruhe.» Thomas holte die Schlüssel hervor, machte aber keine Anstalten, die Tür aufzuschließen.

«Wir haben eine Anzeige wegen Ruhestörung und müssen dem nachgehen. Wer befindet sich denn alles in der Wohnung?»

«Nur meine Tochter.» Thomas sprach es aus, bevor er darüber nachdenken konnte. Spontane Lügen waren nie die besten. Er hoffte, er konnte sie durchhalten.

«Wenn Sie dann jetzt bitte aufmachen würden», insistierte Hann. «Wir vergewissern uns, dass Sie die Musik leise drehen, und dann sind wir auch schon wieder weg.»

«Entschuldigen Sie bitte», mischte Sauter sich dazwischen, «Sie waren doch vorhin zusammen mit Lang am neuen Tatort. Thomas Bulpanek?»

«Das ist richtig.»

«Lass uns gehen. Das ist quasi ein Kollege», griff Sauter Hann andeutungsweise unter und manövrierte ihn zu ihrem Einsatzwagen. «Nichts für ungut! Nur einfach leiser machen.»

Wenn die Welt klein war, hatte Saarbrücken die Bezeichnung «mikroskopisch» verdient, dachte Thomas und versuchte erfolglos, sich an die Beamtin zu erinnern, während er in den ersten Stock ging.

Die Bässe, die ihm entgegenbrandeten, drohten ihn gleich wieder ins Treppenhaus zu spülen. Intuitiv schob Thomas sich seitlich durchs Wohnzimmer zur Stereoanlage, um ihnen möglichst wenig Angriffsfläche zu bieten, während sie im doppelten Takt seines Herzschlags auf ihn einhämmerten. Erst als er das kleine Regal erreichte, entdeckte er Sassa im Schneidersitz im Schutz der Couchlehne auf dem Boden hockend. Sie war so in seinen Laptop versunken, dass sie gar nicht wahrzunehmen schien, dass er die Musik abstellte und die Fenster schloss. Es war nicht schwer zu erraten, was sie so fesselte.

«Das war nicht für deine Augen bestimmt!»

In einer Bewegung klappte Sassa den Bildschirm zu, stieß das Gerät von ihrem Schoß und war mit einem Satz auf den Beinen. Ihre Augen waren weit aufgerissen, die Nasenflügel bebten, ihre Hände abwehrbereit. Selbst unter dem viel zu großen Wollpulli und der weiten Hose (war es eine Schlafanzughose?) konnte er die Spannung ihrer Muskeln erahnen.

Sassa konnte Bulpanek nur anstarren, während ihr Herz bis in den Hals schlug. Er war plötzlich aufgetaucht. Wie ein Geist. Und erst jetzt registrierte sie, dass die Musik verschwunden war. Zeitgleich setzte das Zittern ein, von dem sie nicht wusste, ob es vor Schreck oder vor Kälte war.

«Entschuldige, dass ich dich erschreckt habe.» Bulpanek hockte sich auf die Armlehne des Sessels.

Nix passiert!, wollte sie sagen, schaffte aber nur ein Kopfschütteln. Das Brennen in ihren Augenwinkeln signalisierte ihr zu blinzeln. Es kostete sie alle Anstrengung.

«Ich nehme an, du hast dir die Fotos angeschaut», sagte er, ohne sie anzusehen.

Sassa nickte. Wie abwesend.

Bulpanek betrachtete seine Hände und rieb sie anschließend ineinander. «Als wir auf der Polizeischule zum ersten

Mal mit solchen Fotos konfrontiert wurden, ging es mir ähnlich. Es ist schockierend zu sehen, was ein Mensch einem anderen antun kann.»

War es nur das? Sie wusste doch am besten, wozu andere Menschen fähig waren. Das Kribbeln um ihre Narben auf dem Rücken hatte sie die ganze Zeit daran erinnert.

«Schließen Sie bitte nicht mehr die Tür ab?», plapperte jemand anderes mit ihrem Mund.

«Mach ich», antwortete er einigermaßen überrascht und sah wieder zu ihr auf.

Sie musste hier weg! Es war wie ein unvollendeter Reflex, der auf die Erfüllung seiner Ansprüche pochte. Ohne Bulpanek auch nur für einen Moment aus den Augen zu lassen, bewegte sie sich hinter der Couch entlang auf die Treppe zu. Der Boden fühlte sich unwirklich schwammig an, als ginge sie über eine dreifache Lage hochflorigen Moosteppichs. Es dauerte eine Ewigkeit, bis sie endlich das Treppengeländer zu fassen bekam.

Bulpanek lächelte und machte keine Anstalten aufzustehen. Und als sie den Fuß auf die unterste Stufe setzte und er immer noch friedlich im Sessel saß, begriff sie endlich, dass er ihr nichts tun würde. Sie hatte sich in ihrer Panik vorm Eingeschlossensein nicht anders zu helfen gewusst und etwas Verbotenes getan. Und er würde ihr dafür nicht die Seele aus dem Leib prügeln. Er würde einfach gar nichts machen.

Er war noch nicht einmal laut geworden.

«Die Frauen sehen so friedlich aus», zog sie ihren Fuß wieder zurück und ließ nur die Hand auf dem Geländer liegen. Vorsichtshalber. «Die Sachen, die er aber davor mit ihnen macht … Das ist so … So voller Hass. Und was er dann macht, ist so …» Sie konnte es nicht aussprechen. Die Kombination war zu widersinnig.

«Fürsorglich? Liebevoll?», erriet Bulpanek es.

«Vielleicht», sagte sie, obwohl sie genau das gemeint hatte. Fürsorglich *und* liebevoll. «Das passt doch nicht zusammen.»

Er schwieg und sah zu Boden. Aber seine Augen zuckten immer wieder in ihre Richtung. Nie ganz, sodass er sie nicht direkt ansah. «Es ist unmöglich zu sagen, was wirklich in ihm vorgeht. Aber ausschließen kann man es dennoch nicht.»

Als er doch aufsah, durchdrang sein Blick ihre Haut, das Fettgewebe darunter, ihr Brustbein und umschloss fest ihr Herz, das unter dem Druck schneller zu schlagen anfing. Er sagte noch etwas, aber die Worte flossen rechts und links an ihr vorbei.

«Gute Nacht», war alles, was sie noch hervorbrachte, während ihre Beine selbsttätig die Treppe hochfanden.

Im gleichen Küchenschrank, in dem Thomas den Kräutertee gefunden hatte, entdeckte er eine Flasche achtzigprozentigen Rums und spielte mit dem Gedanken, den Tee damit aufzupeppen. Obwohl die Heizung auf Hochtouren lief, war die Wohnung vollkommen ausgekühlt. Außerdem waren seine Knochen von dem kurzen *Ausflug* durchgefroren. Er öffnete die Flasche. Roch daran. – Und entschied sich angewidert dagegen.

Auf dem Weg zurück ins Wohnzimmer lauschte er die Galerie hoch. Über ihm war alles still. Sassa hatte sich anscheinend hingelegt.

Sein Magen meldete undeutliche Signale, die sowohl Hunger als auch aufkommende Übelkeit sein konnten. Bis er sich entschieden hatte, setzte Thomas sich auf die Erkerbank, stützte die Ellenbogen auf die Knie und umfasste die heiße Tasse mit beiden Händen. Sein Rachen fühlte sich pelzig an. Als hätte er versucht, eine Wollmaus zu schlucken, die partout nicht hinabgleiten wollte. Wie wenige Stunden zuvor im Bad drohte sich sein Bauch aufzulösen. Thomas holte mehrmals tief Luft und hoffte, dass es vorüberzog. Im Bad hatte er es auf Kreislaufprobleme nach der heißen Dusche geschoben. Wahrscheinlicher aber war wohl, dass er sich irgendwas eingefangen hatte, dachte er und war froh, dass er sich gegen den Rum entschieden hatte.

Etwas brummte. Thomas realisierte nur schleppend, dass es sein Handy war, das in seiner Manteltasche auf dem Sessel vibrierte. Er stand auf, holte es hervor und ließ sich damit auf die Couch fallen. Sein Magen schlug noch einige wütende Pirouetten, bevor er sich geschlagen gab und in seine angestammte Position rutschte. Thomas atmete erneut tief durch.

Ohne Andreas SMS ganz zu lesen, tippte er ihre Chicagoer Nummer ein. Das Freizeichen erklang. Ein Mal. Zwei Mal. Er schloss die Augen und stellte sich vor, wie der antik anmutende Apparat durch das schmale, blaue Vorstadtholzhaus klingelte. Sein Herz schlug heftig vor Erwartung. Er wertete es als gutes Zeichen nach so vielen Jahren Ehe.

«Hi?!», erklang Andreas Stimme neutral am anderen Ende. Thomas strahlte.

«Ich bin's», flüsterte Thomas.

«Haaaalloo …», flüsterte sie. Gedehnt und voller Wärme.

Wie niemand anders beherrschte sie die Kunst, ihn mit einem belanglosen Wort völlig zu verzaubern.

«Endlich!»

Andrea lachte kaum hörbar. Ein Klacken drang durch die Leitung, nachdem sie sagte: «Warte einen Moment.»

Er wusste, dass sie den Hörer beiseitegelegt hatte, um ihr Haar zusammenzubinden. Er sah sie im Geiste vor sich, wie ihre feingliedrigen Finger die vertrauten Bewegungen vollführten, die bei ihm zu einem heillosen Verfilzen der blonden Naturwellen geführt hätten. Sie dagegen zauberte einen kunstvollen Knoten.

«Na, wie gefällt es dir in Saarbrücken?», war sie nach Sekunden wieder in der Leitung.

«Hat sich nicht so sehr verändert», versuchte er, beiläufig zu klingen.

Sie lachte erneut. «Ich wusste, dass du das sagt! Wir haben sogar darauf gewettet.»

«Wir?»

«Ich und unsere wunderbare Tochter!»

«Ist sie da?»

«Nein. Ich hab sie gestern ins Trainingslager gebracht.»

«Hm?»

«Ich hatte dir die E-Mail weitergeleitet», sagte sie. «Ihr Highschool-Trainer. Er hat sie für die Fußballmannschaft nachnominiert. Wir hatten gerade noch genug Zeit, ihre Sachen zu packen und nach Fish Creek zu fahren.»

«Wohin?», fragte Thomas irritiert.

«Den Michigansee rauf, gleich am Wasser. Es ist absolut herrlich.»

«Ich hab meine E-Mails seit zwei Tagen nicht gecheckt», erwiderte Thomas, weil er nicht wusste, was er sagen sollte. Und schob schnell nach: «Ins Fußballteam. Dann hat sich das ewige Training ja gelohnt.»

War ihm tatsächlich nichts Blöderes eingefallen?

«Alles okay?», fragte sie nach einer kurzen Pause.

«Ja. Sicher.» War es natürlich nicht. Er spürte, dass es in ihm rumorte. Hinter ihm stand eine imaginäre Wand, an die er lauter Neuigkeiten geheftet hatte, von denen kaum eine einzige Andrea gefallen würde. Und ja, er hatte deswegen auch durchaus ein schlechtes Gewissen. Und irgendwie wünschte er sich wohl, dass Andrea Letzteres gerade auch hatte.

Er hörte das Rauschen ihres Ausatmens. «Ich weiß, du magst keine Überraschungen. Für mich kam es genauso plötzlich.»

«Ich freu mich für sie. Und ich bin sehr stolz. Richtest du ihr das aus?»

Sein letztes Gespräch mit Linnea an Heiligabend war nicht sonderlich erfreulich verlaufen. Die Begeisterung, mit der sie von Chicago erzählte, hatte ihn seltsam geschmerzt. Von ihren neuen Freunden, mit denen sie nach der Schule irgendwelche Malls unsicher machte, ins Kino ging und am Wochenende auf Partys abhing. Seine sonst so strenge, zielstrebige und disziplinierte Tochter blühte da drüben wortwörtlich auf. Was ihn einerseits freute, da sie es in Stuttgart von Anfang an schwer gehabt hatte, echte Freunde zu finden. Ihm andererseits aber auch schmerzlich bewusst machte, dass er keinen Anteil an dieser Entwicklung hatte. Womöglich würde doch nicht wieder alles beim Alten sein, wenn sie in sechs Monaten zurückkehrten. Als Linnea bei ihrem Telefonat dann auch noch meinte, sie würde am liebsten einfach für immer in Chicago bleiben, hatte er seinen Unmut nicht unterdrücken können. Seitdem befand er sich in der Warteschleife, bis seine Tochter, der Sturkopf, wieder mit ihm reden würde.

«Werde ich ausrichten», antwortete Andrea. «Allerdings …»

«Ja?» Wieder hörte er ihren Atem. Lang und gedehnt.

«Es ist an eine Bedingung geknüpft, wenn sie ins Team will.»

Thomas schob sich seitlich an der Lehne hoch, bis er ihre Oberkante im Nacken spürte. «Was für eine Bedingung?»

«Ich wollte eigentlich abwarten, wie es sich entwickelt», sagte Andrea und machte eine erneute kurze Pause.

«Was denn?» Er ahnte bereits, dass es nichts sein würde, was ihm gefiel.

«Sie wollen, dass Linnea noch ein Jahr dranhängt.»

Thomas' Lippen ploppten leise, als sein Unterkiefer herabfiel.

«Die ziehen das hier derart professionell auf, das hätte ich mir nicht träumen lassen. Im Trainingslager kann sie sich für die Mannschaft qualifizieren. Aber wenn sie regelmäßig spielen will, muss sie die komplette Saison dabei sein. Die nächste Saison.»

Aus den sechs Monaten waren schlagartig eineinhalb Jahre geworden. Thomas grummelte nur kurz, um zu zeigen, dass er noch zuhörte.

«Sie wünscht es sich so sehr. Ich konnte einfach nicht nein sagen.»

«Heißt das, du hast schon zugesagt?»

«Ja.»

Thomas richtete sich wieder ganz auf und ließ seine Beine von der Couch gleiten. Er war derjenige, der seine Zustimmung zum Highschool-Jahr davon abhängig gemacht hatte, dass Linnea nicht allein ging. Man hätte den Grund dafür übertriebene väterliche Fürsorge nennen können. Oder aber das Ergebnis jahrelanger Polizeiarbeit. Oder schlicht Paranoia. Wenigstens hatte Linnea es so genannt. Jedenfalls hatte Andrea daraufhin den Kontakt zu einem ihrer ehemaligen Professoren aufgenommen, der ihr sofort eine Stelle in seinem Institut angeboten hatte.

«Und unsere Abmachung?»

«Wilkens liegt mir schon seit Wochen in den Ohren, dass ich doch verlängern solle.»

Es versetzte ihm einen Schlag in die Magengrube. Thomas wurde wieder übel.

«Okay!», sagte er einsilbig.

«Sag nicht einfach ‹okay›, wenn es das nicht ist.»

Er wurde wirklich immer schwächer. Sein Kopf fühlte sich an, als würde er jeden Moment wegsacken. Er wollte etwas sagen, aber er brachte gerade noch die Kraft auf, so viel einzuatmen, dass er nicht sofort bewusstlos wurde.

«Hallo?», hörte sie sich plötzlich so weit weg an.

Thomas ließ sich wieder auf die Couch fallen und stöhnte unabsichtlich.

«Thomas?!» Noch weiter weg. «Was ist denn?»

Mit letzter Kraft zog er die Beine hoch und stellte sie angewinkelt ab. Mehrmals hintereinander presste er die Luft aus den Lungen und rieb sich kalten Schweiß aus dem Gesicht.

«Ich bin noch da.»

«Mit dir stimmt doch was nicht!»

«Keine Ahnung … Ich bin wohl einfach nur übermüdet.»

«Schläfst du schlecht?»

Er hasste es eigentlich, wenn Diskussionen auf diese Art endeten. Es hatte den Charakter von Erpressung und taugte zu nichts als einem schlechten Gewissen für alle Beteiligten.

«Es ist wirklich alles okay. Es kam nur überraschend. Lass uns ein anderes Mal besprechen, wie wir das machen.»

Die Antwort war ein nachdenkliches Schweigen.

«Ich liebe dich», sagte er mit aller Sanftheit, die das flaue Gefühl im Magen zuließ.

«Ich mache mir Sorgen.»

Thomas wartete auf einen Nachsatz. Er kam nicht.

«Hast du die Tabletten eingepackt?»

«Vergessen.»

«Du hast sie *vergessen*?!»

«Liegen zu Haus. Auf unserem Küchentisch.» Hatte er *unserem* gerade wirklich so deutlich betont?

Die anschließende Stille erschien ihm minutenlang, bis sie endlich sagte: «Ich kann nicht glauben, dass du sie vergessen hast.»

dienstag, 14. januar, 07:35 uhr

Wie gewohnt klingelte der Wecker um sieben Uhr fünfunddreißig. Mirjam schlug die Decke beiseite. Die Kälte kroch sie sofort von allen Seiten an, doch sie setzte sich ungeachtet dessen auf und verharrte so für einige Atemzüge mit gesenktem Kopf und hängenden Schultern. Anschließend legte sie den Kopf in den Nacken und streckte den Rücken durch, versetzte ihre Schultern in kreisende Bewegungen, streckte die Arme nach vorn durch und war letztendlich mit einem Satz aus dem Bett.

Während sie in die Küche ging, fasste sie ihr Haar am Hinterkopf zusammen. Sie fischte zwei Haarbänder aus einer kleinen Schale auf dem Küchentisch und band damit einen Zopf, den sie so stramm zog, dass ihre Kopfhaut brannte. Dann duschte sie vom Hals abwärts, kontrollierte anschließend im Spiegel über der Spüle ihre nach außen hin dünner werdenden Augenbrauen und befand ihren schnurgeraden Verlauf für annähernd perfekt. Lediglich ihre Augen konnten ein wenig Betonung vertragen, wobei sie auch gleich das kleine Muttermal vor dem Haaransatz auf Schläfenhöhe abdeckte.

Den Rest erledigte sie im Eiltempo und bestieg eine knappe halbe Stunde später die Saarbahn in die Innenstadt. Außer

Atem, grüßte sie den Fahrer, dem sie einige Male im Kletterzentrum begegnet war, und drängte sich durch eine Gruppe Schüler, die sich unter derbem Lachen Szenen aus einem Horrorfilm nacherzählten.

Sie hatte Glück, dass jemand in dem Moment zum Aussteigen aufstand, als sie an ihm vorbeigehen wollte. Sofort nahm sie seinen Sitz ein und erntete dafür den ungnädigen Blick eines Mittfünfzigers, der brav auf seine Chance gewartet hatte. Da er für ihre Begriffe ausgeschlafen wirkte, wandte sie den Blick ohne schlechtes Gewissen aus dem Fenster.

Sie hatte von Autos geträumt. Eine lange Schlange roter Audis. Dreitürer ohne Fahrer, die sich Stoßstange an Stoßstange im Schneckentempo an ihrem Haus vorbeischoben. Das Brummen der Motoren hatte sie unruhig gemacht. Und sie hatte die Straße hinabgeblickt in der Hoffnung, das Ende der Schlange erkennen zu können, um einzuschätzen, wie lange sie dem noch ausgesetzt sein würde. Dann hatte sie es gesehen. Der dunkle SUV. Ganz hinten am Ende der Schlange. Wie es die roten Audis die Straße hochschob. In dem Moment war sie aus dem Traum hochgeschreckt.

«Es war nur ein Traum», flüsterte sie sich selbst zu, während sich vor ihrem geistigen Auge Traumbilder mit echten vermischten und hinterm Steuer des SUVs ein Hüne auftauchte. Sein Gesicht blieb unter einer unwirklich großen Kapuze verborgen …

Das Nummernschild!

Mirjam fiel der Zettel wieder ein, auf dem sie das Kennzeichen notiert hatte, um der Unruhe Herr zu werden und wieder einschlafen zu können. Sie kramte in ihrer Tasche und fand das gelbe Post-it am Innenfutter klebend.

Wie immer fuhr Mirjam im Büro als Erstes den Computer hoch und sah die internen Mitteilungen durch. Es erwartete sie das übliche Morgenprocedere: Ausschussberichte kopieren, verteilen, abheften. Anträge für den Stadtrat formulieren und einreichen. Pressemitteilungen an Redaktionen verschicken. Etwas, das sich am Nachmittag noch einmal wiederholen sollte. Sie befand, dass es nicht drängte, und verließ ihr Büro wieder.

Beim nächstgelegenen Bäcker besorgte sie eine kleine Palette mit Mini-Gebäck und schlug damit umgehend im Bürgerbüro im neu angebauten Rathausflügel auf. Vor der Glastür versammelten sich bereits die ersten Kunden, wie man sie inzwischen nannte, die kaum erwarten konnten, am Automaten eine Wartenummer zu ziehen. Doch Mirjam bog kurz vor ihnen zum letzten Schreibtisch auf der rechten Seite ab und platzierte ihr Mitbringsel mittig darauf.

«Hat jemand Geburtstag?», begrüßte Stephanie sie. Das blonde Azubigift, das sofort das Einschlagpapier ein wenig anhob und hineinspähte.

«Nein. Das ist lediglich ein Bestechungsversuch.»

Stephanie zupfte ein Stückchen eines Minimuffins ab und probierte. «Cappuccino! Wenn ich jemanden umbringen soll, betrachte es als erledigt», lachte sie.

«Ich komm vielleicht darauf zurück», zog Mirjam das Post-it aus der Tasche. «Vorerst reicht es aber, wenn ich weiß, wem das Auto hier gehört.»

Stephanie verdrehte die Augen: «Warum nicht das andere? Das wäre leichter. Ich darf keine Halterdaten rausgeben. Das weißt du doch.»

«Dann muss ich Anzeige erstatten», sagte Mirjam und tischte ihr eine Geschichte auf, dass sie im Parkhaus gegenüber beobachtet hätte, wie der Fahrer einen Betriebs-Pkw der Stadt angerempelt hatte. «Wahrscheinlich hat er es gar nicht gemerkt. Und steht dann mit Fahrerflucht da.»

«Ich hab aber meine Vorschriften», schnappte Stephanie ihr den Zettel aus der Hand und las das Kennzeichen.

«Ich weiß. Aber wegen so einer Kleinigkeit. Da mach ich ein paar Anrufe, die Sache klärt sich, und alles ist wieder okay. Ohne Führerscheinentzug, Gericht und was weiß ich noch alles.»

«Ich kann dir da wirklich nicht helfen.» Stephanie schaute über den Rand ihres Bildschirms hinweg zu ihren übrigen Kollegen, während sie das Kennzeichen in die Suchmaske eingab und kurz darauf der Drucker ansprang. «Schon wegen Datenschutz und so. Halterdaten sind absolut vertraulich. Da mach ich mich strafbar. Und einen Eintrag in die Personalakte gibt's auch. Das kann ich mir nicht erlauben.»

«Keine Chance?», fragte Mirjam und gab sich betont zerknirscht.

«Überhaupt gar niemals keine Chance!», bestätigte Stephanie, zog ein Blatt Papier aus dem Drucker und legte es auf den Schreibtisch. «Tut mir leid! Ich muss jetzt auch aufschließen. Aber den leckeren Kram da, den lässt du da», hob sie mahnend den Zeigefinger und ging zum Eingang.

Mirjam atmete hörbar durch und ließ ihren Blick genervt zur Decke abgleiten, knüllte dabei das Papier zusammen und stopfte es in die Hosentasche. Erst in ihrem Büro holte sie den Ausdruck wieder hervor und strich ihn auf ihrer Schreibunterlage glatt. Das Kennzeichen gehörte zu einem Ford Granada aus den Siebzigern, und der Besitzer war mittlerweile 78 Jahre alt.

«Das kann doch gar nicht sein», murmelte sie. Unsicher, ob sie sich das Nummernschild in der Aufregung wirklich richtig eingeprägt hatte.

Bulpanek schlief. Aber er sah nicht friedlich aus, fand Sassa. Eher bewusstlos und trotzdem in einem schlechten Traum gefangen. Seine Lider waren einen Spalt geöffnet, und die Augen zuckten hektisch darunter. Nicht einmal das Kissen und die gefaltete Decke hatte er vom Boden aufgehoben. Als wäre er in voller Montur einfach umgekippt.

Sie selbst war sofort eingeschlafen, kaum dass sie im Bett gelegen hatte. Trotz der fremden Wohnung und trotz des fremden Mannes im Stockwerk unter ihr. Sassa schob es auf die kalten Nächte im Freien, die wohl mehr an ihr gezehrt hatten, als sie das hatte wahrhaben wollen.

Sie hob die Decke auf und legte sie behutsam über ihn. Sie stockte, als Bulpanek leise stöhnte und den Kopf wegdrehte. Lautlos hielt sie die Zipfel über ihm in der Luft, bis sie glaubte, dass er wieder auf dem Weg in seine Träume war.

Im Schlaf zeigten die Menschen ihr wahres Gesicht, kehrten ihr Innerstes nach außen. Sanfte Menschen hatten weiche Züge. Sie schmiegten sich an ihre Kissen und hatten höchstens die Hände darangelegt. Grobe Menschen dagegen pressten es zwischen Arm und Kopf, verzerrten den Mund, zogen grauenhafte Grimassen. Selbst im Traum wirkten sie noch gehetzt.

So hatte es sich in ihr Gedächtnis gebrannt. In den Nachtstunden, in denen sie wach gelegen hatte. In denen ihr Körper ein einziger Schmerz sein musste, sie aber eher eine Erbse unter der Matratze gespürt hätte als irgendetwas anderes. In

Nächten, in denen sie versuchte, sich nicht zu rühren, damit *er* neben ihr nicht erwachte. Manchmal drehte sie vorsichtig den Kopf und sah zu ihm. Wenn er die Oberlippe einseitig verzog und seine perfekten Prager Kronen freilegte, bereit, jederzeit zuzuschnappen, dann wusste sie, dass er weit weg war. Dass er sie nicht unvermutet angreifen würde.

Sassa kniff sich ins Ohrläppchen und verscheuchte die düsteren Gedanken. Das alles hatte sie hinter sich gelassen. Jetzt war sie hier. Und sie musste eine Antwort auf die Frage finden, die sich ihr schon kurz nach dem Aufstehen gestellt hatte: Was sollte sie als Nächstes tun?

Bis eben war sie fest entschlossen gewesen, den nächsten Zug zu nehmen, der Saarbrücken verließ. Wohin auch immer. Doch dann hatte sie ihn dort so schutzlos liegen sehen und gezögert. Einen Moment zu lang. Und ihr Vorsatz war in sich zusammengebrochen.

Bulpaneks Augen zuckten wild unter den inzwischen geschlossenen Lidern. Er war also wieder zurück in seinen Träumen.

Sassa schlich zum Sessel und setzte sich. In ihrem eigenen Traum der letzten Nacht war sie in einem kleinen Boot ruderlos über einen See getrieben, ohne durch den Morgendunst das Ufer sehen zu können. Mit den Fingerspitzen hatte sie sanft das Wasser berührt und ohne überrascht zu sein bemerkt, dass es sich warm und samtig anfühlte, dass die Ringe auf der Oberfläche von ihr fortrannen wie Gesang. Und sie hatte sich so leicht gefühlt.

In der Realität dagegen saß sie in einer fremden Wohnung, in einer fremden Stadt, mit einem fremden Mann auf der Couch und …

Ein Geräusch wie ein Föhn riss sie aus ihren Gedanken. Sassa sah sich irritiert um und entlarvte den Lüfter des Notebooks unterm Couchtisch als Urheber. Das Notebook mit den Horrorbildern. Auch das gehörte zur Realität.

Im gleichen Atemzug, in dem Mirjam die Zweifel überkamen, sich das Kennzeichen richtig gemerkt zu haben, bereute sie ihre Nachforschungen auch schon. Wie nach ihrer Unterredung mit Bulpanek hatten sich die Wände ihres Büros verselbständigt und versucht, sie zu erdrücken. Die Papierberge auf ihrem Schreibtisch waren ins Wanken gekommen und wollten sie überwältigen. Sie hatte sich dagegengestemmt, sich laut eingeredet, dass der Hüne im SUV nicht ihr Stalker war, dass alles nur ein Zufall war. Aber ihre Stimmbänder mussten ihr nur halbherzig gefolgt sein, denn nichts um sie herum ließ sich davon beeindrucken. Und bevor das Büro endgültig zu ihrer Gruft geworden wäre, hatte sie ihre Jacke und ihre Tasche geschnappt und war einfach losgerannt.

Die Fußgängerampel auf der Dudweilerstraße wechselte auf Rot, als Mirjam die Fahrbahn betrat. Schwindel wirbelte durch ihre Adern, sodass sie unvermittelt stehen blieb, anstatt mit den anderen Fußgängern mitzuschwimmen. Sie umspülten Mirjam und ebbten vor ihr wieder zusammen. Irgendjemand raunzte sie an, weil er sie beinahe umgerannt hätte, aber sie nahm es nur ganz entfernt wahr. Ein wütender Autofahrer hupte sie von der Straße. Sie zuckte mehr zusammen, als dass sie lief, aber es genügte, damit sie wieder auf dem Gehsteig landete. Mirjam spürte die verwunderten und abschätzigen Blicke auf sich und verschwand hinter einer Arkadensäule des nächsten Gebäudes.

Sie atmete gegen den Schwindel an. Doch zum Dank für die Extraportion Sauerstoff umnebelte der ihre Sinne nur noch mehr. Die nervös brummenden Motoren hinter ihr verloren sich im Rauschen in ihren Ohren. Ihre Augen fixierten die schwarz getretenen Kaugummis zu ihren Füßen, während ein Windstoß die feinen Schleier fremden Gelächters davontrug. Und ebenso, wie die Geräusche sich verflüchtigten, lösten sich die Ränder der Kaugummis am Boden auf.

Sie musste sich auf etwas anderes konzentrieren. Sie betrachtete die Kunden in einer Kaffeerösterei. Es wunderte sie nicht wirklich, als sie eine Abgeordnete der Grünen entdeckte. Es war schließlich kein Geheimnis, dass aus den ehemaligen Alternativen gutsituierte Bürger geworden waren. Wenn sie jetzt noch einen Hinweis auf «fair trade» fand, oder wenigstens auf ökologischen Kaffeeanbau, gab es noch nicht einmal was zu meckern.

Die Abgeordnete – wie war noch mal ihr Name? – bemerkte sie im Spiegel hinter der Theke zwischen allerlei riesigen Kaffeedosen, die Mirjam eher an eine Apotheke erinnerten. Als sie sich umdrehte, um Mirjam zu grüßen, trat Mirjam einen Schritt zurück und wollte unauffällig weitergehen. Beinahe wäre sie in einen Rollstuhlfahrer gekracht.

«Entschuldigung! Tut mir leid!» Sie bekam gerade noch die Kurve, knallte ihm aber ihre Handtasche an den Kopf.

«Aaau! Schlampe!», maulte er sie an und fuhr weiter. «Mach deine beschissenen Scheißglupscher auf!»

Mirjam konnte ihm nur konsterniert nachsehen. Sie hatte sich doch entschuldigt! Sie spürte, wie ihr Gesicht heiß anlief, schluckte den Anflug von Ärger aber umgehend wieder runter. Sich öffentlich mit Rollstuhlfahrern anlegen war nie eine gute Idee. Stattdessen schaute sie sich unwillkürlich um, ob irgendjemand den kleinen Unfall beobachtet hatte.

Und dann sah sie ihn.

Als der Hüne auf der anderen Straßenseite sich ruckartig zu ihr umdrehte, kam es Mirjam so vor, als würde die Welt davongetragen. Und als sie wieder in ihre Angeln fiel, fand Mirjam sich auf der Treppe in die unterirdische Diskontopassage wieder. Starrte unter dem Metallgeländer der Brüstung hindurch auf den Hünen in zerschlissenen Jeans, Kapuzenpulli und Daunenjacke. Bis er sich in Bewegung setzte.

In ihre Richtung.

Mirjam sprang die Stufen hinab. Hastete quer durch die Passage vorbei am Früchtestand, hinein in den Karstadt und verbarg sich gleich hinter der Eingangstür zwischen den Regalen mit den Schreibwaren.

Der Hüne tauchte am Früchtestand auf. Es war kaum zu erkennen, aber Mirjam glaubte, dass er das Bein nachzog. Er blickte sich suchend um, kam aber offenbar nicht auf die Idee, sie im Karstadt zu vermuten. Er ging drei Schritte in Richtung Marktplatz, brach ab, machte kehrt, verharrte einen Moment und entschwand Richtung Bahnhofstraße.

Vier Minuten später wurde Mirjam von einer Verkäuferin angesprochen, die sie darauf hinwies, dass sie die Bögen exklusiven Büttenpapiers bezahlen müsse, in die sich ihre Hände gekrallt hatten.

Obwohl Thomas sich am Küchentresen abstützte, hatte er Schwierigkeiten, sich auf den Beinen zu halten. Sein Nacken schmerzte. Er hatte einen Geschmack im Mund, als hätte er gerade bitteres Löschpapier gekaut. Durch seinen Kopf geisterten noch Überreste seines letzten Traums. Von Andrea. Ihrer ersten Begegnung unter den regenschweren Markisen auf dem Place Stanislas in Nancy. Etwas war anders gewesen. Aber er konnte sich nicht mehr entsinnen, was. Nur dass der Traum sich sehr echt angefühlt hatte. Als wäre die Barriere zwischen Traum und Realität aufgeweicht.

Thomas blinzelte mehrmals, dann waren die Fetzen verschwunden. Er rieb sich die Augen und versuchte anschließend, der Kaffeemaschine das Geheimnis zu entlocken, wie man sie dazu brachte, ihr Gebräu kräftiger auszuspucken. Aber er war eindeutig noch nicht wach genug, um die vielen kleinen Symbole an den vielen kleinen Tasten zu entschlüsseln. Für den Anfang musste es also ein Glas Wasser richten. Thomas schob sich kraftlos zum Hängeschrank. Als er nach einem Glas griff, rutschte ein anderes aus der Dunkelheit des Schranks und zersprang auf dem Boden mit infernalischem Klirren.

«Ich mach das!», hörte er Sassa herannahen.

Sie fegte die Scherben mit den Schuhen auf die Seite, nahm ihm sein Glas ab und stellte den Wasserhahn an. Bis auf ihre Mütze trug sie wieder die Sachen vom Vortag.

«Willst du gehen?», brachte Thomas tonlos hervor und räusperte sich anschließend.

«Ums Frühstück kümmern.»

Er hatte einen Unterton gehört. Aber er erreichte nur langsam die Gehirnregion, die für deren Deutung zuständig war. Außerdem musste jemand ein Überbrückungskabel über den Bereich gelegt haben, der Entscheidungen vor Handlungen traf, denn er fand seine Hände an den Gesäßtaschen wieder und hörte sich sagen: «Mein Geldbeutel muss in meinem Mantel sein.»

«Okay.»

Noch ein Unterton. Er versuchte diesmal gar nicht erst, ihn zu deuten, sondern ging gleich zurück ins Wohnzimmer und hob seinen Mantel vom Fußboden neben der Couch auf. Aus der Geldbörse zog er fünfzig Euro und gab sie ihr.

Sassa tauschte das Geld gegen das Wasserglas. «Wollen Sie Ihre Medikamente dazu?»

Thomas schüttelte den Kopf, setzte sich und trank.

«Wirklich nicht?»

Woher wusste sie eigentlich davon?

Er sah, dass sein Notebook noch aufgeklappt auf dem Tisch stand. «Ich habe gestern nur noch etwas im Netz recherchiert.» Seine letzten Worte zerliefen in einem langgezogenen Gähnen.

«Wie Schüsse durchs Auge mit dem Absetzen von Antidepressiva zusammenhängen?»

Thomas sah zu ihr auf und blinzelte mehrmals. «Es ist alles in Ordnung. Mach dir keine Gedanken.»

Sassas Miene veränderte sich dennoch kein bisschen: «Ist Ihre Sache!»

Thomas nahm ihre Erlaubnis lächelnd entgegen und trank sein Glas leer. Sassa schnappte sich den Schlüsselbund vom Tisch und ging zur Wohnungstür.

«Warte!», rief Thomas ihr nach. «Es stimmt, ich hab die Dinger genommen. Aber das ist jetzt vorbei. Ich wollte nur was dazu nachsehen.» Er musste so stark gähnen, dass er eine Maulsperre befürchtete.

Sassa blickte nur stumm zurück. Einen Moment später fiel die Tür ins Schloss.

Das Wasser spülte sein mattes Gehirn auf und brachte vage Erinnerungen an die Diskussion über die Tabletten mit Andrea zurück. Alles würde zurückkehren, hatte sie ihn gewarnt. Das Unwohlsein, der Schwindel, die Kreislaufprobleme. Und natürlich auch die düsteren Nebelbänke in seinem Kopf. SSRI-Syndrom. Sie hatte sich über seinen Leichtsinn ziemlich aufgeregt. Und letztendlich hatte er sie nur beschwichtigen können, indem er ihr versprach, sofort zu einem Arzt zu gehen, wenn er auch nur einen Hauch davon an sich wahrnehmen würde.

Es klopfte an der Wohnungstür. Thomas schleppte sich durchs Wohnzimmer.

«Noch was vergessen?», öffnete er.

«Was war das denn?», grinste Lang und zeigte die Treppe runter.

«Ach, du … Komm rein.» Thomas bemühte sich um einen festen Gang und marschierte in die Küche voraus. Er brauchte den Kaffee jetzt noch dringender als bisher.

«Bisschen jung, oder?!», bekundete Lang und folgte ihm, wobei er Sassas Rucksack sowie Kissen und Decke neben der Couch mit einem Zungenschnalzen bedachte.

«Ist nicht das, was du jetzt denkst.» Thomas machte sich sofort daran, die Kaffeemaschine in Gang zu setzen. Wenigstens hatte er wieder einen klaren Blick.

«Ich denke gar nichts.» Lang sah ihm zu, wie er eine Tasse zurechtstellte und zeigte mit einem Fingerschnippen darauf.

«Kaffee nach der Nachtschicht?», richtete Thomas eine weitere Tasse.

Lang nickte nur stumm und sah zurück ins Wohnzimmer. Es ließ ihm offenbar keine Ruhe. Nach einer Weile forschte er: «Wie geht's Andrea?»

«Warum rufst du sie nicht an und fragst sie?» Thomas reichte ihm seinen Kaffee.

«Wie auch immer ...» Lang nippte kurz an seinem Kaffee. «Wir haben ein Problem! Du bist mit Foto in der Zeitung.» Er erklärte ihm, dass er auf direktem Wege aus Bayards Büro kam. Er hatte sich einen Anschiss allererster Güte eingefangen und war nur knapp an der Suspendierung vorbeigeschrammt, weil er Thomas in die Ermittlungen eingebunden hatte.

«Ich nehme an, die Sache hat sich damit für mich erledigt?» Thomas war unsicher, ob er darüber froh sein sollte oder nicht. Es würde auf jeden Fall vieles vereinfachen, da er diese Sache gegenüber Andrea nicht mehr erwähnen musste.

«Im Gegenteil. Ich dachte, du begleitest mich.»

«Wohin?»

«Ich hab gemacht, was du letzte Nacht gesagt hast, und Marie Granbassis Doktorvater rausgesucht. Professor Jons.»

Thomas kniff die Augen zusammen.

«Heinrich Jons», legte Lang nach.

dienstag, 14. januar, 09 : 37 uhr

Thomas musste sich am Griff über der Tür festhalten, als Lang den Wagen schwungvoll in die Schenkelbergstraße einbiegen ließ.

«Ich hab den Schuhabdruck überprüft, den wir bei der Granbassi sichergestellt haben», sagte Lang, wobei ihm in der Kurve selbst die Luft wegzubleiben schien. «Schuhgröße siebenundvierzig. Und es ist derselbe wie an den anderen Fundorten.»

«Und das merkt ihr erst jetzt?!»

«Es war nur einer unter vielen. Das dauert», sah Lang Thomas kurz an.

«Er muss einen Grund gehabt haben, ihn diesmal so deutlich zu hinterlassen», überlegte Thomas.

Im nächsten Moment lenkte Lang den Wagen in die Kieseinfahrt vor Jons' Sandsteinvilla und trat auf die Bremse.

Eine geschwungene Freitreppe führte zur Haustür. Darüber stützte sich auf antik anmutenden Säulen ein ausladender Balkon. Thomas erinnerte sich, dass man davon einen herrlichen Blick über den ältesten Stadtteil Saarbrückens, St. Arnual, den verfallenden Osthafen hinweg bis hin zum Halberg hatte. Womöglich konnte man gerade wegen der laublosen

Bäume sogar Schloss Halberg und das angeschlossene Funkhaus des Saarländischen Rundfunks sehen.

«Und was glaubst du, könnte dieser Grund sein?», stoppte Lang seinen Ausflug in die Vergangenheit. «Er will uns bestimmt nicht nur seine Schuhgröße verraten.» Lang ließ die Autotür zufallen und holte seinen Dienstausweis hervor.

«Ich will darüber nicht spekulieren.» Thomas ließ Lang den Vortritt.

Nach dem dritten Klingeln öffnete ein beleibter weißhaariger Mann Anfang siebzig in einem schmuddeligen Trainingsanzug. Ein ungepflegter Bart kroch aus seinem Hemdkragen über die Wangenknochen, bis unter die eingefallenen Augenlider. Thomas roch Alkohol.

«Kriminalkommissar Lang, Sie kennen mich sicher noch. Und meinen Kollegen auch.» Er deutete auf Thomas. «Verzeihen Sie die Störung, Professor Jons. Aber wir bräuchten da in einer Sache Ihre Mithilfe.»

«Ich kenne Sie», sagte Jons zu Thomas, als hätte er gar nicht zugehört, und sein Blick verdüsterte sich zusehends.

«Erlauben Sie, dass wir eintreten?», fragte Lang betont höflich.

«Sehen Sie zu, dass Sie wegkommen», knurrte der Alte und zog sich wieder in seine Gruft zurück. Die schwere Holztür krachte ins Schloss.

Lang blickte zu Thomas zurück, als hätte er nichts anderes erwartet. «Ob er schon am Telefon hängt?»

Thomas hatte keine Lust zu raten. «Gehen wir auf die Rückseite. Von der Terrasse aus kann man das ganze Erdgeschoss überblicken.»

Trotz der leichten Spiegelung im Glas der Terrassentür war

Jons dahinter gut zu erkennen, wie er, den Hörer am Ohr, aufgebracht durch eine Mischung aus Wohnzimmer und Salon marschierte. Auch ohne dass Thomas jedem seiner Worte folgte, verstand er, dass Jons seinen Gesprächspartner gerade in Grund und Boden zu stampfen versuchte. Dennoch schien er unerhört zu bleiben. Er schmiss das Telefon in die Eingangshalle, ließ sich in einen riesigen Lederohrensessel fallen und versank schließlich in sich selbst.

«Wie lange wollen wir hier warten?», fragte Lang.

Thomas klopfte gegen die Scheibe. «Herr Jons, machen Sie auf. Ich kann nachvollziehen, dass Sie Ihre Schwierigkeiten mit mir haben. Aber es ist wichtig.»

Jons zeigte nicht die geringste Regung.

«Das ist doch kindisch!», schob Thomas nach.

«Man wird immer mehr zu dem, was man am meisten liebt. Ist wie bei Hund und Herrchen», ätzte Lang von hinten.

«Sehr hilfreich.» Thomas klopfte erneut. «Herr Jons, wir sind nicht Ihretwegen hier. Es geht um eine ehemalige Studentin von Ihnen. Marie Granbassi. Sie erinnern sich vielleicht.»

Es war nur ein Zucken seiner Augen, aber es verriet Thomas, dass Jons sich durchaus erinnerte.

«Sie hat bei Ihnen promoviert.»

Keine Regung.

«Sie ist tot. Ermordet. Und wir hoffen, Sie können uns dabei helfen, zu verstehen, warum.»

Lang drängte Thomas beiseite und hämmerte mit der Faust gegen den Fensterrahmen. «Mach das scheiß Ding auf und lass uns rein! Oder die nächsten Wochen fahren wieder die Streifen hier durch und machen vor deinem Grundstück Pause. Das kennst du doch noch, oder?!»

«Wer macht bei euch neuerdings die Ausbildung? Arnold Schwarzenegger?», packte Thomas ihn am Arm und zog ihn zurück. «Lass uns bitte einen Moment allein.»

Lang wand seinen Arm aus Thomas' Klammer. «Das bringt überhaupt nichts.»

«Einen Versuch ist es wert. Du weißt, wie das ist. Wenn sie erst einmal anfangen zu reden, machen sie auch irgendwann eine Aussage.»

Lang kehrte der Terrassentür den Rücken zu und atmete tief durch.

«Wenn ihr ihn vorladen müsst, dauert das Tage», fuhr Thomas fort. «Und er kommt auch garantiert nicht ohne seinen Anwalt. Verstehst du?»

«Na ja, wenn du meinst. Viel Glück, good cop.» Lang unterdrückte ein Schmunzeln und marschierte energisch zurück zur Vorderseite.

Thomas stützte sich am Rahmen ab und senkte den Kopf. «Herr Jons, ich verstehe, dass Ihnen das schwerfallen muss. Aber Sie müssen uns helfen. Niemand will, dass das hier eskaliert. Deshalb reden Sie besser gleich mit mir.»

Keine Regung.

«Frau Granbassi hat trotz eines hervorragenden Abschlusses ihren Beruf nie ausgeübt. Können Sie sich vorstellen, warum?»

Noch immer keine Regung.

«Ich kann mich erinnern, dass Sie in fachlicher Hinsicht wie jede Koryphäe sehr streng waren. Also gehe ich davon aus, dass Frau Granbassi ausgezeichnete Aussichten hatte. Umso unverständlicher erscheint mir das Ganze. Vielleicht haben Sie damals schon etwas bemerkt. Sie müssen doch in einem regen Austausch gestanden haben. Jedenfalls stelle ich mir das so vor, wenn man seinen Doktor macht. Gerade bei Ihnen, einem sehr, wie soll ich sagen, sensiblen Menschen.»

Thomas hob den Kopf. Jons starrte ihm mitten ins Gesicht. In seinem Ausdruck lag ein jahrelang gepflegter Hass auf den Mann, der ihm einen würdevollen Abgang verwehrt hatte. Der ihn im Gegenzug zu seinem Vier-Augen-Geständnis in seinem Arbeitszimmer hinter dem Balkon im ersten Stock nicht allein gelassen hatte, damit er sich den Lauf der Kriegspistole seines Vaters in den Mund stecken und abdrücken konnte. Auf den Mann, der mit ihm um die Waffe gerungen hatte, sie ihm abgenommen und ihn verhaftet hatte. Auf den Mann, der drei der Jungen aufgespürt hatte, an denen Jons sich vergangen hatte. Auf Thomas Bulpanek.

Davor war die Villa einer der Treffpunkte der gehobenen Gesellschaft Saarbrückens gewesen. Auf dem jährlichen Sommerfest, das Jons zugunsten seiner Krebs-Stiftung abhielt, gab sich alles die Klinke in die Hand, was Rang und Namen in der Region hatte. Höhepunkt war jeweils der Auftritt des Ministerpräsidenten, der eine kurze Rede hielt, um die Spendensummen hochzutreiben. Weiter hinten auf dem Grundstück, wo der weiße Pavillon stand, an dem die Kletterrosen emporwuchsen, mit einer kleinen Bühne, die von einem sechsstufigen Miniatur-Amphitheater umgeben war.

Jons war keiner der Pädophilen, die einer sexuellen Neigung nachgingen. Etwas in ihm suchte nach einem Gegengewicht für die Unterwürfigkeit, mit der er sich ansonsten verkaufte.

Thomas blickte über die Schulter. Obwohl Winterruhe herrschte, war dem Garten anzusehen, dass er noch immer professionell in Schuss gehalten wurde. Anders als in dem

Teil des Hauses, den er einsehen konnte, in dem Bücher verstreut lagen und benutztes Geschirr neben leeren Wodka- und Schnapsflaschen herumstand. «Herr Jons. Ich bitte Sie. Wir versuchen zu verhindern, dass es noch mehr Opfer gibt wie Marie Granbassi.»

Jons lächelte plötzlich. Aber es war keine Antwort, die Thomas galt. Nur eine Reaktion auf das, was sich in seinem Kopf abspielen musste. Seine Mundwinkel hoben sich so weit, dass sie sein Gesicht fast entstellten. Dann schnappte der Mund auf, und er lachte. So laut, dass Thomas es durch die Scheiben hören konnte.

«Herr Jons?!»

Jons erhob sich schwerfällig und bedeutete ihm mit dem Zeigefinger aufzupassen, ähnlich wie man es in einer Vorstellung im Kindertheater zu sehen bekam. Dann öffnete er den Mund, griff an seine Zähne und zog das Gebiss heraus. Erst oben, dann unten. Lange Speichelfäden begleiteten die beiden Stücke, als er sie auf das schmiedeeiserne Tischchen neben den Sessel legte. Anschließend verschwand Jons nach rechts aus dem Blickfeld.

Thomas klopfte erneut. «Herr Jons, machen Sie die Tür auf. Was soll denn das?» Er legte sein Ohr an die Scheibe. Es klang, als ob drinnen etwas dumpf zu Boden fiel. «Herr Jons?»

Thomas drückte gegen die Tür, aber sie gab kaum nach. Er stemmte seine Schulter dagegen. Oben im Rahmen entstand ein schmaler Spalt, aber immer noch nicht genug, damit die Tür aufsprang. «Herr Jons! Hören Sie mich?»

Dann plötzlich nahm er etwas im Augenwinkel wahr. Thomas zuckte zurück. Das Erste, was er sah, war, dass Jons splitterfasernackt im Raum stand. Die Hocke angedeutet und den

Oberkörper vorgebeugt. Zum Sprung bereit. Es war so absurd, dass Thomas etwas Zeit brauchte, bis er das blitzende Etwas in Jons' Händen als Waffe identifizieren konnte. Jons zielte auf ihn!

Thomas riss die Hände in die Luft und trat intuitiv einen Schritt zurück. Aber Jons spannte den Hahn und machte ihm damit unmissverständlich deutlich, dass er nicht einmal daran denken sollte, zu fliehen.

Lang lehnte am Kofferraum seines Wagens, sah auf seine Armbanduhr und überlegte, wie lange er Bulpanek noch geben wollte. Früher hätte er einfach drei Zigaretten geraucht. Aber das Rauchen hatte er längst aufgegeben. Als einer der Letzten in der Truppe. Auch wenn er sich nicht mehr genau erinnern konnte, wie lange das nun her war. Drei Jahre? Vier? Es war eine gute Entscheidung gewesen, was vor allem der Nachweis der körperlichen Leistungsfähigkeit belegte. Von Jahr zu Jahr waren seine Daten besser geworden. Besonders im Laufen.

Trotzdem: Im Augenblick wünschte er sich nichts mehr als eine Zigarette!

Wahrscheinlich hatte er lange genug gewartet. Wenn Jons jetzt noch nicht mit Bulpanek sprach, würde er es auch nicht mehr tun. Dann mussten sie schwerere Geschütze auffahren. Eigentlich musste er das. Aber er spürte, wie Bulpanek für ihn inzwischen schon wieder zum Team gehörte. Und es fühlte sich gut an. So gut, dass er sogar keine Probleme hatte, sich vor Bayard dafür zu rechtfertigen, dass er ihn eingebunden hatte. Ganz gleich, was Bulpanek auch behauptete, er war nun einmal Polizist und sein Kollege.

Lang schob den Kies mit der Schuhspitze zu einem Pfeilmuster auseinander.

Was waren sie früher für ein Team gewesen! Bulpanek und er. Und Martens. Damals brauchten sie nicht für jeden Furz langwierige Sitzungen. Nicht so wie heute. Mit diesen eitlen Analyse-Heinis, die sich vor allem gern selbst reden hörten. Und einem Vorgesetzten wie Bayard, dem man alles haarklein darlegen musste, bevor er sich zu irgendeiner Entscheidung durchrang. Damals galt vor allem noch das Gesetz des Vertrauens. Des blinden Vertrauens.

Herrje, waren das Zeiten, dachte Lang wehmütig zurück, während er einem Radfahrer zusah, der an der Einfahrt vorbeifuhr und sich den Berg hinauf bis zum Winterberg-Krankenhaus kämpfen würde. Er erkannte den Mann trotz Radlerhelm und buntem Trikot als den Arzt wieder, der seiner Frau Sandra, seinem Sandrinchen, vor Jahren das Leben gerettet hatte. Ein Herzspezialist. Dessen vorzeitige Rückkehr aus dem Urlaub sie allein Martens' Einwirken zu verdanken hatten.

Martens hatte die *Familie* als Erster verlassen. Trotzdem hatte Lang ihn schnellstmöglich aufgesucht, als er von Bulpaneks Kündigung erfahren hatte. Damit er Bulpanek davon überzeugte, wieder zurückzukehren. Damit er ihm mal ordentlich den Kopf wusch.

Was hatte Martens damals noch mal gesagt?

Er ist kein Teil der Familie mehr … Man macht so einen Schritt nicht ohne Konsequenzen … Wir stehen nicht mehr auf derselben Seite … Ich kann nichts tun.

Lang war bereit gewesen, selbst hinzuschmeißen. Wütend und frustriert darüber, dass Bayard Bulpanek so weit getrieben hatte.

Das werden Sie nicht tun, haben Sie verstanden?! Sie schulden mir was. Und Sie werden noch gebraucht!

Lang atmete durch und blickte zurück zum Haus. Wie recht Martens damals gehabt hatte.

Dann sah er auf die Uhr, las aber die Zeit nicht ab. Stattdessen stieß er sich vom Wagen ab und machte sich wieder auf den Weg. Es kam ihm seltsam still vor, als er an der Hausseite entlangging. Er nahm weder Bulpaneks noch Jons' Stimme wahr. Vielleicht hatte Jons ihn inzwischen hereingelassen? Er versuchte durch ein kleines Seitenfenster hineinzuspähen. Durch die dicke, blickdichte Gardine konnte er die Umrisse einer Person erkennen. Vermutlich der alte Professor. Es sah aus, als fuchtelte er mit den Armen herum.

Bulpanek hatte ihn also doch zum Reden gebracht.

Sollte er jetzt wirklich dazwischengehen? Gerüchteweise hatte er gehört, dass Jons sich während der Haftzeit völlig verändert hatte. Im Gefängnis war ihm noch einmal der Prozess gemacht worden. Von seinen Mitinsassen. Die ihm die Zähne ausgeschlagen und ihn immer wieder brutal missbraucht hatten. Vier Mal hatten sie ihn zu seiner Sicherheit verlegen müssen. Aber egal, in welchen Knast er auch kam, er blieb am unteren Ende der Rangleiter. Von ganz oben nach ganz unten.

Doch das war noch nicht alles. Seine Frau hatte damals ruck, zuck die Scheidung durchgepeitscht und war mit den beiden Töchtern auf und davon. Angeblich lebte sie jetzt unter ihrem Mädchennamen in Bremen. Lang hatte es nie überprüft. Selbst wenn sie es nicht bemerken konnte, hätte er es respektlos gefunden, ihr nachzuspionieren. Sollte sie ruhig ihre Chance haben, mit allem abzuschließen. Ganz im Gegensatz zu Jons, der noch immer mit Bulpanek zu reden schien.

Lang war versucht, sich bis zur Hausecke vorzutasten und die beiden zu belauschen, entschied sich aber letztlich doch dagegen und machte kehrt. Sollte Bulpanek alle Zeit haben, die er brauchte.

Er bemerkte, dass die kleine Luke in der Eingangstür einen schmalen Spalt weit offen stand. Sie musste aufgesprungen sein, als Jons ihnen die Tür vor der Nase zugeknallt hatte. Von dort konnte er eventuell unauffällig ein wenig mitlauschen. Er nahm die Stufen vor dem Eingang in einem Schwung und wäre beinahe auf einem Rest Eis ausgerutscht.

Lang schob den Zeigefinger durch das Gitter vor der Luke und tippte sie nach innen weg. Seine Augen hatten Mühe, sich an die Lichtverhältnisse anzupassen. Jons war nicht zu sehen. Lang ging noch dichter an das Gitter heran. Er blickte so konzentriert ins Haus, dass er erschrak und zurückzuckte, als seine Stirn das kalte Metall berührte. Er lachte lautlos über sich selbst und startete einen neuen Versuch.

Dann sah er Bulpanek. Die Hände erhoben.

Es dauerte etwas, bis sich das Bild in seinem Kopf sortierte. Er dachte zuerst an eine Entschuldigung. Doch als Bulpanek die Hände nicht wieder runternahm, entschlüsselte Langs Verstand langsam, was er tatsächlich sah. Jons musste eine Waffe haben. Und sie war auf Bulpanek gerichtet.

Lang zog seine eigene aus dem Holster und griff so leise wie möglich nach der Türklinke. Verschlossen. Sein Magen meldete sich brodelnd zurück. Er holte schon Luft und wollte «Jons!» brüllen, besann sich dann aber. Er hätte ihn damit irritieren können und Bulpanek genug Zeit verschafft, sich aus der Schusslinie zu bringen. Die Wahrscheinlichkeit, dass er aber vor Schreck oder sogar ganz bewusst abgedrückt hätte, war ebenso hoch.

Verdammt, er brauchte ein freies Schussfeld!

Lang rannte los, sprang die Treppe runter, griff ins Rankgitter an der Hausecke und wirbelte daran herum. Er hatte noch drei Schritte bis zur Terrasse, als ein Schuss krachte.

Es war unbeschreiblich! Einen Einkaufswagen durch die Gänge schieben und hineinlegen zu können, was immer ihr Herz begehrte, entschädigte Sassa dafür, dem Bullen an der Haustür begegnet zu sein. Er hatte sie wirklich angeglotzt wie ein Frosch. Und sie konnte sich ausrechnen, was er dachte.

Sei's drum!

Sassa betrachtete die Packung Schinken aus Formfleisch in ihrer Hand und stellte sie zurück in die Kühltheke. Vor der Fischabteilung galten ihre Gedanken bereits wieder allein dem Frühstück. Brot, Butter, Marmelade und Müsli hatte sie inzwischen im Wagen. Aber es fehlten noch ein paar Sachen, die sie in einer Zeitschrift aus einem Mülleimer auf dem Trierer Bahnhof gesehen hatte. Ein Ernährungsgenie hatte sich eine besondere Diät einfallen lassen, mit der man angeblich die Leistung des Gehirns steigern konnte. Jedenfalls behauptete er das. Und es konnte sicher nicht schaden, Bulpaneks Gehirn gut zu versorgen, wenn er die Pillen abgesetzt hatte.

Fisch war auf der Liste. Sassa packte eine geräucherte Makrele ein. Das war einfach. Schwieriger war es da schon beim Lachs. Mit Kräutern, ohne, geräuchert, graved – was auch immer das bedeutete – wie sollte sie da den richtigen finden? Sicherheitshalber nahm sie drei verschiedene. Wie falsch konnte sie schon liegen …

Als sie beim Joghurt vorbeikam, bemerkte sie, dass sie unbewusst ein Lied summte. Sie lachte und packte Naturjoghurt und noch ein paar Fruchtsorten ein, die sie für die gängigsten hielt. Dann schwang sie den Einkaufswagen herum, gab ihm einen Stoß Richtung Kasse und sprang auf. So musste sich Normalität anfühlen. Man packte ein, was einem schmeckte, und segelte zur Kasse, anstatt für ein paar Cent die größtmögliche Kalorienzahl zu erstehen. Und sie wusste, wem sie das zu verdanken hatte!

Mit einem Strahlen im Gesicht stellte sie sich an der längsten Schlange an. Vor ihr warteten sieben weitere Kunden mit ordentlich gefüllten Einkaufswägen. Der Wagen der alten Frau drei Positionen vor ihr quoll sogar fast über. Und sie hatte einen Gehstock am Griff eingehängt. Sie würde sicher ewig brauchen, um ihren Kram aufs Band zu packen.

Sehr gut! Sie wollte diesen Moment auskosten, so lange es ging.

Die Welt leuchtete auf.

Wie einfach doch alles sein konnte. Sie ließ ihren Blick über den Parkplatz wandern. Besonders ansehnlich waren die vom Winterdreck ergrauten Autos nicht. Bei manchen war die Farbe kaum noch zu erkennen. Sie wirkten ähnlich trist wie die noch jungen kahlen Bäume, die sporadisch verteilt worden waren. Hier und da schob jemand seinen Einkaufswagen eilig zurück, packten andere ihre Taschen und Tüten in den Kofferraum. Nur ganz weit hinten packte jemand etwas aus.

Zwei Krücken.

Sie streckte sich über die Köpfe ihrer Mitwartenden, um besser sehen zu können. Aus dem einzigen frisch gewaschenen Wagen ringsum waren drei junge Typen ausgestiegen.

Bevor einer von ihnen kleine Balancekunststücke auf den Krücken vollbrachte, hatte Sassa bereits erkannt, dass es nur die Jungs sein konnten, die Bulpanek suchte.

Ausgerechnet jetzt!

Sassa verfluchte sich dafür, dass sie die längste Schlange genommen hatte. Rechts von ihr zahlte gerade jemand, der sich zeitgleich mit ihr angestellt hatte. Mit einem Schubser beförderte sie ihren Einkaufswagen auf die Seite und zwängte sich durch die schmale Gasse hindurch, die die Frau mit dem Gehstock in der Kassenflucht ließ. Von irgendwoher kam ein verärgerter Kommentar, den sie aber nicht weiter beachtete. Stattdessen rannte sie aus dem Laden, was das Zeug hielt, quer über den Parkplatz.

Das Aufgebot war übertrieben. Die villengesäumte Schenkelbergstraße und alle Abzweigungen waren abgesperrt. Auf beiden Seiten der Auffahrt zu Jons' Villa stand je ein Streifenwagen, an der Haustür nahm ein Kriminaltechniker Spuren, auf der Terrasse waren zwei Beamte postiert, uniformierte «Spürhunde» stellten den ersten Stock auf den Kopf, und im Erdgeschoss herrschte mehr Andrang als an einem Würstchenstand auf dem Altstadtfest.

«Ich will ihn sehen! Wo ist er?», tönte Bayard aus dem Wohnsalon.

«Draußen», antwortete Lang, und einen Moment später betraten sie die Terrasse.

Thomas saß zusammengesunken auf einem Baumstumpf. Er hatte die Ermahnungen der Beamten, nicht zu verschwinden, nicht gebraucht. Ihm fehlte jede Kraft, sich davonzumachen. Stattdessen hatte er immer wieder seine Hände betrachtet, die sich anfühlten, als zitterten sie. Sein ganzer Körper schien zu vibrieren, als arbeite jemand mit einem Presslufthammer ganz in seiner Nähe. Aber nichts davon war äußerlich zu sehen. Es war lange her, dass er das letzte Mal einen solchen Adrenalinschub verspürt hatte.

«Verletzt?» Bayard baute sich vor ihm auf und stemmte die Hände in die Hüften. Sein Sakko verrutschte dabei und klappte über der Brust auf.

Thomas schüttelte den Kopf.

«Nicht mal ein bisschen?» Es klang fast enttäuscht.

«Chef!», wollte Lang ihn abfangen.

«Schnauze!», überfuhr Bayard ihn sofort. Sein Kopf wurde hochrot. «Sie und ich, wir … das … Herrgott, Lang, hauen Sie bloß ab! Oder ich tret Ihnen so tief in den Arsch, dass Sie von meiner Schuhspitze Brechreiz kriegen!»

Lang rührte sich nicht. Stattdessen verschränkte er die Arme und hob die Brust an.

«Geh ruhig», sagte Thomas. «Ich krieg das schon hin.»

Lang lächelte schmallippig. Dann setzte er sich in Bewegung, wobei er den Beamten gleich neben der Glastür anrempelte, sich entschuldigte und wieder dem Treiben im Haus widmete.

«Bericht», fasste Bayard sich kurz.

Thomas musste schlucken, obwohl sein Mund vollkommen trocken war. Er stand auf und erzählte Bayard den Grund ihres Herkommens und alles von der Ankunft auf dem Grundstück bis zu dem Moment, in dem Jons mit der Waffe vor ihm aufgetaucht war. Bayard nickte das eine oder andere Mal zwischendurch, stellte aber keine Fragen.

«Ich ging davon aus, dass Jons jederzeit schießen würde.

Ich wollte mich in Sicherheit bringen. Aber seine Anweisungen waren glasklar.» Thomas blickte zur Terrassentür, durch die Jons auf ihn gezielt hatte. Er musste erneut schlucken. «Er muss wahnsinnig geworden sein.»

Bayard beschrieb einen Kreis mit seinem Zeigefinger, was Vorspulen heißen sollte. Er wollte offensichtlich nichts von Thomas' Eindrücken hören.

«Er hat gelacht. Er hat sich halb totgelacht. Dann hat er sich plötzlich die Waffe in den Mund gesteckt und abgedrückt.»

«Einfach so?»

Thomas konnte nur nicken.

«Er hat nichts gesagt?»

«In den Mund und abgedrückt.» Thomas konnte sich nur wiederholen. Es war eine Andeutung davon, wie der Satz in seinem Kopf kreiste.

«Wo waren Sie?»

«Ich sagte doch: hier draußen.»

«Und die Tür war offen oder geschlossen?»

«Geschlossen.»

«Wo genau waren Sie?»

Thomas deutete auf den Punkt, an dem gerade einer der Beamten stand, und erzählte ihm anschließend, wie er zusammen mit Lang die Terrassentür aufgestemmt hatte.

Bayard wandte sich ihm zu. «Jons sitzt also friedlich in seinem Haus. Jahrelang. Und dann erschießt er sich plötzlich, weil Herr Bulpanek auf seiner Terrasse steht. Er schießt nicht auf den Mann, der ihn ins Gefängnis gebracht hat. Dem er zu verdanken hat, dass er alles verloren hat. Nein, er richtet die Waffe gegen sich selbst.» Bayard lachte lautlos. Sein Körper bebte.

«Es bringt wohl wenig, wenn ich sage, dass Lang Augenzeuge ist.»

«Ja, ich fürchte, das bringt wenig. Warum sollte Jons das tun?»

«Vielleicht seine Art von Rache.»

«An Ihnen?»

«Ich habe ihn damals davon abgehalten, sich zu erschießen. Vielleicht wollte er mir damit etwas beweisen.»

«Was?»

«Was weiß denn ich?!», stieß Thomas hervor. Er schloss die Augen. Atmete durch. Er musste aufpassen, dass es nicht mit ihm durchging. Bayard suchte offenbar nur nach einem Aufhänger, an der Geschichte zu drehen.

«Und hier aufgetaucht sind Sie wegen dieser Studentin. Mann, das ist doch eine Ewigkeit her!»

«Es war der Versuch», wollte Thomas erklären, wurde aber sofort wieder unterbrochen.

«Ja, ja, ja, ich kenne Ihre Theorie», winkte Bayard ab. «Tja, so wie es aussieht, gehören Sie jetzt wohl doch zu den Ermittlungen. Wenn auch anders, als Sie sich das vorgestellt haben, was?!»

«Ich denke, wir sind dann fertig. Kann ich gehen?»

Bayard legte ihm den Zeigefinger aufs Herz. «Wissen Sie, was *ich* denke, Bulpanek? Ich sag mal so: Dadrinnen liegt ein toter Mann, deutlich über siebzig und dazu komplett nackt. Ich weiß nicht, wie es Ihnen geht. Aber ich finde das äußerst merkwürdig. Und auf der anderen Seite habe ich einen ehemaligen Polizisten, der nachweislich gewisse mentale Probleme hat. Ich weiß noch nicht, wie oder warum Sie es gemacht haben. Aber das finde ich heraus. Mein Wort drauf!»

«Wann fangen Sie endlich an, sich wie ein richtiger Polizist zu benehmen», antwortete Thomas nur und stand auf. Bayard wich nicht zurück, sodass Thomas den Geruch starker Eukalyptusbonbons in seinem Atem riechen konnte. Thomas machte einen Schritt zur Seite.

«Wie schwer sind sie?», musterte Bayard ihn.

«Warum?»

«Fünfundachtzig? Neunzig?» Bayard wandte sich zur Terrassentür. «Und Sie brauchten Lang, um die da aufzustemmen? – Interessant …» Er wandte sich an den nächststehenden Beamten. «Bringen Sie den Mann bis an die Absperrung.»

dienstag, 14. januar, 13:13 uhr

Aus der Küche drang Geschirrklappern, dann das durchdringende Geräusch einer Klinge, die immer wieder hart auf ein Glasschneidebrett traf. Thomas war zu Fuß zum Markt zurückgekehrt und hatte auf den letzten Metern Sassa mit ihren Einkaufstüten aufgelesen. Überschwänglich hatte sie ihm davon erzählt, dass sie die Diebe entdeckt hatte, die er suchte. Auch wenn sie sie an einer Straßenkreuzung verloren hatte. Da sich ihre Begeisterung aber kaum auf ihn übertragen wollte, waren sie schließlich still nebeneinander hergegangen. In der Wohnung hatte sie sich ohne große Worte in die Küche zurückgezogen, und Thomas war dankbar gewesen für das verständnisvolle Lächeln, das sie ihm davor geschenkt hatte. Sie hatte mehr Feingefühl, als er ihr zugetraut hatte.

Er saß im Erker am offenen Fenster und atmete die kalte Luft. Das Vibrieren in seinem Körper war zurückgekehrt, da hatte er gerade die Absperrung hinter sich gelassen. Dann war es in Übelkeit übergegangen, und jetzt hatte er das Gefühl, sich übergeben zu müssen. Er redete sich ein, dass es davon kam, dass er noch nichts gegessen hatte.

Dabei verfolgten ihn die entsetzlichen Bilder. Jons' verzerrte und hässliche Fratze, bevor sein Finger sich krümmte und sein Hinterkopf explodierte. Thomas hatte noch nicht mal ein Wort herausbringen können. Nichts. Er hatte ihn verloren. Er würgte.

Sein Magen würde die Tage hier wohl nicht überstehen.

Ein Tablett mit Geschirr klapperte hinter ihm. Sassa servierte gerade das deutlich verspätete Frühstück auf dem Couchtisch.

«Schlechter Zeitpunkt?»

«Gar nicht», verscheuchte Thomas die letzten Schemen umherfliegender roter Fetzen und setzte sich auf die Couch.

«Kann ich das solange auf die Seite stellen?», deutete Sassa auf sein Notebook.

Thomas nickte stumm und betrachtete die Auswahl an Speisen. Lachs, Makrele, etwas Käse und Brot. In zwei Schüsseln weichte Müsli mit Früchten vor sich hin. Er entschied sich für den Lachs. Lebendiges Rosa. Frisch. Es war einen Versuch wert.

Sassa marschierte mit einer randvollen Müslischale zum Sessel.

«Kriegen Sie eigentlich auch was dafür?», fragte sie, während sie im Hinsetzen die Schale ausbalancierte.

«Wofür?»

«Diesen Polizeischeiß», antwortete Sassa. «Da gibt's doch bestimmt Kohle für, oder nicht?»

«Nein», sagte Thomas. Er hätte auch nicht gewusst, wem er die Rechnung hätte ausstellen sollen.

«Hm», erwiderte Sassa, womit sich das Thema für sie offenbar erschöpft hatte.

Thomas sah ihr zu, wie sie stattdessen ihre ganze Aufmerksamkeit der Schale in ihrer Hand widmete. Ihre Stimmungsumschwünge faszinierten und erstaunten ihn. Unterkühlt und distanziert, als sie das Haus verlassen hatte, überdreht, als sie sich wieder begegneten. Und nun halb desinteressiert und vermeintlich die Ruhe selbst. Hätte er am Vorabend nicht die Narben auf ihrem Rücken gesehen, hätte er sie vermutlich mit sehr viel mehr Skepsis bedacht.

Sassa sah von ihrem Schälchen auf. Ihre Blicke trafen sich und tanzten für einen kurzen Moment umeinander. Thomas kniff die Augen zu und rieb über seine Lider. Es war sicher nur eine Täuschung. Wahrscheinlich zuckten seine Augenmuskeln. Eine Auswirkung des Schlafmangels. Als er wieder zu Sassa sah, war sie bereits wieder in ihr Schälchen vertieft. Er folgte ihrem Beispiel und griff zur zweiten Schale auf dem Tablett.

«Was dachten Sie eigentlich, wie lange ich bleiben soll?» Sassa hob ihre Beine auf den Sessel in den Schneidersitz.

Darüber hatte er noch gar nicht nachgedacht. Thomas atmete ein und wieder aus.

«Ich weiß, es sieht nicht unbedingt danach aus, aber es gibt eine ganze Menge Dinge, um die ich mich kümmern muss», fügte sie an.

«Zum Beispiel?», fragte er, um Zeit zu schinden.

«Saarbrücken ist gerade kein so tolles Pflaster. Wenn ich nicht bei Ihnen bleiben kann, würde ich ziemlich schnell verschwinden.»

«Und wohin?»

«Das gehört mit zu den Dingen, um die ich mich kümmern muss.»

Verschwinden und sich unsichtbar machen gehörte vermutlich zu ihren Stärken, dachte Thomas. Ihre Narben waren noch immer nicht ganz von der Leinwand in seinem Kopf verschwunden. Dafür hatten sie Jons' Hirnbrei verdrängt. «Ich könnte dir die Fahrt bezahlen. Auch ein Zimmer für die ersten Tage», sagte er, obwohl er ihre Antwort längst kannte.

«Das will ich nicht», erwiderte sie, und etwas Scharfes, Bestimmtes blitzte aus ihren Augen.

«Dann sehe ich keine andere Möglichkeit, als dass du vorerst hierbleibst.» Was ziemlich genau dem leisen Wunsch entsprach, der sich bei ihm zwischenmeldete.

Sassa hob eine Augenbraue.

«Deine Aussage steht noch aus.»

«Was ich weiß, hab ich Ihnen doch längst gesagt. Und das bringt den Bullen gar nichts.»

Thomas nickte ausweichend. Seine letzten Worte waren sowieso eher ein Rettungsanker für ihn selbst, um der inneren Auseinandersetzung zu entgehen, wieso er hoffte, dass sie bleiben wollte.

«Außerdem will ich auch nicht, dass du gehst.» Hatte er das gerade wirklich ausgesprochen? «Zumindest nicht, solange du nicht weißt, wo du konkret hinwillst», schob er eilig nach.

Dennoch zog Sassa die Augenbrauen zusammen.

«Ich gehe immer noch davon aus, dass der Mörder dich zumindest wahrgenommen hat», fuhr Thomas fort, um wieder auf sicheres Terrain zu kommen. «Du hast gesehen, was er mit seinen Opfern angestellt hat. Und ich will nicht, dass er dich auch noch bekommt.»

Sassa fügte ihrem skeptischen Blick noch herabgezogene Mundwinkel hinzu.

Es reichte noch nicht.

«Ich glaube, du hast schon genug durchgemacht», fügte

er abschließend hinzu und hätte sich im gleichen Moment dafür eine runterhauen können.

Sassas Augen wurden immer größer, und Fassungslosigkeit zeichnete sich Strich für Strich, Fältchen für Fältchen in ihr Gesicht.

«Es tut mir leid. Ich hätte das nicht sagen dürfen.» Er hätte es nicht bezeugen können, aber Thomas glaubte zu sehen, dass ihre Unterlippe bebte und ihre Augen feucht glänzten. «Als ich gestern aus dem Bad kam, konnte ich deinen Rücken sehen», erklärte Thomas sich und deutete mit der Hand die Narben an, als wären sie auf seinem Bauch und seiner Brust.

«Nein!» Ihre Stimme war brüchig. Und bevor Thomas noch etwas hinzufügen konnte, war sie auch schon aufgesprungen und flüchtete nach oben.

Die Badezimmertür krachte in den Rahmen von ihrem Fersentritt. Sassa fegte mit ihrem Waschzeug ins Schlafzimmer und riss an der Kordel ihres Rucksacks. Doch die weigerte sich nachzugeben, und bei ihrem nächsten Versuch fiel der Rucksack einfach um. Genervt gab sie ihm einen Tritt, warf ihren Kram aufs Bett, ballte die Fäuste und schrie stumm.

Was zur Hölle war nur in ihn gefahren? Er war in ihre verbotene Zone eingedrungen. Und ganz gleich, was er sagte, es tat ihm nicht leid! So wenig, wie irgendjemand anderem. Wahrscheinlich hatte er es sogar darauf angelegt. Irgendwann popelten alle in ihr rum, wenn sie die Narben gesehen hatten. Und wenn sie fündig wurden, nein, wenn sie sie fündig werden ließ, betrachteten sie das Ergebnis, begutachteten es und schnippten es einfach weg. Was blieb, waren betroffene, geschockte, angewiderte Gesichter. Aus denen sie nur eines lesen konnte: dass sie Aussatz war. Abfall. Müll. Dreck. Denn nur mit dem ging man so um. Einem normalen Menschen geschah so etwas nicht. Ein normaler Mensch hatte keine solchen Narben. Ein normaler Mensch …

Seine Schritte auf der Wendeltreppe drangen in ihr Gedankenkarussell.

Was denn noch?!

Sassa zerrte den Rucksack zum Bett und versuchte sich erneut an der Kordel. Endlich! Sie gab nach. Schleunigst sammelte sie den Kram wieder vom Bett und stopfte alles achtlos in den Rucksack. Dabei platzte das Duschgel auf verteilte sich auf ihrer Kleidung.

«Scheiße!», fluchte sie, und etwas Unbeschreibliches brannte sich ihre Speiseröhre hoch.

«Ich wollte dir nicht zu nahe treten», sagte Bulpanek, als er im Türrahmen erschien.

Floskel, dachte Sassa und stopfte noch einmal ihren Rucksack nach. Sollte das scheiß bekackte Duschzeug doch auslaufen.

«Natürlich geht es mich nichts an, was dir widerfahren ist.»

Sassa zerrte die Kordel wieder zu. Das Unbeschreibliche klopfte bereits an ihrem Kehlkopf an. Warum ging er nicht einfach weg?

«Was hast du denn jetzt vor?»

«Warum?!» Ihre Frage brannte sich den Weg durch ihren Mund. Und noch etwas wollte mit hinaus. Das Unbeschreibliche wollte die Kontrolle übernehmen. Sie musste dagegen ankämpfen. Er würde ihren Anfall nicht so gut wegstecken wie der Audi im Parkhaus tags zuvor.

«Muss ich Ihnen jetzt alles vor die Füße kotzen?! Wollen Sie das? Ich will diese Scheiße nicht! Ich will …» Ihr Kinn und ihre Unterlippe bebten so stark, dass sie es ihr unmöglich machten, die Worte klar zu formen. Sein Gesicht begann zu verschwimmen, seine Konturen wurden undeutlich. Etwas anderes gewann für einen Moment die Oberhand über das Unbeschreibliche: Tränen.

Bleib weg!, dachte sie noch, dann wurde Bulpanek zu einem Schatten, der seine Arme ausbreitete – und das Unbeschreibliche gewann endgültig. Reflexartig schnellte ihre Faust vor und krachte auf seine Rippe. Ihr Knie rammte sich in seine Genitalien. Der Schatten stöhnte und krümmte sich und fiel nach hinten. Die Schranktüren schepperten dumpf unter seinem Gewicht.

Sassa griff nach dem Wulst, der ihr Rucksack sein musste, und rannte zur Wendeltreppe. Sie wollte ihn auf den Rücken schwingen, doch sein Gewicht riss sie beinahe von den Füßen, und sie konnte sich gerade noch am Geländer festhalten. Der Rucksack glitt ihr aus der Hand und purzelte die Treppe hinunter, bevor er unten aufschlug und an der Seite aufplatzte. Noch immer halb blind vor Tränen, rannte Sassa die Stufen hinunter, fiel daneben auf die Knie und drückte mit einer Hand ihre hervorquellenden Sachen wieder zurück, während sie mit der anderen ihre Augen trocken reiben wollte. Aber es war zu spät. Sie konnte nicht aufhören zu weinen.

Schritte dröhnten von der Treppe.

Seine Schritte, blitzte es auf, und die Realität vermischte sich endgültig mit dem, was sie nur in sich begraben wollte.

Sassa verkrallte die Finger im Rucksack und kroch damit zur Couch. Wenn sie nur etwas sehen könnte. Sie spürte, wie ihr Knie über etwas glitt, das sich wie ein Stäbchen anfühlte.

Ihre Zahnbürste? Ein Teil nach dem anderen verabschiedete sich aus dem Rucksack, bis sie endlich im Schutz der Armlehne angekommen war.

«Ich werde nicht herunterkommen», ächzte *er* von weit weg. «Hörst du?! Ich bleibe hier oben.»

Was sollte das? *Er* kam immer herunter! Da oben gab es nichts. Was *er* wollte, war hier unten! Sie war hier unten! In diesem dunklen Kellerraum, den *er* zu ihrem Kleinmädchenzimmer ausgebaut hatte.

«Sassa?!»

Nein!, wollte sie schreien. Aber es wurde nur ein Wimmern, und sie schloss die Augen.

«Es war mein Fehler», sagte *er*.

Und nicht *er*.

Diese Stimme gehörte jemand anderem! Sassa öffnete vorsichtig die Augen. Kein Kleinmädchenzimmer.

«Ich habe dich überfordert. Und dafür entschuldige ich mich.»

Es war Bulpanek! Und nur Bulpanek.

«Die Tür ist offen. Du kannst jederzeit gehen, wenn du das möchtest. Okay?»

Ihr Herz schlug wie verrückt. Ihre Beine drängten danach, zu rennen. Ihre Muskeln zuckten, bereit, jederzeit zu fliehen.

«Was sollte das?» Ihre Stimme war noch immer brüchig.

«Was meinst du?»

«Sie wollten mich festhalten.»

Er antwortete nicht. Sassa wischte mit dem Ärmel ihre Augen trocken und sah zu ihm. Er schien sie nicht verstanden zu haben.

«Warum wollten Sie mich da oben festhalten?», fragte sie

erneut und der Schatten, den sie im Schlafzimmer gesehen hatte, geisterte noch einmal durch ihr Gehirn.

«Ich weiß nicht», sagte er mit der Andeutung eines ratlosen Kopfschüttelns. «Ich denke, ich wollte dich eben einfach nicht gehen lassen. Nicht so. Im Zorn.» Er fasste sich vorsichtig an die Rippe und zog Luft durch die Backenzähne.

«Tut es sehr weh?», fragte sie zögerlich.

«Halb so wild. Ich werde aber nicht versuchen zu lachen.» Er lachte dennoch. Und brach gleich wieder ab.

«Und Ihre … zwischen … die andere Stelle?»

«Ging daneben.» Er verdrehte sein Becken. «Der Vorteil einer Polizeiausbildung.»

Sassa senkte den Kopf und starrte zwischen ihre Knie. Ihre Wangen glühten vor Scham. Nun war es also passiert. Es war mit ihr durchgegangen, bevor sie sich davor in Sicherheit hatte bringen können.

Was für eine Demütigung!

«Vielleicht ist es besser, wenn ich gehe», antwortete sie bedrückt.

«Machst du das immer so? Abhauen, wenn mal was – schiefläuft?»

«Was soll falsch daran sein?», flüsterte sie, weil es eigentlich nicht für seine Ohren bestimmt war.

«Ist natürlich deine Sache.» Er stand auf, kam die Treppe herunter, blieb an ihrem Fuß stehen und spähte auf Sassas Rucksack.

Ihr Herz hatte sich zwischenzeitlich ein wenig beruhigt. Nun erhöhte es wieder seine Schlagzahl.

Ich brauch dein scheiß Verständnis nicht!

Das Unaussprechliche rührte sich erneut. Sassa drängte

es zurück, indem sie ihre Arme vor dem Bauch verschränkte und sie tief hineinpresste.

Er bog etwas schwerfällig in die Küche ab. «Es wär vielleicht kein Nachteil, zu warten, bis deine Sachen wieder sauber sind. Ich glaube, es ist alles voller Duschgel.»

Sollte das etwa heißen, es war ausgestanden? So etwas hatte immer ein Nachspiel, dachte Sassa und spürte, wie die Narben auf ihrem Rücken zu kribbeln begannen. Niemand nahm eine solche Behandlung einfach hin. Nicht ohne sich im Nachhinein …

«Stopp!», sagte sie leise, aber nachdrücklich. Dieser Mann war anders als alle, die sie je kennengelernt hatte. Wie hatte sie ihn nur mit dem Schatten verwechseln können?

Den vierten Stuhl stellte Njémez den anderen dreien gegenüber mit dem Rücken zur Luftschutztür. Weit genug weg, dass man alle drei gleichzeitig im Auge behalten konnte, ohne den Kopf drehen zu müssen. Die Präzision lag im Detail.

Njémez.

Der Deutsche.

Sein Hang zur Präzision, sein absoluter Wille zur Perfektion hatten ihm den Namen eingebracht. Vielleicht war es zu Anfang verächtlich gemeint. Doch das war, bevor er die fremde Sprache gelernt hatte.

In diesem baufälligen Haus ohne Heizung, in das man ihn eingesperrt hatte. Zusammen mit anderen sowohl an Körper wie auch Geist ausgemergelten Kindern, von denen er keines verstanden hatte. In dem das Wasser an den Wänden herablief, wenn es länger als eine Stunde regnete. In dem er zusammen mit zwei anderen auf einem Drahtrost schlief oder eher für ein paar Stunden das Bewusstsein verlor. In dem die unregelmäßigen Mahlzeiten aus einer Suppe bestanden, die nach aufgekochtem, verschimmeltem Brot schmeckte. Und in dem es ständig und überall nach Urin roch und dem Kot, den manche wie ein Sitzkissen auf dem kalten Beton benutzten, bis er ihnen vom Körper bröckelte.

Er hatte die anderen beobachtet. Die Worte für «essen», «trinken», «schlafen» und «kalt» gelernt. Auch wenn sie für die bedeutungslos waren, die an seinem Hunger, seinem Durst, der Müdigkeit oder dem Frieren etwas hätten ändern können. Sie hätten es auch nicht getan, wenn er das Wort für «bitte» gelernt hätte. Welches in seinem Wortschatz bis heute nicht vorkam und welches er auch aus dem deutschen Sprachgebrauch entfernt hatte. Es gab kein verzweifelteres Wort als «bitte»! Keines, das weniger erhört wurde.

Die anderen vier hatte er Tag für Tag, Nacht für Nacht im Geiste wiederholt. Weil sie Hoffnung bedeuteten. Bedeuteten, dass er eines Tages diesem Elend entfliehen würde.

Njémez. So hatte ihn später auch Sergej genannt, als er ihn in der nächstgrößeren Stadt unter einer Brücke aufgelesen hatte, nachdem ihm seine Flucht geglückt war. Sergej brachte ihm zuerst bei, dass man um ihn herum Russisch sprach. Dann wollte er ihm die Freuden und die Gnaden aller möglichen Substanzen nahebringen, die man einatmen konnte. Von denen Klebstoff noch die teuerste war. Er hatte verzichten wollen. Weil er zu lange Zeit in einem Dämmerzustand verbracht hatte. Doch weder Sergej noch die anderen wollten das akzeptieren. Und letztendlich hatte er sich nur durchsetzen können, indem er Sergejs Kopf wieder und wieder auf den harten Boden ihres Verstecks geschlagen hatte, bis er nur noch eine Maske in Händen hielt, die in roten Brei klatschte.

Es hatte ihm einerseits den nötigen Respekt verschafft, damit man ihn fortan in Ruhe ließ. Und andererseits einen Ruf, der ihn mit Aleksandrej bekannt machte. Einem aufstrebenden Kleinganoven, der sich anschickte, das Stadtviertel, in dem sie lebten, unter seine alleinige Kontrolle zu bringen. Für den und von dem er das kontrollierte Töten gelernt hatte. Gelernt hatte, wie man gezielt Schmerzen bereitete.

Er war ein gelehriger Schüler gewesen. Fing bald schon an, die Methoden zu verfeinern. Minuziös zu planen. Schmerzen und der Tod wurden zu einer technischen Angelegenheit. Einem Handwerk, das wie jedes andere auch nach Präzision und Perfektion verlangte. Und genau dieses typisch deutsche Streben mischte die Anerkennung, ja beinahe Bewunderung unter die Art, wie man seinen neuen Namen aussprach: Njémez. Der Deutsche.

Njémez rollte sein ledernes Werkzeugetui auf dem Boden aus, nahm das Skalpell heraus und zog es quer über die Hornhaut an der Seite seines Zeigefingers. Das Singen der Klinge verriet ihm ihre Schärfe. Er konnte hören, ob das Material Fehler aufwies. Der Klang gefiel ihm nicht. Er löste die Klinge und bog sie über die Daumenspitzen. Sie zerbrach. Er lächelte und warf sie weg. Nachdem er eine neue Klinge eingesetzt hatte, wiederholte er seinen Test und schob das Skalpell anschließend zurück ins Etui. Er achtete auf den lockeren Sitz, wogegen er bei den übrigen Werkzeugen die Gummispanner nachzog, die sie in ihrer Position hielten. Nur das Skalpell sollte herausspringen, wenn er das Etui auf den Boden warf.

Präzision lag im Detail.

Woher hatte sie nur diese ungeheure Kraft?

Thomas suchte in den Schränken nach Waschmittel und betastete dabei immer wieder seine Rippe. Wie es sich anfühlte, wenn sie gebrochen war, wusste er von einem ziemlich miserablen Versuch, das Skifahren zu lernen. Sie war nicht gebrochen. Dafür zwickte die Innenseite seines Oberschenkels, als er im Fach unter der Spüle die diversen Reiniger durchging. Es gab gleich eine ganze Auswahl an Waschmitteln. Thomas holte wahllos eines heraus und stellte es auf die Maschine.

Wortlos kam Sassa mit einem Wäschebündel im Arm herein und blieb am Ende des Küchentresens stehen.

Thomas wich zurück, um ihr die Maschine freizugeben, dachte aber gleichzeitig, dass sie es womöglich auffassen konnte, als wiche er ihr aus. Eine Geste, die nach Misstrauen roch. Also verband er es in einer natürlichen Bewegung damit, ein Glas aus dem Schrank zu holen und Leitungswasser einzufüllen.

«Es ist alles da, was du brauchst.»

«Danke», schob Sassa sich schief an ihm vorbei, bemüht, jede Berührung zu vermeiden.

Thomas sah zu, wie sie in die Hocke ging und ihre Sachen in die Maschine stopfte. Nur das wenigste davon war ausgesprochene Winterkleidung. Sie passte sich den Jahreszeiten vermutlich mit der Summe der Lagen an. Was ihm aber auffiel, war, dass nichts sonderlich verschlissen wirkte. Nicht einmal das Schwarz der T-Shirts war verblasst. Sie konnte noch nicht lang auf der Straße leben.

«Es tut mir leid», sagte sie in seine Richtung, ohne ihn anzusehen.

«Schon vergessen», erwiderte Thomas.

Sassa sah zu ihm auf. Wahrscheinlich nahm sie gar nicht wahr, dass sie auf der linken Hälfte ihrer Unterlippe rumkaute.

«Ich weiß, die meisten halten eine Entschuldigung nur für glaubwürdig, wenn sie auch eine lange und tiefgreifende Erklärung mitgeliefert bekommen. Wie wäre es, wenn wir uns das schenken und ich dir auch so glaube? Dann kannst du deine Geheimnisse für dich behalten. Wenn du das möchtest.»

Ihre Augen durchdrangen ihn, und Thomas überlegte, ob er weiterreden sollte. Stattdessen lächelte er kurz und leerte sein Glas in einem Zug.

Sassa setzte sich mit dem Rücken gegen die Waschmaschine. Ihre Augen tasteten ihn nur hin und wieder ab. Nach einer Weile drückte sie rücklinks den Startknopf knapp über ihrer Schulter und nickte zaghaft.

Thomas rutschte an der Küchenfront runter. Sein Rücken signalisierte ihm, dass er etwas unsanfter auf dem Boden aufkam, als er sollte. «Ich vergesse einfach, was ich gesehen habe.» Er hatte es kaum ausgesprochen, da tanzten ihre Narben schon wieder durch seinen Kopf. Er rieb sich die Augen, bis es nur noch weiß flimmerte.

«Und klappt's?» Ihr Ton verriet, dass sie nicht daran glaubte.

Thomas musste mehrmals blinzeln, bis er Sassa wieder klar sehen konnte. «Bin ich so leicht zu durchschauen?»

«Manchmal.»

«Ich werde mir wohl etwas mehr Mühe geben müssen», lächelte Thomas.

«Nicht nötig. Sie werden das nicht vergessen», sagte sie fast tonlos, als könnte sie seine Gedanken lesen. «Niemand kann das.»

Thomas atmete tief durch. Etwas zu laut, wie er fand.

«Kannst du das jemandem verdenken?», fragte er nach einer Weile.

Sassa nestelte an einem Hosenbeinsaum. Es folgte ein Schulterzucken.

Thomas sah nicht auf die Uhr. Und auch wenn er seinem Zeitgefühl gerade nicht traute, saßen sie sicher fast eine Viertelstunde lang so auf dem Boden. Ihre Finger ließen vom Hosensaum ab, und stattdessen gruben sich abwechselnd die Nägel ihres Zeige- und Mittelfingers seitlich ins Nagelbett ihres Daumens, bis ihre Fingerspitzen sich rot einfärbten. Es musste weh tun. Nichts in ihrem Gesicht deutete an, dass sie den Schmerz wahrnahm.

Sie sieht erschöpft aus, dachte er. Wie jemand, der haufenweise Erfahrungen gemacht hatte, die er lieber hätte an sich vorbeiziehen lassen. Er hatte den leeren und stumpfen Ausdruck schon oft gesehen. Als Polizist. In seinen Kursen. Aber diese Menschen hatten in der Regel zehn, fünfzehn Jahre mehr Zeit gehabt, um dorthin zu gelangen.

Fieberhaft suchte er nach etwas, das Schweigen zu beseitigen.

«Als ich damals die Tabletten bekommen hab», setzte er an und überlegte, wie er es sagen sollte. «Ich hab anfangs behauptet, es wär ein Aufbaupräparat vom Arzt. Ich hab sogar extra eins gekauft, damit ich die Verpackung tauschen konnte.» Thomas machte eine Pause und fuhr erst fort, als Sassa zögerlich zu ihm aufsah. «Allerdings ging es mir zuerst ziemlich schlecht mit den Dingern. Also flog der Schwindel auf, und meine Frau war … na ja … sauer. Enttäuscht. Diese Richtung eben. Und sie hat ziemlich gebohrt, warum ich so eine

Show abgehalten hab.» Thomas kratzte sich an der Schläfe. «Der Grund war, dass ich eine Riesenangst hatte. Als wir uns kennenlernten, war ich stark, zielstrebig, aufgeräumt. Nur war eben nicht viel davon übrig. Kein Job. Keine Idee, was ich sonst machen sollte. Und ich glaube, wir wissen beide, was man von Menschen denkt, die so was nehmen.»

«Antidepressiva», sprach Sassa aus, was er selbst immer zu vermeiden suchte.

Thomas nickte. Dann ließ er seinen Zeigefinger neben der Schläfe kreisen und imitierte pfeifend den Ruf eines Kuckucks.

«Und Sie glauben, das ist das Gleiche, oder was?!»

«Nein. Ich glaube gerade, dass ich mir aus einem bestimmten Grund so gut gemerkt habe, was sie damals zu mir gesagt hat: *Das bist nicht du! Was immer dir passiert ist und was immer es aus dir macht – du bist mehr als das. Aber wenn du meinst, du kannst davor weglaufen, verspreche ich dir, wirst du niemals irgendwo ankommen.*»

In Wahrheit hatte sie gesagt: *Aber wenn du meinst, du kannst davor weglaufen, dann gibst du deinen Platz bei uns auf.* Aber Thomas war sicher, diese kleine Abwandlung der Wahrheit würde ihm gerade jeder verzeihen.

«Es ist dein Recht, mit der Wahrheit allein zu bleiben. Ich fürchte nur, das Alleinsein dürfte dann das Problem werden. Du wirst dich also irgendwann entscheiden müssen, wer es dir wert ist, dass du ihn in deine kleine Welt lässt. Wer dich mag, wird vielleicht ein paarmal schlucken. Aber er wird's wegstecken.»

«So einfach ist das, Herr Bulpanek?» Sassas Ironie und Skepsis waren nicht zu überhören.

«Nein.» Thomas zog sich an der Arbeitsplatte hoch und füllte sein Glas am Wasserhahn nach. «Es war ungeheuer hart. Vielleicht das Schwerste, was mir je untergekommen ist. Und ich bin verheiratet!»

Er leerte das Glas in einem Zug. Irgendwie fand er, es war alles gesagt. «Jemand muss sich um das Essen im Wohnzimmer kümmern. Ich schätze, dem Fisch bekommt es kühl besser.»

Sassa sah vorsichtig zu ihm auf, und Thomas hob kurz die Schultern. Als er sein Glas erneut auffüllte, war er froh zu hören, wie sie aufstand. Das letzte Wasser war schon mehr Verlegenheit als Durst. Am dritten zu nippen hätte unweigerlich in einer peinlich sprachlosen Situation geendet. So aber tappten ihre Schritte in seinem Rücken vorbei, bis sie in der Tür stoppten.

«Thomas?»

«Ja?», drehte er sich abrupt um.

Er glaubte, den Anflug eines Lächelns in ihrem Gesicht zu entdecken. Auch wenn sie umgehend die Augen niederschlug.

«Schon gut», sagte sie und ging weiter.

dienstag, 14. januar, 15:18 uhr

Thomas ging dicht an den Badezimmerspiegel und hob den Kopf. Er hatte sich nicht getäuscht. Unter seinem Kinn sprossen die ersten grauen Barthaare. Er pinselte die Stelle zu. Durch den weißen Rasierschaum stachen seine schlaflosrot-geränderten Augenlider noch deutlicher hervor.

Er hielt den Rasierer unter kaltes Wasser und zog die Haut am Hals straff. Seine Barthaare wehrten sich gegen die etwas zu stumpfe Klinge.

Er fragte sich, welche Chancen Sassa wohl jemals auf ein normales Leben haben würde und was dem am ehesten im Weg stand. Die Narben? Ihre schrecklichen Erfahrungen, die man nicht mal eben ablegen konnte? Oder etwas, das er nur vermuten konnte: das Bild einer rosaroten Gegenrealität, die es so auch nicht gab. Die meisten verzweifelten nicht an der Realität selbst, sondern daran, dass sie nicht so war, wie sie sie sich erhofft hatten. Keine allzu guten Aussichten.

Die Klinge war noch nicht stumpf genug, um nicht in seine Haut zu schneiden. Ein hellroter Fleck breitete sich in seiner Kinnfalte aus. Thomas wusch die Stelle umgehend aus. Es brannte höllisch, als er noch einmal mit dem Rasierer drüber fuhr. Er sog Luft durch die Backenzähne und machte weiter.

Natürlich lag es nicht an der Klinge. Auch nicht, als er sich das zweite Mal gleich neben dem Kehlkopf ein kleines Stück Haut heraustrennte. Es war einzig und allein seine Aufmerksamkeit, die nicht da war, wo sie sein sollte.

Thomas zog den letzten weißen Streifen von seinem Gesicht und benutzte kaltes Wasser als Aftershave. Beim Abtrocknen hinterließ er eine Inselgruppe kleiner roter Flecken auf dem weißen Handtuch. Eine dieser Inseln hatte die Form des Sylt-Aufklebers, den der Vorbesitzer seines Golf II auf der Heckklappe hinterlassen hatte.

Sein Büro lag standesgemäß am Ende des Flurs im obersten Stockwerk des neuen Polizeipräsidiums zwischen Mainzer und Halbergstraße. Bayard saß an seinem Schreibtisch und ließ eine Tube in die mittlere Schublade fallen. Er hatte sich gerade einen fünf Zentimeter langen Streifen Creme auf den fleischigen Handrücken gedrückt und verrieb sie, bis sie vollständig eingezogen war. Ein Ritual, das er sich als junger Amateurboxer angewöhnt hatte, sobald die Bandagen nach dem Kampf entfernt worden waren.

Julia war angewiesen, keine Telefonate mehr durchzustellen, und seine gewissenhafte Sekretärin würde auch niemanden durchlassen. Die ersten ungestörten Minuten, seit er die Villa auf dem Schenkelberg verlassen und nacheinander vom Oberstaatsanwalt bis zum Staatssekretär allem Rechenschaft abgelegt hatte, was glaubte, sich aufplustern zu müssen. Ein bisschen viel «Staats-» für einen einzigen Tag.

Er lehnte sich auf seinem Stuhl zurück, bis sein borstiger Nackenwulst das kühlende Büffelleder berührte. Der Ton ihm gegenüber hatte sich verändert. Nur um sicherzugehen, dass ihn sein Eindruck nicht täuschte, hatte er jeweils die bevorstehende Kappensitzung an der Fastnacht einfließen lassen. Nicht die erste der neuen Session, sondern die Fernsehsitzung. Früher hatte man daraufhin gleich die Sitzverteilung besprochen, bei der er bislang kontinuierlich weiter nach vorn gerückt war. Vor drei Jahren hatte er den größten Sprung gemacht und war nur noch vier Plätze von der Ministerpräsidentin entfernt gewesen. Trotz des Lärms in der Saarlandhalle war das nah genug gewesen, um wenigstens brockenweise deren Kommentare zu verstehen und an den richtigen Stellen mitzulachen. Jetzt hatte man seinen Themenwechsel brüsk mit der Frage abgeschmettert, ob er in diesem Jahr überhaupt die Zeit für solche Veranstaltungen finden würde.

Man wich ihm aus. Und Jons' Tod verbesserte die ganze Angelegenheit auch nicht gerade.

Jons – der alte Drecksack und Kinderschänder. Am Ende war er vollkommen durchgedreht. Bayard machte sich keine Illusionen, dass Bulpaneks und Langs Version der Geschichte stimmten. Er hatte die Flaschen auf dem Boden im Wohnzimmer gesehen. Die wirren Zeichnungen, die zwischen den Büchern im deckenhohen Regal steckten. Die Küche, in der Essensreste auf dem Geschirr vor sich hin schimmelten. Das Schlafzimmer mit der Bettwäsche, so dreckig und speckig, dass man kaum mehr erkennen konnte, dass sie einmal weiß gewesen war. Und wieder Flaschen. Billiger Discounter-Fusel und nichts unter vierzig Prozent. Im Obduktionsbericht würde wahrscheinlich ein Blutalkohol auftauchen, der jeden normalen Menschen längst ins Koma befördert hätte. Bayard verspürte noch immer den Wunsch, Jons zu seiner Entscheidung zu gratulieren. Gleichzeitig verfluchte er ihn.

Jemand hatte trotz allem und aus einem für ihn unerfindlichen Grund seine schützende Hand über Jons gehalten. Hatte dafür gesorgt, dass seine Haftzeit verkürzt wurde und die Bewährungsauflagen nicht so streng durchgesetzt wurden. Wahrscheinlich der gleiche Jemand, den Jons angerufen hatte, als Bulpanek bei ihm aufgetaucht war.

Bayard hatte Lang das Telefon aus der Hand genommen, bevor der die Nummer kontrollieren konnte, und sie heimlich aus dem Verzeichnis gelöscht. Er kannte die Nummer. Und sie würde später auch in den Verbindungsdaten auftauchen. Falls überhaupt jemand auf die Idee kam, diese bei einem Selbstmord anzufordern. Die Flachpfeife von Lang sicher nicht. So viel war klar. Und falls doch, würde ihm bis dahin sicher etwas dazu einfallen.

Er drehte sich der Wand mit den gerahmten Fotos seiner Amtsvorgänger zu. Allesamt gestandene Bürokraten. Studierte Juristen oder Ähnliches. Ohne echten Stallgeruch. Ganz im Gegensatz zu ihm, der sich die Leiter hochgequält und immer wieder zu spüren bekommen hatte, dass die vielen Fortbildungen an den Polizeischulen nicht den gleichen Wert besaßen wie ein Universitätsabschluss. Dass man ihn beim großen Stühlerücken nicht übergehen konnte, hatte er allein seinen guten parteilichen Verbindungen zu verdanken. Er hatte so viel Speichel geleckt, dass ihm davon noch heute anders wurde. Doch er spürte bereits, wie der Boden unter seinen Füßen zerfaserte. Früher oder später würde er einbrechen, und niemand wäre da, um ihn festzuhalten.

Bayard ballte die rechte Faust und schlug einen Haken in die offene Hand. Die Bewegung war noch immer geschmeidig. Kam kraftvoll aus der Schulter. Es war sein bester Hieb, technisch nahezu perfekt. Er musste ihn irgendwie zur Anwendung bringen.

Er schloss die oberste Schreibtischschublade auf und holte einen Ausstellungsflyer heraus. Es hatte etwas gedauert, bis es in seinem Kopf «klick» gemacht hatte. Aber der Name der ersten Toten kam ihm von Anfang an bekannt vor.

Zum Glück hatte seine Frau einen Sammeltick und bewahrte kleine Andenken von allen möglichen Veranstaltungen auf, die sie zusammen besucht hatten. Jetzt stellte sich ihre sentimentale Leidenschaft als unschätzbar wertvoll heraus. Die halbe Nacht hatte er auf dem Dachboden zugebracht. War Kartons und Alben durchgegangen, bis er endlich den Flyer von 2001 in Händen hielt. «Banlieue» titelte die Fotoausstellung einer angehenden Künstlerin der Hochschule der Bildenden Künste Saar. Ihr Vorstadtghetto war der Hochhauskomplex Folsterhöhe. Damals noch deutlicher das Ende der sozialen Leiter als heute.

Bayard klappte den Flyer auf und betrachtete die Fotografien. Dosen tretende Jungs links. Ein trauriges, halb zahnloses Lächeln rechts. Hauptsächlich Kinder.

Als ihm die Ausstellung wieder in den Sinn gekommen war, war es nur eine Ahnung gewesen. Eine dunkle Vermutung, dass es eine Verbindung geben musste zwischen dem Mord an der Schmuckhändlerin und dieser alten Geschichte. Den Jungs, die sie monatelang gesucht hatten und deren Schicksal inzwischen längst in Vergessenheit geraten war. Der schmutzige, zahnlose Junge mit dem abgewetzten Fußball unterm Arm war der erste, der damals verschwunden war. Und die Künstlerin das erste Opfer der aktuellen Serie.

Eine Entdeckung, die er zunächst für sich behalten hatte.

Solange es keinen eindeutigen Hinweis auf Zusammenhänge gab, musste auch niemand in Aufregung versetzt werden. Immerhin lag das alles Jahre zurück, und er würde einen Teufel tun, eine Geschichte aufzuwärmen, bei der er sich selbst nicht unbedingt mit Ruhm bekleckert hatte.

Was wiederum, wie so oft, nur die halbe Wahrheit war.

Wenn er einmal vom Schreibtisch des Polizeidirektors noch einen Stuhl weitergerückt war oder wenn er in den Ruhestand ging, würde er vielleicht alles aufschreiben. Und zwar die Wahrheit. Dass er keine Ermittlungsfehler begangen, sondern Weisungen befolgt hatte, die es offiziell niemals gegeben hatte. Dass er die Familien der Verschwundenen Jungs in den Fokus der Ermittlungen zu stellen hatte. Dass er nichts auf die unsinnigen Gerüchte über einen professionellen Kinderschänderring geben sollte, weil es den definitiv nicht gab.

Und als es ihn dann doch gab und den Drahtziehern im Nachbarland der Prozess gemacht wurde, hatte er befehlsgetreu Indizien gefunden und gesammelt, die Verbindungen zwischen dem Ring und den Verschwundenen Jungs herstellten. Indizien, die man allerdings so oder so auslegen konnte. Und er hatte damals schnell verstanden, dass es nicht darum ging, einen letztlich unlösbaren Fall aufzuklären, sondern der Volksseele etwas hinzuwerfen, mit dem sie wieder beruhigt schlafen konnte.

Bayard sah zum Foto seines Vorvorgängers auf. Er hatte darauf das gleiche intensive Lächeln aufgesetzt, mit dem er ihm damals auf der Herrentoilette gesagt hatte: «Wir sind es, die für die Sicherheit in diesem Land sorgen. Ganz gleich mit welchen Mitteln. Entwerfen Sie Theorien und lassen Sie sie nach außen dringen.»

Genau das hatte er getan. Theorien entworfen, Vermutungen angestellt, Aspekte aufgezeigt, die seine aus dem Ärmel geschüttelten Thesen stützten. Und letztendlich die ganze Sache vorläufig begraben, bis er sie gewinnbringend für sich einsetzen konnte.

Bayard schlug mit dem Flyer wiederholt gegen die Schreibtischkante. Die Schmuckschranze, das erste Opfer. Der erste Junge. Jetzt das vierte Opfer, eine Ärztin, die bei einem Kinderschänder promoviert hatte. Es war einfach zu augenfällig. Auch wenn er sich nicht ausmalen konnte, welche Rolle die Frauen darin gespielt hatten. Aber die Vorgeschichten von allen vier Opfern überschnitten sich garantiert. Und sei es nur an einem einzigen, bislang unentdeckten Punkt. Jemand musste nur die richtigen Schlüsse ziehen und würde einen ganzen Konvoi an Wagenladungen Dreck ausleeren.

Und er konnte sich ausrechnen, wer diese Person sein würde.

«Sie sind von der Polizei?», fragte die Alte mit zusammengekniffenen Augen und wandte den Kopf hin und her, während sie ihre Kitteltaschen abtastete. Vermutlich nach ihrer Brille.

«Ja», kam es Thomas ganz leicht über die Lippen. Viel zu leicht. Er sollte sich nicht daran gewöhnen.

Er durchtrennte das Siegel an der Hintertür von Katja Liebenfels' Laden in der Fröschengasse. Er hatte versucht, Lang zu erreichen, aber der schlief sicher den Schlaf der Gerechten, bevor er zur nächsten Nachtschicht antreten musste. «Mein Kollege verspätet sich. Aber so lange kann ich nicht warten.»

«Und ich darf einfach so aufschließen?» Die Alte hielt den Schlüsselbund so fest, dass ihre Knöchel weiß hervortraten.

«Sie sind doch die Eigentümerin. Und wenn ich richtig informiert bin, hatten Sie ein ausgezeichnetes nachbarschaftliches Verhältnis zu Frau Liebenfels.»

Ihre Kiefer bewegten sich, als würde sie hinter ihren schmalen Lippen etwas kauen.

«Ich bin da in Ihrer Aussage auf etwas gestoßen: Sie sagten, Frau Liebenfels hätte Sie bezichtigt, dass jemand Sie auf sie angesetzt habe», zitierte Thomas Lang. Nur ein Polizist konnte von ihrer Aussage wissen.

«Ja …»

«Denken Sie, dass Frau Liebenfels Angst hatte? Vor Ihnen?»

«Vor mir?», riss die Alte die Augen auf.

Der Schreck genügte Thomas vorerst. «Die Frau war wohl recht einsam. Da bildet man sich das eine oder andere ein. – Aber es muss schrecklich für Sie sein, auf diese Weise zu erfahren, dass Sie mit Ihrer Vermutung recht hatten. Wenn man nichts mehr tun kann.»

Die Alte zog zusehends den Kopf ein. Sie sah zur Eingangstür, als hätte sie jemanden gehört. Dann räusperte sie sich, sagte aber nichts.

Thomas zog Stift und Notizbuch aus seiner Mantelinnentasche, schlug das Buch auf und kritzelte unleserliche Zeichen hinein. «Ich denke, die Kollegen werden in den nächsten Tagen noch einmal auf Sie zukommen. Vielleicht erinnern Sie sich ja doch noch an etwas. Frau Liebenfels war schließlich jahrelang Ihre Pächterin. – Hat Ihr Sohn sich mal mit Frau Liebenfels verabredet?»

«Markus?» Ihre Augen weiteten sich erneut.

«Sie waren doch daran interessiert, die beiden miteinander bekannt zu machen. Wir hatten noch keine Gelegenheit, mit ihm zu sprechen.»

«Nein!», war alles, was sie hervorbrachte.

«Nein?»

«Das habe ich diesem Polizisten erzählt.»

«Ich weiß.»

«Ja, aber das war …» Sie unterbrach sich, und die Schlüssel klimperten in ihrer Hand. «Bitte! Erzählen Sie ihm das bloß nicht!»

Tatsächlich wusste ihr Sohn Markus nämlich gar nichts von seinem Glück, gestand die Alte ihm. Sie standen nicht besonders gut miteinander, und sie hatte die Befürchtung, ihr Verhältnis könnte sich noch weiter verschlechtern, wenn er von ihrem Kuppelversuch erfahren würde.

Sie schloss den Laden auf und ließ Thomas in dem fünfzig Quadratmeter großen Verkaufsraum allein.

Thomas warf einen kurzen Blick in die Auslagen und Regale. Kunstvoll gearbeitete Ketten, Ohrringe, Ringe, Armreife und Stücke, für deren Verwendung ihm nichts einfallen wollte. Hier Gold, da Silber, Platin und, wenn er sich nicht täuschte, Titan. Kein Teil glich dem anderen, und den meisten haftete Kitsch an. Nur einige minimalistische Stücke in einer Vitrine neben dem Treppenaufgang hielten mit dezenter Eleganz dagegen. Thomas ging die Wendeltreppe gleich neben der Eingangstür hinauf in den angeschlossenen Wohnraum. In einer Zimmerecke stand ein verwaistes, schmales Bett mit weißem Metallrahmen. Daneben ein kleiner Holztisch mit Stuhl und ein Kleiderschrank aus Kunststoff. Wie Lang es beschrieben hatte.

Thomas machte sich umgehend ans Werk. Er tastete über beide Seiten der Matratze, suchte die Nähte ab, fand aber keine Unregelmäßigkeiten. Im Kleiderschrank lag alles ordentlich gefaltet. Er nahm ein Buch nach dem anderen aus dem Regal, alle in englischer Sprache, schüttelte sie aus und ließ die Seiten zusätzlich über die Daumenspitze gleiten. In den Schubladen der Werkbank war nichts anderes als Werkzeug und die Rohmaterialien für den Schmuck. Es hing kein einziges Bild an den Wänden, und es gab auch keine verräterischen Ritzen, die auf ein eingebautes Fach hindeuteten. Die Fußleisten waren zusammen mit den Wänden weiß überstrichen worden, und die Farbe wies im Übergang keine Risse auf. Thomas ging auf die Knie, legte seine Schläfe auf den Boden und suchte den Boden ab. Keine der Laminatplatten stand zu weit hervor oder war zu tief eingelassen. Trotzdem tappte er anschließend mit dem Fuß einige Nahtstellen nach einem Hohlraum oder Ähnlichem ab. Nichts deutete auf ein Versteck hin.

Er ging ins Bad. Eine Dusche und ein Mini-Waschbecken, das man unmittelbar vor seiner Nase hatte, wenn man sich auf die Toilette setzte. Er hob den Deckel vom Spülkasten. Nichts. Er klopfte die großflächigen hellgrauen Fliesen ab. Nichts. Also schraubte er mit einer Münze am Duschsockel den Zugang zum Abfluss ab und ertastete den Hohlraum unter der Duschtasse. Ebenfalls nichts. Thomas setzte sich auf den Toilettendeckel. Es wollte ihm einfach nicht einleuchten.

Die Blutflecken auf dem Handtuch, nachdem er sich rasiert hatte, hatten ihm einen Satz ins Gedächtnis gerufen, der während der Fortbildung zur Tatortanalyse gefallen war: Der einzige Mensch, der keine Spuren hinterlassen hat, ist gerade erst gezeugt worden.

Bei keinem der ersten drei Opfer war es so augenfällig wie bei Katja Liebenfels. Die laut Akten außer den Gegenständen des täglichen Gebrauchs nichts weiter besessen hatte. Es hatte ihn bereits stutzig gemacht, als Lang es gestern erwähnt hatte. Aber bei der Fülle an Informationen, die er durchgesehen hatte, hatte er dem nicht die nötige Aufmerksamkeit geschenkt.

Ein Regalfach in seinem eigenen Arbeitszimmer war kleinen Andenken aus seiner Polizeikarriere vorbehalten, obwohl er immer noch äußerst zwiespältig auf diese Zeit zurückblickte. Andrea besaß einen Karton, in dem sie Dinge aus ihrer Studienzeit aufbewahrte, die sie nicht wegwerfen wollte. Die meisten Einrichtungsgegenstände in ihrem gemeinsamen Haus in Stuttgart waren mit Erinnerungen verbunden. Selbst Linnea hatte angefangen, eine Sammlung von Freundschaftsbändchen, Briefen und kleinen Geschenken anzulegen. Es entsprach dem menschlichen Naturell, Bindungen an Dinge aufzubauen. Katja Liebenfels dagegen schien nichts dergleichen zu besitzen.

Thomas stand auf, lehnte sich gegen den Türrahmen und sah zum Bett, über dem aufsteigende Staubkörner im Licht der spätnachmittäglichen Sonne glitzerten, die gerade durch die Wolken gebrochen war.

«Sie hat gelebt», sprach er mit dem Knick im Kopfkissen. «Warum versucht sie sich und allen anderen weiszumachen, dass das nicht so war?»

Doch der Knick antwortete nicht, verharrte nur stumm, als hätte er noch nicht begriffen, dass sich niemand mehr an ihn schmiegen würde.

Thomas sah zur Zimmerdecke auf. Eine große Milchglaskugel diente neben den Lampen auf der Werkbank als einzige Lichtquelle. Ein handgroßer Plastiksockel verband sie mit der Decke.

Es war unwahrscheinlich, oder?

Aber es war einen Versuch wert.

Thomas stieg auf einen Stuhl, schraubte die Kugel ab, legte sie vorsichtig auf der Werkbank ab und kehrte mit einem Schraubendreher zum Sockel zurück. Die zwei Schrauben, die ihn in der Decke verankerten, waren schnell gelöst, und Thomas konnte fast seine ganze Hand in das Loch darüber schieben. Bis er mit den Fingerkuppen gegen etwas stieß, das sich nach Pappe anfühlte.

Warum musste alles in dieser Wohnung ein Designerstück sein? Sogar dieser blöde Waschtrockner!

Sassa schlug ihre Jeans aus. Sie war locker zwei Nummern eingegangen. Dabei hatte sie gedacht, sie hätte die richtigen Knöpfe gedrückt. Aber selbst ihr Ersatz-BH war höchstens noch dafür gut, Haselnüsse paarweise durch die Gegend zu tragen. Sie knallte die Jeans zu Boden und gab ihren restlichen Klamotten vor der Ladeluke einen Tritt.

Phantastisch!

Während die Jeans und der Pullover, welche sie noch vor wenigen Minuten anhatte, in der Spüle vor sich hin weichten, stand sie halbnackt in einer fremden Küche, und ihre Klamotten waren auf Puppengröße geschrumpft. Was jetzt noch fehlte, war, dass die Wohnungstür aufging und Thomas reinkam. Idealerweise seinen groben Exkollegen im Schlepptau.

Sie brauchte dringend etwas zum Anziehen!

Sassa rannte die Treppe hoch, war im Handumdrehen am

Kleiderschrank im Schlafzimmer und riss alle Türen auf. Ihre Hoffnung, der Wohnungseigentümer könnte etwas hinterlassen haben, das sie anziehen konnte, zerschlug sich jedoch sofort wieder. Bettwäsche und einige Lavendelsäckchen, dazu noch ein paar Handtücher verschiedener Größen.

Blieb nur Thomas' Koffer.

Sassa zögerte. Vor gut zwei Stunden hatte sie ihn geschlagen und nach ihm getreten. Und jetzt sollte sie seine Sachen anziehen?

Andererseits war er ja aber auch schuld an ihrem Dilemma. Ohne seinen Vorschlag, ihre Wäsche in die Maschine zu stopfen, hätte sie dieses Mistding unten niemals benutzt. Immer noch zögerlich, drückte sie die zwei Tasten, die die Schlösser öffneten, als ihr Blick auf die von ihm achtlos im Flur liegengelassenen Hemd und Hose vom Vortag fiel. Eigentlich tun's die auch, dachte sie.

Sein Geruch legte sich sofort um sie. Die Mischung aus Deodorant und Schweiß hätte sie eigentlich ekeln müssen. Stattdessen aber schnellte ihr Puls schlagartig in die Höhe. Ihr Herz schlug bis in den Hals, und eine seltsam drängende Wärme strömte plötzlich durch ihren ganzen Körper.

Im nächsten Moment feuerte sie die Sachen gegen die Wand, wo sie sich zusammenfalteten wie ein Kleinwagen nach einem Frontalzusammenstoß mit einem Lkw. Was zur Hölle war nur los mit ihr? Genau hier hatte sie ihn beinahe ausgeknockt. Und wären da nicht die Tränen und der aufgeplatzte Rucksack gewesen, würde sie vielleicht schon im Zug sitzen und aus dieser Kackstadt abhauen.

Sassa lehnte sich gegen die Wand und suchte sie mit ihren Handgelenken ab, bis ihre Pulsadern so etwas wie Kühle spürten. Was immer es war, das in ihr vorging, es wurde unerträglich, und mit einem Mal fühlte sie sich nur noch schwach und suchte den direkten Weg zum Bett.

Das Foto seiner Familie auf dem Nachttisch versetzte ihr wieder einen Stich. Als sie es das erste Mal betrachtet hatte, hatte es sie gerührt. Alle hatten so liebevoll und friedlich gelächelt. Thomas und seine Tochter taten es immer noch. Doch der Blick seiner Frau hatte sich verändert. Sassa rieb sich die Augen, bis darin feine weiße Sternchen flimmerten. Dann fixierte sie das Bild, bis sich die Schleier verzogen hatten. Sie hatte sich nicht getäuscht. Es war sogar noch schlimmer geworden. Die Frau da lächelte zwar immer noch. Aber es war ein Schatten auf ihrem Gesicht.

Sassa tippte auf den Schalter am Kopfende des Betts, und im nächsten Moment fluteten die Deckenstrahler das Zimmer mit hellweißem Licht der gnadenlosen Sorte. In einer Bewegung setzte sie sich auf und griff gleichzeitig nach dem Foto. Die Frau sah sie vielleicht skeptisch an, aber der Schatten war verschwunden. Sie hatte sich also nur getäuscht, dachte sie, stellte es auf den Nachttisch, schaltete das Licht wieder aus und sank zurück ins Kissen.

Der Schatten war wieder da.

Sassa rollte auf die andere Seite, rutschte weiter nach unten und zog das Kissen mit sich. Langsam wurde sie also auch noch verrückt.

Bayard nahm kaum wahr, wie ihn die beiden Uniformierten in der Tiefgarage grüßten. Ebenso wenig interessierte ihn ihr abschätziges Gemurmel, als sie aus seinem Blickfeld waren.

Alles geriet aus den Fugen, so viel hatte er verstanden. Also war er seinem Instinkt gefolgt und hatte auf gut Glück diverse Anrufe getätigt. Sie alle hätten ihm sagen können, dass sie längst nichts mehr mit der Sache zu tun hatten und nur noch ihren verdienten Ruhestand genießen wollten. Was einige auch taten. Andere dagegen lauschten seinen knappen Ausführungen gern. Auch wenn sie stumm wurden, als er Katja Liebenfels und die Verschwundenen Jungs in einem Atemzug nannte.

Glücklicherweise hatte er sein Verlangen unterdrücken können, eine Antwort darauf zu erzwingen, wie er sich jetzt verhalten sollte. Er wusste, dass er nicht in der Position war, Druck auszuüben. Alles, was er tun konnte, war, einen Ball ins Spiel zu werfen und sehen, was passieren würde.

Bayard marschierte eine Reihe geparkter Dienstwagen entlang, zog seine Wagenschlüssel aus der Tasche und drückte den Knopf für die Fernentriegelung. Die Blinker seines Siebener BMWs leuchteten auf. Er zwängte sich in die Lücke zwischen seinem und dem Nachbarwagen.

Etwas surrte hinter ihm.

Ruckartig verdrehte Bayard den Oberkörper und hob eine Faust in die Deckung. Einmal Boxer, immer Boxer, flatterte ein Gedanke durch sein Hirn.

«Wenn Sie bitte einsteigen wollen», sagte eine Stimme durch den Schlitz der abgedunkelten Scheibe. «Herr Martens erwartet Sie.»

Martens also. Sie schickten Martens vor. Eigentlich hätte er sich das denken können.

An der Haustür der Stadtvilla in der Laurettenstraße nahm ihn eine hochgewachsene junge Hauswirtschafterin in Empfang.

Bayard folgte ihr schweigend durch die Eingangshalle. Vorbei an der geschwungenen Treppe, die ins obere Stockwerk führte, durch ein eichenvertäfeltes Esszimmer, das eher in eine mittelalterliche Burg gepasst hätte, in ein Kaminzimmer, an dessen Ende ihn ein Wintergarten erwartete.

«Wenn Sie hier warten möchten», sagte das junge Ding, kramte aus ihrer Handtasche einen Schlüsselbund hervor und verschwand in ihren Feierabend.

Bayard mied die Sitzgruppe aus Korbsesseln, deren Lehnen ihm auch im Stand bis zum Kinn reichten, und schob sich stattdessen an mannshohen Palmfarnen vorbei zur Glasfront. Das Grundstück lag direkt an der Sandsteinabbruchkante und etwa dreißig Meter unter ihm konnte Bayard den Pausenhof des Schlossgymnasiums erkennen. Schräg links gegenüber auf gleicher Höhe die abends jeweils hell erleuchtete Rückseite des U-förmigen Barockschlosses mit dem neumodischen Glasmittelbau, der Bayard immer an einen Aufzugsschacht in einem Einkaufszentrum erinnerte. Zur rechten Seite verdeckte ein mehrstöckiges Wohnhaus den dahinter liegenden Landtag. Eine Wohnlage, die man nur als «vortrefflich» bezeichnen konnte.

So ähnlich hatte Bayard sich das auch für sich selbst vorgestellt. Angemessen für einen Kriminalpolizeidirektor. Aber leider vollkommen unerschwinglich, wenn man nicht in eine der Saarbrücker Gesellschaftsfamilien geboren war, die ihre wunderbaren Villen nur selten veräußerten und wenn, dann für Millionen.

Er sah zurück zum Kamin. Die Wand darüber war mit Fotografien getäfelt. Er konnte von hier aus niemanden erkennen, aber er war sicher, dass es sich dabei meist um Politprominenz diesseits und jenseits der französischen Grenze handelte, die den mittig über dem Kamin angebrachten Orden Pour le Mérite säumten. Darüber hing ein brustkorbgroßes Wappenschild – wahrscheinlich ein Familienwappen, mit so was kannte Bayard sich überhaupt nicht aus –, dessen untere Spitze auf die Stelle wies, an der sich zwei Schwerter kreuzten. Er wusste, dass «Schwerter» das falsche Wort war, doch die richtige Bezeichnung wollte ihm nicht einfallen. Solche Dinge stammten aus einer Welt, zu der ein ehemaliger Amateurboxer aus dem Arbeitermilieu keinen Zutritt hatte.

Noch nicht, dachte Bayard und spürte, dass er in der rechten Manteltasche die Faust ballte.

«An den Schlägern bleiben immer alle hängen», betrat Martens den Raum durch eine schmale Tür im deckenhohen Bücherregal. «Ich hoffe, Sie stören sich nicht daran.»

«Nein. Sollte ich?» Bayard ging ins Hohlkreuz und hob das Kinn an.

Martens kam um die schweren Ledersessel herum näher. «Heutzutage weckt es leider gewisse Assoziationen. Wenn Sie verstehen, was ich meine.»

Bayard verstand sogar sehr gut, warum Studentenverbindungen – er glaubte, in Martens Fall handelte es sich um eine Burschenschaft – dem rechten Lager zugeordnet wurden. Dennoch schwieg er.

«Hambacher Fest. Frankfurter Paulskirche. Man vergisst allzu gern, dass wir sozusagen die allerersten Demokraten in unserem Land waren. Keine schlechte Tradition, wie ich meine.»

Bayard schwieg weiterhin. Er versuchte, sich vorzustellen, wie der hagere Mann vor ihm als Student gewesen sein musste. Er kannte nur Gerüchte über Verbindungen. Dass man in historisch anmutenden Uniformen mit den «Schlägern» versuchte, dem anderen den Kopf aufzuschlitzen. Nach Regeln, verstand sich. Und ebenso betrank man sich nach Regeln, bis man sich übergeben musste. Schwang vaterländische Reden, pflegte vaterländisches Liedgut. Das Einzige, was sie Bayards Meinung nach vom Stammtischpöbel unterschied, war ihr Standesdünkel.

Und die Tatsache, dass einem die Mitgliedschaft zusammen mit dem Studienabschluss Türen öffnete, die ihm bislang verschlossen geblieben waren.

«Fast wie in alten Zeiten, nicht wahr?!», lächelte Martens.

Es hätte auch ein Grinsen sein können, aber Bayard konnte es im schummrigen Licht nicht erkennen. Er spürte nur, wie seine Magensäure zu brodeln begann.

«Setzen Sie sich doch», wies Martens auf einen Korbstuhl.

«Es war von Anfang an nicht so gedacht, dass Sie die Ermittlungen nur begleiten. – Das stimmt doch!?»

«Mein lieber Bayard …» Martens presste die drei Wörter beinahe hervor und fuhr fort: «Niemand wusste, wohin der Fall sich entwickeln würde, wenn Sie das meinen.»

Doch Bayard konnte die Lüge bereits wittern.

«Im Wesentlichen geht es nur darum, dass ich ihre ehemaligen Kommilitonen ausfindig mache», sagte Thomas zu der fülligen Endfünfzigerin, die hinterm Tresen saß und ihn über den Rand ihrer Brille hinweg ansah. Sie hatte die Augenbrauen so weit hochgezogen und die Stirn derart in Falten gelegt, dass der Ansatz ihrer dunkelbraunen Kurzhaarperücke nach hinten verrutscht war.

«Und Sie sind?», fragte die Frau, die ein dreieckiger, beblümter Namensträger auf ihrem Computerbildschirm als Sekretärin im Studierendensekretariat der Hochschule der Bildenden Künste auswies.

«Thomas Bulpanek. Ich ermittle im Todesfall einer Ihrer ehemaligen Studentinnen.»

«Dann haben Sie sicher einen Dienstausweis.» Ihre Augenbrauen mussten festgetackert sein. «Und außerdem wissen Sie dann auch, dass ich solche Informationen nicht rausgeben darf.»

Thomas nickte. Unter ihrem gestrengen Blick fühlte er sich plötzlich wie ein Siebenjähriger, dem die Frau an der Ladenkasse erklärte, dass man Bonbons nur gegen Geld bekam. «Selbstverständlich kenne ich die Vorschriften. Und ich würde sie auch einhalten, wenn die Zeit nicht so drängte. Rufen Sie auf der Kriminalpolizei an und lassen sich Kommissar Lang geben. Der wird Ihnen …»

«Soll ich Ihnen was verraten, junger Mann?», unterbrach sie ihn. «Ohne ein Stück Papier in meiner Hand unternehme ich grundsätzlich gar nichts.» Ein Wecksignal ertönte vom Computer. Sie nahm ihre Brille ab und ließ demonstrativ den Computer runterfahren. «Und wenn das da geläutet hat, rühre ich erst recht keinen Finger mehr. Sie müssen also morgen wiederkommen. Aber mit Papieren. Und jetzt: husch, husch!»

Thomas spürte, wie der Siebenjährige in ihm gern in einem Tobsuchtsanfall aufgeblüht wäre. «Ich denke mal, dass Sie die Nachrichten verfolgen», sagte er betont ruhig. «Dann könnten Sie wissen, in welcher Sache ich ermittle. Es vergeht kein Tag, an dem nicht darüber berichtet wird.»

Unbeeindruckt holte sie ihren Mantel aus einem Garderobenschrank und zog ihn leichthändig über. «Ja, eine schreckliche Sache. Grauenhaft. Wie ein Mensch so etwas nur tun kann. – Sie sollten eigentlich schon wieder auf dem Flur sein.»

«Beunruhigt Sie das denn gar nicht?»

«Ein kranker Geist? Guter Mann, ich arbeite an einer Kunsthochschule! – Und jetzt muss ich leider los. Kommen Sie?»

Während sie die Tür zu ihrem Büro abschloss, sah sie kurz über die Schulter den Gang hinab. Er war leer. «Gegen diese Vorschriften bin ich leider machtlos, Herr …»

«Bulpanek.»

«Genau. Und ich kann Ihnen versichern, dass ich sie vorbehaltlos umsetze. Anders als manch anderer, der es immer wieder versäumt, unser Archiv ordnungsgemäß abzuschließen.» Sie schüttelte den Kopf und sah ihn an, als hätte sie ihre Brille noch immer auf der Nase. «Ich meine das am Ende des Gangs hinter mir.»

«Trinken Sie.» Martens stellte ihm das Weinglas hin und schnüffelte noch einmal an der Flasche. «Weissberg hat sich ein kleines Häuschen in Südfrankreich gekauft. Keine Villa, aber man kann es dort aushalten. Wenn er im Sommer seinen Hut nimmt, will er sich ganz auf den Weinanbau konzentrieren. Sagen Sie mir, was Sie von seinem Wein halten.»

Bayard drehte den langen Glasstiel zwischen den Fingerspitzen. Weissberg. Vom Landespolizeichef zum Winzer. War das ein Aufstieg oder ein Abstieg? Bayard entschied sich, das Glas vorerst stehen zu lassen.

Martens setzte sich in den Korbstuhl gegenüber und blickte hinaus auf den unter ihnen liegenden Schulhof.

«Landespolizeichef?» Bayard schürzte die Unterlippe.

«Ein Posten mit viel Gestaltungsspielraum. Das ist es doch, wo Sie hinmöchten.»

Bayard schwieg.

«Nehmen Sie Detroit. Die ehemalige Welthauptstadt der Autoindustrie. Heute steht die halbe Stadt leer und verfällt. Die Parallelen zu unserem kleinen Land sind unübersehbar. Kohle. Stahl. Alles weg. Es wird bald an Männern hängen, die den Mut zu unliebsamen Entscheidungen haben. Den haben Sie bewiesen», spielte Martens auf Bayards Umstrukturierungsplan an.

Bayard war in die Projektgruppe «Polizeiagenda 2025» berufen worden und hatte dort hinter den Kulissen eine Menge Hände gewaschen, bis die Empfehlungen der Gruppe fast identisch mit seinem Plan gewesen waren. Kleinere Dienststellen schließen. Die Anzahl der Streifen runterfahren. Die Anweisung, sich nicht mehr in den ruhenden Verkehr einzumischen und Falschparker restlos den städtischen Ordnungsbeamten zu überlassen. Das und noch mehr hatte schlagartig zu so viel freien Kapazitäten geführt, dass sie zwei Jahre lang mehr Leute in den Ruhestand gehen lassen konnten, als eingestellt werden mussten. Das neue Computersystem inklusive Fortbildung für die niederen Ränge hatte Millionen verschlungen. Dass sie dafür aber den Verwaltungsapparat ausdünnen und Aufgaben nach unten delegieren konnten, würde die Kosten in weniger als zehn Jahren wieder reinholen. Nur der steigende Krankenstand bereitete Bayard langsam Kopfschmerzen.

Er massierte unterm Tisch mit dem Daumen die Fingerknöchel seiner rechten Hand. Wie aufrichtig Martens' Angebot war, würde er erst herausfinden, wenn Weissberg tatsächlich ging. Er brauchte mehr als nur die Andeutung eines alternden Expräsidenten.

Der womöglich im Sommer gar nicht mehr lebt, dachte er, während Martens sich eine filterlose Zigarette anzündete und asthmatisch den Rauch inhalierte.

«Professor Jons. Jemand hat seine schützende Hand über ihn gehalten. Für seine vorzeitige Entlassung gesorgt.»

«Das war ich. Ja.» Martens deutete über die Schulter zu den Schlägern im Kaminzimmer. «Es ist schwer, zusehen zu müssen, wie ein alter Freund vom Abschaum in unseren Gefängnissen gequält wird. Ganz gleich, was er getan hat. Aber ich denke, sein restliches Leben war Strafe genug.»

«Das erklärt, warum er Sie angerufen hat, als Bulpanek in seinem Garten stand.»

Martens sah zu ihm auf. Sein Blick sagte so etwas wie: netter Versuch! Er schloss ihn mit einem Lächeln ab.

Bayard brauchte mehr. Er spürte die Unentschlossenheit aufkeimen, was er mit diesem Mehr anfangen würde. Sein Spürsinn sagte ihm, dass es etwas sein konnte, das ihm eventuell helfen würde, einen der bislang spektakulärsten Mordfälle in Saarbrücken aufzuklären. Bevor es jemand anders tat. Bulpanek es tat. Oder aber es war etwas, das ihm bislang verschlossene Türen endgültig öffnen würde. So oder so: Bei der nächsten Kappensitzung würde er nicht nur neben der Ministerpräsidentin sitzen, er würde von ihrem Teller essen.

War bereits der Moment gekommen, seine Trumpfkarte aus dem Ärmel zu schütteln?

Bayard zog kurz entschlossen den Flyer aus der Innentasche seines Sakkos und legte ihn auf den Tisch.

«Professor Jons – Marie Granbassi. Katja Liebenfels – David Gerch.»

Martens' unbewegte Miene verriet Bayard, dass er zu früh die Hosen runtergelassen hatte. Martens drückte seinen Fingernagel in den Rand des Flyers und zog ihn über den Tisch zu sich.

«Ich verstehe nicht, was Sie mir damit sagen wollen.»

«Jons ein Kinderschänder. Granbassi seine Doktorandin. Liebenfels Tote Nummer eins. Gerch der erste Entführte. Es ist schwer, da keinen gemeinsamen Nenner zu finden.»

«Sie irren sich.»

«Sie haben mehrfach betont, dass gerade jemand bei den Frauen eine Liste abarbeitet. Ich glaube, diese Liste hat irgendetwas mit damals zu tun.»

«Bayard, Sie sind auf dem Holzweg.»

Sein Haken würde in der Deckung hängen bleiben. Aber es war zu spät, jetzt noch umzukehren. «Vielleicht waren die Frauen Mitwisser. Wer könnte ein Interesse daran haben, sie aus dem Weg zu räumen? Wer will so hoch hinaus, dass er nicht über sie stolpern darf? Wen beschützen Sie?»

Martens sah ihn an, als wäre er verrückt geworden.

«Liebenfels. Sie und Jons», fuhr Bayard fort. «Das Innenministerium. Das stinkt doch!» Langsam gingen ihm die Argumente aus. Der schlecht verheilte Unterarmbruch, der seine Boxerkarriere vor dem ersten Profikampf beendet hatte, machte sich bemerkbar. «Ich habe damals den Kopf für Sie hingehalten. Vergessen Sie das nicht.»

«Sie für mich?» Martens drückte die Zigarette aus und faltete die Hände vor sich auf dem Tisch.

«Es war Ihre Weisung, die Entführungen auf den Kinderschänderring zu schieben. Der Prozess in Belgien. Daran erinnern Sie sich doch noch?!»

«Sie glauben, das haben Sie für mich getan? Oder vielleicht für irgendeine ominöse Figur im Hintergrund?» Martens stand auf. Er stopfte die Hände in die Taschen und ging mit gesenktem Kopf ins Kaminzimmer.

Hatte Bayard den Punkt womöglich doch gemacht? Konnte er die Runde noch gewinnen?

«Bayard, Sie enttäuschen mich.»

Es konnte nur ein letztes Ausweichmanöver sein. Martens musste bereits taumeln.

«Die Menschen haben ein Bedürfnis nach Sicherheit. Sie wollen, dass wir ihnen sagen, dass sie nicht in Gefahr sind. Wenn wir, wenn Sie, die Polizei ihnen das nicht sagen können, werden sie das Vertrauen in uns verlieren. Und früher oder später wird das auch die treffen, die politisch dafür in der Verantwortung stehen. Die Menschen halten viel aus. Aber niemals den Verlust von Sicherheit. Da fehlen dann nur noch einige Demagogen, ob von rechts oder links, und das Land versinkt im Chaos. Ich spreche von Unregierbarkeit. Von Umständen, die uns schon einmal in die Katastrophe geführt haben. Verstehen Sie das?»

Bayard schwieg. Man konnte einen angezählten Boxer niederschlagen. Das nannte man dann Sieg. Oder aber man ließ ihn austaumeln und streckte ihn anschließend zu Boden. Das nannte man dann eine Demonstration.

«Alles deutete darauf hin, dass die Jungen wahllos aufgegriffen wurden. Von der Straße weg. Bevor es irgendjemand bemerkt hatte, waren sie wahrscheinlich schon Hunderte Kilometer entfernt. Die Entführungen waren nicht aufklärbar.

Deswegen gehörte die Sache offiziell abgeschlossen. Zum Wohle der Öffentlichkeit. Für ihre Sicherheit. Oder wenigstens das Gefühl davon. Damit Eltern ihre Kinder wieder sorglos zum Spielen nach draußen schicken konnten. Sie arglos auf den Schulweg schicken konnten», Martens kam wieder zum Tisch und stützte sich darauf ab, «ohne ständig in Angst zu leben. Und gegen diese Angst sind wir, die Polizei, die vorderste Frontlinie. Sie waren nicht Teil einer Verschwörung, Bayard. Sie haben Ihrem Land einen Dienst erwiesen. Ich dachte, das hätten Sie verstanden.»

Im Ring gab es Momente, in denen ein Boxer so tat, als wäre er angezählt. Allerdings nur, wenn er sich seiner Überlegenheit sicher sein konnte. Ziel der Übung war es, den anderen dazu zu veranlassen, seine Deckung sinken zu lassen. Fehler zu machen. Um dann den Moment auszunutzen, den anderen zu überraschen und womöglich einen Knockout zu schaffen.

Dies war einer dieser Momente, wurde Bayard schmerzlich bewusst. Und vor seinem geistigen Auge verabschiedete sich eine Ministerpräsidentin durch die Hintertür der Saarlandhalle und zog dabei ihre Narrenkappe vom Kopf, ohne mit ihm ein Wort gewechselt zu haben.

Nachdem Thomas sich erst einmal mit dem System des Archivs vertraut gemacht hatte, war es leicht gewesen, die richtige Schublade in den Metallschränken zu finden. Die Hängeordner darin waren nach Abschlussjahrgängen sortiert. Thomas fotografierte mit seinem Handy die Namensreiter des gesamten Jahrgangs von Katja Liebenfels' Abschlussklasse. Vielleicht wusste einer von ihnen, warum Katja sich derart abgekapselt hatte.

In dem Versteck in ihrer Wohnung hatte er ihr Diplomzeugnis und einige Zeitungsanzeigen gefunden, die ihre Ausstellungen ankündigten und bereits viele Jahre alt waren. Katja Liebenfels hatte also doch Erinnerungsstücke aufbewahrt. Auch wenn er sich nicht erklären konnte, warum sie sie derart aufwendig versteckt hatte.

Thomas zog ihren Hängeordner heraus und klappte ihn auf dem Schrank auf. Neben einigen Datenblättern über ihren Werdegang an der Hochschule war auf der Umschlagseite ein Foto von ihr eingeklebt. Vermutlich auf einer Art Abschlussfeier aufgenommen, auf dem sie Arm in Arm mit einem Mann und einer Frau um die Wette strahlte. Vom Alter her womöglich Kommilitonen. Also ging er die anderen Ordner in der Schublade durch, fand aber keinen von beiden darin wieder. Wahrscheinlicher waren es also Freunde.

Thomas kehrte zu Katja Liebenfels' Ordner zurück: eine Reihe von Fotografien ihrer Arbeiten, die während ihrer Studienzeit entstanden waren. Das meiste davon modernes Zeug, das ihm nicht viel sagte. Aber es unterschied sich deutlich von dem Kitsch, den sie in ihrem Laden hergestellt hatte. Besser hätten sich die zwei Menschen, die sie gewesen sein musste, nicht darstellen können.

Er blätterte weiter, bis er zu einem Foto kam, das vor einem Nebengebäude der Hochschule aufgenommen worden war. Den ehemaligen Innenminister, den alten Wolfarth, erkannte er auf Anhieb, wie er gerade den Eingang betrat, auch wenn er nur von hinten zu sehen war. Vorbei an einem Schild mit dem Titel der Ausstellung «Banlieue». Und vorbei an dem überlebensgroßen Foto eines Gesichts mit einem lückenhaften Milchzahnlächeln.

Thomas schlitterte mehr, als dass er lief. Das Kopfsteinpflaster auf dem Ludwigsplatz war von einer dünnen Eisschicht überzogen. Es konnte aber auch am plötzlichen Adrenalinstoß liegen, der sich inzwischen wieder aus seinem Blut stahl, die Muskeln weich werden ließ und ihm das Gehen schwermachte.

Er hatte Lang ein Handyfoto des Ausstellungsplakats geschickt, bevor er auf Höhe der Staatskanzlei war, und als er aus dem eisigen Fallwind der Ludwigskirche trat, hatte er ihn bereits in der Leitung. Knappe achtzig Meter weiter, als Thomas die breite Treppe am Ende des Ludwigsplatzes erklomm und über die Messingbodenplatte glitt, die Goethes wohllöbliche Sicht auf die Stadt schilderte, hatte er Lang die Namen der ehemaligen HBK-Studenten durchgegeben, die Katja Liebenfels möglicherweise kannten – kennen mussten!

«Und was ist mit dem Foto?» Lang machte schlürfende Geräusche, und Thomas war sich ziemlich sicher, dass er sich gerade mit Koffein für die Nacht vollpumpte.

«Erkennst du es nicht wieder?» Thomas überquerte die Keplerstraße und marschierte durch die Wilhelm-Heinrich-Straße zurück zum St. Johanner Markt.

«Sollte ich?»

Es fiel Thomas schwer, sich vorzustellen, dass man es vergessen konnte. Für ihn selbst waren die «Verschwundenen Jungs» ein Stolperstein in seinem Leben gewesen. Ihre Gesichter waren mit einer ganzen Armada überwältigender Gefühle verbunden, sodass sie, ähnlich traumatischen Bildern, niemals aus seinem Gedächtnis getilgt werden würden. Lang dagegen war in den Ermittlungen nur eine Randfigur gewesen. Und Thomas kannte seine Neigung, sich emotional zu distanzieren.

«Such in den Akten der Verschwundenen Jungs.»

Lang prustete seinen Kaffee aus. «Was?»

«Du hast mich richtig verstanden. Sieh dir den ersten Jungen an. Das Fahndungsfoto. Ich bin sicher, es ist derselbe Junge. Sein Name ist David Gerch.»

«Wenn das stimmt …»

Es knackte und rauschte aus Thomas' Handy. Es war nur die schlechte Verbindung, aber Thomas bildete sich ein, Langs Gehirn bei der Arbeit zuzuhören. «Vielleicht ist es Zufall, ich weiß es nicht. Aber wir haben Jons und eine seiner ehemaligen Studentinnen. Und jetzt Katja Liebenfels und den Jungen. Ich nenne so was eine Spur.»

«Scheiße», murmelte Lang.

«Überprüf das zweite Opfer, ob sie mit der Szene in Berührung gekommen ist. Wie weit seid ihr mit dem dritten?»

«Die vom Wassertor? Noch gar nichts, bis auf eine Kleinigkeit.» Im Hintergrund klapperte eine Tastatur. «Warte, ich hab's gleich … Sie hatte Schimmel im Ohr.»

«Was?»

«Sieht aus wie Bauschimmel. Sie muss vor ihrem Tod in einem übermäßig feuchten Raum gewesen sein.»

«Deswegen unterzieht er sie der Reinigung.»

«Bingo!»

«Okay», schwenkte Thomas wieder um. «Nimm dir die alten Akten der Jungs vor und geh alle Namen durch, die darin auftauchen. Verdächtige, Beteiligte, Familienmitglieder, Zeugen. Check die Namenslisten aller Anrufer, die irgendeinen Hinweis gegeben haben. Vielleicht findet ihr sie aus der Richtung.» Thomas spürte, wie sein Gang immer leichter wurde, bis er beinahe rannte.

«Ich kann's versuchen», sagte Lang.

«Aber?» Thomas witterte Langs Einwände bereits.

«Bei der Liebenfels. Wenn es damals eine Verbindung zwischen ihr und den Jungs gegeben hätte, die mit der Entführung zu tun gehabt hätte, dann wären hier vor vier Tagen alle Alarmglocken losgegangen. Genauso bei der zweiten, dieser Sybille Wagner.»

«Vielleicht wurde etwas übersehen.»

«Es ist alles digitalisiert. Da sitzt so ein Computerass dran. Wenn es etwas zu einer Person gibt, dann taucht das auf, sobald ich ihren Namen eintippe.»

«Ich verstehe, was du sagen willst, aber …»

«Thomas», unterbrach Lang ihn sofort wieder. Er hatte ihn bislang nur bei einer Gelegenheit beim Vornamen genannt: als sie sich bei Thomas' Abschied auf der Dienststelle zum letzten Mal die Hand geschüttelt hatten. «Bist du sicher, dass du diese Verbindung nicht nur deswegen siehst, weil du sie sehen willst?»

Der Schwung, mit dem Thomas auf die Alte Brücke eingebogen war, verebbte.

«Ich bin keiner von diesen Psychoheinis», fuhr Lang fort. «Aber so viel versteh sogar ich davon. Ich weiß, wie es ist, wenn plötzlich ein bestimmtes Ermittlungsergebnis auftaucht, das man haben will.»

Ein Lkw von der Autobahn unter ihm stieß Thomas die Fülle seiner Signalhörner entgegen. Thomas wich unwillkürlich zurück.

«Verstehst du mich?», kämpfte sich Langs Stimme durch die Schallwand.

Thomas beeilte sich, zum Theatervorplatz zu marschieren. «Jetzt ist es besser, ja.»

«Nein, ich meine: Verstehst du, was ich sagen will?!»

«Ich bin nicht sicher.»

«Du hast damals die Akten aufgearbeitet. Wenn darin eine Katja Liebenfels aufgetaucht wäre, weil sie im Verdacht stand, etwas mit der Sache zu tun zu haben, hättest du sie unter diesen Umständen garantiert nicht vergessen.»

«Zwei Opfer. Zwei Hinweise in die gleiche Richtung.»

«Saarbrücken ist ein verdammtes Dorf. Wenn wir lang genug graben, bringen wir jeden damit in Verbindung.»

«Du hältst es für Zufall?»

«Ich will damit nur sagen, du solltest dir nicht zu viele Hoffnungen machen.»

Thomas stutzte. *Hoffnung* war nun wirklich das letzte Wort, das ihm eingefallen wäre.

«Versteif dich nicht auf die Geschichte», schob Lang nach. «Lass sie ruhen!»

dienstag, 14. januar, 18 : 18 uhr

«Welche Sprache ist das?», rief Thomas neugierig Richtung Küche, in der er Sassa vermutete. Er warf seinen Mantel über die Sessellehne, ging zur Stereoanlage und drehte die Lautstärke etwas herunter. Auch wenn er kein Wort verstand, spülte die rauchige Sirenenstimme die Zweifel raus, die Lang ins System eingeschleust hatte. Er sollte es geschehen lassen. Sollte die heisere Aufforderung annehmen und für einen Moment alle Eindrücke, die mit dem Fall zu tun hatten, verdrängen. Sich anderen Dingen hingeben. Vielleicht schöneren.

Er hatte auf dem Rückweg versucht, sich mit seinem zweiten «Auftrag» abzulenken, der Suche nach Mirjams Dieben. Erfolglos.

«Dänisch», erklärte Sassa, als sie ins Zimmer kam.

Thomas musste zwei Mal hinsehen. Sie trug sein Hemd vom Vortag, die Ärmel auf ihre Länge zurechtgekrempelt. Die letzte Frau, die sein Hemd getragen hatte, war Andrea gewesen. In der letzten Nacht vor ihrem Abflug nach Amerika. Ihrer letzten Liebesnacht.

«Sorry wegen der Sachen», sagte Sassa und erklärte ihm ihr Missgeschick mit dem Waschtrockner.

Die roten Locken auf dem weißen Stoff irritierten ihn.

Sein Gehirn wollte unbedingt Andreas blonde Locken sehen. Er musste seine Gedanken auf etwas anderes lenken. «Du sprichst Dänisch?»

«Ja …» Sie ließ es mehr wie eine Frage klingen.

«Das ist selten», sagte er und wagte einen Blick auf sie, während er sich auf die Couch setzte. Die roten Haare flackerten um ihre Schultern. Eine Locke wühlte sich unter der Knopfleiste hindurch. Und er hoffte, das richtige Wort für ihre Erscheinung war «erwachsen».

«Ich hab irgendwann ein Buch in die Finger gekriegt. Einen Sprachkurs», sagte sie, als wäre es das Selbstverständlichste von der Welt, dass man sich dann auch die Sprache beibringt.

Thomas lächelte freundlich. Fremdsprachen waren nie seine Stärke gewesen. Selbst sein Englisch war miserabel.

Sassa ließ sich in den Sessel fallen. Hatte er nur den Eindruck, oder sank sie dabei auch noch in seinen Mantel?

«Hoher Norden», sagte Thomas nur. In seinem Kopf kreisten noch weitere Sätze, die aber alle nicht hinauswollten. An seiner Muttersprache haperte es gerade auch.

«Irgendwann werde ich ganz weggehen. Und ich glaube, da könnt's mir gefallen.»

«Soll schön sein.» Sassa sah Andrea, abgesehen vom Hemd, nicht im Geringsten ähnlich, rief er sich ins Gedächtnis.

«Nicht deswegen. Sondern wegen der Leute dort.»

«Du warst schon mal oben da?» Hatte er gerade *schon mal oben da* gesagt?!

Sassa schüttelte den Kopf. «Nein. Aber dass sie ganz anders sind, merkt man doch an der Sprache.»

Thomas nickte verstehend und zuckte gleichzeitig unwissend mit den Schultern. Ihr Becken rutschte an die Lehne zurück, und sie verschränkte die Beine im Schneidersitz.

«Dänen sagen nicht, dass es ihnen gutgeht. Sie sagen, dass sie es gut haben. Das ist eine total andere Weltsicht.»

Thomas lehnte sich zurück. Weltsicht gehörte zuletzt zu den Themen, in denen Linnea ihn immer wieder herausgefordert hatte. Ganz gleich, worum es ging, er hatte nun einmal die falsche. Selbst wenn er ihr nach dem Mund redete, konnte er davon ausgehen, dass er dennoch falschlag. Es war absurd. Man nannte es Pubertät.

«*Mir geht es gut* bedeutet doch, dass ich nur an mich denke. *Ich habe es gut* schließt dagegen alles mit ein. Wie ich wohne. Welche Arbeit ich mache. Freunde. Bekannte. Wenn ich also sage, ich habe es gut, meine ich eigentlich, ihr alle da seid ganz toll. Ich glaube, Dänen nehmen sich einfach nicht so wichtig.»

«Interessant.» Eigentlich erschien Thomas die Logik etwas zu einfach, aber der Lohn für seine Anmerkung waren ihre stolz leuchtenden Augen.

Im nächsten Moment allerdings zuckte sie zusammen, als neben ihr Thomas' Handy in seinem Mantel klingelte.

«Wärst du so nett?», streckte Thomas die Hand aus und ließ sich von Sassa den Mantel herüberreichen. Er griff in die Innentasche, holte das Handy heraus und las die Nummer auf dem Display.

«Ich hab gerade noch an dich gedacht», nahm er das Gespräch an, stand auf und zog sich in die Küche zurück.

«Und ich an dich.»

Thomas glaubte, Andrea lächeln zu hören. Trotz des Stimmengewirrs im Hintergrund. Sie waren außerhalb der verabredeten Zeit.

«Ich muss gleich wieder in den Kurs», sagte sie, «aber ich wollte wenigstens hören, wie es dir geht.»

«Ich vermisse dich», antwortete Thomas spontan und lehnte sich rücklings gegen die Fensterbank. Quer durch den Flur konnte er sehen, wie Sassa sich in einen der Erker verkroch. Er drehte sich um und starrte durch die Spiegelung in der Scheibe in die Dunkelheit draußen.

«Das ist schön.» Andrea machte eine Pause, und Thomas lauschte erwartungsvoll auf ihre nächsten Worte. Er hörte sie ausatmen. «Ich meinte aber eigentlich, wie du ohne die Tabletten klarkommst.»

«Du machst dir deswegen Gedanken?»

«Das weißt du.»

Wahrscheinlich tat er das. Trotzdem pikste ihn gerade die Enttäuschung. Wie vergangene Nacht, als er vergeblich gewartet hatte, dass sie sein *«Ich liebe dich»* erwiderte.

«Alles in Ordnung. Fast so, als hätte ich sie nie genommen.»

«Ehrlich?»

«Warum sollte ich lügen?» Thomas lachte verhalten.

«Und was war vergangene Nacht?», spielte sie auf seinen Schwächeanfall während ihres letzten Telefonats an.

«Ich sagte doch, ich hatte vorher nur schlecht geschlafen. Und auch zu wenig gegessen. Aber da kam ich erst später drauf.»

Dass es ihm gerade an Erfindungsreichtum mangelte, was Ausreden anging, konnte Thomas sich wirklich nicht vorwerfen.

«Na gut», schloss Andrea das Thema so leise ab, dass es beinahe im Hintergrundrauschen untergegangen wäre. «Das war's schon. Ich hab wirklich nicht viel Zeit.»

Trotzdem legte sie nicht auf. Thomas glaubte erneut, ihren Atem zu hören. Bis er feststellte, dass es sein eigener war, der auf das Mikrophon seines Handys traf.

«Was verschweigst du mir?»

«Hm?», gab Thomas zurück und wusste gleich, dass sein Versuch, überrascht zu klingen, nicht funktionieren würde.

«Ich glaube, ich kenne dich mittlerweile gut genug. Ich höre es, wenn da noch mehr ist.»

Eine Bewegung im Fenster lenkte Thomas ab. Sassas Spiegelbild hatte einen Arm in die Luft gestreckt. Thomas sah über die Schulter und nickte Sassas Winken ab.

Wie wär's mit ihr?, beantwortete Thomas Andreas Frage gedanklich. Oder damit, dass ich mein Versprechen gebrochen habe und hier als so eine Art Superbulle rumlaufe? Dass Bayard mich zum Hauptverdächtigen in einem Fall machen will, der eigentlich ein Selbstmord ist?

Oder damit, dass ich in der gleichen alten Scheiße rumwühle, die mich schon einmal kaputt gemacht hat. Und die auch an uns nicht spurlos vorübergegangen ist.

Warum tust du es dann?, wünschte er sich, dass sie ihn fragte.

Vielleicht weil ich die Hoffnung habe, es ein für alle Mal abzuschließen, gab er sich die Antwort, die er sich bislang selbst schuldig geblieben war.

«Es tut mir leid, hörst du?», brach Andrea das Schweigen. «Ich weiß, was du von mir hören möchtest. Und ich möchte dir das auch sagen ... Aber ... Im Moment kommt mir die Entfernung dann nur noch größer vor. Jetzt, wo Linnea auch nicht mehr um mich ist. Verstehst du das?»

Sassas Spiegelbild winkte noch vehementer. Thomas

drehte sich um und machte eine Geste, die heißen sollte: Nur langsam, ich komme sofort. Während er gleichzeitig ins Handy sprach: «Ja.»

«Weißt du noch, was wir früher gesagt haben?»

Thomas musste sein Gedächtnis nicht lang durchforsten. Wenn er früher in seinem Fallanalytiker-Büro war, hatte er angesichts der unzähligen Fotos von Brutalität und Tod an der Wand immer das Gefühl gehabt, dass Liebesbekundungen mehr als fehl am Platz waren. Daher hatten sie, um sich zu behelfen, eine Formel gefunden:

«Das sag ich dir dann persönlich.»

«Das sag ich dir dann persönlich», erwiderte Andrea, und Thomas fand, dass sie erleichtert klang. «Okay, ich muss jetzt wirklich zurück. Ich melde mich später noch mal.»

Nachdem Thomas aufgelegt hatte, empfing Sassa ihn aufgeregt im Wohnzimmer und deutete nach draußen auf den St. Johanner Markt.

«Ich hab ihn gesehen. Den Typ mit der Krücke.»

Thomas schob sich neben sie in den Erker. Aber er konnte niemanden entdecken, auf den die Beschreibung passte. «In welche Richtung sind sie gegangen?»

«Hoch in die Fußgängerzone», deutete Sassa Richtung Bahnhofstraße.

«Dann werde ich mal mein Glück versuchen.» Thomas ging zu seinem Mantel und zog ihn über. In der Tür allerdings stoppte er und sah sich noch einmal um. «Irgendwas sagt mir, dass meine Chancen mit dir an meiner Seite steigen.»

Sassa griff an den Hemdkragen und blickte unsicher zurück.

Thomas prüfte die Zeit auf seiner Armbanduhr. «Bei der

Gelegenheit könnten wir dir auch was anderes zum Anziehen kaufen.»

Mirjam Reichert umklammerte ihren Gurt, als Wolfarth seinen Wagen ihrer Meinung nach viel zu schnell durch den Kreisverkehr steuerte. Als sie dann auf dem Sonnenberg ankamen, hatte Mirjam den Gurt gelöst, bevor der Wagen endgültig zum Stehen kam, und stieß die Beifahrertür auf.

«Danke fürs Bringen», sagte sie und wollte aussteigen.

«Du willst mir also immer noch nicht verraten, was du jeden Dienstag hier willst?»

«Hab ich doch. Eine Freundin besuchen.»

Wolfarth zog die Augenbrauen hoch und legte den Kopf auf die Seite: «In einer psychiatrischen Klinik?»

«Im Schwesternwohnheim.»

Wolfarth steckte den Daumen unter seinem Gurt durch, zog ihn Richtung Lenkrad und ließ ihn wieder zurückschnappen. «Muss ich mir Sorgen machen?»

«Es ist alles okay. Bis morgen», sagte Mirjam fast schon übertrieben belustigt, stieg aus und ließ die Tür zufallen.

Prompt fuhr die Scheibe runter.

«Es ist nur ein Gedanke. Aber wenn du wegen diesem Stalker irgendwas brauchst …» Wolfarth lehnte sich vor und sah zum Klinikeingang. «So was kostet bestimmt eine Menge Geld.»

Mirjam lachte. Etwas zu aufgesetzt.

Aber es funktionierte. «Wie du meinst. Das Angebot steht. Bis morgen!» Wolfarth hob noch einmal die Hand, und der Wagen machte einen kurzen Satz nach vorn. «Bevor ich's vergesse: Ich leite mein Diensthandy auf deins um.»

Mirjam ging ihm einen Schritt entgegen und beugte sich zum Seitenfenster. Wolfarth tippte sich bereits durchs Menü. «Okay.»

«Es ist wegen Fabienne. Sie … Ach, ich weiß auch nicht.»

«Du musst mir nichts erklären.»

Wolfarth lächelte erleichtert. Er sprach nicht gern mit ihr über seine Frau. Eigentlich sprach er mit niemandem gern über sie. Er hob nur kurz die Hand zum Abschied und fuhr los.

Mirjam sah zu, wie seine Rücklichter hinter der nächsten Kurve verschwanden. Dann ging sie hinüber zum Klinikgebäude und stand vor verschlossener Tür. Sie bettelte die Pflegerin an der Pforte, dem *Aquarium,* daneben an, sie zu ihrer Schwester zu lassen: «Ich weiß, wie spät es ist. Bitte, können Sie nicht eine Ausnahme machen?»

«Die Besuchszeit ist seit über einer Stunde vorbei.»

«B-i-t-t-e! Ich bleibe auch nicht lang.»

«Sie kennen doch die Regeln», blieb die Pflegerin eindeutig wie ihr weißer Kittel.

Mirjam spielte die Enttäuschte und entfernte sich aus ihrem Blickfeld. Nur um zwei Minuten später auf der Rückseite der Klinik ihr Training aus dem Kletterkurs anzuwenden, die Fassade am Fallrohr der Dachrinne in den ersten Stock zu erklimmen und an das dunkle Fenster zu klopfen, das zu Zimmer 109 gehörte.

Hinter der Scheibe regte sich nichts. Dabei war Mirjam absolut sicher, dass Vanda da war. Mit Einbruch der Dämmerung zog sie sich immer auf ihr Zimmer zurück, egal um welche Jahreszeit. Mehrmals hatte man versucht, sie umzugewöhnen, sodass sie im Winter, wenn um fünf bereits stockfinstere Nacht herrschte, trotzdem am gemeinsamen Abendessen um sechs

Uhr teilnehmen konnte. Doch jeder dieser Versuche hatte in einer psychotischen Krise geendet, bis man letztlich ein Einsehen hatte und ihr diese Extravaganz zugestand.

Mirjam sah, dass der Stuhl ordentlich an den kleinen quadratischen Tisch am Fenster gerückt war. Das Zimmer war wie immer sauber aufgeräumt. Auf dem kleinen Schreibtisch links lag ein genau zur Kante ausgerichteter Collegeblock, mit einem Stift im Fünfundvierzig-Grad-Winkel darauf. Die Bücher im Aufsatz darüber standen nach Größe sortiert mit einer Schneekugel als Buchstütze. Auf dem Regal rechts posierte eine Reihe von Familienfotos, die einer besonderen Anordnung folgten, die Mirjam aber nie durchschaut hatte. Gesäumt wurden sie von einem Stoffigel und einem Pudel.

Der Igel war Vanda selbst, wie sie Mirjam erklärt hatte. Schon bei der Andeutung einer Berührung rollte sie sich reflexartig ein und präsentierte ihre Stacheln. Mirjam war der Pudel, was sie im ersten Moment als beleidigend empfunden hatte, da sie diese zurechtgestutzten, eitlen Tiere, oder vielleicht auch nur ihre Besitzer, abgrundtief verachtete. Andererseits hatte sie sich ein ebenso gestutztes Äußeres verpasst, mit dem sie sich problemlos in ihren Kreisen bewegen konnte. Zwar war ihre Garderobe keine Ansammlung der angesagtesten und teuersten Labels, sie hätte sie eher edel, aber schlicht bezeichnet – am liebsten war ihr die Farbe Schwarz (eigentlich war alles schwarz) –, aber sie musste zugeben, dass es um Klassen gehobener war als die billigen Discounterklamotten, die sie als Kinder hatten tragen müssen.

Mirjam sah auf das unberührte Bett. Die Decke lag einstiegsbereit zurückgeschlagen auf der unteren Hälfte. Selbst die Knickfalten waren in gleichen Winkeln ausgerichtet.

Bislang hatte Mirjam Vandas Zimmer nach Einbruch der Dunkelheit nur ein Mal so leer vorgefunden. An dem Tag hatte eine Aushilfe Pfortendienst und sie kommentarlos passieren lassen. Im Nachhinein hatten sich sowohl die Stationsvorsteherin als auch der behandelnde Psychiater bei ihr dafür entschuldigt. Denn man hatte unbedingt vermeiden wollen, dass Mirjam mehr oder weniger auf eigene Faust herausfand, warum Vanda nicht auf ihrem Zimmer war. Lieber hätten sie sie darauf vorbereitet, was ihr ein Mitpatient recht schonungslos beigebracht hatte: dass Vandas Unterarmritzereien dieses eine Mal tiefer gegangen seien, als sie das beabsichtigt hatte.

Oder war es doch Absicht gewesen?

Mirjam konnte sich nicht mehr lange festhalten. Sie hämmerte so hart gegen die Scheibe, dass sie beinahe abgerutscht wäre. Endlich bewegte sich etwas. Die linke Tür des Kleiderschranks öffnete sich einen Spalt weit. Im nächsten Moment flog die Tür auf, und ein Gespenst stürmte auf Mirjam zu. Die Hände berührten die Scheibe. Zuerst die rechte, dann die linke, dann beide. Mirjam bedeutete Vanda, das Fenster zu kippen.

«Schwesterherz!», frohlockte Vanda durch den nicht einmal fingerbreiten Schlitz.

Mirjam schob ihr einen kleinen Umschlag mit dem Aufdruck eines Schlüsseldienstes hindurch. «Lass mich rein!»

Vanda riss den Umschlag auf, fingerte aufgeregt den Schlüssel heraus und steckte ihn in das Sicherheitsschloss am Fensterhebel. Der Schließmechanismus knackte, und kurz darauf lagen Mirjam und Vanda sich in den Armen.

«Was machst du im Schrank?»

«Du warst nicht da. Ich habe den ganzen Tag gewartet. Aber du warst nicht da.» Vanda schluchzte leise.

Mirjam drückte Vanda noch fester an sich und merkte, dass sie dabei war, ihr Gewicht abzuschätzen.

«Ich bin so froh, dass du da bist», flüsterte Vanda schon fast wieder beruhigt. Ihre Gefühlslagen konnten von einem Moment auf den nächsten eine vollkommen andere Färbung annehmen. Obwohl Mirjam es schon so lange kannte, erstaunte es sie doch immer wieder.

«Ich will dich ansehen», sagte Mirjam und löste sich von ihr. Vandas Nachthemd baumelte zwischen ihren hervorstehenden Hüftknochen.

«Geben sie euch nicht genug zu essen?», leitete Mirjam ihr immer gleiches Begrüßungsspiel ein.

«Nur einen Joghurt zum Frühstück und zum Abendbrot. Und mittags trockene Kartoffeln.»

«Mehr nicht?»

«Es gibt Probleme mit dem Lieferanten.»

Mirjam konnte nur stumm nicken. Sie lachte auf, schlang erneut ihre Arme um sie, legte Vandas Kopf an ihre Schulter und streichelte ihr Haar. Ihr Herz drohte überzufließen.

Wolfarth ließ seinen Wagen im zweiten Gang den steilen Sonnenberg hinabrollen. Trotzdem musste er gleich in der ersten scharfen Kehre zusätzlich aufs Bremspedal treten. Der Strahl der Scheinwerfer tastete sich für einen kurzen Moment über einen einsamen SUV, der mit offener Motorhaube auf dem Ausweichparkplatz stand. Im Augenwinkel nahm Wolfarth das Aufleuchten einer Taschenlampe wahr.

Wolfarth hielt an und legte den Rückwärtsgang ein. Im

Rückspiegel konnte er erkennen, dass er sich nicht getäuscht hatte. Der Fahrer hatte offensichtlich Startschwierigkeiten. Er setzte zurück, bis er hinter dem SUV zu stehen kam, und ließ die Beifahrerscheibe runter.

«Kann ich helfen?», rief er und schaltete das Radio ab.

Keine Antwort.

«Hallo?! Brauchen Sie Hilfe?»

Eine Hand – mehr eine Pranke – tauchte unter der Motorhaube hervor und winkte ihn herbei.

«Batterie leer?»

Die Pranke reckte den Daumen hoch. Der Fahrer ließ sich nicht blicken.

Wolfarth schlug das Lenkrad ein und parkte neben dem SUV. Seine Gedanken waren immer noch bei Mirjam und der Frage, ob sie wirklich eine Freundin besuchte oder ob sie diese ganze Stalkergeschichte vielleicht so mitnahm, dass sie sich inzwischen professionelle Unterstützung suchte. Nicht, dass er dafür kein Verständnis gehabt hätte. So etwas belastete das Leben sicher weit mehr, als er sich vorstellen konnte. Und er selbst hatte durchaus ein entspanntes Verhältnis zu Psychologen: Er sprach einfach nicht mit ihnen. Im Wahlkampf und in der Fraktion dagegen wäre es eine mittlere, vielleicht sogar die totale Katastrophe, sollte sie tatsächlich die Hilfe eines Beklopptenarztes benötigen.

Aber sie hätte ihn doch nicht gebeten, sie herzufahren, wenn sie etwas zu verbergen hätte, redete er sich ein. Trotzdem spürte Wolfarth das Bleierne der Enttäuschung in seinem Bauch. Sie sollte doch wissen, dass sie ihm in allen Belangen vertrauen konnte.

Er stieg aus, ging an den Kofferraum und fand das Überbrückungskabel in einem kleinen roten Koffer. Er rollte es auseinander, als er sich zwischen den Wagen hindurch nach vorn schob.

Beinahe hätte er lachen müssen, als er den Einfüllstutzen über dem hinteren Radlauf des SUVs bemerkte. So ein Wagen für bestimmt siebzigtausend Euro fährt also mit billigem Gasantrieb. Noch dazu amateurhaft verbaut.

«Muss man bei Gas was bei Starthilfe beachten?», fragte er noch, als er sah, dass der Mann fort war. Nur die Taschenlampe lehnte im Motorraum und erleuchtete indirekt das Innenleben des Wagens.

Wolfarth beugte sich zurück und sah an der aufragenden Motorhaube vorbei. Dann in den Innenraum des SUVs. Aber der Fahrer blieb verschwunden.

«Hallo?!», rief er schon leicht ärgerlich und umkreiste die Front mit dem gebrochenen Kühlergrill. Dann sah er die Heckklappe aufschwingen.

Scheiß Wahlkampf, sonst könntest du hier mit deiner Protzkiste warten, bis du schwarz wirst, dachte er.

«Entschuldigung?! Ich würde Ihnen wirklich gern helfen», sagte er stattdessen und fragte sich, wie man derart unhöflich sein konnte, noch nicht einmal zu antworten. Aber es passte zum Image des Wagens.

Was er in diesem Moment nicht ahnte, aber binnen Sekundenbruchteilen spüren sollte, war, dass der andere, während Wolfarth ihn am Kofferraum vermutete, gebückt und annähernd lautlos den Wagen umrundete, den Sicherungsschalter an dem kleinen schwarzen Gerät in seiner Hand löste, um die vergoldeten Elektroden an Wolfarths Nieren zu platzieren und ihm 500 000 Volt durch den Körper zu jagen.

Die seltsamen Blicke der Verkäuferin waren Thomas nicht entgangen. Sie hatte Sassa als seine Tochter angesprochen und drei Schritte zurück gemacht, als die das beinahe empört lautstark zurückwies. Richtig widerwärtig musste sie es gefunden haben, als Sassa ihre Jacke auszog und darunter offensichtlich seine Sachen trug.

Während er vor den Umkleidekabinen wartete, konnte er ihr zusehen, wie sie die Teile ins Regal zurücksortierte, die Sassa abgelehnt hatte. Immer wieder schaute sie zu ihm auf und tarnte es anschließend als Routineblick, den sie durch die Abteilung wandern ließ. Es hätte funktioniert, wäre da nicht das wiederkehrende zeitversetzte Kopfschütteln gewesen.

«Was hältst du davon?», kam Sassa zu ihm, in einer Jeans, die nach vierter Hand aussah, und einem viel zu großen, noch dazu abgrundtief hässlichen Pullover.

«Ich bin mir nicht sicher», sagte Thomas vorsichtig.

«Dann ist es gut», sagte sie und verschwand wieder im Kabinen-Labyrinth.

«Was ist daran gut?», rief er ihr nach.

«Würdest du *den* klauen?!»

Würde er nicht. Es ergab Sinn.

Thomas verschränkte die Arme vor der Brust und lehnte sich seitlich gegen eine Spiegelwand. Es tat gut, sie so leicht zu erleben. Immerhin hatte er Sassa hartnäckig zu diesem Einkauf überreden müssen. Erst das Argument, dass das Missgeschick mit ihrer Wäsche letztlich auch auf seine Kappe ging, hatte sie am Ende überzeugt.

Thomas blickte durchs Schaufenster auf die Straße. Die Laternen färbten den einsetzenden Schnee in einen gelborangenen Vorhang. Auf der gegenüberliegenden Seite bewachte ein Securitas-Mann den Eingang eines anderen Kaufhauses und sprach mit jemandem über Funk. Vermutlich sein Kollege im Laden, der ihn auf einen Dieb aufmerksam machte. Denn kaum war die Unterredung beendet, kam ein weiterer Mann hinzu, und gemeinsam bauten sie sich in ihren Uniformen auf, die sowieso schon über der Brust spannten und nun vollends zu platzen drohten, als sie ihre Hände vor dem Bauch falteten. Die typische Ansprechhaltung, autoritär und angeblich zugleich irgendwie zurückhaltend.

Gespannt wartete Thomas auf den Delinquenten. Es war eher unwahrscheinlich, dass man gleich zwei Ladenhüter auf einen einfachen Ladendieb ansetzte. Es sei denn, derjenige war ein alter Bekannter und eher aufbrausender Zeitgenosse. Oder aber es handelte sich gleich um mehrere.

Wie in diesem Fall.

Zwei, um genau zu sein. Zwei junge Typen. Sie hielten lachend ihre Designerlederjacken auf, als sie die Securitas-Männer passierten. Diese schauten sich nach einem Mann im Anzug um, vermutlich ein Verkäufer, der ratlos die Hände hob und den Kopf schüttelte. Offenbar falscher Alarm.

Dann folgte eine dritte Designerlederjacke. Sie grüßte die Wachmänner lässig mit zwei Krücken.

«Sassa?», rief Thomas über die Schulter.

«Ja?!» Es klang, als käme es aus der hintersten Ecke.

«Brauchst du noch lang?»

«Ich muss noch mal die anderen Pullis …»

Thomas hörte den Rest nicht mehr. Er stand bereits bei der Verkäuferin, zögerte kurz, drückte ihr aber dann seine Geldbörse und die Wohnungsschlüssel in die Hand. «Rechnen Sie alles über die Kreditkarte ab.»

«Aber das geht doch nicht», stammelte sie und wollte ihm schon ganz außer sich wieder alles zurückgeben.

«Sagen Sie ihr, ich treffe sie in der Wohnung», deutete Thomas zu den Kabinen und rannte Richtung Ausgang.

«Ach, und ich würde mich freuen, wenn Sie dafür sorgen könnten, dass sie sich heute noch für etwas entscheidet», fügte er mit einem Augenzwinkern hinzu.

«Alles in Ordnung dadrinnen?!», fragte eine männliche Stimme durch die Zimmertür.

Dem vorausgegangen war Vandas plötzlicher Stimmungsumschwung und ihr Versuch eine Kissenschlacht anzufangen. Natürlich hatte sich Mirjam bemüht, sie zurückzuhalten, damit ihr unerlaubter Besuch nicht auffiel. Aber sie war nun einmal nicht zu bremsen. Vanda lebte im Extrem.

«Ja! Alles okay!», rief Vanda zurück.

Sie hockte auf dem Stahlbett, hielt das Kopfkissen umklammert und lächelte verschwörerisch wie ein vorpubertärer Teenager.

«Ich muss also nicht reinkommen und nachsehen?»

«Nein. Ich lieg außerdem längst im Bett.»

Schweigen von der anderen Seite. Dann Schritte, und sie waren wieder allein.

Vanda warf das Kissen in die Luft, schmiss sich rücklings auf die Matratze und kicherte. «Hast du Kerzen dabei?»

Mirjam schüttelte den Kopf.

«Warum nicht?»

Weil Kerzen auf den Zimmern verboten sind. So, wie auch alles verboten ist, womit man sich schneiden kann. Ritzen.

«Ich hab nicht dran gedacht.» Mirjam wandte sich zum

Fenster hinaus. Vanda konnte jede kleine Lüge in ihrem Gesicht erkennen.

Draußen erhellten Scheinwerfer die Sackgasse. Seltsam, dachte Mirjam. Am Ende des schmalen Asphaltwegs lag lediglich ein Personalparkplatz, der um diese Zeit verwaist war.

«Professor Brunner sagt, dass ich über Ostern vielleicht rausdarf.»

«Wirklich?» Ziemlich sicher hatte Brunner das nicht gesagt. Auch wenn Vanda mittlerweile freiwillig hier war. Vor Jahren schon hatte sie in einem Anflug von Klarheit beschlossen, dass sie die Sicherheit der Klinik brauchte. Jeden therapeutischen Versuch, sie wieder ins Leben draußen einzugliedern, hatte sie mit verstärkten Ritzereien, Essensverweigerungen und Selbstmorddrohungen vereitelt.

Es war ein Test. Also drehte Mirjam sich wieder um und antwortete: «Das wäre schön!»

Im nächsten Moment flog ihr das Kopfkissen entgegen.

«Ich bin bekloppt. Aber nicht doof!»

Mirjam konnte gerade noch den Kopf wegdrehen, bevor das Kissen über ihre Wange wischte. Im Augenwinkel nahm sie dabei draußen etwas wahr.

Der Wagen hatte angehalten. Gleich unter ihrem Fenster. Mirjam umklammerte das Kissen und versuchte den Fahrer zu erkennen. Die Straßenlaterne spiegelte sich in der Seitenscheibe.

Ein SUV. Es war *der* SUV. Der von letzter Nacht, in den sie beinahe hineingelaufen wäre.

Nein, das konnte nicht sein. Niemand wusste von ihrer Verbindung zu dieser Klinik. Sie hatte es nie erwähnt. Niemandem gegenüber. Vielleicht aus Scham. Vielleicht weil sie nicht wollte, dass Vanda in Schwierigkeiten geriet, sollte sie selbst in etwas verwickelt werden. Polit-Skandale waren schneller konstruiert, als man denken konnte.

Wenn sie nur hineinsehen könnte.

«Du hörst mir überhaupt nicht zu. Was ist denn da draußen?»

Die Scheibe fuhr herunter.

Ihr Blut stockte.

Eine Daunenjacke. Eine Kapuze.

Mirjam war mit einem Satz auf dem Bett und riss Vanda an sich.

«Still!»

Vanda schrie vor Schreck auf. Mirjam versuchte, ihr den Mund zuzuhalten, und erntete dafür einen Biss in den kleinen Finger. Bevor sie reagieren konnte, war Vanda auf den Beinen und auf dem Weg zum Fenster.

«WAS IST DA DRAUSSEN?!»

«Bleib weg!» Mirjam stieß sich vom Bett ab, bekam Mirjams dünnes Nachthemd zu fassen und riss sie mit sich zu Boden. «Nicht ans Fenster! Hörst du?», hielt sie sie umklammert.

«Ist ja gut!» Vanda strampelte sich frei und floh auf allen vieren zum Schrank.

«Tut mir leid!» Mirjam griff nach Vandas Fußgelenk. Ihre Hand ging ins Leere. Sie konnte ihr nur zusehen, wie sie den Rücken gegen die Schranktür presste.

«Hab ich dir weh getan?»

«Nein.»

«Bist du sicher?» Selbst in der Dunkelheit fühlte Mirjam sich von Vandas Augen durchdrungen. Sie konnte das Kopfschütteln sehen.

Mirjam zog sich an der Fensterbank hoch. Doch bevor sie hinaussehen konnte, wanderte das Licht der Scheinwerfer über die Decke. Der Wagen entfernte sich. Mirjam glitt wieder zu Boden.

«Ich dachte, ich wäre von uns beiden die mit dem Knall», sagte Vanda.

Hätte Thomas bisher Zweifel gehabt, an den Richtigen dran zu sein, wären sie spätestens jetzt verflogen, da die Jungs sich an ihr nächstes Opfer ranmachten. Dem Verkäufer und den Securitas-Männern konnten sie vielleicht etwas vormachen. Aber Thomas wusste, mit wem er es zu tun hatte. Die Krücke vollzog gerade ihren hilflosen Tanz vor einem Mittfünfziger, der in bunter Daunenjacke mit Pelzkragen an der Bushaltestelle in der Dudweilerstraße wartete. Während der zweite ihm in seinem Rücken das Handy aus der Jackentasche zog und sofort an den dritten weitergab. Alles war in Sekunden vorbei.

«Halt!» Thomas rannte auf sie zu. Ein *Polizei* lag ihm verführerisch auf der Zunge. Er kam sich vor wie ein schrecklicher Amateur.

Kaum hatten die drei ihn gehört, gaben sie Fersengeld, ohne sich noch einmal nach ihm umzusehen. Jeder schlug eine andere Richtung ein. Profis eben.

Einer versuchte über die Wilhelm-Heinrich-Brücke zu entkommen. Thomas ließ ihn ziehen und konzentrierte sich ganz auf den mit den Krücken. Er blieb auch an ihm dran, als der zweite hinterm Wirtschaftsministerium rechts abbog und über die Alte Brücke abhaute. Aus dem Sprint auf die andere Straßenseite wurde ein Dauerlauf über den Markt. Trotzdem kam Thomas ihm keinen Schritt näher. Seine Beine haderten mit dem Tempo. Er war aus dem Training. Seine Sprunggelenke fühlten sich bei jedem Schritt an, als würden die Knochen ungebremst aufeinanderkrachen.

«Bleib stehen! Ich will nur …» *mit dir reden*, dachte Thomas den Satz zu Ende. Seine Stimme verlor sich bereits in einem pelzigen Nichts, das seinen Bauch verschlang. Ein Loch, in das jede kleine Faser von ihm hineingesogen wurde.

«Verpiss dich! Wichser!»

Thomas kämpfte. Aber jemand hatte die Leitungen gekappt. Seine Oberschenkel wurden weich. Auf der Türkenstraße hüpfte die Krücke zwischen den Wagen vor der Ampel hindurch. Thomas' linkes Knie gab nach wie eine ausgeleierte Feder, und er prallte frontal auf die Motorhaube des ersten Wagens. Ein Mercedes. S-Klasse.

Sein Besitzer sprang umgehend heraus und maulte auf Thomas ein. Aber jemand musste Thomas in Watte eingelullt haben. Die Worte erreichten ihn einfach nicht. Irgendwoher kam Motorenbrummen. Eine leise Hupe. Die Scheinwerfer des Gegenverkehrs zogen Schlieren durch die Nacht. Und plötzlich reduzierte sich alles auf sein eigenes stampfendes Herz und seinen pumpenden Atem. Thomas verstand gerade noch so viel, dass er im Begriff war, das Bewusstsein zu verlieren.

«Hey, du besoffenes Schwein! Weg von meinem Wagen!»

Dann schrie der Fahrer etwas, und sein Gesicht verzerrte sich vor Schmerz. Thomas hatte zugepackt und war dabei, dem Fahrer den Arm zu brechen. Seine alten Routinen hatten trotz Benommenheit die Kontrolle übernommen. Noch während er ihn neben den aufragenden Kühlerstern seines überschätzten Autos beförderte, wunderte sich Thomas, woher er überhaupt die Kraft nahm.

Die Routinen spulten weiter. Er zog seine Hände zurück und torkelte den Gehsteig entlang in die Richtung, in die Krücke verschwunden war. Seine Schulter tippte wie ein Tischtennisball gegen die Fensterfront einer Kneipe. Im Augenwinkel nahm er wahr, wie darin jemand vor Lachen fast vom Hocker kippte und mühsam von einer Freundin festgehalten wurde.

Er hielt inne, beugte sich vornüber und presste die Hände in die Seiten. Sein Magen revoltierte. Wahrscheinlich brauchte er Platz, um seine restlichen Lebensgeister zu verschlingen. Thomas stieß auf. Säuerliche Tropfen.

Er spuckte aus und rang nach Luft. Er konnte sie gar nicht tief genug in seine Lungen bekommen. Eine asiatische Prostituierte im Fenster gegenüber nickte möglichst unauffällig ins rechts abgehende Neugässchen. Thomas hob kurz die Hand zum Dank.

Er war nicht in der Verfassung für eine Hetzjagd. Jeder Erstklässler hätte fünf Mal um ihn herumtanzen können, bevor er sich aus dem Staub gemacht hätte. Aber nach seinem Auftritt würden die Jungs sicher nicht mehr so bald in der Stadt aufkreuzen. Er hatte also nur diese eine Gelegenheit, Krücke zu stellen. Ob er wollte oder nicht. Er korrigierte sich: ob er konnte oder nicht.

Auf wackligen Beinen bog er ins Neugässchen ein. Die Beleuchtung war spärlich. Selbst für eine Gasse, die kaum von Fußgängern benutzt wurde und in erster Linie Lieferanten vorbehalten war. Thomas blieb vorsorglich in der Mitte der Fahrbahn, obwohl er nicht wirklich damit rechnete, Krücke könnte ihn aus dem Hinterhalt anspringen. Vermutlich hatte er sowieso inzwischen längst das Weite gesucht.

«Ich bin kein Polizist!», rief er dennoch in die Dunkelheit. «Ich habe nur ein paar Fragen an dich. Danach lass ich dich in Ruhe!»

Noch immer sammelte sich saurer Speichel in seinem Mund. Thomas schluckte gegen das stumpfe Gefühl in seinem Rachen an.

In der Gasse regte sich nichts, nur das Rauschen des Verkehrs in seinem Rücken war zu vernehmen.

«Die Nummer von vorhin habt ihr vor ein paar Tagen schon mal abgezogen. Eine Frau um die dreißig. Schwarze Haare. Ziemlich klein. Bleibt einem in Erinnerung.»

Wieder lauschte er, und wieder hörte er nichts.

Langsam tastete er sich weiter vor. Der Abgrund in seinem Bauch rumorte noch immer. Aber wenigstens saugte er ihn nicht mehr leer. Sie schienen ein sensibles Gleichgewicht miteinander vereinbart zu haben.

«Hörst du? Ich will keinen Ärger machen. Nur etwas wissen!»

Keine Antwort. Wahrscheinlich redete er nur mit den Wänden. Ebenso gut konnte er sich umdrehen und zurück zum Laden und zu Sassa gehen, die sich vermutlich sowieso gerade fragte, wohin er verschwunden war.

Etwas blitzte in seinem Augenwinkel.

Im nächsten Moment löste sich eine Gestalt aus den Schatten und stürzte auf ihn zu. Eine Hand voraus. Ein Messer. Reflexartig packte Thomas das Handgelenk und beförderte den Schatten über sein Knie zu Boden. Er prallte Gesicht voraus gegen einen rostigen VW Derby. Ein Aufschrei. Der Schatten zuckte und krümmte sich am Boden, als wollte er sich in ein unsichtbares Versteck verkriechen. Thomas trat auf sein Handgelenk und entwand ihm das Messer aus den Fingern.

«Können wir jetzt reden?», keuchte Thomas.

«Drecksau! Ich mach dich kalt!», blubberte Krücke und hielt sich das Gesicht. Der Derby hatte das Kräftemessen mit seinem Nasenbein gewonnen.

«Aber erst reden wir.» Thomas fasste ihn an der Schulter, um sich sein Gesicht anzusehen.

«Mieser Wichser!», presste Krücke hervor, und beinahe hätte Thomas einen seiner wilden Tritte abbekommen.

Er ging zwei Schritte zurück. Sollte Krücke sich erst abreagieren. Währenddessen holte er ein Paket Taschentücher hervor und wartete.

«Und? Wie wär's jetzt mit Reden?», warf er ihm das Päckchen zu. «Oder muss ich die Polizei rufen? Ich kann mir vorstellen, dass die einiges mit dir zu bereden haben. Das bedeutet dann U-Haft bis zur Verhandlung und anschließend Bau. Es liegt ganz bei dir.» Thomas war noch unschlüssig, ob er ihn wirklich laufenlassen würde, verschob aber die Entscheidung vorerst.

Krücke setzte sich auf und lehnte seinen Kopf gegen den Kotflügel. Er beobachtete Thomas misstrauisch, fummelte aber schließlich doch nach einem Taschentuch.

«Die kleine Schwarzhaarige. Das wart doch ihr, richtig?»

«Knnschnsn …», murmelte Krücke.

«Was?»

«KANN SCHON SEIN! Scheiße …»

«Na, geht doch.» Thomas ging in die Hocke und zog ihm die Hand aus dem Gesicht. «Lass mal sehen.»

Blut rann aus der Nase. Thomas formte einen Tampon aus einem Taschentuch.

«Ich brauch einen Doc!»

«Kriegst du. Eins nach dem anderen. Kopf nach hinten!»

Krücke legte den Kopf in den Nacken, und Thomas setzte an, den Tampon in seine Nase zu stecken. Krücke wuchs um Längen und fing wieder an zu strampeln.

«Halt still! Es tut nur am Anfang weh.» Thomas konnte an seinem Zittern erkennen, wie sehr er sich zusammenriss, als er ihm den Tampon hineinstopfte. «Okay. Und jetzt das andere.»

Der zweite Tampon saß. Krücke schlug mit der flachen Hand mehrmals auf den Boden vor Schmerz.

«Ich gehe davon aus, dass euch jemand beauftragt hat, das Smartphone zu klauen.»

Krücke nickte und stöhne nasal.

«Und wer hat euch beauftragt?»

«So ein Typ.»

«Was für einer?»

Krücke zuckte kurz mit den Schultern. «Mann … dachte, du … du gehörst zu dem. Deswegen …», näselte er und sah begehrlich auf das Butterfly in Thomas' Hand.

Thomas klappte es zusammen und steckte es in die Tasche. «Muss ja ein mordsgefährlicher Typ gewesen sein.»

Krücke nickte. «Er hat uns ein Foto gezeigt und gesagt: Die da! Am nächsten Tag haben wir's abgeliefert.»

«Beschreibung?»

Er verdrehte die Augen nach oben. «Hatte immer Hoodies an.»

«Was sind Hoodies?»

«Pullis mit Kapuze, Alter. Bestimmt wegen der Narbe auf der Stirn. So 'ne ganz fiese. Dick. Und rot. Kommt irgendwie aus den Haaren raus. Und laufen kann er auch nicht richtig.»

«Er humpelt.»

Krücke schüttelte den Kopf. «Zieht das Bein nach. Kann ich nicht beschreiben.»

«Okay. Und was sonst noch?»

Krücke schluckte. Zwei Mal. Das Blut schien ihm nicht zu schmecken. Er hielt eine Hand waagerecht in die Luft über seinem Kopf. «Der Typ ist riesig. Und er ist total irre. Das konnte ich an seinen Augen sehen.»

«Wie kam er auf euch? Wo habt ihr euch getroffen?»

«Auf der Wiese hinten am Staatstheater. Er hat uns angerufen. Mich. Keinen Plan, woher er die Nummer hatte.»

«Von jemandem, der euch kennt.»

«Ich weiß aber nicht wer.»

«Hast du seine Nummer noch?»

Krücke nickte. Thomas forderte das Handy mit einer Handbewegung ein. Krücke fummelte es aus seiner Hosentasche und suchte die Nummer heraus. «Die bringt dir nichts. Ist 'ne Telefonzelle. Hab's selbst ein paarmal probiert.»

«Wie habt ihr ihm dann mitgeteilt, dass ihr das Smartphone habt?»

«Er hat angerufen. Jeden Tag um Mitternacht.»

Thomas nickte und prägte sich die Nummer ein. Französische Vorwahl. Er machte sich einen geistigen Vermerk, Lang zu bitten, die Telefonzelle zu lokalisieren. «Seinen Namen hat er euch nicht zufällig verraten, oder?»

«Unwichtig.»

«Wie bitte?», hob Thomas deutlich die Stimme.

«Genau das hat er gesagt: *Mein Name ist unwichtig.*» Krücke grinste breit übers ganze Gesicht.

Im gleichen Moment bogen am Ende der Gasse zwei Scheinwerfer ein und kamen langsam näher.

«Runter von der Straße.» Thomas griff Krücke unter und half ihm auf die Beine. Kaum hatte er ihn auf die andere Seite des Derbys verfrachtet, gingen auf dem herannahenden Wagen die Lichter an und tauchten die gesamte Gegend in flackerndes Blaulicht.

Wie gerufen, dachte Thomas und ließ das Messer unbemerkt unter dem Derby verschwinden.

dienstag, 14. januar, 20:41 uhr

Ein Zweig streifte ihre Schläfe. Mirjam wich ihm aus und erkannte, was für ein Glück sie gehabt hatte: Beinahe wäre sie gegen einen dicken Ast gelaufen. Sie atmete durch, marschierte entschlossen den gefrorenen Weg weiter und sah zum Himmel auf. Weder Sterne noch Mond wollten ihr beistehen und durch die kahlen Kronen des Stiftswalds ein wenig Licht spenden. Glücklicherweise fand sie sich auf dieser Abkürzung inzwischen im Schlaf zurecht. Selbst dann noch, wenn sich der Schein der Klinikbeleuchtung hinter der nächsten Kuppe verlieren würde.

Ihre Schwester hatte sie zunächst gar nicht gehen lassen wollen. Schon gar nicht ohne Erklärung, wovor sie solche Angst hatte. Also hatte Mirjam ihr eine deutlich entschärfte Geschichte eines heimlichen Verehrers aufgetischt, der immer wieder «zufällig» ihren Weg zu kreuzen versuchte. Was nicht ganz die Unwahrheit war. Allerdings hatte sie alle Details ausgespart, die Vanda geeignet erschienen wären, sie in Gefahr zu vermuten. Nun war da draußen also ein verliebter Idiot, der ihr einfach nur schrecklich auf den Keks ging! So sehr, dass sie eben überreagiert hatte, als Vanda ans Fenster gehen wollte.

Sie war sich nicht sicher gewesen, ob Vanda ihr die Geschichte tatsächlich abkaufte. Sie hatte ihr nur zugehört, während Mirjam ihren ganzen Erfindungsgeist verbraucht hatte. Nur die Umarmung beim Abschied hatte Vanda verraten.

Zu lang.

Zu fest.

Zu hilflos.

Und mit aller Distanz, die zwischen zwei Menschen bestehen konnte, die sich in den Armen lagen.

Wie gern hätte sie ihr die Wahrheit gesagt. Wie gern hätte sie dem einzigen Menschen, dem sie sich wirklich nahe fühlte, gestanden, welche Angst ihr der Kapuzenhüne machte. Von dem Gleichgewicht, das sie in ihrem Leben zu bewahren versuchte. Und das gestört worden war. Sodass, auch wenn sie es nicht wahrhaben wollte, alles über ihr zusammenzubrechen drohte.

Die Sehnsucht kam unvermittelt. Knabberte kleine Löcher an ihren Seiten und stürmte auf sie ein.

Mirjam hielt auf der Kuppe an.

Von klein auf war die Verteilung zwischen ihnen ungerecht gewesen. Während Mirjam scheinbar alles mühelos gelang, griff Vanda intuitiv nach dem Ende, das mit Pech bestrichen worden war. Natürlich war es nie Pech gewesen. Mirjam ging im Spielzeugladen zielstrebig aufs Regal zu und zeigte auf die Cinderella-Puppe, die ihr Herz begehrte. Vanda sah sich so lange unentschlossen um, bis ihr irgendetwas in den Arm gedrückt wurde, das ihr schon gefallen würde. Mirjam lernte wie besessen, um gute Noten in der Schule zu haben. Vanda starrte auf das Papier vor ihr, während ihre Gedanken unkontrolliert in alle Richtungen flüchteten. Mirjam schmiss sich auf der alljährlichen Jobmesse an jeden Stand, an dem ein Schild darauf hinwies, dass dort eine Ausbildung zu vergeben sei. Vanda blieb in der Menge zurück und starrte durch die Gegend, als wäre sie gerade auf einem fremden Planeten gelandet. Mirjam herrschte ihre Schwester an, sich endlich dafür einzusetzen, dass etwas aus ihr wird. Vanda wartete stumm, dass man ihr sagte, was aus ihr werden sollte.

Obwohl Mirjam fast eine Stunde nach Vanda zur Welt gekommen war, war sie als Erste am Schalter gewesen, an dem Wille ausgegeben wurde. Und wie Kinder sein konnten, hatte sie bedenkenlos das Konto leer geplündert. Kein Wunder, dass für Vanda nichts mehr übrig geblieben war.

Die Sehnsucht verebbte. Mirjam hatte ihr Ziel erreicht, dessentwegen sie sich die alten Geschichten immer wieder vorhielt. Denn aus der Sehnsucht konnte schnell Wut werden. Und aus der Wut Hass. Auf das, was Vanda gefangen hielt. Was sie dieser Welt entriss. Was sie ihr entriss. Auf Vanda, die Schwindende. Die sich Entziehende. Und schließlich der Hass auf sich selbst. Weil es insgeheim auch ihre Schuld war, dass Vanda sich immer tiefer in ihre seelischen Probleme verstrickt hatte.

Vielleicht war der Verrückte, der ihr nachstellte, einfach nur ihre gerechte Strafe, sagte eine innere Stimme, die sie nicht so einfach abtun konnte.

Mirjam wandte sich zurück – und alle Vorgänge in ihrem Kopf endeten abrupt: Jemand stand am Ende des Wegs im Gegenlicht der Fenster der Klinik. Der Zweig, der eben noch ihre Schläfe gestreift hatte, schlug der Person gegen die Brust. Es musste ein Riese sein. Der Kopf ging in die Schultern über. Als hätte er gar keinen Hals.

Oder als trüge er eine Kapuze …

«Ausweis», forderte der Beamte und öffnete das Computerformular zur Anzeigenaufnahme.

«Hab ich nicht bei mir.» Thomas schob seine Hände tief in die Manteltaschen. Der überalterte Plastikstuhl unter ihm knackte verdächtig, als er sich in die Lehne drückte.

«So mag ich das.» Hann drehte ihm kurz den Kopf zu. «Gestern früh Ruhestörung. Jetzt Körperverletzung. Sie lassen's bei uns mal so richtig krachen, was, Herr Bulpanek!»

«Sie kennen doch meinen Namen – Herr Obermeister Hann.» Thomas war überzeugt, dass Hann es genoss, ihn in dem heruntergekommenen Verhörzimmer sitzen zu haben. Er bereitete sich innerlich auf die zweite Runde Hahnenkampf vor, nachdem Hann die erste in der Nacht zuvor auf dem Markt verloren hatte. «Außerdem habe ich dem jungen Mann nichts getan. Er ist gestürzt. Aber das hat er Ihnen auch schon gesagt.»

«Das erfahren wir ja dann, wenn er aus dem Krankenhaus zurück ist», lächelte Hann das Formular an. «Geburtstag, Geburtsort und Wohnort.»

«20. September 1971, Katowice …»

«Polacke?»

«So, wie Sie das sagen, wäre es mir eine Ehre.»

«Also ja?!»

«Leider Deutscher.»

Hann musterte ihn von der Seite und sprang anschließend zur entsprechenden Stelle im Formular. Betont langsam tippte er Buchstaben für Buchstaben: d-e-u-t-s-c-h. Und: K-a-t-t-o-w-i-t-z. «Wohnort?»

Thomas wollte gerade antworten, als die Tür hinter ihm aufflog.

«Wir brauchen dich», forderte eine weibliche Stimme nach Hann. Im halbblinden Fenster gegenüber erkannte Thomas das Spiegelbild von Polizeimeisterin Sauter.

«Hab zu tun.»

«Der Chef will dich sehen. Er hat was für dich. Ich soll das hier fertig machen.»

Hann warf knurrend die Tastatur von sich. «Komme!»

Er schnappte seine Jacke vom Haken neben der Tür, während er mit Sauter das Zimmer verließ. Seine Dienstschuhe quietschten dabei auf dem blauen Linoleum.

Thomas überlegte, ob er die Gelegenheit nutzen sollte, Mirjam oder Wolfarth seine neugewonnenen Erkenntnisse mitzuteilen. Allerdings, was hatte er schon, außer der Aussage, dass Krückes Auftraggeber einen Kopf größer war als er? Krücke war etwas kleiner als Thomas. Also war der Mann, vor dem er solche Furcht hatte, irgendwas um die ein Meter neunzig? Ein bisschen mehr, ein bisschen weniger.

Wieder hörte Thomas das Quietschen von Schuhsolen auf dem Gang. Welche Schuhgröße hatte man eigentlich bei eins neunzig? Er selbst hatte zweiundvierzig. Also vielleicht sechs- oder siebenundvierzig? Dumm nur, dass es kein zwingendes Verhältnis von Körper- zu Schuhgröße gab.

Thomas faltete die Hände im Nacken. Es konnte nicht sein. Die Verbindung war zu schwach. Aber sie drängte sich ihm eben auf: Krückes großer Mann. Der Schuhabdruck in Marie Granbassis Wohnung und an den anderen Fundorten. Dazu Sassas Beschreibung eines Riesen. Es war leicht, immer die gleiche Person dahinter anzunehmen, eine Brücke vom Mörder zum Stalker zu schlagen. Wäre da nicht das Alter der Opfer gewesen: Sie hatten alle die vierzig überschritten. Mirjam dagegen war gerade dreißig und gehörte damit nicht zum bevorzugten Opfertypus.

Trotzdem gab er die französische Telefonnummer, die er von Krücke bekommen hatte, in eine SMS ein. Er schrieb dazu, dass er nur einen Stalker suche und dies nichts mit dem Fall zu tun habe, und schickte sie an Lang, damit er den Standort der Telefonzelle ermittelte.

Thomas steckte sein Handy wieder ein. Er musste gähnen, bis ihm die Tränen kamen. Das bisschen Schlaf der letzten Nacht hatte bei weitem nicht ausgereicht. Womöglich schlug sein Hirn deswegen Kapriolen.

Die Türklinke knackte. Polizeimeisterin Sauter umkreiste den Schreibtisch zum Computer. «Tut mir leid, Herr Bulpanek. Markus, ich meine, Hann ist manchmal, sagen wir, ein wenig übereifrig.»

«Beziehungsstress?», fragte Thomas, noch das Bild vor Augen, wie sie Hann in der Nacht zuvor vor seiner Haustür weggezogen hatte. Es war ihm mehr als nur kollegial erschienen.

«So offensichtlich?», fragte sie zurück und löschte dabei mit einem Tastendruck die Eingaben im Formular.

«Er ist eigentlich ein guter Kerl», sagte sie, während sie zurück zur Tür ging und Thomas bedeutete, ihr zu folgen. Im Fahrstuhl gleich neben dem Büro drückte Sauter den Knopf für den dritten Stock, und sie fuhren ruckelnd nach oben. «Er hat nur ein paar Sachen noch nicht kapiert. Aber das wird noch. Sie hätten ihn hören müssen, als er Sie mit diesem Penner im Neugässchen entdeckt hat. Den Funkspruch hätte ich aufzeichnen sollen.»

«Geltungsbedürfnis oder Eifersucht?» Thomas sah an ihr

hinab. Unter dem blauen Hemd zeichneten sich sehr weibliche Formen ab.

«Wegen gestern?» Sie lachte. «Dann wohl eher Ersteres. Wie gesagt, ihm fehlt noch ein bisschen der Durchblick.»

Mit einem Ruck hielt der Aufzug, und die Tür rollte beiseite. PM Sauter führte Thomas einen endlos scheinenden Flur entlang.

«Da wären wir.» Sie öffnete eine Tür und ließ ihm den Vortritt.

Thomas hatte ein weiteres Verhörzimmer erwartet. Stattdessen erblickte er im Schein des Flurlichts aufeinandergestapelte Stühle und ausgemusterte Aktenschränke.

«Paps?», rief Sauter in den dunklen Raum.

«Hier!», antwortete eine brüchige Stimme aus dem hinteren Teil des Zimmers.

Erst jetzt bemerkte Thomas dicke blaue Schwaden, die durch die Luft zogen. Beim Näherkommen entdeckte er die dazugehörige hochgewachsene, dürre Gestalt am Fenster.

Martens tätschelte Sauters Wange und schickte sie wieder hinaus. «Meine Tochter», sagte er, als sie das Zimmer verlassen hatte. «Späte Vatergnaden. Unehelich.»

Thomas nickte nur. Ihm musste das Erstaunen, Martens hier zu begegnen, ins Gesicht geschrieben stehen. Denn dessen Augenwinkel umspielte ein spitzbübisches Grinsen, das Thomas aus diversen Besprechungen und Konferenzen kannte, wenn Martens vor versammelter Mannschaft mit bahnbrechenden Ermittlungsergebnissen aufwartete. Und genauso wie früher setzte sich das Lächeln nicht in seinen Mundwinkeln fort.

«Melanie meinte, Sie haben hier einige Schwierigkeiten.»

«Nur ein Missverständnis», wiegelte Thomas ab.

«Sieht das der junge Mann im Krankenhaus auch so?»

Thomas atmete tief ein. «Da bin ich mir ziemlich sicher.»

Martens ließ ihn nicht aus den Augen, während er eine filterlose französische Zigarette aus der Packung schüttelte, sie zwischen die Lippen klemmte und anzündete. Abschließend spuckte er einen Tabakrest von seiner Unterlippe. «Sie wissen, dass ich Ihnen vertraue?»

«Wegen der Sache? Das war gar nichts …»

Martens winkte ab. «Sie begeben sich in gefährliches Fahrwasser, wenn Sie sich zu sehr an die Vergangenheit klammern.»

Thomas neigte den Kopf leicht zur Seite.

«Lang hat mich von Ihrem Verdacht unterrichtet. Was den Jungen angeht. *Die* Jungen.»

«Ich klammere mich nicht daran. Ich folge nur Hinweisen.»

«Ich verstehe, was Sie meinen.» Martens nahm einen tiefen Zug. Die Glut leuchtete hellrot auf und glitzerte in seinen Augen. «Aber Sie müssen verstehen, dass die ganze Angelegenheit nicht ohne Grund begraben wurde.»

Etwas drängte Mirjam, sich umzudrehen und nachzusehen, ob der Mann ihr noch folgte. Aber sie zwang sich, weiterzurennen. Um ihr Tempo nicht zu verlieren. Nicht über einen Ast zu stolpern. Wegzukommen. So schnell es nur ging!

Anfänglich hatte ihr Herz so gerast, dass es weh tat. Doch schon nach wenigen Minuten zahlte sich die jahrelange Disziplin aus, und es pumpte fortan gleichmäßig sauerstoffreiches Blut in ihre Muskeln. Sie hätte ewig weiterrennen können. Doch zuerst brach ihr rechter Fuß durch die Eisschicht auf einer Pfütze, und sie strauchelte. Dann rutschte die nasse Schuhsohle von den Steinen ab, die aus dem Boden ragten. Und zum Schluss vertrat sie sich in einer angefrorenen Fahrrinne, die wahrscheinlich von einem Traktorreifen stammte, den linken Fuß, überstreckte dabei ihr Knie und hüpfte auf dem rechten Bein aus.

Sie kannte den Ort. Sehr gut sogar. Nur wenige Meter vor ihr, wo der Weg abschüssig wurde, lag etwas erhöht zwischen den Bäumen die Keltenfliehburg. Zweitausend Jahre alt und nicht mehr als ein paar ausgehobene Gräben. Aber ein Versteck!

Mirjam warf einen Blick über die Schulter. Noch war niemand zu sehen. Obwohl sie keine Schmerzen hatte, humpelte sie über morsches Geäst hinweg zwischen die erste Baumreihe hindurch, kam am ersten Verteidigungsring der Burg an und rutschte eine Körperlänge weit hinab in den Graben, zwischen abgebrochene Zweige und halb verrottetes und halb gefrorenes Laub.

Gehockt drückte sie sich gegen die Wand aus Erde und Wurzeln und lauschte angestrengt durch ihren Atem. Sie war nah genug am Weg, um den Kies unter seinen Schritten hören zu können, falls er ihr gefolgt war. Doch nichts regte sich.

Gut!

Mirjam tastete ihre linkes Knie und das Fußgelenk ab, streckte das Bein, drehte den Fuß in alle Richtungen. Nichts tat weh. Wahrscheinlich war sie eher vor Schreck vom Weg hierhergehumpelt. Sie schloss die Augen und atmete leise durch.

Dann drehte sie sich um und wagte, bäuchlings an die Wand gepresst, über den Grabenrand der Fliehburg zu spähen. Vom Himmel kam noch immer keine Unterstützung. Der Mond verbarg sich weiterhin hinter einer dicken Wolkenschicht. Und so konnte sie nur die Bäume in ihrer Nähe erkennen. Alles dahinter wurde von der Nacht verschluckt.

Trotzdem war sie überzeugt, dass sich nichts bewegte.

Wie zur Hölle hatte Stalkie sie überhaupt auf dem Sonnenberg gefunden? Schließlich band sie niemandem auf die Nase, dass sie ihre Schwester in der Klinik besuchte. Blieb also nur eine Möglichkeit: Er musste ihr gefolgt sein, als Wolfarth sie dort hochgefahren hatte. Es konnte keine andere Erklärung geben.

Oder doch?

Wusste er womöglich weit mehr über sie, als sie anzunehmen wagte?

Mirjam fühlte sich plötzlich so nackt wie nachts zuvor am Fenster. Nach der Dusche. Als ihre heiße Haut dampfend trocknete.

Sie dachte daran, wie Bulpanek ihr am Vortag erklärt hatte, dass er es für unwahrscheinlich hielt, dass ihr Stalker sich aus seiner Deckung traute. Aber genau das hatte er heute Nacht getan! Irgendetwas hatte ihn dazu veranlasst. Nur was? Und warum lauerte er ihr ausgerechnet jetzt so offen auf?

Was, wenn er nicht nur ein Stalker war?

Bulpanek hatte sie gefragt, ob sie sich vorstellen konnte, wer sich hinter Stalkie verbarg. Hatte ihr einige Gründe aufgezeigt, warum jemand zum Stalker wurde. Doch zu keinem war ihr jemand eingefallen. Und womöglich hatte sie ja recht, und sie hatte wirklich niemandem einen Anlass geliefert, sich derart auf sie zu fixieren. Und dann hatte derjenige womöglich einen ganz anderen Grund, ihr nachzustellen.

Es überraschte Mirjam nicht wirklich, dass ihr ausgerechnet jetzt der Frauenmörder einfiel, der gerade Saarbrücken unsicher machte. Trotzdem hielt sie sich vor, wie absurd der Gedanke war.

«Hör auf, dich verrückt zu machen», ermahnte sie sich flüsternd und hörte gleichzeitig etwas hinter ihr rascheln. Blitzartig drehte sie sich auf den Rücken und starrte in die Nacht. Sie spürte, wie die Dunkelheit zurückstarrte.

Dann brach ein Zweig. Trockenes, gefrorenes Laub knisterte. Sie konnte nicht ausmachen, wie weit es weg war. Aber es kam näher.

Ihre Fingerspitzen ertasteten einen scharfkantigen Stein, der neben ihr aus der Grabenwand ragte. Mirjam versuchte, ihn herauszuziehen. Rüttelte daran. Aber er saß zu fest im angefrorenen Boden.

Erneut krachte ein Zweig. Diesmal ganz in ihrer Nähe.

Lauf!, war alles, was sie noch denken konnte. Aber es kam nicht in ihren Beinen an.

Die Glut seiner dritten Zigarette leuchtete auf, und Martens steckte sein Feuerzeug wieder ein. Er hatte Thomas eröffnet, dass Lang ihn permanent über den Stand der Ermittlungen auf dem Laufenden hielt. Lang hatte nichts ausgelassen. Weder dass Thomas die Wohnung von Katja Liebenfels durchsucht hatte noch Jons' Tod, noch den Mord an Marie Granbassi.

«Und ich weiß, dass Sie glauben, dass es einen Zusammenhang gibt, der mit der Vergangenheit der Frauen zu tun hat», schloss Martens und zog erneut an der Zigarette. Er inhalierte den Qualm, als wäre er Medizin.

Thomas saß ihm gegenüber an einem alten Dienststellenschreibtisch, der von einer Resopalplatte mit Holzfurnierbeschichtung gekrönt war. Die ganze Zeit über hatte er ihm still gelauscht. Als er seine Unterschenkel kreuzte, zerschnitt das Geräusch seiner Schuhsohlen auf dem schmutzigen Linoleumboden die verrauchte Luft.

«Katja Liebenfels hat den Jungen fotografiert, den wir damals als Erstes der Entführungsserie zuordneten. Marie Granbassi war Doktorandin bei einem bekannten Kinderschänder. Ich denke, ich liege nicht so ganz falsch mit meiner Vermutung.»

Martens ließ sich viel Zeit für seine Antwort. Er erhob sich und ließ die halb gerauchte Zigarette im Aschenbecher liegen. «Jons wurde damals wegen seines Gesundheitszustands aus der Haft entlassen. Aber nicht nur deswegen.» Martens öffnete ein Fenster und sog die kalte Nachtluft ein. «Die Bewährung basierte auf einer umfassenden Aussage, in der er Namen nannte. Sie können sich vorstellen, dass jemand mit seiner Neigung und seinem Einfluss es versteht, sich Zugang zu einem sehr gut organisierten Netzwerk zu verschaffen.»

«Marie Granbassi hat in einer Wurstfabrik gearbeitet. Und es sah nicht so aus, als hätte sie noch weitere Geldquellen. Sie war also kaum Teil davon.»

«Dennoch wusste sie Bescheid», begann Martens Jons' Aussage zusammenzufassen. Jons hatte einen Siebenjährigen so schwer misshandelt, dass er mehr tot als lebendig war. Schwerst alkoholisiert war er außerstande, den Jungen selbst zu versorgen. Wahrscheinlich spielte auch der Schock eine Rolle, dass er selbst zu so etwas fähig war. Von den Hintermännern erhielt er den Namen von jemandem, der ihm helfen konnte. Seine Doktorandin. Also rief er sie zu sich und erkaufte sich ihr Schweigen. Marie versorgte den Jungen. Dafür bekam sie ihren Titel mit Auszeichnung. Um die Hintermänner nicht aufzuschrecken, bis der gesamte Ring mit all seinen Verästelungen ausgehoben war, hatte man vorläufig von einer Strafverfolgung Marie Granbassis abgesehen. Es sollte auch weiterhin so aussehen, als habe Jons geschwiegen.

«Deswegen …» Thomas ließ seinen Satz vorerst unvollendet, bis sich die Worte in seinem Kopf organisiert hatten.

«Frei von der Leber weg.»

«Ich habe mich gefragt, warum eine Frau mit so exzellenten Referenzen am Wurstband steht und unter wirklich erbärmlichen Umständen lebt. Es hatte fast schon etwas Selbstbestrafendes.»

Martens kam zurück und setzte sich wieder. Er schnippte die Asche von der Zigarette und drückte sie aus. «Das ist nicht ausgeschlossen. Sicher aber ist, dass der Junge, den Jons so schwer misshandelt hat, danach nicht mehr aufgetaucht ist. Man nimmt an, dass er eines der Entführungsopfer war.»

Thomas musste trocken schlucken. «Wie lange wissen Sie das schon?»

«Seit Jons' Aussage. Er hatte den Jungen zuvor behandelt und ihn – mehr oder weniger – bestellt.»

«Und die anderen Jungs?»

Martens schüttelte den Kopf. «Es ist die einzige beweisbare Verbindung.»

Thomas fühlte sein Herz von hinten gegen sein Brustbein hämmern. «Also gingen ihre Entführungen nicht auf das Konto der Familien?!»

«Nach allem, was wir seit Jons' Geständnis wissen, nicht. Sie haben damals mit Fug und Recht gegen Bayards aberwitzige Behauptung protestiert.» Martens schob ein ausgedehntes Nicken hinterher.

«Und ebenso wenig auf den Kinderschänderring, dem man alles zugeschrieben hat.»

«Womöglich gibt es die üblichen Querverbindungen in dieser Szene. Aber primär kommt er nicht dafür in Frage. Sie hatten auch da absolut recht, was das anging.»

Er konnte einfach nicht sitzen bleiben. Thomas stieß beim Aufstehen den Stuhl mit seinen Kniekehlen um. Während die Lehne mehrmals auf dem Boden auftippte, hielt Thomas sich am Fensterhebel fest.

«Ich dachte, man hätte Sie davon in Kenntnis gesetzt», sagte Martens.

«Mit keinem Wort.»

Thomas hörte hinter sich Stuhlbeine über den Boden gleiten. Kurz danach erschien Martens neben ihm, lehnte sich gegen die Fensterbank und sah ihn an.

«Die Verantwortlichkeit dafür lag vermutlich bei Bayard.»

«Unwichtig», entgegnete Thomas, aber es gelang ihm nicht, es glaubwürdig klingen zu lassen.

Martens klopfte ihm mit einer Hand auf die Schulter und ließ sie anschließend liegen.

«Als ich damals von Ihrer Kündigung gehört habe, war das beinahe wie ein Schock. Aber ich habe es verstanden, als ich erfuhr, wie man in der Sache mit Ihnen umgegangen ist.»

«Sie meinen, dass man mich als paranoiden Irren abgestempelt hat?» Thomas blickte auf die Straße. Hann und ein Kollege zerrten gerade einen schwergewichtigen Volltrunkenen aus ihrem VW-Bus. Er fühlte sich kein wenig besser als der Mann.

«Und was sonst noch so alles vorgefallen ist. Ich war damals auf der Kreuzfahrt in die Südsee, von der ich immer geträumt hatte. Als ich zurückkam, waren sie längst aus Saarbrücken verschwunden.»

«Es ging mir damals tatsächlich nicht besonders.»

Der Betrunkene hatte es fast aus dem Wagen geschafft. Er stand vornübergebeugt in der seitlichen Schiebetür. Als Hann und der Kollege ihn an den Unterarmen packten, um ihm beim Aussteigen zu helfen, ließ er sich vornüberfallen. Alle drei gingen zu Boden.

«Wegen der Vorwürfe?»

Thomas antwortete nicht. Er hätte auch nicht gewusst, was. Natürlich hatte es ihn zerfressen, dass man ihn als geisteskrank abgestempelt hatte, während die Entführer noch frei rumliefen und das einzig und allein aufgrund von Bayards Anweisungen.

«Bayard ist übrigens auf der gleichen Spur wie Sie.»

Thomas konnte nicht verhindern, dass er sein fragendes Gesicht Martens zuwandte.

«Er teilt Ihre Vermutungen.»

«Dann müssen wir zusammenarbeiten!»

«Wollen Sie das denn?»

«Es waren Ihre Worte, dass Eitelkeiten bei einer solchen Ermittlung keinen Platz haben.» Thomas bemühte sich um Neutralität in seiner Stimme. Aber am Zucken an Martens' Augenbrauen konnte er erkennen, dass es ihm nicht gelungen war.

«Ich habe Bayard diesen Zahn vorerst gezogen.»

«Sie haben was?»

«Inzwischen zweifelt wohl niemand mehr daran, dass der mangelnde Erfolg bei der Suche nach den Entführern auf seine Kappe geht. Wenn sich Ihre Theorie bewahrheitet, dürfte sein Ruf endgültig dahin sein. Warum sollte er das riskieren?»

«Sie glauben, er treibt ein falsches Spiel?»

«Bayard ist nicht dumm. Das war er nie. Ihm wären solche Fehler wie damals nicht einfach so unterlaufen. Heute denke ich, dass er einen guten Grund dazu gehabt hat. Und dieser Grund besteht womöglich nach wie vor.»

«Bayard ist ein – Verzeihung – ein Arsch! Aber dass er so weit geht …» Thomas stutzte. Er hatte diese Möglichkeit nie wirklich in Betracht gezogen.

«Lang ist in seinem Team. Hat er Ihnen gegenüber jemals erwähnt, dass Bayard in diese Richtung ermittelt?»

Thomas schüttelte den Kopf.

«Weil es diese Ermittlungen nicht gibt. Ich glaube, er hatte einen Grund, zuerst mit seiner Vermutung zu mir zu kommen. Vielleicht erhofft er sich einen Vorteil davon.»

«Und wie könnte der aussehen?»

«Diese Frage kann ich Ihnen nicht beantworten. Aber ich weiß, dass es einen Weg gibt, ihn zu stoppen.»

«Stoppen?»

«Wen immer er damals beschützt hat, er tut es vermutlich noch. Wenn wir schneller sind als er, stoßen wir womöglich tiefer in alles vor, als wir uns das je hätten wünschen können.»

Thomas war nie ein Freund von Verschwörungstheorien gewesen. Andererseits aber hatte er auch nie einen Grund gehabt, an seinem ehemaligen Ziehvater zu zweifeln. Trotzdem fragte er sich, ob diese Gefühle nicht auch eine Rolle spielten, dass er Martens so bereitwillig Glauben schenkte.

«Ich habe Ihnen immer voll und ganz vertraut, das wissen Sie», sagte Martens. «Die Frage ist, ob ich das auch jetzt kann.»

Thomas nickte, kaum dass Martens ausgesprochen hatte.

«Sie berichten allein mir und Lang. Ich werde ihn instruieren. Niemand sonst. Ich setze dann alles weitere in Gang.»

Wieder nickte Thomas.

«Das dritte Opfer. Wir haben sie identifiziert. Ihr Name ist Kathrin Freitag», wechselte Martens zurück zum Thema.

«Lassen Sie mich raten.»

«Sie war Lehrerin an einer Schule, in die zwei der Jungen gegangen sind», nickte Martens.

Thomas schloss die Lider und rieb sich die Augen. Er spürte, wie Müdigkeit von ihm Besitz ergreifen wollte. «Was ist mit dem zweiten Opfer, Sybille Wagner?»

«Wir haben bislang noch keine Verbindung gefunden.» Martens kratzte sich am Kopf und strich anschließend sein Haar wieder glatt zurück. «Aber das ändert kaum etwas daran, dass ich davon überzeugt bin, dass die beiden Fälle zusammengehören.»

«Jemand, der seine Spur verwischen will?»

Martens kniff die Augen zusammen. «Die Systematik der Vorgehensweise ähnelt sich doch sehr: Jons hat den Jungen, den Marie Granbassi zusammengeflickt hat, zuerst in seiner Klinik gesehen. Katja Liebenfels hat von dem anderen das Foto gemacht. Vielleicht wurde er entführt, weil ihn jemand darauf gesehen hat und ihn haben wollte. Die einfachste Möglichkeit für den Entführer, an ihn heranzukommen, wäre über Katja Liebenfels gewesen. Nehmen wir weiterhin an, die

Lehrerin hat den Kontakt zu anderen Jungs hergestellt. Am plausibelsten erscheint mir, dass sie alle die Entführer gekannt haben. Oder einen von ihnen.»

«Aber warum tötet er sie erst jetzt? Warum hat er sich so viel Zeit gelassen?»

«Vielleicht hat er gehofft, dass der zeitliche Abstand groß genug ist, dass niemand den Zusammenhang bemerkt.»

Thomas' Mundwinkel zuckten nach unten.

«Er will aussteigen und beseitigt alle, die ihn damit in Verbindung bringen können. Das wäre meine plausibelste Erklärung.»

«Die Inszenierungen sprechen dagegen.»

«Es sei denn, sie gelten nicht uns, sondern denen, die versuchen könnten, ihn davon abzuhalten.»

«Eine Warnung», sprach Thomas den Gedanken aus, der in der Luft lag.

Thomas verließ das Polizeigebäude in der Karcherstraße durch einen Nebeneingang. Schneeflocken taumelten durch die Luft. Die, welche ihren Weg zum Boden fanden, sprenkelten die quadratischen Gehsteigplatten wie Puderzucker. Die anderen verfingen sich im orangenen Licht der Straßenlaternen und schmolzen.

Er fühlte sich schwach. Jeder seiner Schritte über den Parkplatz zur Dudweilerstraße zitterte in seinen Oberschenkeln nach.

Der Verkehr hatte sich beruhigt. Unter die Handvoll Fahrzeuge, die unterwegs waren, mischten sich, wie um diese Uhrzeit üblich, überproportional viele französische Kennzeichen, und aus nicht wenigen davon schepperten Bässe.

Thomas nahm es kaum wahr. Benommen setzte er sich in das gläserne Wartehäuschen der Bushaltestelle. Unsicher, ob diese Benommenheit das Nachspiel seiner Unterredung mit Martens war oder schlicht Anzeichen von Übermüdung. Seine Augen brannten, als er auf die Uhr sah. In den letzten drei Tagen hatte er insgesamt knapp sechs Stunden geschlafen. Langsam, aber sicher ging es an die Substanz.

Ein Gelenkbus hielt mit schlitternden Reifen. Der Fahrer sah nach ihm und drückte wieder aufs Gas, als Thomas sich nicht regte. Die Flugzeugturbine im Heck heulte auf, und das Ungetüm verschwand wieder.

Thomas lehnte den Kopf ans kalte Glas hinter ihm. Konnte es wirklich so einfach sein? Ein Aussteiger? Eine Warnung?

Entgegen allem, was man ihm in der Ausbildung beigebracht hatte, hatte er sich selbst in die Ermittlungen eingeschaltet. War zur Befragung zu Jons mitgefahren. Hatte Katja Liebenfels' Wohnung durchsucht. Ihre Akte in der Hochschule eingesehen. Fallanalytiker betrachteten Fälle aus der Distanz. Wenn überhaupt, dann sahen sie sich den Tatort an. Den Fundort. Der Sinn der Übung bestand darin, das Gesamtbild im Auge zu haben. Es von einer abstrakten Warte aus zu betrachten. Strukturen zu erkennen. Analyse eben.

Er war wirklich viel zu lange aus allem raus.

Er machte Fehler.

Thomas zog sein Handy aus der Tasche und rief Langs Nummer aus der Wahlwiederholung auf.

«Wenn man vom Teufel spricht», begrüßte Lang ihn.

«Du hast schon mit Martens gesprochen.»

«Ich weiß Bescheid, ja. Tut mir leid.»

«Was?»

«Dass ich versucht habe, dich davon abzubringen, die alte Geschichte da mit reinzubringen.»

«Schwamm drüber. Was wisst ihr über die Fundorte?»

«Wo sie sind.»

«Mehr habt ihr nicht?»

«Ein Spielplatz, ein Parkplatz. Der Bürgerpark. Das ist alles öffentliches Gelände. Was sollten wir da finden?»

«Es geht nicht darum, dort etwas zu finden. Wir haben über die Inszenierungen gesprochen. Die Orte gehören dazu. Sie müssen eine Bedeutung haben.»

«David Gerch war von der Folsterhöhe. Da haben wir die Liebenfels gefunden. Ein Kind – ein Spielplatz. Ich denke, es ist offensichtlich, was das zu sagen hat.»

«Ich glaube nicht, dass der zweite Junge auf einem Parkplatz aufgewachsen ist.»

«Gleich daneben ist eine Kleingartenanlage. Und im Almet gibt es auch dauerhaft bewohnte Häuser. Vielleicht hat er sich da oft rumgetrieben», wandte Lang ein.

«Und neben dem Wassertor ist die Skateranlage. Ich verstehe, was du mir sagen willst. Aber was ist mit Marie Granbassis Wohnung?»

Lang schwieg.

«Diese Abweichung von seinem Muster ist nicht zufällig», sagte Thomas.

«Du hast gesagt, ihm würde der Transport zu gefährlich.»

«Ich habe spekuliert.»

«Okay, warte.»

Thomas hörte das Klappern der Computertastatur. Erneut wollte ein Bus die Haltestelle anfahren. Thomas winkte ab, und er fuhr vorbei.

«Also: Eigentümer ist die GSW. Saarländische Wohnungsbaugesellschaft.»

«Hak nach, wer die Wohnung vor Marie hatte. Oder wer vorher Eigentümer war. Finde alles, was es zu der Wohnung gibt.»

Lang stieß Luft aus. Direkt ins Mikrophon. Thomas nahm das Handy für einen Moment vom Ohr. «Und wenn du schon dabei bist, geh auch die anderen Fundorte durch.»

«Und wonach soll ich suchen?»

«Nach Gemeinsamkeiten.»

«Welcher Art?»

«Die Art Gemeinsamkeiten, die man Gemeinsamkeiten nennt.»

«Ich suche also blind.»

«Wenn es nicht wortwörtlich gemeint ist.»

Lang schwieg erneut. Er sog hörbar Luft durch die Zähne ein.

Thomas schloss die Augen. Er fühlte die Kälte in seine Ärmel und Hosenbeine kriechen. Wie seine Schuhe nass wurden. Lauschte dem Kommen und Gehen des Rauschens der Reifen auf der nassen Straße. Spürte, wie sein Kopf schwer wurde.

«Ich tu, was ich kann», sagte Lang.

«Es darf ruhig ein bisschen mehr sein.»

«Du erinnerst dich an die Problematik, was offiziell ist und was nicht? Ich sitze gerade in einem unserer tollen, neuen Großraumbüros, in dem jeder darauf wartet, dass das Telefon geht und sich dieses Schwein wieder meldet.»

«Das sollte ein Grund sein, sich zu verausgaben.»

«Und was ist mit dir?»

Der Körper reagiert auf Schlafentzug zunächst mit einer Art

Notbetrieb. Der Stoffwechsel verändert sich. Die Reaktionszeiten der Muskeln werden um ein Vielfaches länger. Die Bewegungen werden ungenau. Thomas hatte es sich damit erklärt, dass der Körper Energie einsparen will. Um unterm Strich auf die gleiche Verbrauchsmenge zu kommen, die er hätte, wenn man etwa ein Drittel des Tages schlief.

Entscheidender aber sind die Auswirkungen auf das Gehirn. Im Schlaf regeneriert sich der Teil, der im Wachzustand die Hauptarbeit leistet. Wie wenn man einen Computer ausschaltet, damit der Arbeitsspeicher vollständig geleert wird. Wird dieser Vorgang nicht initiiert, entstehen aus dem Übermaß an Informationen irgendwann, anders als bei einem Computer, zum Beispiel Halluzinationen. Auch Trugschlüsse genannt. Thomas erinnerte sich an einen amerikanischen Radiomoderator, der im Selbstversuch eine Woche lang ohne Schlaf durchmoderieren wollte. Nicht nur, dass er es nicht geschafft hatte. Sein Gehirn hatte irreparablen Schaden genommen. Er entwickelte eine Psychose, Depressionen, und schließlich beging er Suizid.

Thomas unterdrückte ein Gähnen.

«Ich denke, ich werde jetzt mal für eine Weile in mich gehen», sagte er und legte auf.

dienstag, 14. januar, 22:58 uhr

Mirjam konnte niemandem verdenken, wenn er sie anstarrte. Sie sah aus, als wäre sie einmal quer durch den Wald gerobbt. Was irgendwie ja auch stimmte.

Sie marschierte eilig über die Alte Brücke in Richtung Markt, heilfroh, wieder unter Menschen zu sein. Echte, wahre Menschen. Keine eingebildeten.

Das Laubrascheln und Brechen von Ästen in der Fliehburg, vor dem sie so schreckliche Angst gehabt hatte, hatte sich als Tier entpuppt. Im Nachhinein vermutete Mirjam ein Reh oder etwas Ähnliches, welches sie in der Winterruhe gestört hatte und das sich vermutlich mehr vor ihr erschrocken hatte als umgekehrt. Wenigstens hatte ihr die schnelle Abfolge von sich entfernenden Geräuschen, die nach Sprüngen klangen, diese Erklärung geliefert.

Der Typ hingegen war nicht mehr aufgetaucht. Obwohl sie noch eine halbe Ewigkeit gewartet hatte. Tatsächlich hatte sie nicht auf die Uhr gesehen, sondern die Fliehburg erst verlassen, als sie angefangen hatte, an ihrem Verstand zu zweifeln. Daran, dass der Hüne ihr gefolgt war. Dass sie ihn überhaupt gesehen hatte.

Mirjam öffnete die Tür der Brasserie. Musik und Gelächter

schlugen ihr entgegen. Dazu die Wärme, die ihre Wangen sofort aufglühen ließ. Sie setzte sich an den Bistrotisch neben der Tür und blickte zurück. Eine dünne weiße Lasur hatte die Alte Brücke überzogen. Auf den überstehenden Kanten der roten Quader aus Sandstein wuchs Eis, und die ersten kleinen Zapfen hingen herab. Früher war dies für Mirjam einer der schönsten Anblicke im Winter. Jetzt gruselte er sie.

«Haben Sie sich schon entschieden?», kristallisierte sich eine Stimme aus dem Brei an Gemurmel und Gelächter.

Mirjam blickte in das rundliche Gesicht des Kellners auf. Sein Mund lächelte professionell freundlich, während seine Augen keinen Zweifel ließen, dass er annahm, sie wolle sich nur mal kurz aufwärmen, bevor sie wieder unter einer Brücke verschwand. Ihre Hände verselbständigten sich und strichen über ihre Oberschenkel, als klebte nur etwas Staub an ihnen und nicht der halbe Stiftswaldboden.

«Eine heiße Zitrone», sagte sie mechanisch.

Nicken.

«Und ein Glas Crémant. Danach aber erst.»

Noch ein Nicken.

Warum setzte er sich nicht in Bewegung?

Unwillkürlich holte sie ihre Geldbörse und ihr Smartphone hervor und platzierte beides gut sichtbar neben das kleine Windlicht auf dem Marmorrund vor ihr. Anschließend verschränkte sie die Arme und lehnte sich zurück.

«Marc!», rief jemand vom Tresen aus, und der Kellner wechselte einen Blick mit einer Mittvierzigerin in einem schlichten dunklen Kostüm. Noch mehr Nicken. Diesmal unmissverständlich.

«Kommt sofort», verschwand Marc wieder.

Mirjam nahm die entschuldigende Geste der Geschäftsführerin nur noch im Augenwinkel wahr. Unter anderen Umständen hätte sie sich vielleicht über den Kellner geärgert. Jetzt verkam seine Überheblichkeit zur Lappalie. Sie lehnte sich vor auf die Ellenbogen und legte ihr Kinn auf den gefalteten Händen ab.

Wie leicht so etwas ging. Dass Dinge, die einen sonst im Handumdrehen auf die Palme brachten, mit einem Mal so unbedeutend sein konnten. Sie hatte davon gehört, dass extreme Ereignisse jemanden dazu bringen konnten, alles um sich herum mit anderen Augen zu betrachten. Manfred Kaiser zum Beispiel, der lange Zeit als der Finanzexperte in der Fraktion gegolten hatte, war früher ein echtes HB-Männchen. Doch nach seinem Herzinfarkt, der Intensivstation und monatelanger Reha war er wie ausgewechselt. Gelassener.

Sie hatte es bedauert, dass er es nicht mehr auf die Kandidatenliste für die anstehenden Wahlen geschafft hatte. Offiziell hatte er auf eine Kandidatur verzichtet. Aber Mirjam wusste, dass man ihm diesen Verzicht nahegelegt hatte, wenn er nicht gnadenlos auf einem der hinteren, aussichtslosen Ränge landen wollte. Ohne seinen roten Kopf, seine lautstarken Proteste und seine fast schon cholerischen Ausbrüche im Finanzausschuss oder Stadtrat war er schlicht überflüssig geworden. Diese Rolle musste fortan jemand anderes übernehmen.

Sie hatte diese Behandlung als unmenschlich und würdelos empfunden. Aber ihre Stimme hatte kein Gewicht gegen die Parteioberen. Noch nicht. Vielleicht würde sich das ändern, wenn sie erst einmal Wolfarth nachgefolgt war.

Glaubst du immer noch daran?

Der Gedanke kam plötzlich. Wenn es stimmte, dass extreme Ereignisse einen derart veränderten, dann hatte sie gerade ihren Herzinfarkt! Der Stalker. Der Hüne. Verdammt!

Ihr Kinn rutschte von den Gebetshänden ab, und ihr Kopf sackte kurz nach unten. Sie lehnte sich zurück und verschränkte die Arme wieder über der Brust, als könnte sie so einen Zweifel wegdrücken, der schon lange in ihr schlummerte.

War Fraktionsvorsitzende zu werden eigentlich so bedeutend? War es so erstrebenswert?

Sie war jemand, der gern handelte. Dinge in Bewegung brachte, sie umsetzte. Praktisch. Nicht theoretisch. Auch insofern war ihre Begegnung mit Wolfarth ein absoluter Glücksfall gewesen. Er hatte es erkannt. Hatte es ihr sogar direkt auf den Kopf zugesagt. Und es ihr nicht schwergemacht, sein Angebot anzunehmen, zuerst eine verkürzte Ausbildung zu durchlaufen und anschließend den Posten als Fraktionssekretärin zu übernehmen. Er hatte es ihr leichtgemacht. Er hatte es ihr immer leichtgemacht. Immer leicht.

Mirjam schüttelte den Kopf. Ihre Gedanken begannen, sich im Kreis zu drehen. Wo war sie stehengeblieben?

Der Löffel auf der Untertasse klapperte, als der Kellner die heiße Zitrone vor ihr abstellte. Auch der Crémant wanderte von seinem Tablett auf den Tisch.

«Den wollte ich eigentlich erst später haben.»

«Der hier ist von mir», antwortete Marc, der Kellner. «Kleine Entschuldigung.»

Mirjam bedankte sich und machte sich erneut auf die Suche nach ihren verlorengegangen Gedanken. Aber es war aussichtslos. Am Ende kam sie wieder beim Tier im Wald an, vor dem sie sich so erschrocken hatte.

Sie starrte in die Fensterscheibe, bis sich das Spiegelbild des Treibens in der Brasserie auflöste. Draußen hielt ein verspoilertes Auto an der Ampel, die Beifahrertür schwang auf, drei – wie sie fand – viel zu junge und zu leicht bekleidete Mädchen stiegen aus und verschwanden in der Pizzeria gegenüber. Ein älterer Mann tätschelte lobend seinen Hund, nachdem der sich auf den Gehweg erleichtert hatte, und ging. Auf der Alten Brücke diskutierte ein Paar mittleren Alters gestenreich.

Im Augenwinkel nahm sie wahr, dass ihr Smartphone aufleuchtete. Mirjam dachte daran, es einfach zu ignorieren. Aber ihre Hände griffen ganz selbständig danach.

Eine SMS von Wolfarth. Sie musste die Nachricht mehrmals lesen, bis sie verstand, warum sie ihr aufstieß: *«grippe. alle termine für die woche absagen. melde mich»*

Melde mich?! War das jetzt der neue Ton zwischen ihnen? Sie wusste, dass Wolfarth bei der Flut an Nachrichten, die er verschickte, auf jedwede Floskel verzichtete. Keine Anrede, keine Grüße. Oft erachtete er noch nicht einmal mehr ganze Sätze für nötig. Aber nachdem sie sich gleich zu Beginn ihrer Diensttätigkeit für ihn davon mehr als nur irritiert gezeigt hatte, hatte er wenigstens ihr gegenüber Anrede und Grüße wieder eingeführt.

Die SMS starrte sie an. Es waren nicht nur die zwei Wörter am Ende. Nichts an dieser Nachricht stimmte. Sie kam von seinem Handy, aber das war nicht er.

Oder täuschte sie sich? Sie konnte schließlich nicht von der Hand weisen, dass sie gerade ein wenig neben sich stand.

Unschlüssig, was sie tun sollte, wog sie das Smartphone eine Weile in der Hand. Sie konnte ihr Gefühl ignorieren und der Anweisung wie sonst auch folgen. Aber sie wusste, dass es ihr keine Ruhe lassen würde, und eigentlich hatte sie schon genug, worüber sie sich Gedanken machen musste.

Also rief sie Wolfarth an, erreichte aber nur die Mailbox. Woraufhin sie es auf seinem Privatanschluss zu Hause probierte. Nach dem siebten Klingeln hob Fabienne Wolfarth ab und murmelte eine verschlafene Begrüßung.

«Entschuldigen Sie bitte, dass ich jetzt noch anrufe. Aber ich muss Ihren Mann sprechen.»

«Der ist noch nicht da.»

Mirjam stutzte. «Wo ist er denn?»

«Das fragen ausgerechnet Sie mich?!»

Es schallte wie eine Ohrfeige. Mirjam wusste, dass Fabienne Probleme mit ihr hatte. Es war nicht unbedingt Eifersucht. Aber jedes andere Wort traf es noch weniger.

«Es ist wichtig, sonst würde ich sie nicht so spät stören», sagte Mirjam, erhielt aber keine Antwort.

Fabienne Wolfarth hatte aufgelegt.

Das kombinierte Ess- und Wohnzimmer in dem Einfamilienhaus war im Grunde überfrachtet mit Möbeln im Shabby-Chic-Look, die Fabienne Wolfarth erst im Sommer alle neu gekauft hatte. Besonders der runde Esstisch mit drei Metern Durchmesser und zwölf unterschiedlichen Stühlen ließ den Raum deutlich kleiner wirken.

Warum war sie noch einmal zu der großen Glasschiebetür gegangen, die zur Terrasse führte? Fabienne Wolfarth hielt das Telefon noch in der linken Hand und tippte mit den Fingernägeln der rechten einen Rhythmus gegen die Glasscheibe.

Sie hatte geglaubt, etwas im Garten gesehen zu haben,

während sie Mirjam am Telefon hatte. Aber da draußen war nichts. Wahrscheinlich nur eine Spiegelung im Glas.

Verdammtes Flittchen!, dachte sie und schalt sich umgehend dafür. Sie hatte sich doch fest vorgenommen, sich nicht mehr aus der Ruhe bringen zu lassen von dieser … diesem …

Sag's, wie es ist: Flittchen!

Fabienne stöhnte laut auf. Wie konnte sie nur dieses Wort benutzen, wenn sie Johanna erst beim Abendbrot zusammen mit ihrem Bruder Fabian erklärt hatte, dass man so etwas nicht tat. Menschen mit Schimpfworten belegen. Dabei hatte sie sogar weiter ausgeholt, als ihre Mutter es damals bei ihr getan hatte. Fabienne hatte ihr einen minutenlangen Monolog gehalten, was man damit anrichten konnte, wenn man einem anderen Menschen ein derartiges Attribut verpasste, das derjenige womöglich nie wieder loswurde. Wie man ihn damit in eine Ecke drängte, aus der er meist nur mit noch roheren Maßnahmen wieder herauskam.

Johanna hatte sich so lange uneinsichtig gezeigt, bis Fabienne sie angefahren hatte, mit welchen Worten, hatte sie inzwischen längst wieder vergessen, aufgestanden war und das Abendbrot beendet hatte, indem sie den Kindern einfach die Teller unter der Nase weggezogen hatte.

Rabenmutter!

Fabian, der mit seinen elf Jahren so überaus kluge Fabian, hatte umgehend sein kleines Schwesterchen geschnappt und war mit ihr auf sein Zimmer vor die Xbox verschwunden, bevor die wie üblich losheulte. Es hatte einen Grund, warum Johannes und sie ihren Sohn nach ihr und ihre Tochter nach ihm benannt hatten. Der Sensible und die Gefühlsautistin. Sie hasste sich dafür, so von ihrer Tochter zu denken. Aber es entsprach nun einmal der Wahrheit. Fabian hatte sein verblüffendes Gespür dafür, was in anderen vorging, schon bewiesen, da hatte er kaum laufen können. Konnte trösten, mitweinen, den Sonnenschein spielen, ganz wie es sein Gegenüber brauchte. Manchmal hatte sie sogar das Gefühl, an ihm ablesen zu können, wie es ihr selbst gerade ging. Wenn er sie mit ihren stahlblauen Augen ansah. Die aschblonden Locken hatte er von ihr. Ja, sie liebte ihn aus vollem Herzen.

Sie war sicher, dass sie genau das auch für Johanna empfand. Auch wenn es ihr oft schwerfiel, es in sich zu entdecken. Sie wusste, dass es nicht nur daran lag, dass Johanna viel deutlicher nach Johannes gekommen war. Anfangs hatte sie gedacht, Johanna imitiere ihn nur. Aber von Jahr zu Jahr war ihr klarer geworden, dass Johanna tatsächlich die Antennen dafür fehlten, was sich im Innern anderer Menschen abspielte. Oder aber sie schwangen auf einer Frequenz, für die der Empfänger nicht eingerichtet war. Die meiste Zeit wenigstens, denn wenn es für sie um etwas ging, wie den neuen Rucksack zuletzt, beherrschte sie die Klaviatur der Manipulation perfekt. Und Fabienne war jedes Mal außerstande, ihr ihre Wünsche abzuschlagen, sosehr sie sich das auch jedes Mal vornahm. Es war die Hoffnung, diese Antennen würden ausgefahren bleiben. Die Hoffnung, dass ihre Tochter endlich zu ihr fand. Aber sie wurde immer wieder aufs Neue enttäuscht. Hatte Johanna, was sie wollte, schaltete der Sender wieder auf Standby, und Fabienne musste in der Warteschleife verharren.

Vielleicht war es Ironie, aber in gewisser Weise war sie ja so überhaupt erst zu Johanna gekommen. Fabian war ihr Wunschkind gewesen. Ein Kind, möglichst ein Junge, und dann sollte Schluss sein. Und genau so hatte es sich die ersten drei Jahre dann auch dargestellt. Dass Fabian ihr Wunschkind war und nicht seins. Wenige Wochen nach der Geburt war aus der Kleinfamilie eine Mutter-Sohn-Kombination geworden, während Johannes im wahrsten Sinne des Wortes von der Arbeit, oder was er so nannte, nur noch zum Schlafen nach Hause fand.

Geplant hatten sie: Wenn der Kleine ein Jahr alt war, würde sie in den Lehrerjob zurückkehren. Zunächst auf reduzierter Stundenbasis. Vollzeit, sobald Fabian im Kindergarten war. Eine große Stadtwohnung, damit auch Johannes kurzfristig einspringen konnte, falls etwas mit Fabian war. Natürlich in Randlage, damit sie ein bisschen Grün drum herum hatten.

Aus der Wohnung war ein ganzes Haus geworden. Nur die Stadt war abhandengekommen. Stattdessen war sie im französischen Zetting aufgeschlagen, eine knappe Stunde von Saarbrücken entfernt. Ein kleines Örtchen mit Tante-Emma-Laden und Post in einem sowie einer Kirche, einer Saarschleuse und einem Angelplatz. Irgendwo gab es auch noch eine Kneipe, hatte sie gehört. Aber als sie sich auf die Suche danach gemacht hatte, hatte sie nur eine Gartenlaube mit einer Bierwerbung daran gefunden.

Vier Jahre nach Fabian kam Johanna. Und während der Schwangerschaft hatte es den Anschein, als würden sich all ihre Vorstellungen und Wünsche doch noch erfüllen können. Wenn dann Johanna erst einmal im Kindergarten war.

Vier Monate nach der Niederkunft war bereits wieder alles beim Alten. Nur dass sie jetzt eben mit zwei Kindern in Zetting festsaß und Johannes mittlerweile sogar nach Berlin verduftete. Das Einzige, was sich wirklich geändert hatte, war, dass sie ihren Willen verloren hatte.

Fabienne legte die Stirn an das kühle Glas. Im ersten Stock war jetzt alles ruhig. Als Entschädigung, dass Johanna und Fabian ihr Abendbrot nicht hatten fertig essen können, hatte sie ihnen Pudding gemacht. In der großen Blechschüssel, aus der Fabian so gerne aß. Sie mochten ihn sowieso am liebsten warm, kurz bevor sich eine Haut darauf setzte, sodass es sie nicht allzu lange vom Zubettgehen abhielt. Dann hatte sie sich auf die Couch gelegt und war eingeschlummert. Bis diese … diese … verdammt, das Flittchen angerufen hatte!

Natürlich tat sie ihr unrecht. Aber Johannes verbrachte mehr Zeit mit dem Flittchen als mit ihr oder den Kindern. Und das Flittchen wusste besser Bescheid über seine Tagesabläufe als sie selbst. Warum zum Henker hatte sie dann überhaupt angerufen und sie gefragt, wo er sei?

Sie zuckte vor Schreck zusammen und schlug sich das Telefon aufs Schlüsselbein, als sie Fabian plötzlich als Reflexion in der Terrassentür sah.

«Au», rieb sie mit der anderen Hand darüber und schloss die Augen einen Moment, um die aufschießenden Tränen wegzudrücken.

«Du darfst Mama nicht so erschrecken», wandte sie sich zur Flurtür um, in der gerade noch Fabian gestanden hatte. Aber da war niemand.

«Fabian?», rief sie halblaut, erhielt aber keine Antwort.

Er wird sich wahrscheinlich noch was zu trinken geholt haben, dachte sie, ließ das Telefon beiläufig aus ihren Fingern auf den Esstisch gleiten und ging in die Küche. Doch sie war leer. Leise stieg sie in den ersten Stock hoch und öffnete die Tür zu Fabians Zimmer. Der schmale Lichtstrahl vom Flur reichte, damit sie ihn in seinem Ferrari-Bett erkennen konnte.

Sie hatte sich das eben also nur eingebildet. Wie so oft hatte er sich mal wieder von der Decke freigestrampelt. Fabienne schlich behutsam zu ihm und legte sie ihm vorsichtig wieder über. Anschließend nahm sie die leere Puddingschüssel vom Boden und verließ das Zimmer. Auf dem Weg nach unten warf sie zur Sicherheit noch einen Blick auf Johanna. Aber auch die lag friedlich schlafend in ihrem Himmelbett.

Ich werde langsam verrückt in diesem einsamen Kaff, dachte sie, während sie die Treppe runterstieg.

Die Schüssel in ihrer Hand fiel auf die Bodenfliesen, tippte auf, überschlug sich zwei Mal in der Luft und wiederholte alles noch einmal. Erst als sie auf dem Rand kreiselte, nahm Fabienne das infernalische Kreischen wahr, welches das dünne Blech gegen die Stille warf.

Wieder sah sie Gespenster. Jemand hockte direkt hinter der Terrassentür in der Dunkelheit. Etwas metallisch Glänzendes in der Hand. Und zielte damit auf sie.

Sieben Versuche, und immer meldete sich nur Wolfarths Mailbox. Von der anderen Straßenseite starrte Mirjam auf die dunklen Fenster seines Büros im Rathaus, ohne genau zu wissen, warum.

Zwei altersschwache Golfs hielten einige Meter weiter an der Ampel und wetteiferten um das asozialste Dröhnen. Die Bässe drückten ihre Brust ein. Mirjam wandte sich ab und ging ziellos zurück Richtung Markt.

Die Temperaturen fielen immer weiter. Wind war aufgekommen. Die sonst so zarten Schneeflocken, die bei der kleinsten Berührung schmolzen, schnitten ihr nun ins Gesicht. Besonders in die Augenlider. Mirjam blinzelte ständig, als sie durch die Passage zwischen Rathaus und Stadtbücherei ging, sodass sie nur noch abgehackte Bilder wahrnahm, wie aus einem zu langsam abgespielten Film. Sie suchte in einem Hauseingang Schutz, löste den Schal von ihrem Hals und band ihn um ihren Kopf, bis nur noch ein Schlitz für die Augen frei war. Anschließend setzte sie sich wieder in Bewegung. Noch immer ohne Vorstellung, wo sie überhaupt hinwollte.

Für den nächsten Morgen war eine Sitzung der Parteispitzen anberaumt worden. Und sie kannte Wolfarth nun wirklich lang genug, um zu wissen, dass er sich nicht von einer läppischen Grippe davon abhalten lassen würde. Zudem war für den Abend eine kleine vorgezogene Feier arrangiert worden, mit der man ihn nach Berlin verabschieden wollte. Insbesondere stieß ihr auf, dass er nicht daheim war, wenn er wirklich so krank war. Wo sonst sollte er hingefahren sein? Gab es da etwas oder vielmehr jemanden, von dem sie nichts wusste?

«Stopp!», protestierte sie laut und erntete den irritierten Blick eines Pärchens um die fünfzig, das ihr vom St. Johanner Markt entgegenkam. Er hatte den Arm um ihre Schultern gelegt und zog sie aus Mirjams Umlaufbahn. Aber Mirjam konnte ihr Gedankenkarussell nicht mehr aufhalten. Es drehte sich bereits unaufhaltsam. Befand sich bereits wieder beim Hünen im Wald, streifte Wolfarths SMS, das Telefonat mit Fabienne, die Krachmacher an der Ampel und kehrte wieder zurück zum Hünen …

Ein Kokon aus Stille hüllte sie ein. Die Musik und das Grölen aus den Kneipen drangen kaum noch zu ihr durch.

Mirjam sah die weiße Barockfassade hoch. Bis zu den Erkerfenstern im Dach, hinter denen ein Mensch war, der vielleicht nachvollziehen konnte, was sich in ihr abspielte, ohne dass sie erst noch lang alle Umstände erklären musste.

Der sich mit Stalkern und dem ganzen Mist auskannte.

Wie man es aufhalten konnte.

Sie atmete durch. Der Gedanke, der das Karussell in ihrem Kopf zumindest für einen Moment abbremste, gefiel ihr irgendwie ganz und gar nicht.

Konnte man schlafen und gleichzeitig wissen, dass man schlief? Thomas fühlte die Nähte des Couchbezugs an seinen Fingerspitzen. Gleichzeitig hing er in diffusen Bildern fest, die vom Tag übrig geblieben waren. Martens, in einem Nebel aus Zigarettenqualm. Langs erstarrtes Gesicht, nachdem er den Schuss gehört und Thomas unversehrt in Jons' Garten vorgefunden hatte. Sassa, die sich in seinem Hemd rekelte. Thomas riss die Augen auf und starrte auf den leeren Sessel.

Sassa lag schlafend oben. Gut!

Von seinem Nacken her wollten sich Kopfschmerzen breit machen. Er quälte sich in den Sitz auf und wischte sich die letzten Bilder aus dem Gesicht. Er war auf der Grenzlinie zwischen Schlaf und Wachsein herumgetaumelt. Auf der Träume noch nicht ihre volle Macht hatten, sondern sich dem unterordnen mussten, was noch im Bewusstsein gespeichert war. Auf der sie mit dem spielen mussten, was bereits vorhanden war. Auf der sie noch nicht aus ihrem Fundus rekrutieren durften.

Etwas wollte nicht, dass er in das erholsame Nichts abstieg. Sein Blut pumpte schwer durch die Halsschlagader. Sein Puls musste bei 90 liegen. Plus minus. Ihm war ungewöhnlich warm. Gleichzeitig kribbelten die Muskeln in Waden und Schienbein als Protest dagegen, noch eine weitere Schicht einzulegen. Irgendwo musste ein Schalter sein, der ihn in den Standby brachte. Er konnte ihn nur nicht finden.

Erinnerungen verdrängten die letzten Bildfetzen. An Panikattacken, die Schlaflosigkeit gefolgt waren. Schweißausbrüche in der Nacht. Herzrasen. Die letzten Wochen als Polizist war er wirklich in einer katastrophalen Verfassung gewesen. Wie oft hatte Andrea neben ihm im Bett gelegen, sich zu ihm gebeugt, mit dem Zeigefinger über seine Nase gestrichen, um ihn aus Albträumen zu holen?! Diesmal konnte er nicht auf sie zählen. Ihr Zeigefinger deutete vermutlich gerade auf irgendeine Stelle in irgendeinem Buch, während sie irgendwas laut vorlas und irgendwelche Studenten an ihren Lippen hingen, die irgendwie Deutsch lernten, um irgendwann einmal hier Urlaub zu machen. Oder irgendwarum auch irgendimmer.

Manchmal, nicht oft, wirklich nur ganz selten, dann aber richtig, war die Entfernung einfach zum Schreien!

Thomas tastete sich durchs dunkle Zimmer in die Küche und nahm einen Bierkrug aus dem Oberschrank. Der Strahl aus dem Wasserhahn schlug Thomas den Krug beinahe aus der Hand. Das Wasser spritzte über den Rand. Deutlich bereitwilliger floss es seine Kehle hinab. Die Kühle in seinem Hals war so angenehm, dass er gleich einen zweiten Krug hinterherkippte. Es folgte ein dritter. Seine Zellen verlangten gierig nach mehr. Er stoppte erst, als sein Magen ihm schmerzhaft mitteilte, dass er jeden weiteren Schluck mit Erbrechen quittieren würde. Trotzdem war sein Durst gerade erst geweckt.

Die Entzugserscheinungen.

Er zwang sich, den Krug abzustellen, und ging zurück ins Wohnzimmer. Bevor er seinen Mantel auf dem Sessel erreichte, sah er schon am Blinken im Taschenschlitz, dass jemand anrief. Um diese Zeit konnte es eigentlich nur Andrea sein … Das Handy blieb im verdrehten Innenfutter hängen. Thomas hörte es zerreißen, als er das blinkende und vibrierende Ding mit Gewalt herauszog und eilig an sein Ohr führte.

«Haaallooo …», schmeichelte er das kleine Sprechmikrophon an.

«Herr Bulpanek?!», wand sich eine verunsicherte Stimme durch seinen Gehörgang.

Thomas verzog das Gesicht. Das Gleiche war ihm schon mit Martens passiert.

«Still», flüsterte Fabienne und legte Fabian einen Finger auf den Mund. «Wir müssen ganz leise sein!»

«Mama?!» Fabian drehte den Kopf weg. Er war nur mühsam wach zu kriegen.

Es musste schnell gehen. Und gleichzeitig musste sie um Himmels willen verhindern, dass er bockig wurde. Wie sie selbst, wenn man sie aus dem Schlaf riss.

«Schatz! Du musst jetzt aufwachen. Es ist wichtig!»

Er murmelte etwas ins Kissen.

«Wenn das jetzt schnell und anstandslos geht, habe ich hinterher eine riesengroße Überraschung für euch!» Von der sie nicht die geringste Ahnung hatte, was das sein sollte.

Aber es funktionierte. Fabian glänzte sie aus schlaftrunkenen Augenschlitzen an und lächelte. Seine Aufmerksamkeit galt allein ihr.

«Wir holen jetzt deine Schwester. Zieh das an», legte sie ihm seine Daunenjacke und die Skihose auf den Bauch, welche sie ihm zu Weihnachten geschenkt hatte.

«Wohin gehen wir?», strampelte er kraftlos seine Beine unter der Decke hervor und beförderte die Hose gleich mit hinab, damit er sie im Liegen überziehen konnte.

«Das wird doch die Überraschung», log sie lächelnd. Sie hatte auch nicht die geringste Ahnung, wo sie hinsollten. Hauptsache, weg. Weit weg von dem Kapuzenmann im Garten.

Zuvor war sie wie angewurzelt in der Wohnzimmertür stehen geblieben. Ihre Hand hatte von ganz allein den Ausschalter für das Licht gefunden. Und dann hatte sie den Mann auf der Terrasse ganz deutlich sehen können. Sein Gesicht war unter einer Kapuze verborgen, und in der Hand hielt er eine Pistole.

«Hat dein Handy noch Guthaben?», fragte Fabienne, weil sie vergessen hatte, dass sie für den Notruf kein Guthaben brauchte.

Fabian schüttelte den Kopf. «Du hast doch selbst eins.»

«Das liegt im Wohnzimmer.» Sie hatte es kaum ausgesprochen, da konnte sie bereits an Fabians Gesicht erkennen, dass sie es in einem Ton gesagt hatte, der ihm bewusst werden ließ, dass das hier kein Spaß war. Doch bevor sie auf seine tief nach unten gezogenen Augenbrauen und das Naserümpfen reagieren konnte, verschwand sie auch schon wieder aus der Tür. «Komm zu deiner Schwester!»

Warum noch mal war sie zuerst zu Fabian gegangen? Sie hoffte, es hatte keine Bedeutung. Und sie betete, dass sie niemals danach gefragt würde. Als könnte sie so Wiedergutmachung leisten, schüttelte Fabienne Johanna erst gar nicht, sondern hob sie gleich aus dem Bett. Noch tief in ihren

Träumen aufgehoben, legte Johanna instinktiv ihre Arme um Fabiennes Hals und schloss die Beine um ihre Taille.

Sie liebt mich! Dieses Kind liebt mich!, spürte sie den Druck auf ihren Tränendrüsen. Ihr Gesicht bebte plötzlich. Was immer sie auch bislang über sie gedacht haben mochte, sie hoffte, Johanna würde es ihr verzeihen, und küsste sie auf Stirn und Haar.

«Mama! Da draußen im Garten ist jemand!»

Blitzartig drehte Fabienne sich um und verlor ob des Mehrgewichts beinahe die Balance. Fabian starrte sie mit großen Augen an. In Daunenjacke, Skihose und barfuß.

«Ich weiß, mein Herz!» Mit drei Schritten war sie bei ihm und ging vor ihm auf ein Knie. Johanna begann zu blinzeln. «Hör mir zu! Wir gehen jetzt die Treppe runter. Du bleibst ganz dicht hinter mir! Auf der letzten Stufe halten wir an. Und wenn ich ‹Los!› rufe, rennst du zur Garage, so schnell du kannst. Hast du mich verstanden?»

Fabian nickte. Herrje, wie einfach dieses Kind war! Welch Geschenk! Welche Gnade! Und wie gut, dass sie darauf bestanden hatte, dass sie die Garage direkt ans Haus gebaut hatten, mit Zugang durch den Flur! Johanna rieb sich inzwischen mit einer Hand die Augen. Im nächsten Moment begann sie, sich aus Fabiennes Umarmung zu winden. Fabienne drückte sie noch fester an sich. Sie würde ihre Kinder bis auf den Tod beschützen und hier rausbringen. Alle beide!

Johanna murmelte knatschig und übertönte beinahe Fabians Frage: «Und wenn vorne auch jemand ist?»

Im nächsten Moment hörten sie die Glasscheibe der Terrassentür splittern.

Thomas drehte den Temperaturregler neben der Wohnungstür einige Grad höher. Das Gebläse der Heizung sprang an. Dass aus dem Schlitz am Boden beim Fenstererker Luft strömte, konnte er an Mirjams flatternden Hosenbeinen erkennen.

«Er ist Ihnen heute also drei Mal begegnet.»

«Nein», sah sie ihn vorwurfsvoll an. «Ich sagte, das im Auto war gestern Abend.»

«Entschuldigung.» Thomas setzte sich in den Sessel. Er hatte sich alle Mühe gegeben, ihren Ausführungen zu folgen. Aber der kurze Halbschlaf hielt noch immer seine Sinne umnebelt. Details waren an ihm vorbeigewabert.

Vielleicht lag es auch an etwas anderem. Ihr Blick, als sie durch die Wohnungstür gekommen war. Skeptisch? Unterwürfig? Peinlich berührt? Er konnte es nicht entscheiden. Er wusste nur, dass ihm ihre Anwesenheit bereits jetzt zu viel war. Er brauchte Schlaf. Und er wollte das hier schnell hinter sich bringen.

Mirjam beugte sich vor und musterte ihn. «Stimmt was nicht mit Ihnen?»

«Alles in Ordnung.»

«Sie sind bleich. Und ihre Augen sind ganz rot. Sie sehen krank aus.»

«Ich hatte nur sehr wenig Schlaf.» Er musste gähnen, versuchte aber, es nicht zu zeigen. Trotzdem schnürte es sein Gehör ab, sodass er zwar sehen konnte, dass Mirjam etwas sagte, aber kein Wort verstand. Und daher auch nicht wusste, was er auf ihren fragenden Blick antworten sollte.

Also sagte er nichts.

«Ich wusste, dass das hier eine idiotische Idee ist.» Sie stand auf und knöpfte ihren Mantel zu, während sie zur Haustür ging.

Thomas sah ihr nicht nach. «Ihr Stalker ist etwa zwei Meter groß. Er hinkt. Oder zieht zumindest ein Bein nach. Und ich vermute, er hatte jedes Mal eine Kapuze auf dem Kopf.»

Die Schritte in seinem Rücken verebbten. «Woher wissen Sie das?»

«Ich weiß es eben.» Er drehte sich nicht um. Stattdessen zählte er mit: Einundzwanzig, zweiundzwanzig, dreiundzwanzig. Bei vierundzwanzig kam sie zurück. Es war einfacher, als er angenommen hatte.

«Dann wissen Sie, wer er ist?»

«Nein. Er war so klug, den Dieben seinen Namen nicht zu nennen.»

Mirjam rührte sich nicht. In ihrem Gesicht arbeitete es. Schließlich setzte sie sich wieder in den Erker. Schlug die Beine übereinander. Faltete die Hände und legte sie um ihr Knie. Bemerkte, wie steif der Stoff vom Dreck war, und klopfte ihn halbherzig ab. Alles, ohne den Blick von ihm abzuwenden. Ihr unteres Bein zitterte. «Sie haben gesagt, er würde nicht aus seinem Versteck kommen.»

«Ich weiß, was ich sagte.»

«Sie haben sich geirrt.»

«Ich habe mich geirrt.»

«Na, klasse!»

Unter der Haut zuckten Mirjams Augenwinkel. Dafür hatte sich das Zittern ihrer Beine gelegt. «Und was mache ich jetzt?»

Thomas dachte an die vielen Male, da er diese Frage schon in seinen Kursen gehört hatte. Und daran, wie wenig Erklärungen genutzt hatten. Verhalten konnte man nicht einfach umdenken. Man musste es implantieren und trainieren. Was nicht an einem Abend ging. Aber einen Anstoß konnte er geben. Er musste sie nur irgendwie aus der Reserve locken … «Lassen Sie ihn rankommen.»

«Wie bitte?!»

«Lassen Sie ihn rankommen.»

Ihr Kopf knickte einen Hauch zur Seite ab.

«Vielleicht verliert er dann das Interesse.» Thomas musterte sie demonstrativ von Kopf bis Fuß. Er schob die Unterlippe desinteressiert vor und zog sie gleich wieder zurück, als sei es nur versehentlich passiert.

Ihre Lippen wurden zu einem schmalen Strich. Ihr Kinn wanderte nach vorn. Imponiergehabe. Mirjam befand sich irgendwo zwischen Wut und Angriffslust.

Immerhin ein Anfang.

«Wenn nicht, ziehen Sie's durch. Geben Sie ihm, was er will. Es ist doch in ein paar Minuten vorbei. Manchmal muss man Opfer bringen, wenn man seine Ruhe will.»

Ihre Nasenflügel bebten. Ein Zeichen, dass ihre Muskulatur mit mehr Sauerstoff versorgt wurde. Entsprechend wurden ihre Wangen rot. In diesem Fall ein interkulturelles Warnzeichen.

«Bringen Sie's hinter sich. Danach können Sie das Leben wieder genießen», legte Thomas nach.

«Sie sind ein Arsch! … Sie sind ein Riesenarsch! … Ein verdammtes RIESENARSCHLOCH!» Bei ihren letzten Worten waren ihre Hände auf den Bauch gerutscht, und sie hatte sich nach vorn gebeugt, als hätte sie sie rauspressen müssen.

Mirjam schnappte ihre Tasche und wollte erneut gehen. Diesmal allerdings versperrte Thomas ihr den Weg. «Er genießt die Macht, die er über Sie hat. Und er holt sich seine Ration, wann immer er Lust darauf hat. Er wird den Reiz immer mehr steigern. Er ist ein Junkie, was Ihre Angst angeht.»

Mirjam wollte sich an ihm vorbeidrücken. Thomas machte einen Ausfallschritt. Sie konnte gerade noch verhindern, in ihn reinzukrachen.

«Gehen Sie mir aus dem Weg.»

«Nein.»

Mirjam funkelte ihn an. Dann versuchte sie erneut, an ihm vorbeizukommen.

«Gehen Sie weg.»

«Nein.» Thomas hielt sie mit einem Arm auf und schubste sie zurück Richtung Erker.

Mirjam konnte sich gerade so auf den Beinen halten. Sie erstarrte. Sah ihn aus aufgerissenen Augen an.

Thomas ging auf sie zu und gab ihr erneut einen Schubser. Ihr Körper gab nach wie ein wassergefüllter Luftballon.

«Warum provozieren Sie mich?», hob Thomas die Stimme.

«WAS?!»

Noch ein Schubser.

«Warum provozieren Sie mich?»

Über ihr Gesicht huschte eine Vielzahl von Ausdrücken. Irritation und Verständnislosigkeit waren die prägnantesten.

Er schubste sie noch einmal. Diesmal fiel sie rücklings auf die Erkerbank. Noch im Fallen konnte Thomas erkennen, dass etwas anderes die Führung übernahm. Sie ließ ihre Tasche los, stieß sich umgehend von der Bank ab und rammte ihm die Hände gegen die Brust. Diesmal machte Thomas drei Schritte zurück.

«Na, endlich! Die meisten reagieren spätestens beim dritten Mal», begab er sich auf Abstand. «Ich hätte nicht gewusst, wo ich Sie noch hätte hinschubsen sollen, wenn Sie auf der Bank hocken geblieben wären.»

Ihre Schultern senkten sich bereits, als ihre Augen noch funkelten. «Was ist das hier? Ein scheiß Kindergarten?»

«Nein. Aber die Regeln sind immer noch die gleichen.»

Mirjam verdrehte die Augen und schüttelte den Kopf.

«Ich habe Ihre Unentschlossenheit gespürt, als Sie nicht gegangen sind. Alles andere war nur die Folge daraus.»

«Ich hätte also gehen sollen.»

«Im Normalfall. Diesmal würde ich sagen: Wie man's nimmt.» Thomas ließ sich wieder in den Sessel fallen.

«Sie sind 'n Arsch!»

«Ich glaube, da waren wir schon», grinste Thomas. Seine Müdigkeit war verflogen.

«Okay. Das war's!» Sie hob ihre Tasche wieder auf. «Sie sind nicht ganz dicht.»

Im gleichen Moment, in dem sie sich zum Gehen wandte, klingelte es in ihrer Tasche. Mirjam holte ihr Smartphone heraus und sah aufs Display. «Na endlich!», sagte sie und ging ran. «Ich bin hier bei unserem *Anti-Gewalt-Trainer* … Johannes?!»

Mirjam nahm das Handy vom Ohr und tippte aufs Display.

Metallisches Atmen nahm den Raum ein. Dann flüsterte eine weibliche Stimme gepresst: «Hallo?»

«Fabienne?» Mirjams Unterkiefer klappte runter.

«Wer ist da?» Fabienne flüsterte noch immer. Aber ihre Worte kamen so klar und deutlich an, dass Thomas unwillkürlich annahm, dass sie eine Hand um die Sprechmuschel gelegt haben musste.

«Mirjam Reichert.»

«Mirjam?! Oh, mein Gott! Mein Gott! Er bringt uns alle um!»

Ihr nachfolgender Schrei gellte Thomas durchs Ohr bis ins Rückenmark.

Dann brach die Leitung ab.

Seine Stimme hatte sich bis in ihre Träume gewagt. Die Worte waren verschwommen. Aber der Klang hätte ausgereicht, sie glücklich zu machen. Wäre da nicht noch diese andere Stimme gewesen. Zu hoch, um dieser wunderschönen Frau auf dem Foto neben dem Bett zu gehören. Und zu kalt, zu aufdringlich, zu fordernd. Zu alles!

Sassa schlug die Augen auf.

Die Stimmen waren nicht in ihrem Traum. Sie kamen aus dem Wohnzimmer.

Wer war da bei ihm?

Der Stich ins Herz kam hinterrücks. Und er schmerzte so sehr, dass es ihr den Atem raubte. Mit einem Satz war sie aus dem Bett und wollte nach unten rennen. Sie schaffte es bis zum Türrahmen des Schlafzimmers, als sie eine Frage beinahe wieder von den Füßen riss: Was wird das?

Dann, bevor sie etwas unternehmen konnte, hörte sie unten die Wohnungstür ins Schloss klicken, und es wurde still. Sie hetzte die Treppe runter. Rechts rum zur Wohnungstür. Sie hatte schon die Klinke in der Hand, als etwas sie zurückhielt, das sie im Augenwinkel gesehen hatte. Sie drehte sich zum Tisch um. Da lag ein Zettel.

Ihre Hände zitterten so heftig, dass sie kaum lesen konnte, was darauf stand: «Bin bald zurück. Bleib bitte in der Wohnung, bis ich wieder da bin. Öffne niemandem außer mir!»

Sie hatte nicht einmal die Kraft, ihn zusammenzuknüllen.
Etwas stimmte nicht mit ihr.
Stimmte ganz und gar nicht.

mittwoch, 15. januar, 01:04 uhr

«Welchen sollen wir nehmen?» Mirjam starrte auf die Zweitschlüssel im Wandtresor.

Thomas hatte nicht gefragt, woher sie den Code zur Tiefgarage des Regionalverbands im Schlossberg hatte. Er schob sie zur Seite und griff wahllos einen Schlüssel heraus. Er hielt ihn auf die Reihe der Wagen und drückte den Türöffner. Ein Audi A6 sandte gehorsam Blinkzeichen durch die Kabuffscheibe.

«Kommen Sie!» Thomas rannte quer durch die Tiefgarage, zwängte sich zwischen den Autos hindurch und stieg ein. Der Luxus und all die Knöpfe erschlugen ihn fast. Von seinem weißen Golf II Diesel war er es spartanischer gewöhnt.

Unterm Strich sind alle Autos gleich, dachte er. Pedale, Lenkrad, Ganghebel. Dann suchte er das Zündschloss. Letztendlich fand er nur einen Startknopf in der Mittelkonsole und drückte ihn.

Doch nicht alle gleich.

Die aufleuchtenden Armaturen trafen ihn wie ein Stroboskop. Er presste die Lider aufeinander. Als er sie wieder öffnete, schwammen die Anzeigen in einem diffusen Lichterbad. Es musste an seiner Müdigkeit liegen. Hoffte er. Und schluckte das pelzige Gefühl in seinem Rachen weg.

Die Beifahrertür ging einen Spalt weit auf, und Mirjam glitt auf den Sitz neben ihm.

«Worauf warten Sie?»

Thomas legte den Wahlhebel auf D und tippte das Gaspedal an. Der Motor schien sich allerhöchstens im Halbschlaf auf dem Sofa umdrehen zu wollen, trotzdem machte der A6 einen Satz nach vorn, und Thomas konnte gerade noch das Lenkrad herumreißen, bevor er in den orangenen Mini-Streuwagen gegenüber krachte. Er bremste. Kein Vergleich zu den altersschwachen fünfzig PS seines Golfs.

Mirjam zog ihre Hände vom Armaturenbrett. Die Abdrücke ihrer Fingernägel blieben im Überzug aus Lederimitat zurück. «Können Sie überhaupt fahren?»

Anstatt zu antworten, unternahm Thomas einen neuen Versuch. Einlenken. Dosiertes Gas. Der A6 wuchtete sie über die Rampe aus der Tiefgarage, und im nächsten Moment bogen sie auf die leere Talstraße ein. Thomas drückte das Gaspedal durch. Der Motor heulte auf, und die Hinterreifen sirrten über den glatten Asphalt. Als die Technik zupackte und den Schleudergang beendete, nahmen sie endlich Fahrt auf Richtung Frankreich.

«Zeigen Sie mir lieber den Weg.»

Schneeschwere Äste übertunnelten die Straße vor ihnen. Am Ende der Allee tauchte zu ihrer Linken der Saarkohlekanal auf. Die ESP-Leuchte im Armaturenbrett flimmerte in unregelmäßigen Abständen auf, und Thomas nahm jeweils kurz das Gas zurück, bis die Reifen wieder Haftung hatten.

«Warum hat Fabienne gerade Sie angerufen?»

«Johannes hat sein Diensthandy auf meins umgeleitet.»

Mirjam tippte auf ihrem Smartphone herum und ließ es in der Tasche verschwinden.

«Und wo ist er?»

«Ich weiß es doch nicht! Er hat mir eine SMS geschickt, dass er krank ist. Aber zu Hause habe ich ihn nicht erreicht.»

Was immer das auch zu bedeuten hatte. Thomas atmete durch. Er hatte noch immer Fabiennes gepresste Stimme im Ohr: *Er bringt uns alle um!*

Mirjam hob ihre Beine an und stellte die Füße auf die Sitzkante. Als sie die Arme um die Beine schlang, rieb sie sich den linken Ellenbogen.

«Hab ich Ihnen weh getan?», fragte Thomas.

Mirjams Finger gingen hoch und fielen wieder runter. Es sollte wohl ein Abwinken sein. «Machen Sie so was öfter in Ihren Anti-Gewalt-Kursen?»

«Nur wenn es nötig ist.»

«Dann war das also eine kostenlose Probestunde? – Bin gespannt, ob der Riese sich davon beeindrucken lässt, wenn ich ihn schubse.»

«Bei Menschen dieser Größe ist das Knie ein neuralgischer Punkt. Eine Sollbruchstelle sozusagen. Ein Tritt von der Seite, und er ist plötzlich kein bisschen größer mehr als Sie.» Er musste den Kopf nicht wenden, um zu wissen, dass sie ihn ansah.

«Ich dachte, Sie sind gegen Gewalt.»

«Trotzdem sollte man sich zu verteidigen wissen.»

Eine Stunde hatte sie als Entfernung zu Wolfarths Haus genannt. Thomas hatte den Audi derart durchgeprügelt, dass das Ortsschild Zetting nach weniger als fünfundvierzig Minuten ankündigte.

«Da vorn rechts», deutete Mirjam auf eine Unterführung durch die Bahnlinie zur Rechten.

Thomas bremste und lenkte ein. Der A6 schaffte es nur knapp an den Felswänden vorbei. Als es dahinter bergauf ging, drückte er das Gaspedal wieder durch.

Ein Holztor in Form eines Rankgitters gewährte ihnen Einlass zum Einfamilienhausviertel. Ausladende Vorgärten. Doppelgaragen. Säulenbalkone. Kopien antiker Vasen neben den Eingangstüren. Neureicher Exhibitionismus.

«Das Haus da.» Mirjam zeigte auf ein Einfamilienhaus mit angedeuteten Erkertürmchen an jeder Ecke.

Wie Thomas erwartet hatte, waren sie vor der Gendarmerie eingetroffen, obwohl er Lang bereits auf dem Weg zur Tiefgarage informiert hatte und der die französischen Beamten zur Unterstützung anfordern wollte. Thomas ließ den A6 am Vorgarten vorbeirollen. Die Fenster waren schwarz.

«Anhalten.» Mirjam verfiel in Flüstern.

«Nicht hier.»

Mirjams Kopf zuckte einmal zu ihm und wieder zurück zum Haus. «Aber …», setzte sie an und brach gleich wieder ab.

Mit sonorem Brummen glitt der A6 souverän die Straße entlang, als gehörte er hierher.

Wenigstens ein geparktes Auto hätte Thomas irgendwo am Straßenrand erwartet. Doch das Viertel war wie ausgestorben.

«Gespenstisch», kommentierte es Mirjam.

Thomas stellte den Audi hinter den zwei Meter hohen Hecken einer Garageneinfahrt ab. «Kennen Sie sich hier aus?»

«Leidlich», nickte Mirjam.

«Kommt man noch von einer anderen Seite auf das Grundstück?»

«Ich glaube, dahinten gibt es einen Weg», deutete sie an der Garage vorbei.

«Gut. Sie bleiben hier.» Thomas ließ den Gurt zurückschnappen und stieg aus dem Wagen, bevor Mirjam Widerworte geben konnte.

Der Weg auf der Rückseite entpuppte sich als schmaler Trampelpfad entlang einer Abbruchkante, hinter dem nächtlicher Abgrund gähnte. Kinderfaustgroße Steine drückten durch Thomas' Schuhsohlen. Er vollführte einen Eiertanz auf ihrem Eisüberzug. Zwei Mal war er schon beinahe ausgerutscht, als sein rechter Fuß endgültig abglitt. Seine Hände griffen das Nächstbeste, was er zu fassen bekam. Zweige brachen und rissen in seine Handflächen und Gelenke. Seine rechte Hüfte krachte auf einen Stein, und er hörte den Stoff seines Mantels reißen, als er in einer Hecke landete.

Thomas holte tief Luft und blies sie durch die Backen aus. Seine Füße baumelten über dem Abgrund.

Seine Finger ertasteten einen Ast, an dem er sich wieder in die Höhe ziehen konnte. Er richtete sich auf und bewegte sich vorsichtig zum Gartentor von Wolfarths Grundstück. Er drückte die Klinke, schob das Tor mit dem Fuß auf und schlüpfte hinein.

Vor ihm lagen fünfzig Meter offenes Gelände. Weder ein Baum noch ein Strauch, hinter dem er sich verstecken konnte. Thomas sah in den schwarzen Himmel. Eine dicke Wolkenschicht verdeckte den Mond zu seinem Vorteil. Er blieb nah an der Hecke, damit sie seine Silhouette verschluckte.

Bereits auf halbem Wege bezweifelte er den Sinn seiner Vorsicht. Alle Fenster waren dunkel und leer wie eine Filmkulisse.

Er spürte den Anfall kommen, als er die bündig mit dem Haus abschließende Rückwand der Garage fast erreicht hatte. Kleine schwarze Löcher, die an seinen Oberschenkeln saugten. Dann bewegte sich das Haus, machte kleine Sätze nach links.

Er warf sich rücklings gegen die Garagenwand, bevor sein Körper sich vollends in Brei verwandeln konnte. Sein Kopf taumelte. Er musste ihn mit beiden Händen festhalten.

Nicht jetzt!, flehte er und hoffte, dass der Anfall schnell vorüberging.

«Schöner Held!», formten seine Lippen ohne jeden Ton.

Er musste atmen. Ein und aus. Gleichmäßig. Er hatte es schon einmal geschafft und anschließend Krücke überwältigt. Es musste gehen. Noch einmal ein- und ausatmen. Langsam. Konzentriert. Es funktionierte. Die schwarzen Löcher fielen in sich zusammen.

Gleich morgen würde er sich wieder seine Tabletten besorgen. Er war dumm gewesen, sie so abrupt abzusetzen.

Thomas schob sich an der Wand hoch. Seine Knie zitterten. Durch einen aufgeklappten Glasbaustein konnte er einen Minivan in der Garage erkennen. Hatte er sich von den dunklen Fenstern täuschen lassen und es war doch jemand im Haus?

Thomas tastete sich weiter vor, bis er endlich neben der Terrassentür stand. Sie war verschlossen. Anstelle der Scheibe ragten nur Bruchstücke aus dem Rahmen. Kaum Scherben auf den Terrassenfliesen. Thomas duckte sich eine Sekunde lang vor und sah ins Innere.

Der größte Teil der Scherben lag im Wohnzimmer. Dazu eine Gartenbank, mit der die Scheibe vermutlich eingeworfen worden war. Den Rest des Gesehenen rekonstruierte er mit geschlossenen Augen: Im Zimmer herrschte Chaos. Stühle und ein Esstisch waren umgeworfen worden.

Thomas riskierte einen zweiten Blick, um sicherzugehen, dass ihn drinnen niemand in Empfang nahm. Dann schlich er durch den fensterlosen Rahmen der Terrassentür, wobei er versuchte, nicht auf die Scherben zu treten. Trotzdem knirschte es unter seinen Schuhen.

Er stockte. Lauschte auf Geräusche im Haus. Stille wälzte sich vom Treppenhaus herein.

Thomas ging leise weiter, stieg vorsichtig über die Gartenbank hinweg. Ein massives Teil mit Holzlattung und verschnörkelten, gusseisernen Abschlüssen. Vorsichtig hob er einen von ihnen an und schätzte die Bank auf um die zwanzig Kilo. Er sah zurück zur Terrassentür. Dreieinhalb Meter. Wer immer sich damit Zutritt verschafft hatte, musste stark genug gewesen sein, das Ding durch die Scheibe zu wuchten, wie ein glühendes Messer durch Butter.

Und Thomas war mit leeren Händen gekommen!

Amateur, dachte er und versuchte, etwas zu erspähen, mit dem er sich verteidigen konnte. Neben dem umgestürzten Tisch konnte er schemenhaft ein zertrümmertes Telefon erkennen. Aber da war noch etwas anderes.

Thomas holte sein Handy hervor und schob die Abdeckung der Kamera beiseite. Die Kameraleuchte ging an. Seine Oberschenkel wurden erneut weich.

Auf dem Boden war eine Flüssigkeit verlaufen. Etwa zwei Teller groß, mit weichen, glatten Rändern. Sie war bereits schwarz geworden.

Blut. Und darin ein Schuhabdruck.

Thomas wartete nicht auf die Einsatzkräfte, sondern verdrückte sich auf dem gleichen Weg, auf dem er gekommen war. Fabienne Wolfarth und die Kinder waren verschwunden, das hatte er noch feststellen können, bevor er das zuckende Blaulicht in der Ferne wahrgenommen hatte, das den Nachthimmel zerriss.

Mit einem Satz war er im Auto, startete, setzte zurück. Das Automatikgetriebe krachte, als er den Wahlhebel mit Gewalt in den Vorwärtsgang presste. Thomas hielt auf einen Feldweg zu.

«Kommt man noch anderswie hier weg?» Er spürte, dass Mirjam ihn vom Beifahrersitz anstarrte. «Gibt es noch einen Weg?»

Mirjam deutete voraus. «Da kommt ein Abzweig», flüsterte sie beinahe und verstummte.

«Ein Abzweig. Und was dann? Wohin?»

«Rechts … Ich glaube, es geht im Bogen den Berg runter.»

«Was heißt, Sie glauben?», wurde Thomas nachdrücklich. Der A6 machte einen Satz über eine Kuppe. Thomas' Magen hob ab.

«Ja, da geht's runter. Aber was …» Mirjam drehte sich um. «Sollten wir nicht auf die Polizei warten?»

Thomas sah im Rückspiegel, wie der Himmel aufleuchtete. Aber die Blaulichter selbst waren hinter der Kuppe nicht zu sehen. Sie waren außer Sichtweite.

Während der marode Asphalt sie durchrüttelte, berichtete Thomas Mirjam, was er gesehen hatte. «Und ich habe nicht vor, die ganze Nacht damit zu verbringen, deren Fragen zu beantworten», *wenn ich keine Antworten habe,* sprach er den Rest nicht aus.

«Und wohin wollen Sie jetzt?»

Noch eine Frage, auf die er keine Antwort hatte.

«Wie viele Menschen kennen Sie, die zwei Meter groß sind?», fragte er stattdessen.

«Was?!» Sie sah ihn an, als hätte er eine fremde Sprache benutzt. Vermutlich arrangierte sich in ihrem Kopf noch alles, was Thomas gerade erzählt hatte, zu einem Bild. Obwohl er versucht hatte, seine Eindrücke nicht allzu plastisch wiederzugeben, sah sie aus wie ein Gespenst.

«Nicht nachdenken. Wie viele?», insistierte er und zwang den A6 in eine Rechtskurve. Die Reifen polterten über die schneebedeckte Grasnarbe.

«Ich weiß nicht. Mir fällt nur einer ein.» Ihr Kopf knickte nach vorn.

«Wenn Sie durch die Stadt gehen. Wie viele sehen Sie?»

Sie hob die Schultern. Es dauerte eine Weile, bis sie sie wieder sinken ließ. «Warum?»

Bäume und schneeverhangene Sträucher flogen vorbei. Dann rasten sie zwischen weißen Feldern hindurch.

Thomas hatte sich dagegen gewehrt, Mirjams Stalker und den Frauenmörder zusammenzubringen. Und noch immer hatte er seine Zweifel, was das anging. Vielleicht hatte genau das eingesetzt, was er befürchtete: Die Übermüdung brachte ihn dazu, zu halluzinieren. Oder war es der Entzug? Die Frauen. Der Mörder. Wolfarth. Mirjam. Der Stalker. Alles landete in einem Topf. Womöglich klärte es sich auf, wenn er es aussprach. «Wären wir irgendwo im Norden, würde es mich nicht wundern. Aber Saarländer sind im Durchschnitt eher klein. Die Auswahl an Zweimetermännern ist nicht besonders groß. Schon gar nicht an Hünen.»

«Was soll das jetzt?»

Thomas' Handy klingelte. Er drückte die Lautsprechertaste und legte das Handy auf die Mittelkonsole.

«Woher hast du das?», verzichtete Lang auf jede Begrüßung.

Thomas hatte ein Foto von dem Schuhabdruck gemacht und Lang geschickt.

«Aus Wolfarths Haus.»

«Scheiße, scheiße, scheiße …» Lang setzte seinen Fluch weiter fort. Zwischen den Worten erklang das hektische Klicken einer Computermaus. «Warte, ich hab's hier. – Die Größe kann ich auf dem Foto nicht bestimmen …»

«Siebenundvierzig», unterbrach Thomas ihn. «Mindestens. Wie in der Wohnung von Marie Granbassi.»

«Okay. Auf jeden Fall ist das Profil eindeutig dasselbe.»

«Verdammt!»

«Ich hab es befürchtet.» Lang atmete hörbar ins Mikrophon.

«Was meinst du?»

«Moment. Nicht hier.»

Thomas hörte, wie Lang sich bei einem Kollegen zur Toilette abmeldete. Er sah zu Mirjam. Die einzige Steigerung ihrer bleichen Gesichtsfarbe wäre Transparenz gewesen.

«Vorsicht», starrte sie voraus und schrie gleich darauf: «VORSICHT!»

Thomas konnte gerade noch eine Vollbremsung hinlegen. Sein rechter Arm schnellte zum Schutz vor Mirjam. Als der A6 stand und die Nase wieder anhob, ragte sie bereits unter das Metall einer rot-weißen Schranke.

Thomas zog seinen Arm zurück und schluckte trocken.

Kurz darauf ebbte das Stimmengewirr im Handy ab.

«In Ordnung, wo fang ich an?» Langs Stimme klang jetzt

klarer. «Ich hab gemacht, was du gesagt hast. Die Fundorte. Ich hab dem keine Bedeutung beigemessen. Aber jetzt …»

«Bitte. Mach's kurz», sagte Thomas atemlos.

«Also: Der Spielplatz auf der Folsterhöhe. Das war eine Vereinsspende. Die haben überall in Saarbrücken solche Dinger hingestellt. Ich habe hier ein Foto von der Übergabe an die Stadt. Die Einweihung. Mit Wolfarth.»

«Johannes?»

«Beide. Er und sein Vater. Er war Schirmherr der Aktion. Zwei Monate vor den Wahlen zum Stadtrat. Geschenkt vom Innenminister. Ohne die bissigen Pressekommentare wär es mir gar nicht aufgefallen.»

«Was ist mit dem Almet? Und dem Wassertor?»

«Bin noch dran. Aber wir haben heute die Auswertung der Fußspuren bekommen. Aufgrund der Schrittlänge ist es durchaus möglich, dass er um die eins neunzig ist. Aber es gibt eine Besonderheit: Der Abstand variiert rechts und links um jeweils rund zehn Zentimeter.»

«Mehr als normal.»

«Und? Eine Idee?»

«Der Täter ist entweder verletzt, oder er hat eine leichte Gehbehinderung. Möglich, dass er hinkt.»

Mirjam legte Thomas die Hand auf den Unterarm.

«Ich wusste, dass du es sofort schnallst», sagte Lang. «Bist du noch beim Haus?»

«Nein. Ich wollte die Nacht nicht auf einer Wache verbringen.»

«Die Kollegen sind schon da? Okay. Dann fahre ich jetzt auch da raus. Jemand wird erklären müssen, was deine Spuren am Tatort zu suchen haben.»

«Danke!», sagte Thomas und wollte auflegen.

«Ach und da wär noch was. Auch wenn es außer der Reihe ist.»

«Ja?»

«Es geht um diesen Stalker, den du suchst.»

Mirjams Finger zogen sich noch fester um seinen Arm.

«Ich sollte die Nummer überprüfen, die du von diesem Ganoven hast. Er benutzt eine Telefonzelle in Puttelange.»

Mirjam rüttelte am Türöffner und schmiss sich gegen die Tür. Als sie aufschwang, stürmte sie aus dem Wagen, rannte zum nächsten Busch und fiel davor auf die Knie.

«Was war das?», fragte Lang.

«Alles okay. Ich danke dir. Gute Arbeit!», lobte Thomas ihn, bevor er auflegte und Mirjam folgte.

Lang wählte das Treppenhaus anstelle des Aufzugs. Mit einer Hand am Geländer nahm er mehrere Stufen in einem Satz und eilte schließlich zum Ausgang. Während er über den Parkplatz zu seinem Wagen rannte, suchte er auf dem Smartphone die Nummer von Édouard, mit dem er seit einigen Jahren den kurzen Grenzdienstweg pflegte.

Sein eigenes Wort würde bei den Kollegen in Zetting wenig ausrichten. Er brauchte Unterstützung. Und Édouard stellte nie viele Fragen.

Doch bevor er die Verbindung herstellen lassen konnte, blendeten zwei Scheinwerfer vor ihm auf. Lang erkannte sofort, dass das Auto, das dazugehörte, seinen eigenen Wagen zugeparkt hatte.

Was für ein Vollidiot, dachte Lang zuerst. Es gab genug freie Plätze, und er hatte sich auf keinen reservierten gestellt.

Dann allerdings erkannte er die Limousine, und seine Schritte wurden langsamer. Er ließ das Smartphone vorerst wieder in der Tasche verschwinden.

«Was machen Sie hier?», beugte er sich zum runtergelassenen Fenster des Fahrers hinab. Der Zigarettengeruch löste umgehend einen heftigen Schmachter aus.

«Sie sind auf dem Weg zu Bulpanek?»

«Ja. – Das heißt, nicht direkt, nein. Woher …»

«Sie müssen nicht überrascht sein. Aufgrund der Sachlage hielt ich es für angebracht, sein Handy überwachen zu lassen. Zu seiner eigenen Sicherheit.»

Lang hätte gern etwas darauf erwidert. Aber er konnte nur den Mund auf- und wieder zumachen.

«Lang, ich bin überzeugt, Sie erinnern sich noch an Katharina Wissmann. Die Journalistin.»

«Natürlich tue ich das», antwortete Lang. Er hatte es mit Bestimmtheit sagen wollen. Wäre ihm nicht seine Stimme entglitten, als der Raucher ihm ein in Stoff eingewickeltes Bündel aus dem Fenster reichte, das gerade so in seine Hand passte.

«Dann wissen Sie auch noch, was das ist.»

Mirjam rang nach Luft, als er neben ihr in die Hocke ging. Die Magensäure vor ihr auf dem Boden fraß gierig die glitzernden Schneekristalle. Thomas packte sie an der Schulter und richtete sie vorsichtig auf. Ihre Augen waren geschwollen, und über Lippe und Kinn rannen Speichelreste. Thomas zog den Mantelärmel übers Handgelenk und putzte ihr damit die Mundwinkel ab. Sie ließ es widerstandslos zu.

«Alles ein bisschen viel.» Er ging dazu über, ihr die Unterlippe abzutupfen. Dahinter glitzerte eine anschwellende Pfütze. «Ausspucken!»

Mirjam wandte den Kopf zur Seite, tat es und zog anschließend die Nase hoch.

«Ich glaube, ich weiß, wo er ist», sah sie ihn wieder an. «Ich hab die Rechnungen bezahlt.»

«Wie bitte?»

«Die Handwerker. Ich hab die Überweisungen gemacht.» Sie wischte ihre Augen trocken.

«Ich verstehe nicht, wovon Sie reden.»

«Johannes hat sein Haus umbauen lassen. Nachdem er es von seinem Vater geerbt hat.»

Mirjam blickte den Weg zurück, den sie gekommen waren. Thomas konnte förmlich zusehen, wie sich ihre Gedanken sortierten.

«Welches Haus?»

«Sein Ferienhaus. Es steht in Puttelange.»

mittwoch, 15. januar, 03:13 uhr

Wolfarth kam in einem düsteren Raum zu sich. Sein vornüber hängender Kopf zuckte unkontrolliert. Er versuchte, die Augen zu öffnen, aber seine Lider gehorchten ihm kaum. Und wenn sie sich doch öffneten, rieb und brannte es, als hätte man ihm Sand hineingestreut. Nach einer Weile schaffte er es, endlich den Kopf zu heben, wobei er immer noch hin und her schaukelte. Und schließlich zwang er seine Lider, offen zu bleiben.

Das Bild wurde etappenweise klarer. Von irgendwo hinter ihm fiel etwas Licht herein, und er glaubte, vor sich die Umrisse von drei Stühlen erkennen zu können.

Die Wände schienen nackter Beton zu sein. Schatten rannen von der Decke herab. Nach weiterem Blinzeln wurden sie zu schwarzen Flecken. Er roch den Moder, der auf ihn herabfiel und gleichzeitig vom Boden aufstieg. Der Ort … Er kam ihm bekannt vor.

Er begriff, was er sah und roch, und verstand es gleichzeitig nicht.

Etwas spannte über seiner Brust. Wolfarth sah an sich herunter. Silbriges Klebeband fesselte ihn an die Stuhllehne. Erst jetzt realisierte er, dass auch seine Unterarme und Schenkel an den Stuhl fixiert waren. Er zerrte daran, versuchte, sich hin und her zu werfen, aber die Fesseln gaben nicht nach. Wolfarth legte alle Kraft hinein, die er zusammenkratzen konnte. Das Klebeband höhnte stumm und unbeeindruckt. Schließlich sackte sein massiger Körper in sich zusammen.

Er hatte einen Filmriss. Gerade eben war er noch im Büro gewesen. Hatte die Sitzung für den nächsten Tag vorbereitet. Er korrigierte sich umgehend: Er hatte mit Mirjam in seinem Wagen gesessen. War sie das? Was hatte sie mit ihm …

Nein. Sie war ausgestiegen. Auf dem Sonnenberg.

Er spürte Taubheit in seiner Nierengegend. Er hatte angehalten. War ausgestiegen. Alles danach war wie weggeblasen.

Hinter ihm krachte es metallisch. Wolfarth drehte den Kopf um. Aber es reichte nicht, um zu sehen, was hinter ihm vor sich ging. Ein weiteres Krachen. Diesmal erkannte er, dass es nicht direkt hinter ihm war, sondern vom Ende des Gangs hinter der Tür kam.

Schritte. Von mehr als einer Person. Aber sie waren ungleichmäßig, fast schon Getrippel. Unter sie mischte sich Gewimmer. Kaum hörbar. Trotzdem erkannte er die Stimme.

«Fabienne!», brüllte er los und riss wieder mit aller Kraft an seinen Fesseln. «Hier! Fabienne! F-a-b-i-e-n-n-e!»

Das Quietschen der Eisentür hinter ihm ging in seinem Gebrüll unter. Er verstummte erst, als ein Hüne von Mann Fabienne an ihm vorbeischubste. Er zerrte ihren Kopf an den Haaren nach hinten, während er sie an den im Rücken gefesselten Händen vorwärts zum mittleren der drei leeren Stühle schob und sie auf diesen runterdrückte.

«Fabienne!», wiederholte Wolfarth, bevor eine Eisenfaust seinen Hals packte und ihm die Kehle zudrückte.

Sie starrte ihn aus panischen Augen an. Ihr Haar über dem rechten Ohr war verklebt und dunkel. Zwischen ihren Lippen schaute ein Knebel hervor. Ein Gummiball, mit einem Lederriemen um ihren Kopf festgezurrt. Sie schnaufte, und aus ihrer Nase ronnen Schleim und Blut.

Wolfarths Kopf schwoll an. Dann ließ der Hüne seinen Hals los, und Wolfarth hustete, bis sein Hals brannte.

«Fabienne», presste Wolfarth mühsam hervor.

«Schschscht», machte der Hüne, griff an seinen Hosenbund und zog eine Pistole hervor. Er hielt den Lauf an Fabiennes Hinterkopf.

«Nein!», schrie Wolfarth heiser auf. «Bitte! Nicht!»

«Schschscht», machte der Hüne erneut und hob den Zeigefinger der anderen Hand, bevor er auf die beiden leeren Stühle sah, mit den übrigen Fingern mitzählte.

Wolfarth verstand.

«Bitte nicht …», winselte er, weil es alles war, was er winseln konnte.

Thomas starrte angestrengt auf die Straße. Der Schnee hatte wieder eingesetzt, bevor er den A6 über die Wiese um die Schranke gesetzt hatte, und die Scheibenwischer verschafften ihm seitdem nur freie Sicht auf einen weißen Vorhang. Ein Auto kam ihnen in der Kurve entgegen. In dem kurzen Moment, den die Scheinwerfer den Innenraum des A6 erleuchteten, sah Thomas zu Mirjam.

«Wie fühlen Sie sich?»

«Wie ausgekotzt?» Mirjam lehnte die Schläfe gegen die Kopfstütze. «Tut mir leid! So was passiert mir normal nicht.»

«Kein Problem. Ich habe das nicht zum ersten Mal gesehen.»

Die ESP-Leuchte im Armaturenbrett flimmerte, ohne dass Thomas den Eindruck hatte, der A6 wäre ins Rutschen gekommen. Er lenkte gegen, links, rechts. Die Anzeige erlosch.

«Nur einen», murmelte Mirjam. «Sie haben mich gefragt, wie viele Leute ich kenne, die zwei Meter groß sind. Ich kenne nur einen einzigen.»

«Ihren Stalker.»

«Ja. – Er hat Fabienne und die Kinder, stimmt's?»

«Ich fürchte es.»

«Und er ist der Mann, den die Polizei wegen der Frauen sucht.»

Thomas antwortete nicht. Mehrmals schon hatte sein Gehirn versucht, Stalker und Mörder miteinander zu verbinden. Er hatte es jedes Mal verworfen. Geglaubt, sein Hirn tue nur das, was es solle: eine Platte auf vier Beinen als Tisch erkennen. Aber manchmal war es eben ein Tisch. Vielleicht funktionierte sein Fallanalytiker-Gehirn noch sehr viel besser, als er es ihm zwischen Tablettenentzug und Müdigkeit zutraute.

Die Straße verschwamm, und Thomas konnte nicht aufhören zu blinzeln. Und im nächsten Moment drohte ihn wieder die Welle zu überrollen. Es begann in seinen Füßen und Händen. Er spürte, dass sein Fuß das Gaspedal nur noch durch sein Eigengewicht nach unten drückte. Gleichzeitig lösten sich seine Finger vom Lenkrad, und Wärme und Schlaffheit flossen in seinen Bauch. Hoch zu seinem Nacken. Dass sein Kopf nach vorn sackte, konnte er gerade noch verhindern. Nicht aber, dass ihm seine Hände in den Schoß fielen.

«HEY!», schrie Mirjam auf und griff ins Lenkrad.

Er wurde kurz im Sitz hin und her geworfen. Dann sah er

eine weiße Wand und bunte Buchstaben an sich vorbeifliegen. Im Rückspiegel entpuppten sie sich als ein am Straßenrand geparkter Lkw-Auflieger. Thomas riss die Augen auf, übernahm wieder das Steuer und ließ die Seitenscheibe runter. Der kalte Fahrtwind traf ihn wie die Bugwand eines Schiffes.

«Was war das denn?», starrte Mirjam ihn an.

«Alles in Ordnung», antwortete Thomas und hatte das Gefühl von Zungenlähmung. Der Blick zur Seite verriet ihm, dass Mirjam sich damit nicht zufriedengab. *Ich bin müde und auf Entzug*, meldete sich eine Stimme aus dem Hintergrund, schummelte sich aber an seinen Stimmbändern vorbei. Mehr fiel ihm nicht ein.

«Rechts ran!», befahl Mirjam. «Ich bin nicht einem verrückten Frauenmörder entkommen, um mich von Ihnen mit dem Auto umbringen zu lassen.»

Vermutlich hatte sie recht, dachte Thomas, und hielt auf dem Seitenstreifen. Mühsam quälte er sich aus dem Wagen. Er musste Kräfte sammeln. Wer wusste, was sie am Ferienhaus erwarten würde.

«Wir sind fast da», empfing Mirjam ihn vor dem A6 und deutete auf die nächste Seitenstraße, die nach rechts abbog. «Von hier aus sind es noch ein paar Minuten.»

Fabienne hatte sich nicht gewehrt. Hatte alles mit sich machen lassen, als wäre sie eine Puppe. Der Hüne hatte ihr die Hände mit Kabelbinder an die Streben der Rückenlehne gebunden, dann alles mit silberfarbenem Textilklebeband bis zu den Ellenbogen umwickelt. Genauso war er mit ihren Beinen verfahren und hatte schließlich ihre Brust umwickelt.

Über ihrer rechten Augenbraue klaffte eine Platzwunde.

Blut rann um ihr Auge herum, über den Wangenknochen, entlang des Kiefers zu ihrem Kinn und tropfte von dort in ihren Schoß. Wolfarth hatte den Hünen angefleht, Fabienne gehenzulassen. Und nachdem er begriffen hatte, dass die beiden leeren Stühle für seine Kinder reserviert waren, hatte er wieder angefangen, an seinen Fesseln zu zerren. Bis der Hüne zugeschlagen hatte. Mit der Pistole in Fabiennes Gesicht.

Fabienne war noch immer benommen von dem Schlag, während der Hüne ihre Wunde mit Klebeband versorgte. Dann nahm er ihr Gesicht in beide Hände und zog ihre Lider mit den Daumen hoch. Ihre Augäpfel rollten unkontrolliert. Erst als er ihr eine Ohrfeige verpasste, kehrte so etwas wie Leben in ihre Augen zurück – und verwandelte sich sofort in nackte Angst.

«Gutes Mädchen.» Er ließ sie wieder los. Seine Stimme war tief und rau. «Wir haben einen Plan. Wir bleiben bei diesem Plan.»

Fabienne zitterte ein Kopfnicken.

«Gut», strich er ihr mit den Fingerknöcheln über die Wange.

«Wo sind meine Kinder?» Wolfarth versagte fast die Stimme.

Der Hüne mahnte mit den Augenbrauen.

Wolfarth presste die Lippen aufeinander und nickte. Die Anspannung verursachte einen Krampf unter seinen Schulterblättern. Er stöhnte auf und drückte sich gegen die Lehne. Der Hüne holte erneut zum Schlag gegen Fabiennes Gesicht aus. Wolfarth unterdrückte den Schmerz und spannte jeden Muskel seines Oberkörpers dagegen an, bis es vor seinen Augen flimmerte.

Der Hüne verzog das Gesicht zu etwas, das wohl ein Lächeln sein sollte. «Sie schlafen. Ihnen wird nichts passieren. Wenn das hier klargeht.»

«Was soll das heißen?»

Der Hüne holte aus. Der Pistolenlauf traf Fabiennes rechte Schläfe mit voller Wucht. Die Haut platzte auf. Ihr Kopf wirbelte herum, als wollte er sich einmal um sich selbst drehen.

«Siehst du, was du gemacht hast?», höhnte der Hüne und riss ein weiteres Stück Klebeband von der Rolle. «Du befolgst die Regeln nicht. Sie leidet.»

«Welche Regeln?», entfuhr es Wolfarth gegen seinen Willen.

Der Hüne holte erneut aus.

Wolfarth schüttelte verzweifelt den Kopf.

Der Hüne ließ die Pistole wieder sinken und verklebte auch die zweite Platzwunde. «Du bekommst Zeit zum Reden. Keine Angst.» Er holte etwas aus der Bauchtasche seines Kapuzenpullovers und stellte es auf den Boden zwischen sie. Ein Diktiergerät.

«Du erinnerst dich nicht an mich, oder?», baute der Hüne sich neben Fabienne auf.

Wolfarth musterte ihn von oben bis unten.

«Hilft dir das?» Der Hüne zog die Kapuze vom Kopf. Über seine Stirn verlief eine dicke schwulstige Narbe in Form eines Eishockeyschlägers. Mit einem Puck an der Spitze.

Es dämmerte Wolfarth. Diese Narbe hatte er schon einmal gesehen. Sie hatte sich durch einen Türspalt in sein Gedächtnis gegraben. Halb verborgen von Eisenstäben. Denen einer Hundebox.

Wolfarth suchte unwillkürlich den Raum nach der Box ab. Erfolglos.

Konnte das wirklich sein?

«David!»

«Du erinnerst dich. Gut! Dann weißt du auch, was ich hören will.»

Wolfarth bewegte den Kopf hin und her. Es reichte nicht zu einem richtigen Kopfschütteln. Das durfte einfach nicht wahr sein.

«Du hast zwei Möglichkeiten. Nummer eins: Du schweigst. Ich töte zuerst deine Kinder und dann deine Frau. Du wirst einsehen, warum das keine schnelle Angelegenheit sein wird.» Er griff in seinen Rücken und zog ein Lederetui aus seinem Hosenbund. Er löste die Schleife, die es zusammenhielt, und warf es auf den Boden. Metallbesteck schepperte aufeinander.

Ein Skalpell zappelte in Vorfreude über den Boden.

«Die zweite Möglichkeit: Du redest. Über die Dinge, die hier drin passiert sind. Bleib einfach nur bei der Wahrheit. Der ausführlichen Wahrheit.»

Wolfarth sah Fabienne an. Vor die Panik in ihrem Gesicht hatte sich Irritation geschoben. Er konnte ihrem Blick nur ausweichen.

«Das kann ich nicht.»

Der Hüne ging in die Hocke und sah ihn von unten herauf an. «Was, glaubst du, ist schmerzhafter? Die Wahrheit oder seine Kinder sterben sehen?» Er gab ihm einen fast schon freundschaftlichen Klaps auf den Oberschenkel. «Ich werde deine gesamte Familie auslöschen. Ich werde ihnen Körperteil für Körperteil abtrennen. Dann werde ich sie im Wald verstreuen. Tiere werden sie finden. Sie werden sich daran satt fressen. – Ist es das, was du willst?»

Wolfarth glaubte tatsächlich, so etwas wie Wärme in seinen Augen zu erkennen.

«Oder wir regeln das wie Männer: Ich schieße dir in den Hinterkopf. Du wirst nicht mal das Klicken der Waffe hören. Du bekommst nichts mit. Keine Schmerzen.»

Wolfarth wollte nicken, dass er verstanden hatte. Aber er konnte sich nicht bewegen.

Der Hüne schaltete das Diktiergerät ein, stand auf und stellte sich hinter Fabienne. Er löste die Lederriemen um ihren Kopf und drückte die Daumen in ihre Wangen, bis der Gummiball endlich aus ihrem Mund war. Sie hustete augenblicklich. Speichel rann aus ihrem Mund und glitt in langen Fäden nach unten.

«Entscheide dich», sagte er, dann verschwand er durch die Tür.

Sie waren allein.

«Sollen wir auf die Gendarmerie warten?», fragte Mirjam.

Der Audi holperte mit gelöschten Scheinwerfern den verschneiten löchrigen Schotterweg hinab. Etwa hundert Meter vor ihnen zeichnete sich der schwarze Giebel eines zweistöckigen Hauses gegen das Glitzern dahinter ab, das Laternen am anderen Seeufer auf dem Wasser hinterließen.

«Halten Sie dahinter.» Thomas deutete auf einen Holzstapel rechts vom Weg, der groß genug war, den Audi zu verbergen. Er hatte Lang die Adresse von Wolfarths Ferienhaus am Telefon durchgegeben. Doch wieder trafen Thomas und Mirjam vor den Beamten ein.

«Sie warten hier», sagte Thomas. «Wenn sie kommen, geben Sie ihnen meine Beschreibung.»

«Wozu?»

«Damit es zu keiner Verwechslung kommt. Ich möchte

nicht in den Lauf einer ungesicherten Pistole sehen. Und geben Sie ihnen auch die Beschreibung der anderen. Fabienne, die Kinder und …»

«Der Riese.»

«Von mir aus, dann eben *der Riese.*» Thomas öffnete die Tür und stieg aus.

«Die Fenster sind alle dunkel», bemerkte Mirjam. «Ich bin mir nicht sicher, ob wir hier wirklich richtig sind.»

«Was würden Sie tun, wenn Sie eine Familie entführt haben?»

«Mich mit ihnen verstecken.»

«Und zwar da, wo man mich als Letztes vermutet. Und dann die Lichter aus lassen.» Thomas drückte die Tür zurück ins Schloss.

Er hielt sich im Schatten der Bäume, auch wenn ihn die unter der geschlossenen Schneedecke knackenden Zweige und Äste verrieten. Er entdeckte weder Reifen- noch Fußspuren im Schnee. Allerdings war der auch erst frisch gefallen. Thomas blieb vor der Verandatreppe stehen und sah an der Holzfassade empor. Hinter den Fenstern regte sich nichts. Die im Erdgeschoss waren vergittert. Und erst jetzt erkannte er, dass alle von innen mit Klappfensterläden verschlossen waren. Das hatte er einmal bei alten Häusern in Metz gesehen. Thomas umrundete das Haus und entdeckte die Läden auch an den übrigen Fenstern, mit Ausnahme der doppelflügeligen Verandatür am rückwärtigen Balkon.

Er streckte die Schultern nach hinten durch. Der Anfall von Müdigkeit war zwar vorüber. Dennoch fühlte sich sein Körper lahm an, besonders die Arme und Schultern. Er hoffte einfach, er würde die nötige Kraft aufbringen, sich hochzuwuchten. Auf halber Höhe befand sich ein kleines Fenster. Thomas packte das Gitter davor und zog sich daran hoch. Seine Füße fanden Halt auf einem Absatz in Hüfthöhe. Dann stieß er sich ab, reckte sich gleichzeitig in die Höhe und bekam die Regenrinne zu fassen, die um den Balkon führte. Er pendelte erst aus, bevor er sich hochzog, einen Pfeiler der Balustrade umklammerte und es mit viel Schwung irgendwie schaffte, seine rechte Ferse in der Regenrinne zu verhaken. Der Rest war vergleichsweise ein Kinderspiel.

Trotzdem pumpte er Luft, als hätte er sich gerade in Apnoetauchen probiert. Er stieß dichte weiße Wolken aus wie eine museumsreife Dampflok.

Ohne weitere Vorsicht ging er über den großzügigen Balkon auf die Verandatür zu. Wäre jemand dahinter gewesen, hätte der ihn sowieso längst bemerkt. Wie Mirjam kamen ihm Zweifel, dass sie am richtigen Ort waren, so verlassen, wie alles wirkte. Kein Entführer der Welt, nicht einmal ein eiskalter «Psychopath», würde jemanden so nahe herankommen lassen.

Thomas formte einen Tunnel mit den Händen und versuchte drinnen etwas zu erkennen. Ein riesiger Kleiderschrank rechts, mit verspiegelten Schiebetüren. Weiter hinten die Umrisse eines düsteren Schminktischs mit Ornamenten um den ovalen Spiegel, in dem er seine eigenen Konturen erkennen konnte. Links der Holzrahmen des Ehebetts. Irgendetwas Verschnörkeltes. Eine Art französisches Pendant zum Gelsenkirchener Barock. Die Decken waren aufgewühlt, als wäre das Bett kürzlich benutzt worden.

Dann sah er sie.

Und jemand musste hinter ihm einen Schockfroster angestellt haben.

Es war ein Fehler, die Kinder allein zu lassen, sagte Njémez sich immer wieder im gleichen Rhythmus vor, in dem seine Schritte von den modrigen Tunnelwänden zurückhallten. Nicht, dass er befürchtet hätte, dass sie die Fesseln hätten lösen und fliehen können. Das war die unwahrscheinlichste aller Möglichkeiten.

Kinder machten sich nicht einfach aus dem Staub. Sie rannten nach Hause. Zu ihren Eltern. Es sei denn, sie wussten nicht, wo sie waren. Damit waren sie aller Möglichkeiten beraubt und verharrten in der Regel an Ort und Stelle. Kauerten sich verängstigt zusammen und warteten reflexartig darauf, dass sie gefunden wurden. Wer wusste das besser als er?

Doch genau das war das Problem. Er kannte die Panikstarre, die sich auf die Brust legte und einen erdrücken konnte wie ein Zweihundert-Kilo-Mann, der auf einem saß. Der Kloß, der sich in der Kehle bildete und sie verschloss, wie die kleine Kugel das Ventil am Fahrradreifen. Wie alle Muskeln sich anspannten, man aber nicht fliehen konnte, und sie so immer härter wurden, bis man völlig bewegungsunfähig vor sich hin krampfte und anschließend erschlaffte. Für immer erschlaffte. In einem dunklen, feuchten Verlies. Mit Vorhängen aus Spinnweben an den Wänden, in denen sich Dreck und abbröselnder Putz und Mörtel verfingen.

Er hämmerte mit den Handballen gegen seine Stirn, bis die Bilder verschwanden. Deswegen hatte er diesen Ort hier doch schließlich ausgewählt, das Haus mit dem alten Weltkriegsbunker der Maginot-Linie. Seine Hölle. Aber für die Kids ein vertrauter Ort. Sie würden nicht zu fliehen versuchen.

Aber sie allein im Schlafzimmer zu lassen war ein Fehler

gewesen. Das spürte er. Sie würden schreckliche Ängste durchstehen, obwohl sie die einzigen Unschuldigen waren. Und er war sich nicht sicher, ob ihn das ablenkte oder die Tatsache, dass es schlicht ungerecht war. Doch er brauchte sie. Als Druckmittel gegen Wolfarth. Er hatte nie vorgehabt, den Kleinen etwas anzutun. Nicht weil er es womöglich nicht übers Herz brachte. Sein Herz war vor vielen Jahren in diesem Verlies vernichtet worden.

Er hielt vor der schweren Eisentür. Dahinter schloss sich ein Labyrinth weiterer Tunnel an, durch die man zu den Häusern am Seeufer gelangte. Die meisten endeten mittlerweile blind und vergessen, zugeschüttet. Angeblich hatten die Häuser wichtigen Beamten der französischen Regionalregierung gehört, die sich im Zweifelsfall über die geheimen Gänge vor den herannahenden Soldaten Nazi-Deutschlands in Sicherheit bringen wollten.

Rettungswege, die für ihn der Pfad in die Hölle gewesen waren.

Er legte eine Hand auf den Verschlusshebel und atmete durch. Auch deswegen war es ein Fehler gewesen, die Kinder überhaupt herzubringen. Sie waren ein emotionales Moment. Eine Störung. Er hatte hart trainiert, die Gefühle von diesem Ort abzuspalten. Es war ihm schwergefallen. Allein die Tunnel noch einmal zu betreten war ihm beinahe unerträglich gewesen. Weil er als David zurückgekehrt war. Als er wieder zu Njémez wurde, war es mit einem Mal ganz leicht. Doch die Kinder wirkten wie eine unselige Brücke zwischen ihm und David. Sie ließen seine Erinnerungen unkontrolliert auf ihn einstürmen. Er hatte es zwar einkalkuliert, war von der Eindringlichkeit aber dennoch überrascht gewesen. Und was noch schlimmer war: Sie nagten an der Kälte, mit der er sich umgeben hatte, um seinen Racheplan durchführen zu können.

«Ratten!», versuchte er, sich in Rage zu flüstern, indem er den Kreis zu dem Ungeziefer schloss, von dem er einmal gehofft hatte, es würde ihn im Schlaf töten, das aber jämmerlich versagt hatte. Doch die Saat weigerte sich aufzugehen, und so verpuffte der Anflug ungerechter Wut im rostigen Krachen des Hebels und Knarren der Scharniere der Eisentür.

Bevor er weiterging, griff er in seinen Rücken und zog die Browning aus dem Hosenbund. Modell 1910. Keine aufwendige, moderne Waffe. Dafür unauffällig, weil sie hunderttausendfach für Polizei und Militär produziert worden war. Eine sichere, zuverlässige Pistole mit Tradition. Ob sie die Ironie jemals erkennen würden, dass für das Attentat von Sarajevo, das 1914 den Ersten Weltkrieg ausgelöst hatte, eine solche Waffe benutzt worden war? Aleksandrej hatte sie noch einmal gestreichelt und geküsst, bevor er sie ihm geschenkt hatte.

Jetzt brauchte er sie nur zur Einschüchterung. Vor allem für den Jungen. Das Mädchen war vor Angst völlig erstarrt gewesen, als er die Scheibe der Terrassentür zertrümmert hatte. Und auch danach war sie still gewesen und hatte sich in den Armen der Mutter verkrochen. Aber in den Augen des Jungen hatte er etwas entdeckt, das ihm nicht nur Respekt abforderte. Es war fast schon Zuneigung, die er auf das Funkeln gespürt hatte. Das ihm verraten hatte, dass der Junge alles tun würde, um seine Schwester zu beschützen. Er würde ein guter Bruder sein. Und wenn sie das alles hier erst einmal überstanden hatten, wenn es lange zurücklag, würde es sicher nichts geben, was sie jemals auseinanderreißen konnte.

Njémez atmete durch. Wieder eine Störung.

Hoffentlich hielt der Kleine sich vorerst zurück, damit er die Browning nicht einsetzen musste, dachte er und öffnete die schlichte Holztür. Er würde die Kinder in einen der anderen Bunker bringen, von wo sie es nicht mehr weit haben würden bis zu ihrer Mutter.

Wenn es vorbei war.

Er wünschte sich, dass er ihnen ersparen könnte, den Schuss zu hören, der ihren Vater töten wird.

Doch woher nahm er eigentlich die Sicherheit, dass Wolfarth reden würde? Dieses feige Schwein hatte in all den Jahren nicht den Mund aufgemacht. Hatte niemals den Kopf für jemand anderen hingehalten. Was, wenn er doch bis zum Äußersten gehen und zuerst einen der anderen töten musste?

Wen würde er auswählen?

Er flüsterte leise ein Stoßgebet, dass Wolfarth sich ein Mal im Leben als Mann erweisen würde. Dann setzte er sich in Bewegung die Treppe hinauf und entsicherte die FN Browning. Modell 1910.

«Ja, ich bin von der Polizei», flüsterte Thomas auf der Bettkante sitzend nicht ganz die Wahrheit, aber auch nicht ganz die Unwahrheit und löste das Klebeband um Fabians Fußgelenke. «Und ihr müsst jetzt ganz leise sein.»

Fabian nickte stumm. Johanna dagegen starrte ihn auch weiterhin nur mit großen Augen an, wie sie es schon die ganze Zeit über getan hatte, seit Thomas durch die Balkontür eingestiegen war. Sie hatte sich weder dagegen gewehrt, dass Thomas ihr den Klebestreifen vom Mund oder den Hand- und Fußgelenken abzog, noch hatte sie mitgeholfen. Sie war einfach im Anschluss ans Kopfende des Betts gerutscht, hatte sich dagegengelehnt, die Beine steif ausgestreckt und die Hände auf die Oberschenkel gelegt.

Wie eine Puppe, dachte Thomas, während Fabian sich aus den Kleberesten strampelte, die jetzt lose um seine Knöchel hingen.

«Ist außer euch noch jemand im Haus?»

«Mama war hier. Aber sie ist mit diesem Mann weg», antwortete Fabian.

«Weißt du auch, wohin?»

«Nein.»

Fabian wirkte so nüchtern. Nur der roboterhafte Ton, in dem er antwortete, verriet, dass unter der Oberfläche noch sehr viel mehr geschah. Wahrscheinlich nahm er es selbst noch nicht wahr. Thomas schaltete eine Nachttischlampe ein. Die Pupillen des Kleinen verengten sich kaum.

Schock.

«Holst du unsere Mama zurück?», fragte Fabian.

«Erst mal bringe ich euch hier raus. Dann suche ich sie», flüsterte Thomas.

«Hast du gehört?», wandte Fabian sich an Johanna. «Es wird alles gut. Ich hab's dir gesagt!» Dann drehte er den Kopf wieder Thomas zu: «Ich bin Fabian. Das ist meine Schwester Johanna.»

«Ich weiß.» Thomas strich ihm sanft über den Kopf. Fabian schien es nicht zu spüren. «Ich heiße Thomas. Ihr erinnert euch wahrscheinlich nicht mehr an mich. Aber ich habe euch schon gekannt, da wart ihr noch ganz klein.»

«Das kann nicht sein», entgegnete Fabian, und Thomas sah, wie seine Hände sich gegen die Matratze stemmten. Gleich würde er einen Satz zurückmachen und zu fliehen versuchen. «Als Johanna ganz klein war, war ich schon vier.»

«Ich habe Johanna zuletzt gesehen, da war sie eins und du fünf. Ich habe auch eine Tochter. Linnea. Du kennst sie. Sie war mit auf Johannas Geburtstag damals. Ihr habt euch beim Essen gegenübergesessen, und du hast sie mit großen Augen angesehen. Ein Arbeitskollege von deinem Vater hat dich danach die ganze Zeit über gehänselt, du seist verliebt. Erinnerst du dich daran?»

«Linnea?» Der Kleine machte ein Knautschgesicht. Dann weiteten sich seine Lider. Ein Anflug von Lebendigkeit kehrte in seine Pupillen zurück.

Thomas gab ihm einen Klaps auf den Schenkel. «Wir müssen jetzt hier raus. Ihr tut, was ich sage. Okay?»

Fabian nickte. Johanna war noch immer die unbewegliche Puppe. Er würde sie wahrscheinlich tragen müssen.

«Gut. Wir gehen jetzt nach unten. Ihr bleibt dicht hinter mir …»

Fabian unterbrach ihn mit einem Kopfschütteln. «Der Mann hat die Tür abgeschlossen.»

Und die Fenster unten waren vergittert.

«Okay. Dann …» Thomas überlegte kurz. «Kannst du klettern?»

Fabian nickte.

«Und deine Schwester?» Thomas glaubte nicht daran. Sie war noch immer steif und eingefroren.

«Das krieg ich schon hin.»

«Gut. Dann ab über den Balkon. Los jetzt!» Thomas stand auf, reichte Fabian eine Hand, an der er sich vom Bett schwang, und griff mit der anderen nach Johanna.

Ihr Schrei zerriss ihm fast die Trommelfelle. Eine Sirene schrillte aus dem weit aufgerissenen Mund der Puppe und Thomas zuckte zurück.

Mit einem Satz war Fabian wieder auf dem Bett und schüttelte Johanna. Und bevor Thomas etwas unternehmen konnte, sah Thomas Fabians flache Hand in die Höhe schnellen und auf das Gesicht des Mädchens niedergehen. Sie traf die Wange und riss einige Speichelfäden mit. Fassungslosigkeit und Entsetzen besetzten das junge Gesicht und ließen den Schrei ersterben. Fabian packte Johanna mit beiden Händen am Kragen und zerrte sie vom Bett. Als er zu Thomas aufsah, zitterten seine Lippen, und über seine Wangen kullerten haltlos Tränen.

«Wir können los!»

Der Schrei war wie eine Wand, gegen die er mit aller Wucht prallte. Njémez musste sich am Treppengeländer festhalten und glaubte, dass die Eisenstäbe die Schwingungen in den Handlauf übertrugen. Die Steintreppen reflektierten die hellen Töne wie Glas. Sie drangen ihm durch Haut und Fleisch bis in die Knochen und lösten aus ihnen einen längst vergessen geglaubten Kanon unzähliger Stimmen. Darunter seine eigene – bevor sie unter einem schwitzenden Männerkörper im Bezug einer versifften Matratze erstarb. Er rieb sich durchs Gesicht, als könnte er sie so wegwischen. Er brauchte einen klaren Kopf.

Das Tape über ihrem Mund konnte sich unmöglich von allein gelöst haben, dachte er und nahm jeweils drei Stufen auf einmal nach oben.

Er hatte den Treppenabsatz zum ersten Stock gerade erreicht, als der Schrei abrupt mit dem Klatschen einer Ohrfeige abriss. Die Kinder waren frei. Aber wie zur Hölle hatten sie die Fesseln lösen können? Das war noch nie jemandem gelungen. Sie mussten Hilfe haben. Es musste noch eine Person im Zimmer sein. Er presste sich an die Wand und brachte die Waffe in Anschlag.

Denk logisch, ermahnte er sich. Wenn das die Bullen wären, würde es im Haus nur so vor ihnen wimmeln.

Dennoch war die Situation unklar, und er hasste es, wenn Ereignisse auftauchten, die ihn dazu zwangen, seine Pläne zu variieren.

Er konnte das Zimmer stürmen. Riskierte aber, dass der andere ebenfalls eine Waffe bei sich trug und es zum Schusswechsel kam. Er war ein guter Schütze. Ausgezeichnet sogar. Trotzdem könnte er nicht verhindern, dass eins der Kinder unfreiwillig in die Schusslinie geriet. Ebenso wenig würde er das verhindern können, wenn die Kinder zuerst die Treppe herunterkamen. Strategisch betrachtet, stand er an einem beschissenen Punkt. Also schlich er leise wieder die Treppe runter und zog sich in den Schatten des Wohnzimmers zurück, von wo er freie Sicht auf Treppe und Haustür hatte.

Die Waffe noch immer im Anschlag, riskierte er einen Blick durch die Ritze eines Fensterladens. Vor dem Haus war alles still, wie er es vermutet hatte. Kein Sonderkommando. Keine Streifenwagen. Erst als er sich wieder der Treppe zuwandte, fiel ihm auf, dass er im Augenwinkel noch etwas anderes gesehen hatte. Blitzartig drehte er den Kopf und sah erneut durch den Spalt.

Da, hinter einem Baum. Nur einen Katzensprung vom Haus entfernt. Zuerst war es nur eine Formabweichung.

Dann löste sie sich aus dem Schatten und rannte zum nächsten Baum.

Wolfarths kleines Miststück.

Im selben Moment, in dem er Mirjam aus den Augen verlor und annahm, dass sie hinters Haus lief, begriff er, dass die Kinder und ihr Helfer nicht versuchen würden, durch den Vordereingang zu entkommen. Er checkte noch einmal, ob die Browning entsichert war, und stürmte die Treppe hinauf.

«Du passt auf, dass sich deine Schwester gut festhält, hast du verstanden?», sagte Thomas und balancierte auf den Fußballen auf dem schmalen Absatz zwischen Brüstung und Garten.

Fabian nickte ihm von der anderen Seite zu und wischte sich mit dem Ärmel die Augen trocken. Johanna kauerte zwischen zwei der dickbauchigen Steinsäulen, die das Geländer trugen, und starrte auf ihre Zehenspitzen.

«Wiederhol es», sagte Thomas schärfer als beabsichtigt. Aber er spürte, dass die Zeit drängte.

«Du springst», tat Fabian wie geheißen. «Wir hängen uns an die Regenrinne, und du fängst uns nacheinander auf.»

«Was soll das denn werden?», rief Mirjam aus dem Garten.

Thomas musste sich über die Schulter strecken, um sie zu erkennen. Mit einem Satz war er wieder auf dem Balkon, packte Fabian an den Handgelenken und ließ ihn über die Brüstung baumeln.

«Meine Schwester zuerst!», protestierte Fabian.

«Du bist stärker. Du musst vielleicht helfen, sie aufzufangen.»

«Sind Sie wahnsinnig? Das sind locker vier Meter», kam auch aus dem Garten Protest.

«Es gibt keinen anderen Weg! Ich lasse ihn jetzt fallen. Wenn Sie ihn auffangen, rollen Sie sich mit ihm ab!»

Es war nicht schwer zu erkennen, dass Mirjam keine Ahnung hatte, was er meinte. Er musste es dennoch riskieren, lehnte sich, so tief er konnte, über die Brüstung und ließ Fabian in ihre offenen Arme fallen. Die beiden gingen erwartungsgemäß zu Boden. Als Mirjam wieder aufstand, hielt sie sich die rechte Seite.

«Alles in Ordnung?»

«Machen Sie schon», presste sie hervor.

Thomas ging in die Hocke, um Johanna hochzuheben. Ihre Unterarme zuckten vors Gesicht wie bei einem Boxer.

«Keine Angst! Ich will dir nicht weh tun», strich Thomas darüber. Aber der Widerstand löste sich nicht.

Im Schlafzimmer krachte Holz auf Holz. Thomas sah um den Mauervorsprung. Der elegant geschwungene, aber fragile Stuhl, den er unter die Klinke der Schlafzimmertür geklemmt hatte, hielt stand. Noch. Von außen warf sich erneut jemand wütend gegen die Tür. Als sie wieder in den Rahmen knallte, rutschte die Stuhllehne eine Handbreit tiefer.

«Tut mir leid, Liebes», sagte Thomas zwischen zwei Stößen gegen die Tür, packte Johanna an den Handgelenken, zerrte sie hervor und ließ auch sie über die Brüstung baumeln. Im gleichen Moment, in dem er Johanna losließ, hörte er die Stuhllehne brechen und die Tür gegen die Rückwand des Schlafzimmers poltern.

Als Johanna ihre Arme berührte, spürte Mirjam es bereits kommen. Als ihr Gewicht sie mit einem Ruck nach hinten riss, explodierte der Schmerz und sprengte die beiden unteren Rippen ihrer rechten Seite endgültig in Stücke. Und als Johanna auf ihrem Brustkorb landete, mussten sich Splitter in ihr Fleisch gebohrt haben. Ihre Atmung setzte aus.

«Lauft! Los, lauft!», hörte sie Bulpanek von oben brüllen und sah, wie Fabian Johanna aufrichtete, ihre Hand packte und sie zur Grundstücksausfahrt hinter sich herzog.

Irgendwie schaffte Mirjam es, aufzustehen, obwohl die Schmerzen sie fast besinnungslos machten. Sie sah zum Balkon auf. Bulpanek hatte sich wieder dem Haus zugewandt und hielt die Hände hoch in die Luft. Mit einem Blick gab er ihr zu verstehen, endlich zu verschwinden – und sie lief los.

Sie holte die Kinder ein, bevor die den Schatten des Hauses verlassen hatten, hob Johanna im Laufen mit dem linken Arm hoch und rannte mit Fabian im Schlepptau, der noch immer Johannas Hand umklammerte, zum Audi zurück. Sterne fielen vom Himmel und tanzten im Kreis um ihre Augen. In der Röhre in der Mitte tauchten zwei helle Punkte vor ihr auf, die größer wurden und langsam auseinanderwanderten. Dann wurde sie auf die Seite gerissen.

«Siehst du nicht, dass da ein Auto kommt?!»

Fabians Stimme klang merkwürdig weit weg, dachte sie noch, bevor sie neben ihm hinter einem Baum zu Boden ging. Sie erwartete ein weiteres Schmerzinferno. Doch es kam nicht. Stattdessen fühlte sich ihr Körper zugleich leicht und schwer an. Sie wähnte, dass sie im Begriff war, das Bewusstsein zu verlieren. Doch dann, kurz bevor sie völlig wegtrat, schnappten ihre Schulterblätter auf, und Luft entwich ihr aus Mund und Nase. Sie hatte den Atem angehalten. Seit dem Sturz mit Johanna.

Mit der Regelmäßigkeit des Atmens kehrte auch der

Schmerz zurück. Sie konnte nicht weiter. Nicht jetzt. Sie brauchte eine Verschnaufpause. Sie sah Fabian an und wollte ihm befehlen, mit Johanna zu verschwinden, und erkannte, dass es sinnlos war. Fabian lehnte am Baum und hielt Johannas zuckenden Körper fest umschlungen, während das Auto unaufhaltsam näher kam.

Mirjam wälzte sich zu den beiden und kroch schützend über sie. Mutterinstinkt, dachte sie und fragte sich gleichzeitig, woher sie den Instinkt haben sollte. Der Wagen hielt auf dem Weg. Eine Tür wurde geöffnet.

«Hauptkommissar Lang von der Saarbrücker Kriminalpolizei», rief ein Mann in die Dunkelheit. «Hören Sie mich, Frau Reichert? Ich bin von der Polizei! Sie können rauskommen.»

Mirjam legte den Kopf in den Nacken, bis sie um den Baum herumsehen konnte. Er stand neben der Fahrertür, und der Schein der Innenbeleuchtung fiel von unten auf das hakennasige Gesicht mit der Schiebermütze, als hielte er sich eine Taschenlampe unters Kinn. Ein bisschen gespenstisch, dennoch erkannte sie den Mann wieder, den sie neulich zusammen mit Bulpanek gesehen hatte.

«Hier!», presste Mirjam hervor und ihr Brustkorb blockierte umgehend wieder.

Lang kam angelaufen und ging neben ihnen in die Hocke. «Jemand verletzt?»

Mirjam deutete mit dem Kinn zu den Kindern und schüttelte den Kopf.

«Wo sind die … anderen … Polizisten?», flüsterte sie, damit sie es überhaupt rausbekam.

Lang sah sie zunächst nur einen Moment an. «Ich ging davon aus, dass die bereits hier sind», sagte er schließlich. «Die Kavallerie kommt sicher gleich.»

Warum hatte er gezögert?

«Bulpanek?»

«Im Haus. Mit dem ... dem ...» Mörder. Killer. Entführerschwein! «Dem Hünen! ... Ich glaube, er ... hat eine Waffe.»

«Verstehe.» Lang griff unter seinen Mantel und zog seine Pistole aus dem Holster. Dann tasteten seine Augen ihren Körper ab. «Denken Sie, Sie können die Kinder wegbringen?»

Mirjam nickte, auch wenn sie nicht wusste, wie sie das schaffen sollte. «Wohin?»

«Hauptsache, weg.»

Wie war dieser Mann eigentlich Hauptkommissar geworden? «Sollten sie nicht zuerst ... in ein Krankenhaus?»

«Noch besser! Und bleiben Sie da, bis ich komme. Oder einer meiner Kollegen.»

Mirjam nickte erneut.

«Wo genau befinden sich Bulpanek und der *Hüne*?»

«Erster Stock ... Hinten auf dem Balkon.»

Lang erhob sich wieder, entsicherte die Waffe und sah den Weg hinab bis zum Holzstapel, hinter dem der Audi stand. «Halten Sie sich im Schutz der Bäume.» Dann sah er zum Haus und wieder zu ihr. «Untenrum ist vermutlich alles von innen verriegelt. – Stimmt's?»

Mirjam reichte seinen Blick stumm an Fabian weiter. Brachten Polizisten nicht zuerst Unbeteiligte in Sicherheit?

Fabian nickte, ohne aufzusehen. Seine Arme schlossen sich noch fester um Johanna.

«Okay», brachte Lang noch hervor.

Dann zerriss ein Schuss die Nacht. Mirjam erwartete das

Flattern aufgescheuchter Vögel, wie sie es aus Filmen kannte. Doch es folgte nur Stille. Dann ein weiterer Schuss.

Es dauerte genau fünf Sekunden, bis Lang wieder in seinem Wagen saß. Drei Sekunden später heulte der Motor auf. Und nach weiteren fünf bohrte sich der Wagen durch die Fassade der Villa ins Wohnzimmer.

mittwoch, 15. januar, 04:37 uhr

Das Bild des Mannes, der über Thomas mit dem Rücken an der Wand kauerte, war verschwommen. Seine Lippen bewegten sich, also musste er sprechen. Aber der Nachhall des Knalls, mit dem er mit seinem Wagen durch die Wand gebrochen war, dröhnte noch immer in seinen Ohren. Vielleicht stammte er aber auch von den Schüssen.

Der Hüne hatte ihn auf dem Balkon in Schach gehalten. Offenbar hatte ihn die neue Situation, die Flucht der Kinder, überfordert, und er musste einen neuen Plan fassen. Als er dann einen weiteren Wagen vor dem Haus anhalten gehört hatte, hatte er die Flucht durchs Treppenhaus ergriffen – und Thomas hatte einen weiteren Anfängerfehler gemacht: Er war ihm unbewaffnet gefolgt.

Der erste Schuss hatte ihn zwar auf der Treppe verfehlt, aber unmittelbar neben seinem Kopf einen Krater in die Wand geschlagen. Feine Stein- und Putzsplitter hatten sich in seine rechte Gesichtshälfte gebohrt, und er fühlte die ersten Blutstropfen über seinen Hals in den Kragen laufen. Die zweite Kugel kam, als der Reflex ihn zwang, sich einzurollen und sein Gesicht zu schützen. Ansonsten hätte sie wahrscheinlich sein Schlüsselbein zerschmettert. So aber hatte sie «nur» seinen Trapezmuskel rechtsseitig durchschlagen, ihn nach hinten gerissen und rücklings auf die Treppe geworfen. Er spürte, wie seine Schulter zu brennen begann und sich ein warmer Fleck darüber ausbreitete.

«… er hin ist!» Endlich drangen die Worte durch.

«Lang?», fragte Thomas. Er glaubte, ihn an dem Deckel auf dem Kopf zu erkennen. Die Schiebermütze.

«Ja. Ist er noch hier?»

Thomas wollte sich aufrichten, wurde aber wieder zu Boden gedrückt. «Nein, ich glaube nicht. Er ist in den Keller gerannt, bevor du …» Thomas sah auf den zertrümmerten Wagen, der in der Hauswand steckte. «… geparkt hast.»

«Du weißt ja, was Schlüsseldienste um diese Uhrzeit verlangen.»

Hatte er gerade einen Scherz gemacht? Das Grinsen in Langs Gesicht bestätigte es.

«Mirjam und die Kinder?»

«Hab ich weggeschickt.» Lang antwortete und zog ihm gleichzeitig den Kragen zur Seite. «Das sieht scheiße aus. – *Du* siehst scheiße aus!»

«Geht schon.» Thomas zog sich am Geländer hoch und setzte sich in Richtung Kellertreppe in Bewegung.

«Du bleibst hier», wollte Lang ihn zurückhalten. «Mit der Verletzung kannst du nicht …»

Aber Thomas nahm bereits die Stufen nach unten. Als er im ersten Raum ankam, einer Art Waschküche, hatte er sich den Gürtel aus der Hose gezogen, quer über die Schulter geworfen und schnappte sich zwei Gästehandtücher aus dem Regal, die er Lang auf die Brust drückte, als er ihn einholte: «Leg die auf die Wunde und dann zieh zu.»

Lang folgte seinen Anweisungen. Als er den Gürtel unter der gegenüberliegenden Achsel stramm zog, schnürte es Thomas beinahe die Luft ab.

«Die Infektion wird dich umbringen», sagte Lang.

«Dann sollten wir uns eventuell beeilen? Er wäre nicht hier runter, wenn es hier unten keinen Ausgang gäbe», war Thomas überzeugt und jagte durch die anderen Räume, die kaum an einen Keller erinnerten. Nicht nur das perfekt eingerichtete Arbeitszimmer, alle Räume waren erst vor kurzem professionell ausgebaut worden.

«Wo bleibt die Verstärkung?», fragte Thomas, als er vor einer Tür ankam, wie sie typisch für Vorratskammern war.

«Muss jeden Moment kommen», antwortete Lang, als er Thomas eingeholt hatte.

Thomas nickte und legte die Hand auf die Klinke. Lang verstand. Er zog seine Pistole aus dem Holster und richtete sie auf die Tür. Thomas riss sie auf und machte einen Satz zur Seite hinter die Mauer.

Die Anspannung wich aus Langs Gesicht, und er ließ die Waffe sinken. Thomas beugte sich vor und sah durch den Türrahmen: Feuchtigkeit und Moder schlugen ihm entgegen. Das Schwarz an den betonierten Tunnelwänden schluckte das Flackern der Notbeleuchtung. Vor ihnen lag eine Wegkreuzung, die in drei verschiedene Richtungen führte.

Er konnte nicht riskieren, dass ihn das Knarren der Luftschutztür und das Krachen der Verriegelung verrieten, also ließ er sie hinter sich offen stehen. Es lief sowieso nichts mehr, wie er es geplant hatte.

Dennoch spürte er auch Erleichterung.

Er füllte das Magazin mit zwei neuen Patronen auf und schob es zurück in die Browning. Er hatte diesen Exbullen erwischt. Vermutlich an der Schulter. Dabei hatte er aufs Schlüsselbein gezielt. Keine Verletzung, die tödlich war, ihn aber garantiert ausgeknockt hätte. Irgendwann vielleicht, wenn das alles rum war, sollte er ihm einen Brief schreiben. Sich bedanken, dass er ihm die Sache mit den Kindern von den Schultern genommen hatte. Auch im Namen der Kinder. Es würde ihnen guttun, zu wissen, dass jemand gekommen war, um sie zu befreien.

Was hätte er damals für dieses Wissen gegeben!

Zu gern hätte er gewusst, was das Haus derart erschüttert hatte. Als hätte es eine Explosion gegeben. Aber da hatte er die Vorratstür schon erreicht. Und er war nicht so dumm, noch einmal zurückzugehen, um nachzusehen.

Er setzte sich wieder in Bewegung. Von jetzt an würde es allein darauf ankommen, dass es schnell ging.

«Was hast du getan?», flüsterte Fabienne wie betäubt. Der Mann mit dem gesenkten Kopf und dem leblosen Gesicht vor ihr sah aus wie ihr Mann. Aber er war ein Fremder. «Was um Himmels willen hast du nur getan?»

«Was hätte ich denn anderes tun sollen? Er war mein Vater!»

«Wie lange wusstest du es?»

Seine Augen tasteten sich langsam zu ihren empor, streiften sie aber nur, bevor sie wieder zu Boden glitten. «Ich hab die Bunker schon als Kind entdeckt. Er sagte, die Matratzen gehörten wahrscheinlich irgendwelchen Pennern, die sich eingenistet hätten, und hat mir verboten, jemals wieder hierherzugehen.»

«Und du hast ihm das geglaubt.»

«Wie hätte ich nicht? Er war …»

«Dein Vater. Ich habe verstanden!», unterbrach sie ihn und erinnerte sich an den warmherzigen alten Herrn, von dem jeder wusste, dass er zwar die intellektuellen Fähigkeiten besessen hatte, vom Innenminister zum Ministerpräsidenten aufzusteigen. Aber nicht die nötige Härte und Kaltblütigkeit, sich auch in der eigenen Partei durchzusetzen. Fabian war er ein liebender Großvater gewesen. Wenigstens hatte sie es so wahrgenommen. Oder hatte sie in seiner Zuneigung etwas übersehen? Vielleicht hätte sie etwas bemerkt, wenn Johanna vor seinem Tod alt genug gewesen wäre, dass er auch mit ihr hätte spielen können.

Wolfarth sah zu ihr auf und gleichzeitig durch sie hindurch. «Ich habe es nicht verstanden. Ich habe mir irgendetwas zusammengereimt. Ich … Ich …»

«Sag, dass du es gewusst hast, dass dein Vater kleine Jungen mit hier runternimmt und sie …» Sie musste schlucken. Wieder und wieder. Dann würgte sie unwillkürlich. «… sie misshandelt und quält.»

«Es muss noch einen Zugang geben, von wo er sie hergebracht hat. Wenn er sie durchs Haus gebracht hätte …»

«Sag es!», unterbrach sie ihn wieder. Diesmal flehentlich, mit Blick auf das Diktiergerät zwischen ihnen auf dem Boden. «Er tötet unsere Kinder!»

Sein Blick wurde klar. In seinem Gesicht stieg eine Kälte auf, die sie erschauern ließ.

Noch ein Fremder, dachte sie.

«Ja!»

Sie spürte, dass allein die Fesseln ihren Körper noch aufrecht hielten, während unter der Hülle alles in sich zusammensank.

«Wir alle wussten es. Ich. Die Frauen. Die, die alles unter den Teppich gekehrt haben. Ich weiß nicht, wer sonst noch alles.»

«Oh Gott», sagte sie. Wenigstens glaubte sie, dass sie es sagte.

«Ich habe die Frauen kennengelernt. Ich weiß nicht, wie er sie dazu gebracht hat, dass sie ihm die Jungen auslieferten. Immer wenn ich gemerkt habe, dass sie sich zu nahe kommen, habe ich Schluss gemacht. Bis du kamst. Du hast dich nicht von ihm einwickeln lassen.»

Hatte sie das wirklich nicht? Sie dachte daran, wie sie Fabian nach Johannas Geburt immer wieder bei seinem Großvater gelassen hatte. Es zerriss ihr beinahe das Herz.

«Bei dir war ich mir sicher. Du warst meine Rettung! Mit dir wusste ich, dass es aufhört. Für mich. Dass ich vergessen durfte.»

«Halt den Mund!», fuhr sie ihn an und spürte etwas in sich auflodern, das sie schon lange empfand, aber immer wieder erfolgreich unterdrückt hatte: Hass. «Du machst mich nicht zu deiner Entschuldigung. Hast du verstanden?»

«Ich sage nur, wie es war», erwiderte er ungerührt.

Und tatsächlich entdeckte sie in seinem Gesicht nichts, das um Mitleid bettelte oder Vergebung erbat.

mittwoch, 15. januar, 05:11 uhr

Der A6 nahm die Temposchwelle auf der Fahrbahn mit elegantem Nicken. Mirjams Rippen aber meldeten das Epizentrum eines Erdbebens. Mindestens Stärke zehn, obwohl sie sehr vorsichtig fuhr. Sie ächzte und sah in den Rückspiegel. Johanna war eingeschlafen, den Kopf auf Fabians Schoß. Auch den schien die Erschöpfung zu übermannen, aber seine Hand glitt unermüdlich über Johannas Stirn und Haar.

Auf der Fahrt zu Wolfarths Wochenendhaus war es ihr leichter vorgekommen, den Wagen in der Spur zu halten. Allerdings hatte die Straße da auch fast nur geradeaus geführt. Bis sie jetzt endlich den Außenbezirk von Sarreguemines erreicht hatte, war sie mehrfach vom Asphalt abgekommen oder auf die Gegenfahrbahn geschlittert.

Es hatte nicht an der Straße gelegen, das wusste sie. Sondern an den Schüssen, die wieder und wieder in ihren Ohren nachhallten. Und daran, dass sie mit Bildern, in denen Bulpanek sich mit einem Sprung zur Seite hatte retten können, gegen andere ankämpfte, in denen sein Körper von zwei Kugeln zerfetzt wurde wie im Kino. Sie klammerte sich an die hoffnungsvollen. Die aber immer an dem Punkt scheiterten, an dem Bulpanek hinter etwas hätte Deckung finden müssen, das nicht auf dem Balkon sein konnte. Ein Müllcontainer. Eine Häuserwand. Ein Auto …

Wo war das verdammte Krankenhaus? Das Schild hatte doch in diese Richtung gewiesen. Sie war wie vorgeschrieben rechts abgebogen und der Straße gefolgt. Wie lange schon? Fünf Minuten? Zehn? Mist, sie hatte völlig die Orientierung verloren. Außer geparkten Autos, kniehohen Mauern mit Vorgärten und ein- und zweistöckigen Wohnhäusern, die bei Tageslicht vermutlich schmutzig grau waren, gab es hier nichts. Nichts!

Mirjam hielt an der nächsten Kreuzung und blickte sich um. Zu ihrer Rechten sah sie die Einfahrt zu einem hell erleuchteten Platz. Ein gutes Zeichen, dachte sie und setzte den A6 wieder in Bewegung.

Doch sie hatte nicht das Krankenhaus gefunden, sondern eine Polizeistation. Sie zählte fünf Streifenwagen, während ihr gleichzeitig etwas sagte, dass die gar nicht hier sein sollten. Sie sollten bei Wolfarth sein.

Vermutlich liegt sein Grundstück nicht in ihrem Zuständigkeitsbereich, dachte sie. Die «Police» kontrolliert in der Stadt. Auf dem Land die Gendarmerie. So war es doch. Oder nicht?

«Still», flüsterte Thomas und lauschte angestrengt den Tunnel hinab. Aber das Rauschen und Wummern in seinem Ohr konnte auch von der Schulterverletzung herrühren.

«Ich hör nichts», sagte Lang hinter ihm.

«Verdammte Scheiße!»

«Was ist das hier?»

«Der Schimmel in Kathrin Freitags Ohr.» Thomas deutete

auf die schwarzen Flecken auf den Betonwänden. «Ich denke, wir wissen jetzt, wo sie und die anderen getötet wurden.»

Lang nickte nur und verzog das Gesicht.

Zwei der Gabelungen, die vom Haus wegführten, hatten sich als Sackgassen herausgestellt. Nun standen sie erneut vor einer Gabelung und konnten nur rätseln, welcher unbeleuchtete Abzweig der richtige war.

«Du da lang und ich da», wedelte Lang mit seiner Pistole in beide Richtungen.

«Und was machen wir an der nächsten?», fragte Thomas und suchte den Boden nach Spuren ab, die verrieten, welchen Gang der Mörder benutzt hatte. Alles war feucht und dreckig, voll abgesplitterter Betonstücke. Irgendwo musste Wasser eindringen. Waren sie unter dem See hinterm Haus?

«Es kann nicht unendlich viele Wege geben», erwiderte Lang.

«Moment noch!», hob Thomas die Hand. Da war eindeutig ein Geräusch. Er war nur nicht sicher, aus welchem Gang es kam.

«Ihren Kindern geht es gut», hatte der Entführer gesagt, als er zurückgekommen war, und das Tape durchschnitten, mit dem er sie an den Stuhl gefesselt hatte. Dann hatte er sie auf den Gang hinausgeschoben und sie angewiesen: «Gehen Sie den Weg zurück, den wir gekommen sind.»

Fabienne stützte sich bei jedem Schritt an der Wand ab. Ihre Knie zitterten. Vom Gehörten? Vom Erlebten? Vom Wissen, dass sie ihren Mann seinem Henker überlassen hatte? Sie hatte ihn angefleht, ihn ebenfalls gehenzulassen. Das hatte sie.

Hatte sie?

Gefleht?

Sicher nicht mit der Inbrunst, mit der man um das Leben eines Unschuldigen bettelt. Doch wie hätte sie die auch aufbringen sollen? Johannes war nicht unschuldig. Vielleicht juristisch, da kannte sie sich nicht gut genug aus. Aber moralisch auf gar keinen Fall.

Hatte er ihren Zweifel, ihre Halbherzigkeit gespürt, als er ihr die Waffe ins Gesicht gehalten hatte? Hatte sie vielleicht Mitgefühl in seiner Stimme gehört, als er gesagt hatte: «Wenn Sie leben wollen, gehen Sie und drehen sich nicht um! Gehen Sie zu Ihren Kindern!»

Unsicher setzte sie einen Fuß vor den anderen in den unbeleuchteten Abschnitt des Tunnels, der zurück zum Haus führen musste.

«Hier lang», flüsterte Thomas und bog in den rechten dunklen Tunnelzweig ab.

«Ich hab nichts gehört.» Lang folgte ihm dennoch.

«Da waren Schritte.» Thomas tastete sich an der Wand entlang. Der Boden unter seinen Sohlen fühlte sich an, als ginge er auf einem Kiesbett. Er versuchte, das Knirschen zu ignorieren und nur auf das zu lauschen, was vor ihnen lag. Dann hörte er es wieder und blieb abrupt stehen. Lang schubste ihn beinahe von den Beinen.

«Da», flüsterte Thomas und hielt die Luft an.

«Zum Teufel, du hast recht!» Lang hob seine Pistole und zielte ins Dunkel.

Fabienne konnte noch immer umdrehen. Sie hatte noch keinen Schuss gehört. Und die Frauen hatte er erschossen. Das hatte Johannes ihr erzählt.

Wie war er eigentlich, als er davon gehört hatte? Hatte es ihn berührt? Er musste gewusst haben, um wen es sich handelte. Fieberhaft durchkramte sie ihre Erinnerungen nach einem Blick von ihm. Einer Geste, die ihr sagte, dass er Mitleid empfunden hatte. Schuld. Irgendetwas, das stärker war als nur Betroffenheit. Aber hatte er das überhaupt empfunden?

Ein Kopfschütteln in der Küche am Morgen, als die erste Frau gefunden worden war. Reichte das schon? Der Morgen des zweiten Opfers: Sie hatten am Frühstückstisch gesessen. Er hatte die Ellenbogen aufgestützt und einen Moment lang sein Gesicht in den Händen vergraben, bevor er sie gefaltet und das Kinn aufgestützt hatte. Noch ein Kopfschütteln. Auf das dritte Opfer war ein langer Blick in den Garten gefolgt. Ein bedrücktes Durchatmen, das sie irrigerweise voller Zynismus betrachtet hatte, weil sie dachte, ahnte, ja, wusste, er machte sich Gedanken darüber, welche Auswirkungen ein Irrer in Saarbrücken auf den bevorstehenden Wahlkampf haben würde.

Zur Hölle noch mal, es war vollkommen gleichgültig, wie er reagiert hatte. Sie machte sich ebenfalls zum Richter, wenn sie ging. Es war nicht an ihr, über ihn zu befinden, dachte sie und wollte umkehren.

«Halt! Stehen bleiben!», schallte es aus der Dunkelheit. «Polizei! Bleiben Sie stehen! Hände an die Wand!»

Sie wollte ja stehen bleiben. Aber ihre Beine hatten ein Eigenleben entwickelt.

«Nicht schießen!»

Schießen? Womit sollte sie schießen? Im nächsten Moment krachte es, als würden die Wände einstürzen.

Im gleichen Moment, in dem das Geschoss Kaliber neun Millimeter den Lauf der Pistole verließ, die Luft um sich in kreisrunden Wellen verdrängte, ein Loch hinter sich erschuf, in dem sich ein Überschallknall bilden konnte, parkte Mirjam den Audi gleich neben der Einfahrt zur Polizeistation. Sie versicherte Fabian, dass sie gleich wieder da sein würde, und betrat kurz danach den Vorflur der Wache, wo sie vor einer Glasscheibe warten musste. Ein Uniformierter erschien dahinter. Sein Gesicht war fleischig. Nicht das, was sie sich unter einem Franzosen mit scharf geschnittenen Gesichtszügen vorstellte.

«Bonsoir! J'ai besoin de votre aide», bat sie inständig um Hilfe, bevor der Beamte fragen konnte.

«Bien sur, Demoiselle.» Er kniff die Augen zusammen. Sein Fleischgesicht legte sich in Falten.

«Hier soll ein Krankenhaus sein. Aber ich kann es nicht finden», sagte sie auf Französisch.

«Geht es Ihnen nicht gut?» Er verständigte sich mittels Handzeichen mit jemandem, den sie nicht sehen konnte.

«Bitte! Das Krankenhaus!»

«Soll ich einen Krankenwagen rufen?»

«Nein, ich muss die Kinder dorthin bringen.» Was redete sie da eigentlich? Sie war auf einer Polizeistation. Sie konnte sie hierlassen!

«Demoiselle, Sie sehen nicht gut aus. Sind Sie krank? Hatten Sie einen Unfall?»

Ein weiterer Beamter erschien hinter der Scheibe. Groß, breit, mit starkem Überbiss. Er stemmte die Hände in die Hüften und senkte den Kopf. Seine dunkelbraunen Augen musterten sie unter buschigen Brauen.

«Nein, mit mir ist alles okay», antwortete Mirjam und ahnte

erst jetzt, dass der Rippenbruch seine Spuren auf ihrem Gesicht hinterlassen haben musste. Vermutlich war sie so weiß wie die Wand hinter ihr. Sie sah an sich herab. Ihre Kleidung war voller Erde. «Können Sie mir sagen, wer für Puttelange zuständig ist?»

Sie wusste nicht, wie sie auf diese Frage gekommen war. Sie ging wohl davon aus, dass man sich untereinander auf dem Laufenden hielt und man auch hier von Wolfarths Entführung wusste, derentwegen Lang die Gendarmerie – die Kavallerie – um grenzübergreifende Unterstützung gebeten hatte.

«Wir, Madame! Puttelange fällt in unseren District. Gibt es einen Vorfall, den Sie uns melden wollen?»

«Ich habe Johannes Wolfarths Kinder im Auto. Kommissar Lang – hat mich – mit ihnen – weg – geschickt.» Stammelte sie etwa?

«Madame, vielleicht kommen Sie erst einmal zu uns rein. Und dann erklären Sie uns noch einmal alles ganz von vorn.»

Fabienne öffnete die Augen. Aber sie konnte nur hören. Jemand wurde gegen eine Wand gestoßen.

«Verflucht! Wieso hast du geschossen?» Die Stimme. Sie erkannte sie.

«Es war dunkel, verdammt. Ich dachte, es wäre er.»

«Ich sagte doch: nicht schießen!» Es war der Mann, der sich gerade über sie gebeugt hatte. Der nach ihrer Wunde gesehen hatte.

O Gott!, war alles, was sie denken konnte. Es bedeutete: Ich wurde angeschossen! Ich habe eine Kugel in der Brust. Ich kann nicht atmen. Ich werde sterben. In einem beschissenen dunklen Loch. Rettet mich. Rettet meine Kinder.

Als sie erneut die Augen öffnete, war der Mann wieder über ihr. Er drückte auf ihre Brust. Dabei bekam sie sowieso schon keine Luft. Etwas klatschte auf ihre Wange.

«Bleib bei mir! Fabienne! Du musst wach bleiben.»

Die Stimme. Thomas?

«Lass die Augen auf. Gut so!»

«Wird sie es schaffen?»

Wer war das?

«Ich glaube, ihr Lungenflügel ist kollabiert. Sie muss hier raus. So schnell wie …»

«Hören Sie mich? Ich bringe Sie hier weg.»

Wieso war jetzt der andere über ihr? Wo war Thomas? War sie wieder weggetreten?

«Ich muss nur wissen: Hat der Täter mit Ihnen gesprochen? Wissen Sie, warum er Sie entführt hat?»

Sie versuchte, etwas zu sagen. Ihr Oberkörper zuckte. Hustete sie etwa?

«Nicht reden! Nicken Sie einfach nur. Hat er Ihnen gesagt, warum ausgerechnet Sie?»

Sie nickte. Jedenfalls glaubte sie das.

«Da … vid …», röchelte sie.

«David? Ist das sein Name?»

Sie nickte erneut. Versuchte mit einer Hand in die Richtung zu zeigen, aus der sie gekommen war. Der Knöchel schlug auf einen Stein auf, aber es tat nicht weh.

«Mein … Mann …»

«Ich verstehe.» Er sah über sie hinweg und strich ihr danach übers Haar. «Wir kümmern uns um alles. Sie sind jetzt in Sicherheit. Ich bringe Sie hier raus. Ihren Kindern geht es gut. Sie müssen sich keine Sorgen um sie machen.» Er legte seine Hand auf ihren Mund. Seine Finger verschlossen ihre Nase. «Nicht wehren. Vertrauen Sie mir. Alles wird gut.»

mittwoch, 15. januar, 05:38 uhr

Mirjam löste Fabians Gurt und sah durch die Heckscheibe zum Eingang der Polizeistation. Das Fleischgesicht und der mit dem Überbiss diskutierten und zeigten immer wieder auf sie, bis der Überbiss wieder durch die Tür verschwand.

«Tu genau, was ich dir gesagt habe, und erzähl den Polizisten, was passiert ist. Los jetzt!» Mirjam richtete sich auf und half Fabian aus dem Wagen.

Umgehend rannte er wild schreiend zur Ausfahrt.

«Was ist denn mit ihm?», rief das Fleischgesicht Mirjam zu, als er an ihr vorbei Fabian nachrannte.

«Ich weiß nicht», sah Mirjam ihnen entsetzt nach. Dann hob sie Johanna aus dem Wagen und stellte sie auf ihre Füße. «Geh ins Haus. Die Männer da sind nett.»

Johanna starrte sie nur regungslos an.

«Ich hole jetzt deine Mama. Geh!»

Mirjam sah den Überbissschatten im Polizeiflur durch die Glasscheibe in der Tür. Sie schlug die Wagentür zu, rannte um den A6 und quälte sich hinters Steuer.

Als der Audi hart hinter der Straßenrinne auf dem Asphalt aufschlug, sah sie, wie der Überbiss Johanna auf den Arm nahm. Sie blieb stocksteif.

Fabian hatte es bis über die Kreuzung geschafft, als das Fleischgesicht ihn einholte. Sie winkte ihm durchs Beifahrerfenster zu und schoss die Straße hinab, die sie gekommen war.

Fabian würde tun, was sie ihm aufgetragen hatte, da machte sie sich gar keine Sorgen. Und die Polizisten würden auf diese Weise schneller reagieren, als wenn Mirjam selbst auf der Wache sitzen bliebe. So jedenfalls reimte sie sich das zusammen, nachdem sich bereits Bulpanek aus diesem Grund mit ihr aus Zetting verdrückt hatte. Sie würden niemanden rausschicken, der ihre Aussage überprüfte, sondern ihr ein ganzes Kommando hinterherscheuchen. Wenigstens hoffte sie das.

Denn sie hatte das Gefühl, nicht genug Zeit für alle möglichen Fragen zu haben. Dass Bulpanek nicht so viel Zeit hatte, wenn er die Schüsse überhaupt überlebt hatte. Denn was immer Lang auch vorhatte, eins hatte sie nach ihrem Auftritt auf dem Revier verstanden: Es hatte nie einen Anruf von Lang wegen Amtshilfe gegeben.

Endlich wieder im Freien. Thomas sog die eiskalte Nachtluft ein. Beim Ausatmen hatte er noch immer den Geruch von verrottendem Laub und Fäulnis in der Nase, der im Bunker gehangen hatte. Seine Schulterwunde pochte, als pumpte sie das Blut literweise raus. Er versuchte den rechten Arm möglichst nicht zu bewegen, während er den Fußspuren im Schnee über einen Schotterweg folgte.

Das bunte Glitzern, das er hinter Wolfarths Haus auf dem See bemerkt hatte, gehörte zu einem Campingplatz, dessen Bäume am Seeufer mit Partygirlanden vollhingen. Er lag jetzt links von ihm und bestätigte Thomas' vorherige Annahme, dass die Tunnel wenigstens zum Teil unter dem See verlaufen mussten.

Nachdem er sich von Lang die Waffe hatte geben lassen und ihn bei Fabienne zurückgelassen hatte, war Thomas zuerst auf einen Bunkerraum gestoßen, in dem er Johannes Wolfarth entdeckt hatte. Sein Körper hing leblos gefesselt auf einem Stuhl. Der Mörder hatte seinen Kopf mit Textiltape umwickelt. Danach hatte er ihm Mund und Nase zugeklebt und Wolfarth ersticken lassen. Thomas hatte ihm unters Kinn gegriffen und seinen Kopf angehoben. Der Täter hatte seine Handschrift im rechten Auge hinterlassen. Mit einem Schraubenzieher, der neben Wolfarth auf dem Boden lag. Hoffentlich post mortem.

Thomas suchte nach Blaulicht zwischen den Baumreihen. Hoffte auf Verstärkung. Einen Krankenwagen. Für Fabienne. Für sich. Aber der flackernde Schein am Himmel konnte alles Mögliche sein.

Der Weg knackte und knirschte verdächtig unter seinen Schritten. Thomas stoppte. Unter ihm war eine zugefrorene Pfütze, die quer über den Weg reichte. Der See musste über die Ufer getreten sein.

Er sah ihn nicht kommen. Hörte nur etwas hinter sich. Und bevor er sich umdrehen konnte, wurde er auch schon von etwas wie einer Abrissbirne umgerammt. Thomas schrie auf, als er mit der verletzten Schulter auf den Boden prallte, und wälzte sich auf die andere Seite. Der Aufprall trieb ihm solche Schmerzen durch den Körper, dass er sofort sein Schlüsselbein nach einem Bruch abtastete.

Im Augenwinkel verschwand ein Schatten wieder hinter den Bäumen auf der seeabgewandten Seite. Thomas kämpfte sich in den Sitz auf und realisierte, dass er ausgerechnet mit der linken Hand auf die Schulterwunde drückte. Er musste die Waffe im Fallen weggeworfen haben.

Amateurhaft. Schon wieder.

«Hinlegen!» Der Hüne bedrohte ihn mit Langs Pistole.

Thomas ließ sich zu Boden sinken.

«Wenn Sie mich hätten erschießen wollen, hätten Sie das bereits im Haus getan», stöhnte er.

«Wo wäre da der Reiz gewesen? – Wo ist Ihr Kollege?»

Thomas hätte ihm sagen können, dass Lang mit Fabienne auf dem Weg zum Haus war, um sie dort Sanitätern zu übergeben. Aber er rechnete noch immer damit, dass der Hüne sein Auto nahe beim Haus stehen haben musste. Wenn er ihn lang genug hier festhielt, würde ihn dort ein Einsatzkommando in Empfang nehmen. «Er war gerade noch hinter mir.»

«War er nicht.»

Thomas rollte sich auf den Bauch und sah den Weg zurück, als müsste er sich vergewissern, dass der Hüne die Wahrheit sagte.

«Lang!», wollte er rufen. Er hatte kaum die Kraft dazu.

Immerhin folgte der Hüne seinem Blick.

«Und was jetzt?»

«Wir warten. Ich töte Ihren Kollegen. Ich gehe.»

«Sie haben doch alles, was Sie wollten. Sie können einfach verschwinden.»

Der Hüne schwieg. Thomas überlegte, wie lange es dauern würde, bis Lang mit Fabienne beim Haus war, die Beamten (zu denen das Flackern am Himmel gehört haben musste!) unterrichtet hatte und sie zu ihnen unterwegs waren. Sie würden sich leise durch das Waldstück bewegen. Was zwei oder drei Mal so lang dauern würde. Er musste mehr Zeit schinden. «Was hat Wolfarth Ihnen angetan?»

«Wissen Sie das immer noch nicht? Sie enttäuschen mich. Herr Bulpanek.»

«Sie kennen mich?»

«Thomas Bulpanek. Der Psycho-Bulle. Der sich eingebildet hat, er könnte die Verschwundenen Jungs retten. – Er könnte uns retten.»

Thomas wandte ihm den Kopf zu. Ihre Blicke trafen sich. Vielleicht war es die Erschöpfung. Die Müdigkeit. Oder aber der Blutverlust wirkte sich bereits auf sein Gehirn aus und er halluzinierte. Doch ein Gesicht tänzelte vor seinen Augen. Milchzahnlos. Schmutzig. «Das ist unmöglich.»

«Dass ich einer von ihnen bin?!»

«Das Foto von Katja Liebenfels.»

«Auf der Folsterhöhe.»

Thomas rollte auf die Seite und kam auf der rechten Schulter zu liegen. Den Schmerz, der ihm vorher beinahe alle Sinne betäubt hatte, nahm er kaum wahr. «Die Nummer eins!»

Der Hüne schwieg. Er rührte sich nicht einmal.

«David», ächzte Thomas, als er sich wieder auf den Rücken drehte. Sein Kopf schlug hart auf dem Boden auf.

Lang lag im Schnee und drückte den Ellenbogen tiefer hinein, bis sein Unterarm eine plane Ablagefläche hatte, und zielte mit dem Colt Cobra aus dem Holster an seinem Fußgelenk. Nicht gerade seine bevorzugte Waffe. Der kurze Lauf machte sie weniger treffsicher. Zudem war das Modell für ihn mit einer unseligen Vorgeschichte belastet. Seine Brust hatte sich regelrecht zusammengezogen, als er sie aus dem Wagen auf dem Parkplatz gereicht bekommen hatte. Auch wenn ihm versichert worden war, dass es sich nicht um dieselbe wie damals handelte. Dass sie lediglich baugleich war. Dass sie nicht diejenige war, die sein Sabinchen in einem Zug-Gegenzug-Verfahren auf den OP-Tisch dieses Herzspezialisten gezaubert hatte.

Konzentrier dich!, ermahnte er sich. Vor ihm ragte eine Baumwurzel aus dem Boden, auf der er seine Hand abstützen konnte. Kimme – Korn – David. Wenn nur der Baumstamm nicht im Weg wäre. So musste Lang warten, bis er sich in die Schusslinie vorbeugte. Bei dem schlechten Licht musste er ihn in voller Größe vor den Lauf kriegen.

Er konnte die leisen Stimmen hören. Sie flüsterten beinahe. Also präzisierte er seine Schätzung der Entfernung zu ihnen auf weniger als zehn Meter. Nur ein schwachsinniger Blinder mit Schüttellähmung konnte aus der Entfernung vorbeischießen.

«Wer ich bin, ist nicht wichtig. Sondern was ich tue.»

«Sie töten Unschuldige.»

«Ist das so? Sie leben schließlich noch.»

«Bin ich unschuldig?»

«Von meiner Warte aus.»

«Was haben die Frauen getan?»

«Was haben Sie damals getan?»

Lang wurde kalt. Von den Knien abwärts war er nass, und der Stoff wurde bereits steif. Er hatte aus der Entfernung gesehen, wie dieser David Bulpanek vom Weg abgeräumt hatte wie einen Bowlingpin und sich sofort ins Unterholz geschlagen hatte. Blöderweise auf der falschen Seite, denn so hatte er teilweise durch den See waten müssen, um unentdeckt hierherzukommen. Seine Hand begann zu zittern. Das kalte Metall sog die Wärme aus seinen Fingern. Seine Reaktionszeit würde bald nachlassen. David bekäme womöglich doch noch eine Chance, zurückzufeuern, bevor er selbst einen zweiten Schuss abgeben konnte. Den Fangschuss. Vorsichtig sah er sich nach einer Position um, von der er David direkt ins Visier bekommen konnte.

«Ich habe den Fall untersucht. Im Nachhinein.»

«Sie haben nicht geschwiegen.»

Bulpanek hob den Oberkörper an.

«Liegen bleiben! Oder ich fütter Ihr Hirn mit etwas, das es nicht verdauen kann.»

Lang konnte den Lauf der Pistole hinterm Baum hervorkommen sehen. Er atmete aus und wartete. Vergebens. David blieb durch den Baum verdeckt. Beim Einatmen erfroren seine Zähne fast.

«Was hätten die Frauen erzählen können?»

«Ich habe Katja Liebenfels damals meinen Namen und meine Adresse gegeben. Die Hälfte der Kohle für das Bild sollte mir gehören. Stattdessen kam ein weißer Bulli, und ich landete auf der Transportfläche.»

«Katja Liebenfels soll Sie verkauft haben?»

David warf Bulpanek etwas zu. Es ging zu schnell, Lang konnte nicht erkennen, um was es sich handelte.

«Was ist das?», fragte Bulpanek.

«Hören Sie es sich an. Ihr Geständnis.»

«Sie haben sie gefoltert. Sie hätte Ihnen alles erzählt, was Sie hören wollten.»

«Man hat sie mit Ausstellungen geködert. Die große Künstlerkarriere. Ich kann mir vorstellen, wie ihre Augen geleuchtet haben, als sie ihnen meinen Namen gegeben hat.»

«Sie hat verkitschten Schmuck hergestellt.»

«Der Teufel verspricht nur. Er liefert nicht.»

«Und die anderen?»

«Eine neugierige PR-Praktikantin, die zum Wochenendhaus ihres Chefs fährt und im Keller die falsche Tür aufmacht.»

Es reichte. Das war alles mehr, als Lang hören wollte. Und es war garantiert mehr, als Bulpanek hören sollte. Lang griff in seine Manteltasche und zog sein Smartphone hervor. Der Touchscreen reagierte kaum auf seine Finger, als er eine SMS eintippen wollte.

«Auf dem Parkplatz hat man sie vor die Wahl gestellt: Reden und sterben. Oder schweigen und leben.»

Die PR-Agentur. Sybille Wagner. Sie hatte auf dem Parkplatz im Almet gelegen, als ruhte sie sich in der Sonne aus. Inzwischen dämmerte auch Lang die Symbolik.

«Kathrin Freitag hat ihre Entscheidung am Wassertor getroffen. Sie hat auf einen der Jungs in der Skateranlage gezeigt, die in ihre Klasse gingen. Als sie auspacken wollte, hat man ihr den Bunker gezeigt. Ihr gezeigt, was mit ihr passieren wird. Ich habe sie damals durch den Türspalt gesehen. Trotz des Verbands um meinen Kopf von dieser Ärztin.»

Bulpanek hielt eine Hand in die Höhe, als wollte er «Stopp!» sagen.

«Sie waren hier!?»

Lang konnte die Ungläubigkeit in Bulpaneks Stimme hören. Er selbst hatte nie von diesem Ort gehört. Aber wenn er sich hätte vorstellen müssen, wo man Jungs wie David festgehalten hatte, hätte seine Phantasie es sich kaum anders ausgemalt.

«Ich kenne Johannes seit zwanzig Jahren.»

«Sie sollten sich Ihre Freunde besser aussuchen. Hören Sie sich das Band an.»

Langs Hand verrutschte einen Moment. Er hätte selbst gern gehört, was auf dem Band war. Gleichzeitig hoffte er, dass Bulpanek es nicht einschaltete. Aber es würde im Nachhinein sowieso noch schwierig werden, ihn davon abzuhalten.

«Und Mirjam Reichert?»

«Hören Sie sich das Band an!»

«Sie ist zu jung. Sie passt nicht zu den anderen. Sie wollten etwas anderes von ihr.»

«Versuchen Sie mal an Wolfarth ranzukommen. Seit raus war, dass er nach Berlin gehen würde, hatte er ständig jemanden um sich, wenn nicht das kleine Miststück an ihm klebte. Die beste Möglichkeit, ihn allein zu erwischen, war, die beiden voneinander zu trennen. Sie war der Schlüssel. Und der Stalker hat die beiden doch gut beschäftigt.»

«Warum geben Sie mir das Band?»

«Ihre Chancen, hier lebend rauszukommen, stehen höher. Machen Sie was draus.»

«Und wenn ich es verschwinden lasse?»

«Sie haben Ihre Bullenkarriere versaut, weil Sie nicht die Fresse halten konnten.»

«Ich könnte das Band nutzen, um sie mir zurückzuholen. Und es unter den Tisch fallen lassen.»

«Damit geben Sie die anderen Jungs auf.»

«Ich ging schon einmal davon aus, dass sie getötet worden sind.»

«So wie ich?»

Bulpanek wog das Diktiergerät in der Hand und ließ es schließlich in seiner Manteltasche verschwinden.

«Warum ist keiner je wieder aufgetaucht?»

«Misshandlung. Vergewaltigung. Drogen. Wer noch lebt, an dem kleben die Bullen wie Fliegen an der Scheiße.»

Jetzt drückte er auch noch auf die Tränendrüse. Lang deckte das Smartphone mit einer Hand ab und kontrollierte den Nachrichteneingang.

«Und Sie glauben, die freuen sich, dann ausgerechnet mich zu sehen? Einen Expolizisten?»

«Stellen Sie es richtig an.»

Der Mond brach durch die Wolkendecke. Lang sah vom Smartphone auf. Er glaubte, die Umrisse von Davids Gesicht hinter dem Baum hervorlugen zu sehen, und korrigierte sein Ziel von Brusthöhe auf den Kopf. Seine Finger waren inzwischen so kalt, dass er sicher war, nur einen einzigen Schuss zu haben. Dieser war schwieriger. Aber endgültig.

Es war eine einfache Rechnung: Der Boden hatte null Grad oder weniger. Sein Körper lag also mit rund vierzig Prozent seiner Oberfläche auf Eis. Aufgrund der Verletzung pulsierte nicht mehr genug Blut durch Thomas' Adern. Die Wärmeproduktion mittels Zittern würde nicht ausreichen, um das von den gefährdeten Zonen zurückkehrende Blut auch nur annähernd wieder auf Normaltemperatur zu bringen.

Nase, Ohren, Finger und Zehen sandten Thomas bereits schmerzhafte Signale, dass sie die Mindesttemperatur unterschritten. Seine Glieder versteiften. Das Einatmen fiel ihm zunehmend schwerer. Alles in ihm verlangte danach, einzuschlafen. Seine Taktik, David an Ort und Stelle zu binden, bis Lang oder die Einsatzkräfte kamen, war ein totaler Fehlschlag. Wenn er dabei blieb, würde er sterben, ohne dass David einen Finger krumm machen musste.

Thomas richtete sich auf.

«Liegen bleiben!»

«Erschießen Sie mich.»

David nahm ihn ins Visier. Der Lauf der Pistole zielte auf seinen Oberschenkel.

Thomas wandte seinen Blick ab. Vor seinem Gesicht tänzelten kältedelirische Produkte seines Hirns von Sassa. Langes, rotes Haar. Ein Rücken voller schrecklicher Narben. Und der Stich ins Herz war heftiger als das Pulsieren in seiner Schulter. Er musste sich zusammennehmen, um in David weiterhin einen eiskalten Mörder zu sehen.

«Ich bin praktisch schon tot. Ich schaffe es nicht mal in die U-Haft.»

«Sie haben ein Zeichen gesetzt. Geben Sie dem jetzt einen Sinn, indem Sie sich stellen und jeder Ihre Geschichte erfährt. Sonst werden Sie einfach nur als Verrückter abgestempelt, der wahllos Menschen abgeschlachtet hat. Täter auf der Flucht erschossen. Hintergründe unbekannt. So wird die Pressemitteilung lauten.»

«Bin ich auf der Flucht?» David klopfte gegen die Baumrinde und lachte. «Außerdem weiß es jetzt mindestens einer besser.»

«Der *Psycho-Bulle*? Da gibt keiner was drauf.»

David lachte.

Thomas sah zur Seeseite. Er glaubte, etwas aufleuchten gesehen zu haben.

«Ihr Kollege wird nicht kommen, richtig? Sie haben mich nur hingehalten.» David richtete sich hinter dem Baum auf.

Dort, wo Thomas das Leuchten gesehen zu haben glaubte, rührte sich etwas über dem Boden. Kaum mehr als ein Schatten. Doch als der Mond erneut hinter einer Wolke hervortrat, erkannte er den Lauf einer Waffe. Dahinter einen Kopf.

«NEIN!», brüllte er im gleichen Moment, in dem David hinter dem Baum hervortrat und er selbst in die Höhe schnellte. Er hörte den Knall und spürte wie etwas an seinem Mantel riss, dabei seine Haut am Schulterblatt durchschnitt.

Er traf David in der Luft. Seine Arme schlangen sich um ihn. Halb zog er ihn an sich, halb presste er sich an ihn. Er sah Langs Waffe durch die Luft zirkeln, als Davids Hand gegen einen Baum schlug. Dann presste der Aufschlag auf dem Boden ihm alle Luft aus den Lungen. Er wickelte sich um den massiven Körper unter sich. Bekam die Handgelenke zu packen. Drückte sie auf den Boden und begrub David unter sich.

Gib auf!, dachte er, als er spürte, dass sich die Überraschung aus Davids Adern stahl und er gegen ihn ankämpfen wollte.

Dann wich die Kraft aus seinen Muskeln wie Qualm aus einem erloschenen Kerzendocht. Er machte sich schwer. Ließ sein gesamtes Gewicht über David erschlaffen. Nahm den Fausthieb in die Seite hin. Die Tritte des Knies in die Weichteile. Den Ellenbogen im Gesicht. Spürte das Aufbäumen des Felsens unter ihm. Wie er von ihm abglitt. Und hörte endlich die erlösende Stimme Langs:

«Schluss damit! Ganz ruhig! Die Hände da, wo ich sie sehen kann.»

Thomas rollte sich auf den Rücken. «Wo ist der Rest?», brachte er atemlos hervor, hob den Kopf und sah sich um.

Doch nur Lang stand vor ihnen.

«Hab ich dich, du perverses Schwein», zielte Lang auf David.

David machte keine Anstalten zu fliehen. Mühsam richtete er sich auf und präsentierte Lang seine Brust. «Komm schon, du Penner! Bring's zu Ende!»

«LANG!», brüllte Thomas ihn an. «Wir haben ihn! Hör auf!»

Der nächste Schuss kam Thomas ohrenbetäubender vor als alles, was er jemals gehört hatte. David wurde nach hinten gerissen. Thomas ging dazwischen, schob seinen Körper über ihn und machte die Arme breit.

«Lang! Es ist vorbei.»

Lang hob seine Dienstwaffe vom Boden auf und lud durch. «Ja, das ist es.»

Er erwartete, dass Lang etwas sagen würde wie: Geh zur Seite! Stattdessen aber sah Thomas selbst in die Mündung der Dienstpistole.

«Tut mir leid, Thomas», hörte er ihn sagen, während sein Gehirn sich in eine Zeitdimension verabschiedete, in der Dinge gleichzeitig geschehen konnten, die genau das gar nicht waren. Vergangenes und Zukünftiges. Daher konnte er später auch nicht sagen, ob er zuerst wahrgenommen hatte, dass Davids Arm sich unter ihm bewegt hatte, ob er ihn zuerst von sich gestoßen hatte, ob zuerst der Schuss neben seinem Ohr losgegangen war oder ob Lang geschockt das Loch in seinem Bauch angestarrt hatte.

Und obwohl etwas die Nervenfasern in seinem Rückenmark gleich unter seinem Kopf blockierte, konnte er seiner Hand zusehen, wie sie nach David greifen wollte, aber ins Leere ging, weil der schon aufgestanden war, sich vor Lang aufbaute und sagte: «Ich hab dich!», bevor er ihm eine Kugel in den Kopf jagte.

Das Geräusch ähnelte dem Schnalzen einer Peitsche, gefolgt von einem dumpfen Echo. Ein Mal. Das zweite und dritte Mal. Beim vierten Mal sah Mirjam das Aufblitzen im Wald, bevor der Knall sich durch das Labyrinth der kahlen Bäume den Hügel hinauf zu ihr durchgeschlängelt hatte. Und obwohl eine Stimme ihr zunächst sagte, sie anflehte – schrie! – nicht dort runterzugehen, setzten sich ihre Beine wackelig in Bewegung.

Erst als sie schon fast wieder in Sarreinsming gewesen war, hatte der Schein der Blaulichter an ihrer Heckscheibe gekratzt, und sie war in die nächstbeste Straße abgebogen, auch wenn diese sie auf die falsche Seeseite geführt hatte. Fabians Aussage bei der Polizei hatte also den gewünschten Erfolg gehabt, und entweder waren die Streifenwagen hinter ihr her, oder aber sie waren auf dem Weg zu Wolfarths Ferienhaus. In beiden Fällen hatte sie es als sicherer empfunden, ihnen auszuweichen.

Ein Zweig schlug ihr ins Gesicht. Mirjam wehrte die nächsten mit dem linken Arm ab, während ihr rechter immer steifer an der Seite klebte. Ihre gesamte rechte Körperhälfte krampfte sich zum Schutz um ihre gebrochenen Rippen. Sie registrierte, dass sie längst zur Schnappatmung übergegangen war. Trotzdem kämpfte sie sich weiter zwischen herabhängenden Ästen hindurch, verfing sich immer wieder in Wurzeln, die aus dem Boden ragten, und konnte sich nur vor dem Fallen retten, indem sie nach dem Nächstbesten griff, woran sie sich festhalten konnte.

Etwas hielt ihre Beine in Bewegung. Es war widernatürlich, sich einem Ort zu nähern, an dem Schüsse gefallen waren. Menschen blieben erschrocken stehen, wenn sie Schüsse hörten. Wenn sie klug waren, duckten sie sich. Und wenn sie richtig clever waren, rannten sie weg.

Trotzdem weigerte sie sich, sich selbst als dumm hinzustellen. Sie war vor dem Stalker davongelaufen. Nicht nur, als sie ihn in der Stadt gesehen hatte. Sie versteckte sich in ihrer Wohnung. Im Büro. Ständig. Und sie überließ es anderen, dieses Problem aus der Welt zu schaffen. Oder hatte sogar versucht, sie davon abzubringen.

Sie lief davor weg, der Welt einzugestehen, dass sie eine Schwester hatte, die um ihre Seele rang. Schwieg, wenn man sich nach ihr erkundigte. Log, dass sie irgendwo ein glückliches Leben hätte. Verriet sie, um den Preis des Anscheins von Normalität. Wohl auch um in den Sessel zu rutschen, den Wolfarth ihr zurechtgerückt hatte.

Bulpaneks Schubserei in der Wohnung steckte ihr wortwörtlich in den Knochen. Hatte ihr die Gummiartigkeit vor Augen geführt, mit der sie sich durchs Leben schlug. Dass man im Grunde mit ihr machte, was man wollte. Im Guten wie im Schlechten. Dass man sie auf eine Bank schubsen konnte, auf der sie verharrte.

Bis auf eben dieses eine Mal. Als sie, ohne zu wissen, ob ihre Kraft überhaupt etwas ausrichten konnte, Bulpanek zurückgestoßen hatte. Sich gewehrt hatte.

Mirjam duckte sich hinter einen Baumstumpf. Durch den Schleier von Ästen und Tannenzweigen vor ihr schimmerte ein geschwungener Weg im Mondlicht. Sie war sich nicht sicher. Aber das musste die Stelle sein, an der sie den Feuerschein der Schüsse gesehen hatte. Sie kniff die Augen zusammen. Was immer hier geschehen war, es war augenscheinlich vorbei und die Beteiligten verschwunden.

Mirjam suchte den nächsten Baum aus, der sie in seinen Schatten nehmen würde, und machte sich so klein wie möglich, während sie sich parallel zum Weg am Hang entlangtastete. Am Ende der Biegung lag etwas auf dem Weg. Es konnte ein Mensch sein. Oder ein Tier. Oder auch nur eine dunkle Pfütze, dachte Mirjam im gleichen Moment, in dem die Pfütze sich bewegte, einen Arm in die Luft hob, der auf der anderen Seite wieder zu Boden fiel.

Sie musste hingehen. Ganz gleich, wie sehr ihr Herz auch schlug, ihre Knie bei jedem Schritt zitterten. Sie hörte den Schnee unter ihren Füßen knirschen. Sie hörte den Stoff ihrer Hose in den Kniekehlen knittern. Sie hörte ihren eigenen flachen Atem wie einen Wirbelsturm. Und wünschte sich, ihre Augen wären genauso sensibel.

Sie war weniger als fünf Schritte entfernt und kauerte sich hinter einen gefällten Baum. Still. Sie hielt den Atem an, um wenigstens besser lauschen zu können, ob sich etwas um sie herum bewegte.

Dann hörte Mirjam ein Stöhnen und glaubte, die Stimme zu erkennen. Erleichterung und Panik griffen gleichzeitig nach ihr.

«Bulpanek?», vergewisserte sie sich flüsternd.

Er rührte sich nicht.

«Hören Sie mich?», versuchte sie es etwas lauter.

Ein Zucken mit dem Kopf.

Sie starrte einige Augenblicke lang knapp über den Boden hinweg in die Böschung gegenüber. Als sie endlich überzeugt war, dass sich dort niemand versteckte, schlich sie zu Bulpanek und ging neben ihm auf die Knie.

«Hey», flüsterte sie und legte ihre Hände an sein Gesicht.

Er ist es!, blitzte die Gewissheit endlich durch ihre Gedanken. Er hatte den Angriff auf dem Balkon überlebt.

Er atmete schwer. Wirkte weggetreten. Sein Gürtel war quer über die Brust geschnallt. Mirjam hob seinen Kopf vom Boden auf und zog ihn auf ihren Schoß. Sie schob seinen Mantelkragen beiseite und das nasse dunkle Handtuch ebenfalls. Sofort spürte sie eine warme Flüssigkeit an ihren Fingerspitzen, presste das Handtuch wieder auf die Stelle und zog den Gürtel stramm. Ein Riss klaffte im Rücken unter der anderen Schulter. Auch aus ihm trat die feuchte Wärme. Was sollte sie nur tun?

Bulpanek stöhnte. Es klang, als wollte er ihr etwas sagen. Sie hielt ihr Ohr direkt über seinen Mund.

«Wo ist das Auto?»

Sie spürte seinen Atem über ihren Nacken entgleiten. «Sie sind verletzt.»

«Ich hatte so was befürchtet», quälte er ein Lächeln in die Mundwinkel.

«Dieses Schwein hat versucht, Sie zu erschießen.» Mirjam war unschlüssig, ob sie das Offensichtliche gerade sich selbst vorhielt oder Bulpanek. Aber sie verstand, dass jetzt mehr von ihr gefordert wurde. «Das wird schon wieder. Sie haben unglaubliches Glück gehabt. Die Polizei kommt.»

Er hob seinen Arm und legte die Hand auf ihre Schulter. «Glück. Ja.»

Dann krallten sich seine Finger in ihre Muskulatur, und er begann, an ihr zu zerren.

mittwoch, 15. januar, 06:31 uhr

Der Wind schob Sassa die Reichsstraße hinauf Richtung Bahnhof, als wollte er ihr Vorhaben tatkräftig unterstützen. Sie verstand nicht, was es war, das sie so von innen nach außen stülpen wollte. Aber es war gefährlich, so viel hatte sie inzwischen begriffen. Für sie selbst und für alle anderen. Es gab nur eine Möglichkeit: Sie musste versuchen, alles auf null zu setzen. Zurück zum Punkt, an dem sie die schlechteste Entscheidung der letzten Monate getroffen hatte: mit Thomas, nein, mit Bulpanek mitzugehen.

Sie hatte die Wut kommen gespürt, bevor seine Nachricht, sie solle in der Wohnung auf ihn warten, den Boden erreicht hatte. Diese schreckliche, alles zersetzende Wut. Das Unaussprechliche. Und hätte sie nicht sofort ihre Sachen zusammengerafft und die Wohnung verlassen, hätte sie von der Einrichtung vermutlich nicht mehr viel übrig gelassen. Ihre letzten Opfer, der Außenspiegel des Audis im Rathausparkhaus und Bulpanek, wären dagegen noch glimpflich davongekommen. Und das war eine Seite von ihr, die sie Bulpanek garantiert nicht zeigen wollte. Er hatte schon genug gesehen. Hatte schon genug aus ihr hervorgeholt. Und stattdessen sich selbst eingenistet.

Das war es! Er hatte sich eingenistet. Wie sich Ungeziefer einnistet.

Genau so jemand war Bulpanek. Er reizte dieses Wesen in ihr. Einen Moment lang, bevor diese grauenhafte Frauenstimme sie vollständig aus dem Schlaf gerissen hatte, hatte sie sich, naiv, wie sie war, mit der Idee angefreundet, dass sie womöglich verliebt war. Eigentlich war es ausgeschlossen, da sie niemandem gestattete, so nah an sie heranzukommen.

Wahrscheinlich war es doch etwas anderes. Verliebtsein traf einen nicht hinterrücks wie ein Stachel durchs Herz. Unmöglich. Es war sicher etwas Warmes. Etwas Sanftes. Was in ihr vorging, war etwas, das einfach nur zeigte, was für einen riesigen Knacks sie hatte. Mehr nicht.

Sie musste unwillkürlich würgen. Der Wind schlug um, und die Schneeflocken, die sie eben noch von hinten umspielt hatten, machten kehrt und nadelten in ihre Wangen. Sassa kniff die Augen zu und hielt sich den Unterarm schützend vors Gesicht, bis der Ansturm vorüber war.

Vielleicht hätte sie Bulpanek auch so einen netten Brief hinterlassen sollen, dachte sie und spürte in ihrem Bauch zwei miteinander ringende Kräfte. Sie brannten. Die eine vor Wut und Hass. Die andere würde sie ebenso mit Haut und Haar verzehren. Ihre einzige Chance, einigermaßen heil aus der Sache rauszukommen, bestand vermutlich darin, keiner nachzugeben. Denn sie machten ihr nur eines – Angst.

Und deswegen war es auch richtig gewesen, einfach so zu gehen. Ohne jede Nachricht. Wenn Bulpanek heimkam, würde er sie im Schlafzimmer vermuten und allerfrühestens am Mittag bemerken, dass sie nicht mehr da war. Bis dahin würde sie bereits in irgendeinem Zug sitzen und endlich aus dieser schrecklichen Stadt verschwunden sein. Immerhin, das hielt sie für sich fest und merkte, dass es das Gleichgewicht in ihrem Bauch hielt, hatte er nicht die Bullen gerufen und sie übergeben. Wenn sie also in Zukunft an ihn denken würde, dann sollte das der Aufhänger sein.

Nur noch ein paar Meter, bis sie den Eingang zum Bahnhofsgebäude endlich erreicht hatte. Ein Wagen kam die Zufahrt hoch. Der Motor heulte auf, als die Reifen auf dem matschigen Schnee durchdrehten. Aber der Fahrer machte keine Anstalten nachzugeben und drückte weiter aufs Gas. Wahrscheinlich irgendein Führerscheinneuling, der sich wie ein Rallyefahrer vorkam. Sassa beschloss, ihn zuerst durchzulassen.

Tatsächlich. Das Heck schleuderte um die enge Kurve und streifte beinahe die gusseisernen Poller, welche die Fahrbahn vom Fußgängerbereich gegenüber abgrenzten. Dann schien der Fahrer endlich kapiert zu haben, was er riskierte, und trat auf die Bremse. Die Vorderreifen erstarrten und schoben einen Schneekeil vor sich her, bis der Wagen vor Sassa zu stehen kam.

Sassa gelang noch ein Kopfschütteln, für das sie sich umgehend verfluchte, als die Wagentüren aufflogen und zwei Männer aus dem dunklen Peugeot sprangen. Im nächsten Moment zückte einer von ihnen seinen Dienstausweis und hielt ihn ihr entgegen.

«Wo soll's denn hingehen?»

«Wir hätten zu den Polizisten gehen sollen. Sie gehören in ein Krankenhaus.» Mirjam klebte ein großes, lächerliches Pflaster, das sie im Verbandskasten im Kofferraum des Audis gefunden hatte, auf die Verletzung unter Bulpaneks linkem Schulterblatt.

Das Zittern ihrer Hände hatte sich wieder gelegt. Ebenso wie der Schreck, der sie gepackt hatte, als Bulpanek unten am See an ihr gezerrt und sie gedacht hatte, er befände sich im Todeskampf. Zumindest bis er sich aufgerappelt und auf die Beine gehievt hatte, sie am Kragen ihrer Jacke hochgezogen und ihre neuerliche Erwähnung der Polizei mit einem «Noch nicht!» abgeschmettert hatte.

Während sie dann Bulpanek den Hügel zum Auto mehr hinaufgeschleppt hatte, als dass er gelaufen war, hatte sie eine ganze Armada an Fragen überfallen. Aber sie wusste, dass sie von Bulpanek etwa so viele Antworten bekommen würde wie von einem Volltrunkenen, und hatte sie verschoben.

«Sie sollten auch ins Krankenhaus», erwiderte er, und Mirjam erkannte, dass er sie in der Scheibe der hinteren Beifahrertür beobachtete.

Sie bekam den rechten Arm kaum hoch, sodass sie sich nahe an ihn hatte schmiegen müssen, um das Pflaster in Position zu bringen.

Der Geruch von Fäulnis drang aus seinem Mantel, der in seinen Ellenbogen baumelte.

«Ich glaube, mir geht es besser als Ihnen», sagte sie und machte einen Schritt zurück.

«Danke.» Bulpanek zog Hemd und Mantel wieder über.

«Und die Schulter?»

«Kennen Sie sich mit Schusswunden aus?»

«Nein», musste sie zugeben. «Aber ich könnte einen Verband drum machen. Ich könnte …»

Bulpanek hatte sich bereits umgedreht und ihr eine Hand

an die Wange gelegt. Seine Finger berührten ihren Hals. Sie fürchtete, ihre Haut könnte an ihnen festfrieren.

«Sie haben getan, was Sie tun konnten.» Er sah hinab zur anderen Seeseite, auf der Blaulicht flackerte. «Gehen Sie zum Haus zurück. Man wird sich dort um Sie kümmern.»

«Und Sie?»

Bulpanek lehnte sich rückwärts ans Auto. Er starrte die Straße hinab und fuhr sich mit der Hand durchs Gesicht.

«Er ist weg», sagte sie, als wüsste er das nicht auch so.

Er presste die Lippen aufeinander. Seine Mundwinkel wanderten abwechselnd nach außen.

«Er ist weg!», insistierte Mirjam. «Von hier aus ist man in fünf Minuten auf der Route Nationale nach Straßburg. Oder nach Paris. Von mir aus auch ans Mittelmeer. Ideal, wenn man auf der Flucht ist.»

Bulpanek atmete tief ein und wieder aus. Sein Gesicht zuckte vor Schmerzen. Er fasste sich an die Schulter und sah sie an. «Sie sagten, Sie haben die Polizei hergebracht?»

«Ja.»

Bulpaneks Augen rutschten wieder von ihr ab und suchten irgendetwas am Boden, schienen aber nichts zu finden.

«Wo ist Ihr Kollege hin?», fragte sie und ersparte ihm, ihren Verdacht noch einmal zu wiederholen, dass Lang die Polizei nicht informiert hatte.

Bulpanek antwortete nicht. Stattdessen kramte er ein Smartphone aus der Tasche und suchte nach dem Einschaltknopf.

«Fabienne?»

Bulpanek hob zunächst die Schultern, schüttelte aber dann nur mit dem Kopf.

«Und Johannes? Wissen Sie … Ist er … War er auch im Haus?»

Bulpanek antwortete nicht. Seine Augen waren stumpf.

Sie ballte die Fäuste. Sie fühlten sich taub an. Sie wusste, sie sollte geschockt sein. Aber es hielt sich versteckt. Irgendwo.

Bulpanek drückte auf dem Einschaltknopf herum, schüttelte das Smartphone und versuchte es erneut. Aber das Gerät gab keinen Mucks mehr von sich.

«Geben Sie her», sagte sie. Sie spürte etwas hinter sich lauern, das, wenn sie ihm nicht auswich, sie einfach schluchzend auf die Knie zwingen würde. Und das bereitete ihr im Augenblick mehr Furcht als alles andere.

«Sie denken, er ist auf der Flucht.» Er gab ihr das Smartphone.

«Ist das nicht logisch?» Mirjam kniete sich auf den Beifahrersitz, startete den Wagen und legte das Smartphone auf einen Lüftungsschlitz im Armaturenbrett. «Manchmal funktionieren die wieder, wenn sie warm sind.»

Sie sah Bulpanek durch die Rückscheibe ums Auto gehen. Bevor er an der Fahrertür ankam, kletterte sie eilig selbst hinters Steuer.

Sassas Augen wanderten von Bild zu Bild. Aus schmalen, schwarzen, nichtssagenden Metallrahmen lächelten alte Männer in ernsten Posen auf sie herab. Sie wirkten beinahe lebendig, was aber sicher nur daher rührte, dass eine der Neonröhren in der Decke flackerte.

Die Bullen hatten sie auf diese Ledercouch verfrachtet und sie mit der Ahnengalerie allein gelassen. Aber sie saß nur auf der Kante, als müsste sie sich bereithalten, jederzeit aufspringen zu können.

Leise geahnt, dass das hier keine gewöhnliche Verhaftung war, hatte sie bereits, als der Fahrer seinen Dienstausweis wieder eingesteckt hatte, bevor sie daraufsehen konnte. Gewusst aber hatte sie es, als sie ohne jede Erklärung mit Handschellen auf der Rückbank gelandet war und man sie anschließend durch die halbe Stadt kutschiert und nicht, wie sie erwartet hatte, aufs nächste Polizeirevier, sondern in einen riesigen Neubau in der Mainzer Straße gebracht hatte. Schlussendlich hatte man sie ohne ihren Rucksack oder ihre Tasche in dieses Büro im dritten Stock am Ende des Ganges manövriert, das in jedem Fall jemand Wichtigem gehören musste. Gegenüber der Tür prangte ein riesiger Schreibtisch, dahinter ein Stuhl mit einer Lehne, die so hoch war, dass sie sich kaum hätte bücken müssen, um sich dahinter verstecken zu können. Natürlich aus dickem gepolstertem Leder. Wie die Couch, auf der sie saß, die zu einer Besuchergruppe gehörte. Alles sollte irgendwie modern wirken, war aber schon ein wenig in die Jahre gekommen.

Die Irritation hatte inzwischen sogar den aufkeimenden Zorn übertüncht, den sie auf Bulpanek hatte, weil er sie offensichtlich doch an die Polizei ausgeliefert hatte. Er hatte sie gelähmt. Sonst wäre sie sicher nicht stehen geblieben und hätte sich so einfach einkassieren lassen.

Womöglich kann er hierfür aber auch gar nichts, dachte sie inzwischen sogar, als sie vor der Tür eine Stimme hörte.

Ein Anzug mit einem kurzgeschorenen Kopf darauf erschien. Er schob einen dicken Bauch vor sich her. Aber seine Schultern und der breite Nacken, der sogar den offenen

Hemdkragen noch sprengen wollte, verrieten Sassa, dass er nicht nur einfach fett war. Er erinnerte sie eher an einen dieser beleibten, aber dennoch durchtrainierten Gewichtheber, obwohl er locker sechzig sein musste.

«Guten Abend, Frau Saturnin.»

Sassa zuckte zusammen und heftete ihre Augen an ihm fest, während er zur Sitzgruppe kam, eine Registermappe auf den Tisch fallen ließ und sich im Sessel gegenüber platzierte.

Er hielt den Bilderrahmen mit Bulpaneks Familienfoto fest. Sie mussten ihren Rucksack durchsucht haben.

«Fünfzehn Jahre und elf Monate», musterte er ihr Gesicht. Er rückte an die Kante vor, und seine fleischigen Finger öffneten die Registermappe. «Mein Name ist Bayard. Ich bin der Kriminalpolizeidirektor hier in Saarbrücken. Können Sie sich vorstellen, warum man Sie aufgegriffen hat?»

Sassa reagierte nicht.

Trotzdem nickte Bayard und zog ein Foto hervor, das er so in die Luft hielt, dass er zwischen ihr und dem Foto hin- und hersehen konnte. «Frau Saturnin. Das sind Sie doch? Alexandra Saturnin. Geboren am 14. Februar 1998, wohnhaft in der Goethestraße 14, in … oder soll ich sagen, derzeit ohne festen Wohnsitz? Wäre Ihnen das lieber?»

Sassa sah ihm direkt in die Augen, damit nur ja keine Regung sie verriet.

«Es wäre nett, wenn Sie mir Ihre Identität kurz bestätigen würden. Sie können sich und uns damit den erkennungsdienstlichen Aufwand ersparen. Sie erinnern sich doch noch, wie das mit den Fingerabdrücken funktioniert!?»

Anstatt zu nicken, senkte Sassa den Kopf und hob ihn wieder.

«Gut.» Bayard blätterte durch die Akte. Er hob immer wieder die Augenbrauen und presste die Lippen zusammen, wenn er etwas gefunden zu haben schien, das ihm nicht gefiel. «Ladendiebstahl. Gleich zwei Mal. Sachbeschädigung: Eins, zwei, drei, vier. Widerstand gegen Vollstreckungsbeamte in Tateinheit mit Körperverletzung. Sie haben dem Kollegen in Münster das Nasenbein gebrochen.»

Bayard sah zu ihr auf und schob die Unterlippe vor.

Worauf wartete er? Dass sie sich erklärte? Dass sie bettelte, er möge sie gehen lassen?

«Der Verhandlungstermin im Dezember ist geplatzt, weil Sie nicht erschienen sind. Der nächste soll im Februar sein. Notfalls in Abwesenheit.» Bayard ließ sich in die Polster zurückfallen. «Aber jetzt haben wir Sie ja. Sieht schwer nach einer Jugendstrafe aus, Frau Saturnin.»

Na und?!, wollte sie sagen. Schlimmstenfalls konnte sie im Jugendknast landen. Was sollte ihr das schon anhaben? Im Winter besser als jede Parkbank. Aber der Zweifel kroch in ihrem Nacken hoch. Ausgerechnet sie, bei der der Gedanke, in einem Raum eingesperrt zu sein, Panikattacken übelster Art auslöste. Oder gab es womöglich Hafterleichterung, wenn man das nicht ertragen konnte? Wofür gab es denn diese Psychoheinis?

«Vielleicht könnte ich dafür sorgen, dass Sie vorläufig zu Hause untergebracht werden.»

«Was?!» Es hatte ihren Mund verlassen, bevor sie nachdenken konnte.

«Ich kann mir vorstellen, dass Ihre Eltern froh wären, Sie wohlbehalten zurückzuhaben.»

«Nein!» Auch dies kam schneller, als sie denken konnte. Ihre Stimmbänder mussten sich verselbständigt haben.

Sein Mund zeichnete ein Lächeln, das abrupt unter den Augen endete. «Das habe ich mir fast gedacht.»

Was hatte er sich fast gedacht? War es so einfach, sich zu verraten? Sie hatte sich doch fest geschworen, niemals und niemandem preiszugeben, was *er* mit ihr gemacht hatte. In den Stunden, in denen sie allein gewesen waren. Derentwegen sie sich seit dem elften Lebensjahr immer wieder vom Sport abgemeldet hatte, weil sie angeblich ihre Tage hatte, nur damit sie sich nicht in der Umkleide zeigen musste. Sie hatte sich geschworen, es hinter sich zu lassen. Aber offensichtlich war es nicht so einfach, ein neues Leben zu beginnen. Bulpanek hatte es entdeckt. Und jetzt auch dieser dicke Polizist. Oder auch Direktor, welchen Unterschied machte das schon. Wahrscheinlich waren sie darauf programmiert, so etwas zu entdecken. Was käme wohl als Nächstes?

«Fünfzehn Jahre und elf Monate.»

Das hatte er schon gesagt, als er reingekommen war. Warum betonte er ihr Alter so?

«Ich kann verstehen, wenn man Sie für älter hält», sagte er und sah erneut auf das Foto, bevor er es ihr zeigte. Eine Vergrößerung vom Klassenfoto, das letztes Jahr aufgenommen worden war. «Weiß Herr Bulpanek, wie alt Sie wirklich sind? Oder haben Sie ihm gesagt, Sie wären bereits volljährig?»

Was hatte Bulpanek damit zu tun? Sassa spürte, dass ihr Kopf bereits fragend zur Seite geneigt war, bevor ihr Gedanke beendet war.

«Beantworten Sie jetzt bitte meine Frage, Frau Saturnin.» Er trommelte mit den Fingerspitzen auf die Tischkante.

Sassa schüttelte nur den Kopf.

«Und da sind Sie absolut sicher?»

Sie nickte. Ein Mal.

«Sie haben es nicht mal erwähnt? Irgendwann ganz beiläufig. Vielleicht beim Frühstück. Oder als er Sie eingeladen hat, in seiner Wohnung zu übernachten.»

Sassa schüttelte erneut den Kopf.

«Sie waren über dreißig Stunden in seiner Gesellschaft. Und haben nie über Ihr Alter gesprochen?»

«Kacke noch mal, was soll denn das?», protestierte sie und erntete dafür einen erhobenen Zeigefinger.

«Es kam Ihnen auch nicht in den Sinn, ihn auf Ihr Alter hinzuweisen, als er Ihre, nennen wir es, Notlage ausnutzte?»

Die Scheinwerfer des Gegenverkehrs zogen Schlieren in seinen Augen, und das Rauschen der Reifen auf der salznassen Straße drang erst zu ihm durch, als die Fahrzeuge dazu längst an ihnen vorbei waren. Wäre Thomas selbst gefahren, wäre er vermutlich längst irgendwo reingekracht.

Mehr und mehr baute er ab, seit er Martens am Handy die Lage erklärt hatte. Ihm seinen Verdacht genannt hatte, dass Lang ein doppeltes Spiel getrieben hatte. Dass er ein gedungener Killer war, der David hatte töten sollen.

Der auch ihn erschießen wollte!

Martens war irritiert gewesen. Wenigstens hatte er sich so angehört. Aber er hatte seine Meinung geteilt, dass Lang mit denen unter einer Decke gesteckt hatte, welche die ganze Affäre um die Verschwundenen Jungs zu vertuschen versucht hatten. Die mehr gewusst hatten. Die sich die Zusammenhänge herleiten konnten. Die Bayard gesteuert hatten.

Den Thomas sich als Nächstes vornehmen würde. Denn es würde weitere Opfer geben.

David war nicht auf der Flucht. Noch nicht.

Er hatte sich durch die Nahrungskette nach oben gefressen. Von den Anfängen bis zu seinem Peiniger. Auch wenn Thomas noch immer nicht glauben wollte, dass Wolfarth – Johannes! – überhaupt die mentalen und seelischen Fähigkeiten dazu besaß, einen kleinen Jungen in einem Verlies zu halten und ihn zu misshandeln. Womöglich jahrelang.

Der Kronprinz, wie man ihn früher scherzhaft genannt hatte. Der Sohn des Innenministers. Das allein war bereits eine Bank. Und Thomas konnte sich erinnern, dass der alte Wolfarth Johannes von klein auf in die Politik geschoben hatte. Alles und jeder um Johannes herum hatten etwas mit Politik zu tun. Wie andere im Fußballverein groß wurden. Oder im Tennisclub. Nach Meinung des Alten gehörte die Zukunft absoluten Politprofis. Freizeitpolitiker, selbst wenn sie Talent hatten, würden nur noch Randfiguren abgeben. Ähnlich wie im Fußball oder Tennis. Entsprechend war Johannes, als Thomas ihn vor zwanzig Jahren kennenlernte, entweder noch mit dem Jurastudium beschäftigt, oder aber er trieb sich auf parteiinternen Fortbildungen herum. Für den Alten musste es ein Schlag ins Gesicht gewesen sein, dass Johannes sich «nur» für die Kommunalpolitik entschieden hatte.

Wie hätte der ständig durch die Republik tourende Johannes eigentlich die Gelegenheit haben sollen, sich um einen kleinen Jungen in einem Verlies zu kümmern? Ihn am Leben zu halten? Er hätte Hilfe gebraucht. Mitwisser.

Auf dem Grundstück seines Vaters.

Womöglich sein Vater selbst?

Der Luftstrom aus den Düsen im Fußraum musste in seine Hosenbeine kriechen. Aber Thomas spürte die Wärme nicht auf seiner Haut. Sein Körper reagierte bereits auf den anhaltenden Blutverlust und versorgte vordringlich die lebenswichtigen Organe.

Zu denen die Masse in seinem Kopf offenbar nur bedingt gehörte. Sie verlangte nach Ruhe. Flüsterte ihm ein, er solle aufgeben. Die Lehne zurückdrehen und schlafen. Einfach nur schlafen. Alles Übrige anderen überlassen.

Thomas ließ die Seitenscheibe nach unten surren. Der eisige Wind schlug ihm ins Gesicht. Er konnte kaum Luft holen.

«Das ist eine echt beschissene Idee.» Mirjam zirkelte den A6 einhändig durch den Kreisel vor Sarreguemines und bog auf das kurze Stück Autobahn in Richtung Saarbrücken ab. Mit dem anderen Arm klammerte sie sich an den Seitenwangen der Rückenlehne fest.

«Halten Sie das durch?», fragte Thomas.

Mirjam lachte auf und krümmte sich sofort wieder über ihre gebrochenen Rippen. «Klar doch! Und Sie?»

«Einen Interkontinentalflug würde ich eventuell verschieben.» Er versuchte sich an einem aufmunternden Lächeln. Es geriet einseitig. Mirjams Augen hüpften von der Straße zu ihm und wieder zurück. Gerade lang genug, dass er erkennen konnte, wie ihre Augenbrauen sich in entgegengesetzte Richtungen hoch- und runterschoben.

Thomas' Handy vibrierte in der Brusttasche seines Mantels. Er holte es hervor und las die eingegangene SMS: «Bist du schon wach?» Thomas steckte das Handy wieder ein und kratzte sich an der Stirn.

Er konnte gar nicht damit aufhören.

«Noch mehr schlechte Nachrichten?»

«Nur meine Frau», antwortete Thomas und sandte Mirjam ein Lächeln hinterher, das ihr aber nicht zu gefallen schien.

«Wollen Sie ihr nicht antworten? Ich hab gelernt, wie man weghört.»

«Später», beließ Thomas es dabei. Andrea würde noch genug Zeit und Gelegenheit haben, seine Lügen im Detail zu untersuchen, wenn das hier erst rum war.

Seine Gedanken kehrten zum alten Wolfarth zurück. Ging seine Vaterliebe so weit, dass er seinen kranken Sohn schützte und auf die Menschheit losließ? Der aufrechte Wolfarth. Der Gesetzestreue. Als Thomas die Antwort dämmerte, blieb sie ihm gleich als Kloß im Hals stecken. David hatte Mitwisser getötet. Ausschließlich Mitwisser.

Ein Schild kündigte die deutsch-französische Grenze an. Die nächsten verlangten das Abbremsen auf achtzig, dann fünfzig und schließlich dreißig Stundenkilometer. Der verlassene Grenzposten flog mit einhundertsechzig vorbei.

«Setzen Sie mich einfach vorm Präsidium ab, und dann lassen Sie Ihre Rippen untersuchen.»

«Glauben Sie, dass Sie da so reinkommen? Haben Sie eine Vorstellung davon, wie Sie aussehen?», fragte Mirjam, als der Posten im Rückspiegel nur noch haselnussgroß war.

Thomas antwortete nicht, sondern hängte seine Nase wieder in den eisigen Luftstrom.

Bayard hatte die ganze Angelegenheit unter den Teppich gekehrt. Er war aus Thomas' Sicht ein genauso gutes Ziel für David wie jeder andere. Thomas musste versuchen, David aufzuhalten. Seine Spur wiederfinden. Irgendwie.

Seine ganze Hoffnung wurde nur von einem gespeist: Davids Zögern, als Thomas die anderen Jungs erwähnt hatte.

Denen er mit einer umfassenden Aussage helfen konnte. Redete einer, fanden oft andere ebenfalls den Mut.

Thomas bemerkte, dass er das Diktiergerät in seiner Manteltasche betastete. Er fühlte das Dreieck auf der Play-Taste. Die Versuchung, es abzuspielen, war groß. Wäre da nicht Mirjam gewesen. Thomas sah zu ihr und packte das Diktiergerät zur Sicherheit vor seinen neugierigen Fingern ins Handschuhfach.

«Was machen Sie da?», fragte er, als er erkannte, dass Mirjam Langs Smartphone in den Fingern hatte.

«Stimmt. Das ist eigentlich Ihr Job.» Sie reichte ihm das schwarze, unhandliche Ding.

Die Lüftungsdüsen hatten es aufgeheizt wie einen Backstein. Thomas drückte den Ein/Aus-Schalter, und mit etwas Verzögerung erschien die Aufforderung zur Kennworteingabe. Er schaltete die Deckenleuchte an, um in der Spiegelung auf dem Display anhand der Fingerspuren erkennen zu können, welche Ziffern am häufigsten getippt worden waren.

War es wirklich so leicht?

Thomas holte sein altes Sony Ericsson noch einmal hervor und verglich die Buchstaben auf seiner Tastatur mit den vier Abdrücken. Anschließend tippte er ein Wort ein: L-A-N-G.

Es funktionierte.

Während sich das Display mit Symbolen füllte, spürte Thomas den warmen Luftstrahl an seinen Fußknöcheln. Seine Lebensgeister kehrten offenbar doch noch einmal zurück.

Ein rotes Ausrufezeichen überlagerte die Symbole, kündigte den baldigen Exitus des Akkus an. Er konnte also nicht endlos darin stöbern.

Thomas hatte das Smartphone aufleuchten sehen, unmittelbar bevor es zum ersten Schuss kam. Hatte Lang einen Anrufer weggedrückt? Oder war es etwas ganz anderes gewesen? In dem Waldstück war es zu still. Sprechend hätte Lang sich verraten.

Wieder erschien die Warnung vor dem Akku-Tod.

Thomas entschied sich für den SMS-Eingang.

Er kannte die Nummer am Listenanfang. Er hatte sie selbst vorher angewählt. Sein Zeigefinger bewegte sich darauf zu, als wäre er selbständig. Der Bildschirmhintergrund wurde weiß. Thomas las die zwei schwarzen Wörter darauf. Seine Augen tasteten die Buchstaben einzeln ab. Bis sie einen Sinn ergaben, den sein Gehirn nicht verstehen wollte: «Beide töten.»

Dann erlosch der Bildschirm endgültig.

Die drei Blätter, die Sassas ablaufgenaue und detailreiche Aussage darüber enthielten, wie sie die letzten Tage mit Bulpanek verbracht hatte, starrten sie an und warteten auf ihre Unterschrift. Es gab nur ein einziges Problem: Sassa hatte diese Aussage nie gemacht.

«Das kann ich nicht unterschreiben», flüsterte sie kaum hörbar vor sich hin.

«Ja?», fragte Bayard. Wenigstens hatte er ihr für ihren Verrat ein wenig Privatsphäre gegönnt und sich hinter seinen Schreibtisch verkrochen, von wo aus er irgendetwas beobachtete, das draußen vor sich ging.

«Ich unterschreibe das nicht!», wiederholte sie und warf das Dokument von sich. Es segelte auf den Couchtisch.

Sein Sessel schwang herum. Bayard hatte die Hände vor dem Bauch gefaltet. Wie ein Geschwür, das aus seinem Magen wuchs.

«Nichts davon ist jemals passiert. Herr Bulpanek ist nicht so ein Mensch», fuhr sie fort.

«Glauben Sie?»

«Ich war schließlich dabei.»

«Bulpanek, von mir aus auch Herr Bulpanek, ist nicht das, was man gemeinhin gesund nennen würde.»

«Er hatte Depressionen, ich weiß.»

«Depressionen? Hat er das so genannt, ja?» Bayard schob die Unterlippe vor, während er schwerfällig nickte.

Sassa versuchte, sich zu erinnern, damit sie keinen Fehler machte. Verdammt, es stimmte. Bulpanek hatte es nicht Depressionen genannt. Er hatte nur die Tabletten dagegen genommen. In Wahrheit wusste sie überhaupt nicht, was er wirklich hatte.

«Tja, ich will sie ihm nicht absprechen», fuhr Bayard fort. «In gewisser Weise ehrt es ihn sogar, dass er offensichtlich doch noch so etwas wie eine angemessene Reaktion auf seine Neigung zeigt.»

«Er hat mich nicht vergewaltigt! Da ist überhaupt nichts passiert! Gar nichts! Das ist doch totale Scheiße!»

Er grinste. Wenigstens deutete sie es so, als seine Mundwinkel sich nach oben schoben und die Wangen wie Würste in die Augen drückten.

«Sie haben viel für ihn übrig. Vielleicht ein bisschen mehr, als für ein so junges Mädchen gut ist. Ein Mann seines Alters kann Sie nur enttäuschen.»

Sassa wusste, dass sie seinem Blick standhalten musste, um sich nicht zu verraten. Oder hatte sie das längst getan?

«Herr Bulpanek wird in ein paar Tagen wieder zu seiner Familie fahren. Er hat Frau und Tochter. Wussten Sie das?»

Sassa verlor einen Moment lang den Augenkontakt mit ihm und verfluchte sich innerlich dafür.

«Aber natürlich wussten Sie das.» Er lehnte sich vor und betastete den Bilderrahmen vor ihm auf dem Schreibtisch. «Sie haben ja das Foto mitgehen lassen. – Was wird dann aus Ihnen, Frau Saturnin? Wieder auf die Straße? Oder dachten Sie, er wird Sie mitnehmen?»

Sassa beschloss, von ihrem Recht zu schweigen Gebrauch zu machen. Ob es das gab oder nicht.

Bayard winkelte seine rechte Hand an und ließ sie mit den Fingerspitzen immer wieder auf den Schreibtisch fallen. Sassa dachte an einen Falken, der den Schnabel in seine Beute hackte.

«Wissen Sie, was ein Offizialdelikt ist?»

Sassa wollte den Kopf nicht schütteln. Aber sie musste es getan haben, denn er sprach umgehend weiter:

«So bezeichnen wir Straftaten, denen wir von Amts wegen nachgehen müssen, sobald wir davon Kenntnis erlangen. Unabhängig davon, ob Anzeige erstattet wurde oder nicht. Und unabhängig davon, ob das Opfer das will oder nicht. Verstehen Sie, was das bedeutet?»

«Dass es scheißegal ist, ob ich unterschreibe», platzte es aus ihr heraus.

Er tippte mit dem Zeigefinger in die Luft. Sie konnte es quer durch den Raum auf ihrem Brustbein fühlen.

«Sie müssen das doch irgendwie beweisen.» Sassa gab sich alle Mühe, ihre Frage wie eine Feststellung klingen zu lassen.

Bayard zog ein Blatt aus dem Registerordner vor ihm und zeigte ihr die Rückseite. «Ich habe hier die Aussage eines

Streifenpolizisten. Danach wollte Herr Bulpanek unter allen Umständen verhindern, dass er Sie zu Gesicht bekommt. Er hat Sie übrigens als seine Tochter ausgegeben. Sie erinnern sich doch noch daran, wie Sie den Marktplatz mit Ihrer Musik unterhalten haben? Ich tippe mal, dass es in der Nacht passiert ist. Er war vielleicht aufgebracht. Wollte Ihnen mal zeigen, wo es langgeht. Und so kam eins zum andern.»

Deswegen mied sie Menschen. Wenn das Unsagbare sie überwältigte, sollte niemand anderes darunter leiden müssen. Doch genau das war offensichtlich geschehen.

Sassa musste schlucken. Ihr Mund war so trocken, dass sie glaubte, ihre Zunge sei ein Reibeisen. Bulpanek – Thomas! – hatte sie eingeschlossen. Und um nicht auszurasten, hatte sie sich nicht anders zu helfen gewusst, als die Musik aufzudrehen. Sie verfluchte sich innerlich. Zum wievielten Mal eigentlich, seit man sie in dieses Zimmer gebracht hatte?

«Und ich habe das Ergebnis Ihrer Untersuchung.» Bayards Hand fiel auf den Ordner. Das Geräusch erinnerte Sassa an einen Hammer.

«Sie haben was?!»

«Der Arzt, dem wir Sie nach Ihrem Aufgreifen vorgestellt haben. Er hat alles genau dokumentiert. Mit Ausnahme von Fotos, versteht sich. Gegen die Sie sich ja gewehrt haben.»

Sassa konnte ihn nur anstarren. Sie hoffte, dass er das Ploppen ihrer Lippen, als ihr Unterkiefer herabsank, nicht gehört hatte.

«Vielleicht sollten wir Herrn Bulpanek ebenfalls einer Untersuchung unterziehen.»

«Das ist doch gelogen!» Sie hatte es ihm entgegenschleudern wollen. Aber ihre Worte gerieten nur zu einer Mischung aus Fassungslosigkeit und Ertapptsein. Sie hatte Thomas in die Rippen geboxt. Ihm in die Weichteile getreten. Er musste mindestens blaue Flecken davongetragen haben.

Sassa wurde heiß und kalt zugleich.

«Ich werde sagen, dass Sie das erfunden haben.»

«Glauben Sie wirklich, das wäre in einem solchen Fall eine große Überraschung? Viele Opfer widerrufen, wenn sie begreifen, dass sie vor Gericht aussagen müssen. Dass man sie nach den Details der Tat fragen wird. Nach Dingen, die sie am liebsten einfach nur vergessen möchten.»

«Warum tun Sie das?»

Das Telefon schrillte in ihre Frage. Laut. Grell. Es fiel Sassa von allen Seiten an. Sie zog unwillkürlich den Kopf ein.

«Ja!», bellte Bayard in den Hörer. Im nächsten Moment richtete er sich kerzengerade auf. «Durchstellen.»

Bayard kniff immer wieder die Augen zu, als könnte er den am anderen Ende der Leitung kaum verstehen, bis er sich in die Lehne fallen ließ.

«Lang ist was?!» Seine Stimme dröhnte durch den Raum.

Sassa rechnete durch, ob es ihr gelingen würde, den Moment für eine Flucht zu nutzen. Wenn sie jetzt aufsprang, hätte sie vermutlich den halben Weg hinaus geschafft, bevor der Fettsack reagieren konnte. Wenn die Tür hinter ihr zufiel, konnte er höchstens den Schreibtisch umrundet haben.

«Er muss übergeschnappt sein, wenn er glaubt, an Martens ranzukommen», knurrte Bayard.

Sie musste durchs ganze Polizeigebäude. Keine guten Aussichten. Und sie würde ihren Rucksack und ihre Tasche zurücklassen müssen. Abgesehen davon, dass sie nicht wusste, wo man sie deponiert hatte, lag der Inhalt vermutlich auch verstreut auf einem riesigen Metalltisch, wie sie es einmal im Fernsehen gesehen hatte.

«Was heißt, er hat mit allem abgeschlossen?»

Egal. Das Wissen, dass eines dieser Bullenschweine vom Bahnhof ihre Sachen durchfingert hatte, sorgte bereits für das erste Brennen von Ekelbläschen an ihrer Unterlippe. Irgendwie würde ihr schon ein Neustart gelingen.

«Und was ist mit Ihnen? Sie klingen angeschlagen. Sind Sie verletzt?» Bayard stützte seinen Kopf in der Hand ab. Er verdeckte seine Augen.

Die Chance, auf die sie wartete! Sassa sprang auf.

Der Perserteppich, auf dem ihr rechter Fuß Halt suchte, veränderte seine Lage nur um wenige Zentimeter. Aber es reichte, um Sassas Schwerpunkt so weit vor zu verlagern, dass sie instinktiv ihre Arme nach vorn schmiss, um nicht Gesicht voraus auf den Boden zu klatschen.

Bayard zuckte nicht einmal, als Sassas linke Schulter den Couchtisch rempelte und die darin eingelassene Glasplatte schepperte. In aller Ruhe wanderte sein Zeigefinger, der gerade noch an der Augenbraue gekratzt hatte, zum Telefon und drückte eine Taste.

Rauschen nahm das Zimmer ein. Wie aus einem fahrenden Auto. Und dann hörte sie die Stimme, die sie schlagartig bewegungsunfähig machte:

«… ein Durchschuss. Nur eine Fleischwunde. Und ich glaube, ein Rippenbruch. Besser, Sie schicken zwei Krankenwagen.»

Thomas! Nicht nur wegen des Rauschens klang seine Stimme tatsächlich dünn und brüchig. Etwas Kaltes fasste sie an den Fesseln. Der Schauer jagte durch ihren gesamten Körper.

«Sind unterwegs. Unterstützung auch. Unternehmen Sie nichts, bevor die da ist», antwortete Bayard.

«Werde sehen, was sich machen lässt.»

«Dieser Wahnsinnige wird Sie erschießen, sobald Sie das Haus betreten. Ohne Eigensicherung tun Sie gar nichts. Haben Sie mich verstanden?»

«Ich habe Sie gehört.»

Sassa rappelte sich auf die Knie.

«Dann tun Sie, was ich sage! Es kann sich nur um wenige Minuten handeln. Ich kann Sie zwar nicht ausstehen. Aber ich möchte Sie trotzdem nicht tot sehen. Was unweigerlich geschehen wird. Sie sind schwer verletzt. Sie haben diesem Irren nichts entgegenzusetzen.» Bayard machte eine Pause, in der er zu Sassa sah. «Vielleicht sollten wir auch anschließend unsere Animositäten beilegen. Sie sind unterm Strich ein guter Mann.»

«Danke», antwortete Thomas nach einer Pause, die ausreichend war, sein Erstaunen auszudrücken.

«Passen Sie auf sich auf. Wir sehen uns vor Ort», sagte Bayard mit einer Vertraulichkeit, bei der Sassa sofort kotzübel wurde. Dann legte er auf und lehnte sich zurück. Seine Hände nestelten an den Hosentaschen und verschwanden darin.

«Rufen Sie Hilfe!» Sassa konnte nicht sagen, ob sie panisch oder ängstlich klang.

«Hilfe!», flüsterte Bayard, zog die Lippen in den Mund und die Augenbrauen nach oben.

Das Unaussprechliche flammte nicht ohne Vorankündigung auf. Es verzehrte zuerst die Außenbezirke ihres Herzens, bevor es sie als Feuersbrunst einnehmen wollte. Ihre Lungen pumpten die Luft ein und aus. Doch entgegen ihrer Hoffnung, das könnte die Flammen aufhalten, fachte es sie nur noch mehr an. Es gelang ihr nicht, die Worte ruhig zu sagen. Sie befürchtete, sie würde sie schreien, also dämpfte sie ihre Stimme, so gut sie konnte, und erschuf ein Flehen:

«Helfen Sie ihm! Bitte!»

Die Finger ihrer linken Hand gruben sich in den rechten Oberarm. Der Daumen traf den höllisch schmerzenden Nerv knapp unterhalb der Achsel. Ein dicker nasser Rand säumte augenblicklich ihre Unterlider.

Lass mich nur ein Mal die Kontrolle behalten, betete sie.

«Unterschreiben Sie», antwortete Bayard und sah zu ihrer gefälschten Aussage auf dem Couchtisch.

Drei Blätter. Nur Papier. Mit einer Lüge darauf, die vielleicht ein Leben rettete.

mittwoch, 15. januar, 07:48 uhr

«Halten Sie da!» Thomas deutete zum rechten Fahrbahnrand, bevor Mirjam in die Laurettenstraße abbiegen konnte.

Auf dem Eckgrundstück schräg gegenüber von Martens' Haus hatte er einen alten Wohnwagen entdeckt, der ihm noch aus früheren Zeiten bekannt war. Personenschützer. Der wieder einsetzende Schnee verfing sich in der offenen Tür.

Der A6 holperte gegen den Randstein.

Mirjam sah die Laurettenstraße hinab und anschließend über die Schulter. «Bayards Leute sind noch nicht da.»

Thomas deutete auf einen Spalt zwischen zwei Häusern, durch den sie den Berg hinab bis in die Innenstadt sehen konnte. Blaulichter reihten sich durch eine Straßenschlucht.

«Zehn Minuten. Höchstens zwölf.»

«Was machen wir bis dahin?» Mirjam steckte den kleinen Finger in den Mund und kaute auf dem Nagel.

«Ich weiß, was Sie machen», stieß Thomas die Tür auf.

«Denen Ihre Beschreibung geben.»

«Sie lernen schnell.» Thomas sandte ihr ein Lächeln hinüber und zog ihr die Hand vom Mund, bevor er ausstieg.

Auf den zwei Stufen in den Wohnwagen wurde ihm schwindelig. Er musste sich am Türrahmen festhalten. Für das, was in seinen Adern herrschte, musste man wahrscheinlich ein neues Wort erfinden. Blutdruck war es jedenfalls nicht mehr.

Der Tote in der Sitzgruppe war auch nicht geeignet, seinen Magen zu beruhigen. Aus der klaffenden Wunde am Kopf trat noch Blut auf den Tisch aus.

Thomas bewegte sich rückwärts aus dem Wohnwagen. Er traf die Stufe nur mit der Fußspitze und glitt ab. Er konnte sich noch gerade so am Türrahmen abfangen.

Als er die Straße zu Martens' Haus hinabging, kontrollierte er die Trommel von Langs Colt. Er zog die zwei Hülsen der abgefeuerten Patronen heraus, schloss den Revolver wieder und richtete die Trommel auf die erste Patrone aus. Er hätte vorsichtiger sein sollen. Sich anschleichen. Aber die Martinshörner aus der Stadt hatten den Überraschungseffekt sicher bereits zunichtegemacht.

Die Haustür stand zwei Handbreit offen. Thomas tippte sie mit dem Fuß auf und ging neben dem Türrahmen in Deckung. Er hob den Colt an, legte beide Hände um den Griff und ging in die Hocke, bevor er einen kurzen Blick um die Ecke riskierte.

Er hatte eine große Eingangshalle gesehen.

Thomas erhob sich wieder und riskierte einen zweiten Blick. Die Halle war leer. Thomas schob sich langsam um den Rahmen herum. Kontrollierte die Rückseite der Tür. Er war allein.

Mirjam sah, dass der Schatten der Tür sich veränderte. Dann funkelte etwas darin auf. Orange wie die Straßenlaterne am Ende der Sackgasse. Wahrscheinlich eine Reflexion.

Bulpanek hatte die Tür geschlossen.

Ihr kleiner Finger ging erneut zum Mund, als sie noch einmal durch den Spalt zwischen den Häusern sah. Die Blaulichter waren verschwunden. Sie mussten jetzt unterhalb des Bergs sein. Wenn das die halbe Strecke war, würden sie noch fünf Minuten brauchen. Vielleicht sechs.

Wie lang, um das Haus zu stürmen? Und wie lang brauchte ein verrückter Killer, um einen alten Mann zu töten und anschließend einen Expolizisten, der schon halb tot war? Laut Bulpanek war der Killer am Arm verletzt. Dennoch war das Kräfteverhältnis bestenfalls mies.

Mirjam stellte fest, dass ihre Gedanken völlig ruhig waren. Nach all den Ereignissen sollte sie eigentlich völlig durch sein. Aber alles andere außer ihrem Verstand schien abgeschaltet zu sein.

Ihre Schneidezähne schlugen aufeinander, als sie den Nagel durchbiss.

Gleich hinterm Eingang zum eichenvertäfelten Esszimmer stieß Thomas auf eine Personenschützerin mit unnatürlich abgewinkeltem Kopf. Seine Oberschenkel zitterten, als er in die Knie ging, um den Puls zu fühlen. Nichts.

Thomas schob sich an der Wand entlang weiter. Bevor er das nächste Zimmer ganz überblicken konnte, sah er Martens von hinten vor dem Feuerschein im Kamin sitzen. Sein Kopf bewegte sich.

«Die schönen Orden. Die Andenken. Ich werde das alles vernichten. Es wird nichts übrig bleiben», hörte er Davids Stimme.

«Das werden Sie nicht schaffen.»

«Und wer ist das hier?»

Martens schwieg.

Ein Bilderrahmen flog durch die Luft, traf Martens am Kopf und zersprang in seine Teile.

Thomas sah Martens' Spiegelung im Fenster gegenüber. Aber er konnte nicht erkennen, wo David genau war. Wenn Thomas sich richtig erinnerte, war links von ihm ein vollverglaster Wintergarten, in dessen Scheiben er das ganze Kaminzimmer überblicken konnte. Er wechselte auf die andere Seite des Türrahmens.

«‹Alles Gute zu Weihnachten, Paps›. – Wie rührend.»

«Halten Sie sie da raus.»

Thomas hatte wieder Schlieren in den Augen. Er musste einige Male blinzeln und schließlich die Augen fest zudrücken, bevor er wieder klar sehen konnte.

«Ich sagte doch: Ich werde nichts übrig lassen.»

«Herrgott, tun Sie schon, was Sie tun müssen. Aber lassen Sie sie in Ruhe.»

«Sie geben mir, was ich will. Und ich sehe, was sich machen lässt.»

«Ich habe Ihnen nichts zu sagen.»

«Dann zeige ich Ihnen, was ich mit ihr machen werde.»

Endlich klarte sich das Bild auf. Im Fensterglas bot sich Thomas ein grausiger Anblick, der von Martens' kehligem Schrei begleitet wurde.

Sie hatte nicht im Wagen sitzen bleiben können. Die Haustür hatte sie nicht öffnen können. Und das einzige offene Fenster, das sie finden konnte, war auf der Rückseite der Stadtvilla, die unmittelbar am Abhang stand.

Mirjam griff mit der linken Hand nach dem Fallrohr, bekam einen Fuß auf die Fensterbank, dann den anderen und für einen Moment schwankte sie schief in der Luft wie ein Getreidesack.

In den man einen Speer gerammt hatte. Ihr Atem stockte.

Trotzdem wanderte ihre rechte Hand zum Fensterrahmen und sie zog sich hinüber. Anschließend schlüpfte sie ins Haus. In eine kleine Toilette, die seit den Sechzigern oder Siebzigern nicht mehr renoviert worden war. Sie musste innehalten. Durchatmen. Dann öffnete sie vorsichtig die Tür.

Bulpanek stand mitten im Zimmer und hielt den kleinen Revolver mit beiden Händen vor sich. Sie konnte nicht sagen, ob er wirklich zitterte oder ob es an dem orangeroten Flackern lag, das ihn umgab.

«Sie haben Ihre Signatur gesetzt. Hören Sie auf!»

Mirjam zog die Tür weiter auf. Auf dem Rücken des Hünen erkannte sie, dass das Flackern zu einem Kaminfeuer gehören musste. Der Hüne hielt Martens vor sich im Schwitzkasten, eine Pistole auf seinen Kopf gerichtet.

«Erschießen Sie ihn, Bulpanek», röchelte Martens und erhielt dafür einen Schlag mit der Pistole.

«Aufhören! Lassen Sie das!» Bulpanek unterstützte seine Forderung mit einem Winken mit dem Revolver.

«Das kann ich nicht.»

«Doch, das können Sie! Die anderen. Sie brauchen Sie.»

«Da waren wir doch schon. Dafür ist es zu spät.»

«Ist es nicht. Sie können helfen, die anderen zu finden. Wenn Sie ihn töten, vernichten Sie alle Spuren, die zu ihnen führen können. Und Sie beschützen die, die für das alles verantwortlich sind.»

«Halten Sie mich für den einsamen Rächer?» Es schüttelte den Hünen. Als würde er lachen.

«Ich halte Sie für eine Chance! *Die* sind noch immer da draußen. Und sie entführen vielleicht gerade schon den nächsten Jungen. Der das Gleiche durchmachen muss wie Sie. Helfen Sie ihm.»

«Erschießen Sie ihn endlich, Thomas!»

Martens erhielt einen weiteren Schlag mit der Pistole. Er ächzte und stöhnte.

«Hören Sie endlich damit auf!» Bulpanek streckte die Waffe noch deutlicher vor. «Das ist auch Ihre Chance. Endlich mit allem fertig zu werden.»

«Meine letzte Chance war die Pressetante. Die unser Freund hier hat hinrichten lassen.»

«Woher wollen Sie das wissen?»

«Sie hat Fragen gestellt. Die Szene verrückt gemacht. Und er hier hat dafür gesorgt, dass das aufhört.»

«Ist das wahr?»

«Erschießen Sie ihn!»

David schlug ihn erneut mit der Pistole.

«Ich sagte, hören Sie auf!» Bulpaneks Hände zitterten noch mehr als zuvor. Er richtete seine Augen auf Martens. «Ist das wahr? Haben Sie Katharina Wissmanns Ermordung veranlasst?»

Mirjam glaubte, dass man sie mit voller Wucht in die Toilette zurückgestoßen hatte. In Wahrheit taumelte sie zurück. Die Tür ging ein Stück weit wieder zu, sodass sie nur die Stimmen hören konnte.

«Sagen Sie's ihm!»

«Herrgott, Bulpanek, töten Sie ihn end– Argh!»

«Aufhören …» Bulpanek klang, wie sie sich fühlte. Als hätte ihr jemand den Stecker gezogen.

Katharina war ihre Cousine gewesen. Vanda hatte sie in ihrem Blut in ihrer Wohnung gefunden. Professor Brunner hatte ihr einmal erklärt, dass dies nicht für Vandas Erkrankung verantwortlich sei. Dass es nur den Ausschlag für etwas gegeben hätte, das schon lange davor da gewesen wäre. Doch sie hatte ihm nicht geglaubt. Konnte ihm nicht glauben. Durfte ihm nicht glauben. Hatte sich daran geklammert, dass Katharinas Mörder daran schuld war, dass sie ihre Schwester verloren hatte.

Sie spürte, wie Wut und Hass eine lebensgefährliche Kombination eingehen wollten. Ein leiser Wunsch meldete sich, der Hüne möge abdrücken.

«Wer sind Sie?» Bulpanek dagegen war noch immer in seiner Fassungslosigkeit gefangen.

«Der Mann, der dafür gesorgt hat, dass Männer wie Wolfarth aus Kindern wie mir Monster machen konnten.»

«Ich habe gar nichts …» Ein dumpfer schlag beendete Martens' Satz.

Ein Schuss riss Mirjam aus der Apathie. Sie schmiss sich wieder vor den Türspalt. Der Hüne hielt Martens noch immer die Waffe an den Kopf. Martens wand sich. Bulpanek dagegen hielt seine seitlich am Körper. Er schwankte.

Ohne nachzudenken, riss sie die Tür auf und stürmte los.

«Nicht!», hörte sie noch Bulpaneks kraftlosen Einspruch.

Thomas hob den Colt wieder. Aber er war zu schwach, David im Ziel zu behalten. Und so konnte er nur zusehen, wie Mirjam aus der Tür stürmte und auf David zusprang.

David sah sie nicht kommen. Sein Blick war fragend, fast schon erstaunt, als er Thomas ins Visier nahm.

Mirjam traf sein Knie mit voller Wucht. Aber David fiel nicht. Er wankte. Doch es reichte, dass Martens sich aus seinem Griff befreien, ihm einen Faustschlag ans Kinn und auf die Armwunde geben und mit der anderen Hand nach seiner Waffe greifen konnte.

Thomas stieß sich vom Boden ab. Die vier Schritte schienen ihm unendlich weit. Sein Körper sackte bei jedem Tritt in sich zusammen. Dann machte er etwas, das er für einen Hechtsprung hielt. Bekam Mirjams Arm zu fassen, riss sie zu sich. Sie schrie auf, als er über ihre Rippen rollte, verstummte kurz, als sie über ihm war, und schrie erneut auf, als er sie unter sich begrub.

Ein weiterer Schuss.

Thomas presste Mirjam mit dem Rücken an die Wand und verdeckte sie mit den Armen.

Martens und David rangen miteinander. Thomas konnte nicht sehen, wer von ihnen beiden die Waffe hatte. Aber die Art, wie Martens Davids Druck immer mehr nachgab, legte nahe, dass er den Kampf nicht gewinnen konnte.

«Stopp!», wollte er rufen. Es geriet halblaut. Er spürte seine Beine nicht mehr. Er hob den Colt an. Seine Hand zitterte zu sehr, als dass er einen von ihnen klar ins Visier bekam.

Martens stemmte sich mit beiden Händen gegen Davids Arm mit der Waffe und klammerte sich gleichzeitig daran. David schob Martens mit dem anderen Arm langsam von sich. Martens musste eingesehen haben, dass er David nichts entgegenzusetzen hatte. Denn im nächsten Moment ließ er mit einer Hand los, schlug die Pranke von seiner Brust, sprang David an und verbiss sich in seinem Hals. In dem Moment, als sie gemeinsam zu Boden gingen, zerriss ein weiteres Krachen die Luft.

Martens rollte von ihm herab und spuckte Haut aus.

David zuckte. Fasste sich an die Brust. An den Hals. Aus dem das Blut pulsierte. Sein Körper bog sich durch. Die Halsschlagadern traten hervor. Die Sehnen. Er krampfte. Dann war es vorbei.

Martens sah ihm ungerührt zu, während er sein rechtes Auge mit der Hand zuhielt. Schließlich stand er auf und wandte sich mit blutigem Mund Thomas zu.

«Zurück!», warnte Thomas ihn, als er die Pistole in seiner Hand sah.

«Ich habe keine Perversen beschützt. Sondern dieses Land. Manchmal ist das der Preis dafür, dass alle anderen da draußen in Frieden leben können.»

Blaulicht drang ins Zimmer und verlieh Martens ein blasses, fast schon gespenstisches Gesicht.

«Es waren Kinder», röchelte Thomas. Ihm fehlte die Kraft, weiter auszuholen.

«Kinder von Trunksüchtigen», entgegnete Martens. «Von Huren. Junkies. Asoziales Pack. Welche Chancen hätten die schon gehabt? Wir sind keine Weltverbesserer, Thomas. Wir retten nicht die Welt. Wir erhalten die Ordnung aufrecht.»

«Hier spricht die Polizei!», dröhnte eine Megaphonstimme von draußen herein, und im selben Moment klingelte das Telefon. «Mein Name ist Bayard. Ferdinand Bayard. David Gerch, gehen Sie ans Telefon.»

Thomas fühlte etwas Kaltes auf dem Rücken seiner Hand, mit der er den Colt hielt.

«Auf welcher Seite werden Sie stehen?», fragte Martens und richtete die Waffe auf ihn.

Thomas' Hand wurde vom Rückstoß in die Höhe gerissen. Er glaubte, das Projektil aus der Mündung austreten sehen zu können, wusste aber, dass das nur die verwirbelnden Partikel der Treibladung waren. Trotzdem hielten sich seine Augen daran fest, als wäre es ein Gemälde. Sodass er nicht mitbekam, wie das Projektil Fasern aus der Kleidung durch die Haut trieb und für den Bruchteil einer Sekunde einen Wundkanal öffnete, in den sie Fusseln und Staubpartikel hinter sich hersog. Als er sich wieder schloss, war das Projektil bereits von einer Rippe abgelenkt worden, trennte Gewebe aus der Speiseröhre und prägte es tief in einen Wirbelknochen, mit dem sie gemeinsam zersplitterte.

Thomas' Blutdruck sackte endgültig ab. Die Welt löste sich in dem Luftwirbel vor ihm auf. Er spürte den zitternden kleinen Körper hinter sich und wie die kalten Finger von seinem Handrücken glitten.

«Das Band», wisperte er noch, dann wurde es schwarz um ihn.

freitag, 17. januar, 11:17 uhr

«Glück und Pech, würde ich sagen.» Bayard stützte sich auf den Rahmen am Fußende des Krankenbetts. «Als die Ärzte durch den Brustkorb sind, haben sie einen Tumor in der Lunge entdeckt. So groß wie eine Kinderfaust. Aussichtslos.»

«Wie viel Zeit bleibt ihm noch?» Thomas zog sich am Kunststoffdreieck über ihm hoch.

«Er lehnt jede Behandlung ab. Die Anzeichen müssen schon länger da gewesen sein. Zu viele von diesen französischen Sargnägeln.»

Thomas konnte nicht sagen, dass es ihm leidtat. Ebenso wenig freute er sich. Dass Martens dem Tod geweiht war, hallte durch einen verlassenen Thronsaal. Er zuckte vor Schmerz, als Bayard sich vom Bettrahmen abstieß.

Bayard quittierte es mit einem Grinsen und ging zum Fenster. «Er verweigert die Aussage. Und unter diesen Umständen werden wir von ihm wohl auch keine mehr bekommen.»

«Sie haben meine. Und die von Mirjam Reichert.»

Bayard nickte und öffnete einen Fensterflügel. «Dieser Gestank …», murmelte er und wandte sich wieder Thomas zu. «Sie haben also abgedrückt, bevor Martens das tun konnte.»

«Wie oft wollen Sie das noch hören?»

«Zwischen dem Abgeben des Schusses und der Erstürmung des Hauses sind keine zehn Sekunden vergangen. Weniger als eine Minute, bis wir das Kaminzimmer gesichert hatten. Da waren Sie bereits bewusstlos. Der Arzt sagt, Ihr Blutdruck war so im Keller, dass Sie kurz vorm Organversagen standen. Er hält es nicht für sehr wahrscheinlich, dass Sie die Waffe noch ruhig halten konnten. Geschweige denn, einen gezielten Schuss abgeben.»

«Vielleicht habe ich nicht gezielt und hatte einfach nur Glück.»

Bayard lachte. Er rieb sich die Augen, ächzte und kratzte sich anschließend am Kopf. «Apropos die Waffe: Sie bleiben dabei, dass Sie die von Lang hatten?»

«Kommen Sie, Bayard. Woher sollte ich sie sonst haben?»

«Und Sie wissen nicht zufällig, woher Lang sie hatte?»

Thomas verdrehte die Augen anstelle einer Antwort.

«In diesen Bunkern wurden noch mehr Waffen gefunden. Halten Sie es für denkbar, dass er sich da bedient hat, nachdem er Ihnen zwischenzeitlich seine überlassen hat?»

«Ich weiß es nicht.»

«Wir haben Ihre und Langs Fingerabdrücke darauf sicherstellen können. Auf den Patronen dagegen gar keine. Was uns zu der Vermutung veranlasst, dass der Colt nicht aus seinem Besitz stammt. Das mit den Patronen war bei den anderen im Bunker übrigens genauso.»

«Dann wissen Sie doch, woher er sie hatte.»

Bayard nickte. «So wird's sein», setzte er sich in Bewegung zum Zimmerausgang. «Damit wäre das dann wohl auch gelöst», beschloss er ihre Unterredung und wollte gehen.

«Ich habe Ihr Interview gesehen.»

Bayards Schritte verebbten vor der Tür. «Ich nehme an, es hat Ihnen nicht gefallen.»

«Sie werden nicht damit durchkommen.»

«Es handelt sich also nicht um einen geistig umnachteten Täter ohne erkennbares Motiv?»

«Es gibt Beweise.»

«Ach ja, das ominöse Tonband, das Sie nicht vorlegen können.» Bayard schnalzte durch die Zähne. «Wo ist es?»

Thomas schwieg.

Bayard tippte auf seiner Schulter auf die gleiche Stelle, durch die David Thomas eine Kugel gejagt hatte. «David Gerch, Ihre arme gepeinigte Seele, ist hier tätowiert. Eine Spinne, die in ihr Netz krabbelt. Sagt Ihnen das was?»

Thomas schüttelte den Kopf.

«Angeblich ist das ein Gangabzeichen. Für jemanden, der sein restliches Leben Gewalt und Verbrechen widmen will. So ein russisches Ding. Ihr Killer war also mit ziemlicher Sicherheit Russe. Kein Junge von hier.»

«Von den Jungs damals wurde DNA gesichert.»

Bayard schob die Unterlippe vor. «Ich habe die Aussage eines Exfallanalytikers mit psychischen Problemen. Der noch eine Rechnung mit der Polizei offen hat. Dann die einer jungen Frau, die alles nur von Ihnen gehört hat. Die nie mit dem Täter gesprochen hat. Der ja Ihre Quelle sein soll. Und zu guter Letzt habe ich einen verwirrten alten Mann, der den Mund nicht aufmacht. Ein bisschen wenig, bei den Kosten für Laboranalysen. Der Staatsanwalt teilt da meine Meinung.»

«Sie sind ein Schwein!»

«Ich will ehrlich sein, Bulpanek. Es scheint, als führte uns die ballistische Untersuchung des Colts noch auf eine andere

Spur. Im Moment sieht es jedenfalls so aus, als wäre damit diese Wissmann erschossen worden. Die von der Zeitung. Sie erinnern sich garantiert noch an sie. Hatte die nicht was über die Russen-Mafia im Saarland geschrieben?»

Thomas konnte ihn nur fassungslos anstarren.

«Und es ist ja bekannt, was diese Mafia alles an kranken Gestalten hier einschleust. Sehen Sie? So schließt sich der Kreis.» Bayard deutete auf das Foto auf Thomas' Nachttisch. «Eins hätte ich übrigens gern noch gewusst: Ich habe gehört, Ihre Frau und Ihre Tochter sind in den Staaten, ist das richtig?»

Thomas schloss die Augen und nickte. Er stöhnte kaum hörbar beim Ausatmen.

«Darf ich fragen, warum?»

Thomas musterte ihn aus zusammengekniffenen Augen. Bayard wollte nicht wirklich auch noch persönlich werden, oder doch?! «Warum interessiert Sie das?»

«Ich bin nur neugierig. Wollten sie irgendwohin – oder nur von Ihnen weg?»

Thomas krallte die Finger seiner rechten Hand in die Matratze, um sie davon abzuhalten, nach etwas zu suchen, das er nach Bayard werfen konnte.

«Ihre Tochter müsste jetzt vierzehn sein, lieg ich richtig? Interessantes Alter.» Bayard grinste und klopfte gegen den Türrahmen. «Ich denke, wir können ein anderes Mal darüber reden», sagte er beim Hinausgehen.

Was auch immer er damit meinte …

Nachdem Thomas in den linken Ärmel geschlüpft war, legte Mirjam ihm das Sakko vorsichtig über die rechte Schulter. Sein Arm steckte in einer Schlinge, die er lieber daruntertrug.

«Und Sie wollen das wirklich durchziehen?», fragte Mirjam. «Ich habe mit dem Schulleiter gesprochen. Wir finden einen neuen Termin.» Sie deutete ins Bad seines Krankenzimmers. «Vielleicht sollten Sie noch mal in den Spiegel sehen.»

Musste er nicht. Er wusste, dass er wie ein Untoter aussah. Seine linke Gesichtshälfte wartete noch darauf, dass die Bluttransfusionen die Farbe zurückbrachten. Seine rechte dagegen war geschwollen und blutunterlaufen. Die Wange gespickt mit mehr als einem Dutzend einzelner Stiche an den Stellen, an denen die Splitter eingedrungen waren, die David Gerchs erster Schuss auf ihn aus dem Wandputz geschlagen hatten. Und wenn er ehrlich war, fühlte er sich auch wie ein Zombie.

«Finden Sie nicht, es verleiht mir eine gewisse Authentizität?», lächelte Thomas ihre Einwände weg.

Es klopfte an der Tür, und gleich darauf erschien der Fahrer, der Thomas am Morgen seine Sachen aus der Gastwohnung gebracht hatte und der sie zur Gesamtschule im Westen der Stadt bringen sollte. Er erinnerte sie daran, dass sie losmussten, und schnappte sich ungefragt Thomas' Koffer und Aktentasche.

«Ich hab mir eingebildet, ich hätte noch einen Rucksack dabeigehabt», sagte Thomas.

«Das war alles, was ich gefunden hab», schüttelte der Fahrer überfragt den Kopf.

Thomas nickte, und sie machten sich auf den Weg zum Fahrstuhl. Thomas dachte daran, wie er nach dem Aufwachen das Familienfoto auf dem Nachttisch entdeckt hatte. Es hatte eigentlich nur Sassa sein können, die es gebracht hatte. Dennoch blieb er unsicher, ob sie ihm nicht einfach nur im Traum erschienen war. Dass allerdings ihre Sachen nicht mehr in der Wohnung gewesen waren, bedeutete wohl, dass sie fort war.

Er spürte das Verlangen, Andrea anzurufen. Er hatte sich noch nicht entschieden, ob und wie viel er ihr von den vergangenen Tagen erzählen würde. Er brauchte jetzt so etwas wie Alltag. Normalität. Das Wissen, irgendwas war noch so wie immer. Daher hatte er ihr während der letzten Telefonate auch seinen Krankenhausaufenthalt verschwiegen. Ebenso sein Vorhaben, es gegen ärztlichen Rat auf eigene Verantwortung zu verlassen. Aber die Narben auf der Wange würden ihn früher oder später verraten. Wahrscheinlich war es besser, sein Sammelsurium an Lügen bis dahin ausgebreitet zu haben.

«Alles in Ordnung?», fiel Mirjam in seine Gedanken, als sie vor dem Krankenhauseingang warteten, während der Fahrer den Wagen holte.

«Natürlich», antwortete er und suchte umgehend etwas, womit er von sich ablenken konnte, als er ihren skeptischen Blick sah. «Wissen Sie schon, wie es bei Ihnen weitergeht?»

Mirjam ließ etwas Zeit vergehen, bevor sie antwortete. «Ist einiges in den Klamotten hängen geblieben von den letzten Tagen. Ich weiß noch gar nicht, was wirklich passiert ist und was nicht. Hängt noch in der Warteschleife. Ich denke, ich such mir erst mal eine gute Reinigung.» Sie versicherte sich mit einem Blick, dass er es richtig verstanden hatte. «Politisch bin ich gerade vom falschen Pferd gefallen. Und wenn nicht jetzt, dann spätestens, wenn ich unsere kleine Abmachung durchhab. Aber bis dahin werd ich mich erst mal um meine Schw–», sie unterbrach sich kurz, «meine Familie kümmern.»

Über ihnen brach die Wolkendecke auf. Es sah aus, als würde es heute noch ein schöner Tag werden.

«Eigentlich nur um meine Schwester.» Mirjam blickte kurz zu Boden. «Nur um meine Schwester.»

Thomas hakte nicht nach. Mirjams Augen streiften ihn nur kurz, bevor sie ihr Gesicht dem Himmel zuwandte und die Lider schloss.

Das Schweigen während der Fahrt tat ihm gut. Bei ihrem ersten Wiedersehen hatte sie ihm lang und breit erklärt, dass sie gedacht hatte, David habe ihn angeschossen. Dass sie David ins Knie gesprungen war, damit er nicht noch einmal abdrücken konnte. Thomas dagegen hatte ihr gesagt, dass er selbst nur einen Warnschuss abgegeben hatte. Über Martens hatten sie nicht gesprochen. Und Thomas hatte angenommen, dass ihr Redefluss nur deswegen nicht verebbte, damit sie nicht doch noch darüber reden mussten, wie er den Schuss hatte abgeben können, der Martens niedergestreckt hatte. Oder auch nicht hatte abgeben können. Vermutlich hatte sie inzwischen verstanden, dass auch er nicht davon anfangen würde.

Der Schulleiter holte Thomas und Mirjam persönlich am Eingang ab. Ein drahtiger Mittfünfziger mit hoher Stirn und fein gezogenem Bartstrich um Mund und Kinn. Auf dem Weg zur Aula erzählte er ihnen etwas über die Geschichte der Schule, von diversen Integrationsprojekten, wie schade er es fand, dass sie neben dem ausführlichen Schriftverkehr keine Zeit mehr für eine persönliche Vorbereitung gefunden hatten, und wie sehr sich dennoch insbesondere der Lehrkörper darüber freute, Thomas begrüßen zu dürfen. «Bei den Schülern bin ich mir noch uneins. Ich weiß nicht, was sie erwarten. Sie haben natürlich diese schreckliche Geschichte in den Medien mitverfolgt. Und können Ihren Namen zuordnen», schloss er seine Einführung ab und stellte ihm dann eine Reihe von Leuten vor, die sie vor der Aula erwarteten: seine Stellvertreterin, einen Sozialarbeiter, jemanden vom Schulamt des Regionalverbands Saarbrücken, Elternvertreter sowie das schuleigene «Krisenteam».

Thomas schüttelte freundlich alle Hände, wobei sein Blick immer wieder durch den offenen Flügel der Doppeltür zur Aula ging. Die Sitzreihen waren gespickt mit Vierzehn- bis Sechzehnjährigen in der üblichen Aufteilung: Vorne wurde diskutiert und getuschelt, hinten gerempelt, Schirmmützen runtergeschlagen, gegen die Lehne des Vordermanns getreten. Sich gebogen vor Lachen.

Normalität!, dachte Thomas und lächelte. Wenigstens ein Stück davon.

«Wie viele sind gekommen?», hörte er Mirjam in seinem Rücken fragen.

«Die Klassenstufen neun und zehn, wie wir verabredet hatten. Alles zusammen rund einhundert», verkündete der Schulleiter stolz, und Thomas spürte seine Hand an seinem Oberarm. «Lassen Sie mich kurz vorbei, dann kündige ich Sie an und sorge für mehr Ruhe.»

«Nicht nötig», wies Thomas es zurück und betrat kurzerhand die Aula.

Sein Gang fühlte sich merkwürdig leicht an, was vermutlich an den Schmerzmitteln lag, mit denen man ihn in den letzten zwei Tagen vollgepumpt hatte. Andererseits verdankte er ihnen aber gerade auch, dass seine Wange nicht weh tat, als sich ein breites, zufriedenes Grinsen in seinem Gesicht ausbreitete. Thomas ging zum Tisch, der vor der ersten Reihe wie ein Rednerpult aufgebaut worden war, und setzte sich auf die Kante.

Der Lärm der Schüler nahm nicht ab. Sie ignorierten ihn gekonnt, und ja, es gefiel Thomas sogar. Normalität, dachte er erneut und genoss das Geduldsspiel. Es war ihre Schule, ihr Raum und ihre Zeit. Und sie waren diejenigen, die diktierten, wann was geschah und ob überhaupt. Das, so hatte er es bereits recht früh gelernt, musste er respektieren, wenn er einen Zugang zu ihnen finden wollte. Sie öffneten ihm die Tür – und niemand sonst.

Irgendwo aus der Menge hörte er ein «Boah, siehssu scheiße aus, Alter!» und sah einige Jungs sich abklatschen. Das Gleiche, nachdem er vernahm: «Ich hab gehört, du has' ein' alle gemacht.»

Thomas reagierte nicht. Er ließ die Welle einfach abebben. Dann ging er in die erste Reihe und begann, einem nach dem anderen die Hand zu schütteln. Bei den ersten stellte er sich vor und ließ ein paar Worte darüber fallen, was er bisher beruflich gemacht hatte. Und als er etwa die Hälfte der Hände hinter sich hatte, kippte die Stimmung in den letzten Reihen Richtung Nervosität.

«Aus der Nähe sehe ich bestimmt noch beschissener aus, oder?!», begrüßte er den ersten Zwischenrufer mit einem Augenzwinkern und den zweiten mit: «Nein, ich habe niemanden getötet. Du?»

Anstatt zu antworten, zielte der Halbwüchsige mit einer imaginären Pistole auf einen typischen Streber in der dritten Reihe.

«Lass mal», klopfte Thomas ihm beschwichtigend auf die Schulter und ging wieder nach vorn. «Sonst noch jemand, der gern mal *für klare Verhältnisse sorgen* würde?»

Keine Meldung.

«Kommt schon. Jeder hat manchmal solche Gedanken. Wenn man zum Beispiel, einen Fremden auf der Straße anblaffen will mit: *Guck weg, Mann!*»

Erste zaghafte Hände reckten sich aus der Menge.

«Oder: *Oooaaah, dem könnte ich eine reinhauen!*» Thomas versuchte, so wütend zu klingen, wie er konnte.

Die Hände wurden zahlreicher.

«Ihr wurdet doch vorher auf Waffen durchsucht?!», sagte Thomas gespielt ängstlich, grinste dabei und erntete erste zurückhaltende Lacher. Das Eis taute langsam.

Dazwischen hörte er, wie die Türen im Rückraum der Aula geöffnet wurden, und als er sich umschaute, bauten sich darin Streifenpolizisten auf.

Wie dramatisch!, dachte Thomas noch, während er sagte: «Es wird euch nicht überraschen, wenn ich euch verrate, dass der andere wahrscheinlich genau das Gleiche denkt, oder?!»

Thomas sah zur Tür, durch die er gekommen war. Eine untersetzte Halbglatze hielt Mirjam etwas entgegen. In der typischen Bewegung, in der auch Thomas früher seinen Dienstausweis vorgezeigt hatte. Ein Dürrer mit einem angedeuteten Buckel tat es ebenso beim Schulleiter, dem die Gesichtszüge entglitten.

«Und nun überlegt mal, was passieren könnte, wenn ihr denken würdet: *Oh, den oder die würde ich aber gern mal drücken.* Gibt es eine Chance, dass der andere das auch denkt?»

Der Buckel marschierte plötzlich auf Thomas zu und holte

unter seinem knielangen, beigen Mantel ein Paar Handschellen hervor. Gleichzeitig versuchte die Halbglatze, Mirjam davon abzuhalten, dem Buckel nachzustürmen.

Und durch das aufkommende Raunen in der Aula hörte Thomas Mirjams ungläubige Worte: «Was heißt sexueller Missbrauch von Jugendlichen?»

Epilog

Matthias Heimer hatte sich sehr viel mehr von seiner Zeit in der Redaktion der «Aktuellen Stunde» beim Saarländischen Rundfunk erhofft. Als er seiner Mutter am Telefon erzählt hatte, dass er das Volontariat antreten würde, hatte sie gleich die ganze Nachbarschaft davon in Kenntnis gesetzt. Und wahrscheinlich hatten sie seitdem jeden Abend mindestens fünfzehn Zuschauer mehr. Die alle darauf warteten, dass sie den Hosenmatz endlich mal auf dem Bildschirm sahen. Sie hatten ja keine Ahnung, dass er, während die Sendung lief, auf die Browserfenster auf seinem Bildschirm starrte, in denen die neuesten Tweets und Co. einliefen, und dass er nebenbei auch noch das Telefon bediente und Zuschauerfragen entgegennahm, um sie reinzureichen.

«Sie haben also einen Mitschnitt von einer Rede von Johannes Wolfarth», sprach er gelangweilt in den Hörer.

«Hören Sie mir überhaupt zu? Das ist keine Rede», nervte ihn die Frau am anderen Ende der Leitung.

«Was dann?»

«Er spricht mit seiner Frau. Es geht da um seinen Vater. Kindesmissbrauch. Entführungen.»

Natürlich konnte es ein Wichtigtuer sein. Während der

Mordserie hatten sie jeden Tag Anrufer gehabt, die lieber ihnen als der Polizei etwas über ihren merkwürdigen Nachbarn, Bekannten, Arbeitskollegen oder was auch immer erzählten, wenn sie dafür einen Satz in die Nachrichtenkamera sagen durften.

«Und Sie sind sicher, dass es Wolfarth ist?»

«Ich habe jahrelang unter dem Mann gearbeitet. Die Stimme erkenne ich im Schlaf!»

«Sicher?»

Statt einer Antwort hörte Matthias Heimer ein Klicken, dann ein Rauschen und anschließend die Wiedergabe von etwas, worauf die Welt seiner Meinung nach mindestens so sehr wartete wie er auf den Beginn seiner Karriere.

MIX
Papier aus verantwortungsvollen Quellen
FSC® C083411

Das für dieses Buch verwendete Papier ist FSC®-zertifiziert.